KB178372

중국 시가와 기독교적 이해

푸른사상 학술총서 47

Chinese poetry and a christian understanding

류성준

중국 시가와
기독교적 이해

푸른사상
PRUNSASANG

머리말

　『구약성경』「전도서」에서 "다윗의 아들 예루살렘 왕 전도자의 말씀이라. 전도자가 이르되 : 헛되고 헛되며 헛되고 헛되니 모든 것이 헛되도다. 해 아래에서 수고하는 모든 수고가 사람에게 무엇이 유익한가. 한 세대는 가고 한 세대는 오되 땅은 영원히 있도다."(1 : 1~4)라고 기록하고 있다. 나는 이미 가고 있는 세대의 한 사람으로서 솔로몬의 이 말씀에 깊이 동감한다. 그러면서 부족하기 그지없는 나의 삶의 여정에서, 베풀어주신 하나님의 그 크신 은혜를 감사드린다.

　대학에서 정년퇴임한 지 적지 않은 세월이 지나면서, 그에 따라 심신상의 기력도 비례해서 저하됨은 자연적인 현상이지만, 정신만은 아직도 살아서 책상머리에 가까이하고자 하니, 그동안 여러 병치레를 해온 나에게 늘 건강에 유의하라는 주변의 충고가 많다. 그래도 몇 년 전에 명대 이동양(李東陽)의 『회록당시화(懷麓堂詩話)』 역해본을 출간한 이후에, 지금까지 『전당시(全唐詩)』·『전당시보편(全唐詩補編)』·『전송시(全宋詩)』·『전원시(全元詩)』·『명시종(明詩綜)』·『어선명시(御選明詩)』·『청시회(淸詩彙)』 등의 중국시가총집에 수록된 한국 한시(韓國漢詩) 수집 및 역석(譯析)과, 수당대(隋唐代)부터 청대(淸代)까지의 『중국역대시화해제(中國歷代詩話解題)』 등 두 가지의 비교적 방대한 자료를 선정하고 집필하는 작업에 집중해왔다. 그런

중에 오래전부터 국제기독교언어문화연구원의 『기독교언어문화논집』에
간간이 게재했던 글들을 정리해서 출간해보는 것이 어떻겠느냐는 의견을
듣고, 그간의 발표문들을 수집해서 검토하게 되었다. 그리하여 20여 종 중
에서 고전시가 부분은 5종, 현대시가 부분은 8종 등 모두 13종을 선정하여
두 부분으로 나누어서 재집필하는 자세로 수정하고 보완하였다.

　중국 시가는 고대나 현대나 문학작품의 종교 색채라면 유불도(儒佛道)
세 종교에 국한되어 있고, 기독교 사조와의 상관성은 매우 적다고 해도 과
언이 아니다. 기독교가 '경교(景敎)'라는 명칭으로 중국에 전래된 시기는
역사적으로 당대(唐代) 이전까지 소급되지만, 그 선교 성과와 전래는 극히
미미하고 작품으로 남아 있는 것도 거의 없다고 단정할 수 있을 정도이다.
따라서 어떤 면에선 이 책의 착상과 내용이 무리한 고찰이라고 평가할 수
도 있을 것이다. 그런 점에 대해서 문학 연구의 주관적 안목과 분석을 중
시하는 학문 연구의 성격상, 평생 중국 시가만을 공부해온 내 나름의 신앙
적 바탕에 의거해서 펴낸, 다소 편견적인 견해가 담긴 하나의 산물(産物)이
라고 양지해주기 바란다.

　책의 내용을 보자면, 고전시가 편에서는 서광계(徐光啓)의 시 외엔 기독
교 의식을 직접적으로 묘사한 시인이 없다. 승려 왕범지(王梵志)의 시는 그
표현이 매우 직설적이고 비판적이어서 도교와 불교의 개혁을 주장하고 있
고 그 시어(詩語)와 시심(詩心)의 특성은 중국 어느 시인에게서도 볼 수 없

으나, 그 종교적 신앙과 윤리관은 기독교적이다. 민가(民歌)의 격식(格式)은 구약 「시편」과 표현수법이 근접되어 있는 면에서 본래 중국 격식과 구별되며, 엄우(嚴羽)의 '시선일치(詩禪一致)' 이론은 시를 짓는 시인의 의취(意趣)를 '선(禪)' 즉 종교적 입신(入神) 정신과 결부시킨 점에서 기독신앙의 유일신과 상통한다. 그리고 이동양의 『회록당시화』의 논지에서 시의 격률과 성조는 성가(聖歌)적인 요소를 강조하고 '시교(詩敎)'는 시를 통하여 백성을 교화(敎化)한다는 면에서 기독교적 전도에 가깝다. 현대시가 편에서 리잉(李瑛)과 하이즈(海子) 외엔 모두 해외 유학파 시인들로서, 루쉰(魯迅)은 일본, 주샹(朱湘)은 미국, 원이둬(聞一多)는 영국·프랑스, 그리고 궈모뤄(郭沫若)는 일본, 아이칭(艾靑)은 프랑스에 각각 유학한 문인들이다. 그들이 미국과 유럽 유학에서 기독교에 기반하여 형성된 서양문예를 직접 접할 수 있었고 일본에 유학한 문인들도 간접적으로 서양문물을 이해할 수 있었기에, 그들의 시 속엔 직간접적으로 기독교 사조가 담겨 있다. 리잉은 한국전쟁에 참여한 경험으로 삶의 애환을 서정적으로 그려내면서 종교적 색채를 담으려 하였고, 중국의 랭보라 칭하는 하이즈는 25세에 성경을 품에 안고 철로에 누워서 죽음을 택한 천재시인이다. 타이완 20세기 중엽 시는 대륙에서 탈출하여 미국 등 해외에 이주한 시인들의 시가 주류를 이루고 있다. 그들의 고향에 대한 향수(鄕愁)와 함께 타이완에 토착(土着)하려는 향토의식을 담은 시 속에서 기독교적 의식을 읽을 수 있다.

이 책의 내용 서술을 어떻게 보면 지나치게 주관적이어서 객관적인 근거가 상당히 부족하다는 점을 인정한다. 문학 연구자로서, 그리고 기독교 신자로서 나름대로 시가와 기독 사조를 부분적으로나마 접목시켜본 의도에 대해서 거듭 널리 이해해주기를 바란다. 책 출간을 권면해주신 국제기독교언어문화연구원 한만수 이사장님과 자료 수집을 도와준 김영숙 박사, 책을 출간해준 푸른사상사의 한봉숙 사장과 편집진에게 감사드린다.

"악에게 지지 말고 선으로 악을 이기라."(로마서 12 : 21)

2019년 3월 30일
동헌에서 류성준 삼가 씀

차례

차례

제2부 중국 현대시 속의 기독교 의식

차례

제1부

중국 고전시에서의 종교적 흐름

당대 왕범지(王梵志) 시의 종교와 사회 비판

중국의 고대는 기독교가 전래하지 않았고 당대에 잠시 경교(景敎)라는 이름으로 성행하다가 사라져버린 종교로 남아 있다가, 명대에 와서 천주교가 전래되기 시작되지만 이 또한 극히 미미하였다. 그러므로 기독교적 각도에서 고전문학을 거론한다는 것은 거의 불가능하다고 할 것이다.[1] 그러나 본고에서는 왕범지(王梵志)라는 당대의 승려시인의 촌철살인(寸鐵殺人)적인 직설적 시의 성격을 필자가 기독교인이라는 입장에서 개관하고 그 시의 세계를 독자에게 소개하고자 한다. 따라서 이 글은 극히 부분적으로만 필자의 기독교적인 의견을 제시하고, 실은 왕범지 시에 대한 사실 자체를 서술하는 데 주력하려고 한다. 이 글은 사실상 왕범지 시의 어느 한 특성을 순수하게 서술하는 내용이 될 것이다.[2]

돈황사본(敦煌寫本)에서 발견된 왕범지의 시를 수집하여 정리한 자료들에서 비교적 주석이 상세한 것으로 다음 세 가지를 들 수 있다.

『王梵志詩集校釋』, 張錫厚, 中華書局 1983

---

[1] 고전문학에서 찾은 기독교적 의식에 대해서는 졸저 『중국문학 속의 기독교 의식』(국세기독교언어문화연구원 기독언어문화사, 2005)을 삼소 바람.
[2] 왕범지에 대한 자세한 내용은 졸저 『初唐詩와 盛唐詩 연구』(국학자료원, 2001년) 참조.

『王梵志詩研究』(上・下), 朱鳳玉, 臺灣學生書局 1986

『王梵志詩校註』, 項楚, 上海古籍出版社 1992

위의 자료는 나름대로 작품을 최대한 수집하고 있는데, 샹추(項楚) 교주(校註)본에 390수까지 수록하고 있으며 주석도 서로 다른 점이 적지 않지만, 그 또한 출전(出典)을 활용하면서 난해한 어구와 그 당시의 방언을 유추하고자 한 점을 높이 평가해볼 수 있다. 런반탕(任半塘)이 왕범지의 시를 특징짓기를 "시기가 이르다(早)", "작품이 많다(多)", "시의 표현이 세속적이다(俗)", "내용이 맵다(辣)"의 넉 자로 해설한 것은 왕범지 시가 초당대에 수용되고 후대에 유전된 조류를 타고 있었음을 대변해주는 적절한 표현이었다고 보기 때문이다. 왕범지가 실재했던 인물인지, 또 그 생존 시기는 어떠한지를 구명하기가 쉽지 않지만, 일단은 그의 활동시기를 초당대에 놓고 이 글을 전개해나가려 한다.

왕범지의 생평에 대해서는 추정할 만한 사료는 없고 당대 풍익(馮翊)의 『계원총담(桂苑叢談)』(「王梵志條」)과 범특(范摅)의 『운계우의(雲溪友議)』(「蜀僧喻」), 그리고 송대 초 『태평광기(太平廣記)』(권82) 등에 간단하게 사유(史遺)처럼 그에 관한 기록이 있을 뿐이다. 다음에 풍익의 원문에 주석한 『태평광기』의 기록을 보기로 한다.

왕범지는 위주의 여양 사람이다. 여양성 동쪽 15리 밖에 왕덕조란 사람이 있는데 수나라 문제 때에[풍씨의 본에는 '수나라 때에'라 함], 집에 능금나무가 있는데, 큰 혹이 나서 자루만 하였다. 3년을 지나서 (그 혹이)[풍씨 본에는 이 두 자가 있음], 썩어 문드러지매, 덕조가 보고서 곧 그 껍질을 가르니[풍씨는 '긁어내다'로 함], 마침내 한 아이가 태를 안고 (나오매)[풍씨본에는 이 글자가 있다] 덕조가 주워다가 키웠다. 칠세가 되어서야 말을 하게 되자 (물어)말하기를, 누가 나를 키웠나요? 또 이름이 무엇인가요? 라고 하기에 [풍씨는 이름을 묻기까지 하였다함] 덕조가 자세히 사실대로 일러주었다.

이름하여 수풀 림, 나무 목 하니 범천[풍씨는 수풀에서 나왔다 하여 범천이라고 함]이라 했는데, 후에 梵志라고 고쳤다.[풍씨에는 범자가 없음] 말하기를 왕씨 집이 나를 키웠으니[풍씨는 우리 집에서 자라나다라고 했는데 틀린 듯함] 성을 왕이라 한다. 梵志는 시를 지어 남에게 보이니 심히 그 뜻이 깊도다.[풍씨에는 梵志乃 세 글자가 없고 시를 풍이라 함]

여기서 비록 전설 같은 고사이지만 왕범지의 고향이 위주(衛州)의 여양(黎陽, 지금의 하남성 준현(濬縣))이라는 것과 수문제(隋文帝, 581~604) 시의 생존, 그리고 성명인 '王梵志'의 의미 등을 파악할 수 있다. 이 자료로는 육조(六朝) 말에서 당대 초에 생존했음을 확인할 수 있으며 그의 시가 유행한 증거로 흔히 『돈황사본역대법보기(敦煌寫本歷代法寶記)』장권(長卷) 중에 무주화상(無住和尙, ?~774)이 왕범지의 「혜안은 비운 마음에 가깝다(慧眼近空心)」시를 인용하고 있는 점으로 보아서, 8세기에는 이미 왕범지의 시들이 유행하였음을 알 수 있다.

Ⅰ. 종교에 대한 비판 의식

왕범지는 승려이면서 사회개혁과 종교계의 이질분자라 할 것이다. 이질분자는 비판론자이며, 속승(俗僧)들과는 별개의 선승(禪僧)이며, 독설가로서의 자질을 발휘한 고발자였던 것이다. 그의 390수의 시는 다양한 소재와 내용을 담고 있지만, 시집 서에서 기술한 바, "몸을 수신하여 선한 일을 권면하고 죄를 경계하여 어긋나지 아니할 것이다(撰修觀善, 誡勗非違)."라고 한 표현처럼 시종일관 시가 지닌 교훈적 가치를 잃지 않고 있다. 청대 서증(徐增)은 『이암시화(而菴詩話)』에서,

시는 곧 그 사람의 내력이 된다. 사람됨이 고아하면 시 또한 고아하고, 사람됨이 저속하면 시 또한 저속하니, 글자 하나라도 가식해서는 안 되는 것이다. 그 시를 보면 곧 그 사람을 보는 것 같다.

라고 하니, 왕범지와 그의 시를 대비해 볼 때 동감이 간다. 기독교인 입장에서 볼 때, 이 부분은 종교의 차이와는 상관없이 누구에게나 동일한 관점으로 받아들여질 것이다. 그리스도의 정신에서 윤리규범이 정도(正道)라는 틀 안에서 행하여진다는 사실은 확고하기 때문이다.

1. 유가(儒家)의 인륜 타락

왕범지 시는 인륜타락에 대해서 거침없는 질책을 토로하고 있으니, 그의 「자네가 좋은 자식이라면(你若是好兒)」(권2)는 효도의 표본을 제시한 권훈(勸訓)적인 시라 할 수 있다.

자네가 좋은 자식이라면	你若是好兒
효심으로 부모를 섬기세	孝心看父母
새벽에 침상 앞에 일어나서	五更床前立
안부를 여쭐지라	卽問安穩不
하늘이 자네의 좋은 마음 알지니	天明汝好心
재물이 뜻밖에 문으로 들어오네	錢財橫八尺
왕상이 어머니 은혜 공경하여	王祥經母恩
겨울에도 죽순을 따서 드렸다네	冬竹抽笋與
효도로는 한백유이며	孝是韓伯瑜
동영은 외로이 어머니를 모셨다네	董永孤養母
자네 효도하고 나 또한 효도하니	你孝我亦孝
효도의 가문이 끊기지 않으리라	不絕孝門戶

인의예지(仁義禮智)는 유가정신의 기본 사단(四端)인데, 이것의 실종을 지적할 필요가 있었을 것이다. 그러기에 진대(晉代)의 왕상(王祥)이 계모를 공

경한 일과, 초국(楚國)의 맹종(孟宗)이 겨울에 죽순을 찾은 고사, 한백유(韓伯瑜)의 고희를 넘어서까지 자모에 대한 효성, 그리고 동영(董永)의 양모(養母) 등을 사표로 삼은 내용이 시 속에 두루 담기어 묘사되어 있다. 그러나 왕범지의 눈에는 이런 효행이 변질된 패륜적인 작태를 좌시할 수 없었으니, 「어머니가 자식 아끼는 것만 보일 뿐(只見母憐兒)」을 보면,

어머니가 자식 아끼는 것만 보일 뿐	只見母憐兒
자식이 부모 아끼는 건 안 보이네	不見兒憐母
장성하여 장가를 들면	長大取得妻
되려 부모를 추하다 꺼리네	却嫌父母醜
부모는 아랑곳지 않고	耶娘不採括
단지 아내의 말만 들으려 하네	專心聽婦語
생전에 공경하여 모시지 않다가	生時不恭養
사후에 진흙에다 제사를 지내네	生時不恭養
이처럼 불한당 같은 자식일랑	如此倒見賊
크게 다그쳐도 말릴 리 없네	打煞無人護(卷二)

시인은 강렬한 직설을 가미하여 불효에 대한 패륜행위를 매도하고 있다. 그리고 「부모가 아들딸 낳고(父母生男女)」(卷二)는 인륜의 어김을 더욱 극단적으로 비판하고 있다.

부모는 아들과 딸을 낳고	父母生男女
귀엽다고 사랑 베푸네	沒娑可憐許
좋은 음식을 보면	逢着好飮食
종이에 싸서 가져다주네	紙裹將來與
마음에 늘 새기어 잊지 못하여	心恒憶不忘
집에 들어서자 아들딸을 찾네	入家覓男女
장성하여 어른이 되면	養大長成人
눈을 치켜떠서 같이 말하기 어렵네	角睛難共語
부모 어기는 일 예나 지금이나 같아	五逆前後事

나 죽으면 곧 너희들 차례니라   我孔卽到汝

이 시에서 제5연은 '五逆' 곧 불효의 일들이 예부터 현재까지 끊임없이 이어지는 것이 인간의 삶에서 나타나는 현상이니 인간이 존재하는 한 근절할 수 없는 패륜적 행위임을 강조한다. 따라서 효도를 제창하고 역자(逆子)를 견책하고자 한 주제에 따라서 지어진 것이다. 이것은 돈황본 「불설부모은중경(佛說父母恩重經)」과 깊은 연관성을 지닌 것으로, 그 일단을 보면,

> 어머니는 아들 보고 기뻐하며, 아들은 어머니를 보고 기뻐하니, 두 사람의 사랑이 자못 깊어서 이보다 더한 것 없도다. 나이 들어 노쇠하니 서캐가 들끓어서 주야로 눕지 못하고 길게 탄식하니 무슨 깊은 죄 허물 있다고 이런 불효자식 낳았는가! 어쩌다 불러보면 눈을 치켜뜨고 화를 낸다. 며느리는 욕을 하며 머리 숙여 비웃도다.[3]

이 글은 역대 대장경(大藏經)엔 실리지 않았으나 30여 개의 돈황사본이 있는 것으로 보아 민간에 널리 유행되었음을 알 수 있으며, 위의 시는 이 경문의 주제를 인용한 시가의 하나라고 본다. 가정의 화합과 사회의 안정은 형제와 친우와의 우애일지니, 『논어(論語)』의 「학이(學而)」편에서 "군자는 근본을 힘쓸 것이니 근본이 서면 도가 일어난다. 효도와 우애는 인을 행하는 근본이니라(君子務本, 本立而道生. 孝悌也者, 其爲仁之本歟)."라고 한 바와 같이 왕범지는 다음 시에서 형제의 화락을 강조하고 있다. 「형제는 모름지기 화순해야 한다(兄弟須和順)」(卷四)를 보면,

형제는 화목할지니   兄弟須和順

---

3) 母見兒歡, 兒見母喜, 二情恩愛慈重, 莫復過此. 年老色衰, 多饒蟣虱, 夙夜不臥, 長呼歎息, 何罪宿愆, 生此不孝之子. 或時喚呼, 瞋目驚怒. 婦兒罵詈, 低頭含笑.

숙질간에 경멸하고 기만해선 안 되네	叔姪莫輕欺
재물은 상자를 같이 할 것이니	財物同箱櫃
한 방에서 사심이 쌓이면 안 되네	房中莫畜私

이 시는 형제화목과 친척 간의 정도, 그리고 재물로 불의하지 말기를 밝히고 있다. 또 「형제가 서로 사랑할지라(兄弟相憐愛)」(卷四)에서는,

형제는 서로 사랑할 것이며	兄弟相憐愛
동기간에 따로 지내지 말지라	同生莫異居
누구는 떨어져 지내고자 하나	若人欲得別
이렇다면 몹쓸 놈이로다	此則是兵奴

여기서는 동기간에 동거하여 '병노(兵奴)' 같은 존재가 되어서는 안 된다고 경고한다. 특히, 「옛날에 전진의 형제가 재물을 나누니(昔日田眞分)」(卷四)에서는 한대 성제(成帝) 때의 전진(田眞)의 우애를 고사로 인용하여 간접화법으로 형제애를 제시하였으니,

옛날 전진 형제 재산을 나누는데	昔日田眞分
뜰의 가시나무 곧 시들었다네	庭荊當卽衰
의논하여 헤어지지 않기로 하니	平章却不異
그 나무가 다시 살아나 무성하였네	其樹復還滋

여기서는 전진의 삼형제가 재산을 삼분(三分)하였다가 마당에 심은 나무까지 말라죽게 되자 반성하여 재물을 모아서 효도의 가문이 되었다는 비유법을 강구하였다. 왕범지 시에서는 유가풍의 다른 면으로 '경신(敬愼)' 즉 존경하고 삼가는 맘을 소홀히 하는 풍조를 경계함도 간과할 수 없으니, 처세의 자세로 공경을 강조한 예시를 보면,

| 남을 공경하면 스스로 존경받고 | 敬他還自敬 |

남을 멸시하면 스스로 경시한다네	輕他還自輕
남을 한두 마디 욕하면	罵他一兩口
남은 몇천 마디 욕한다네	他罵幾千聲
남의 부모 이름 거스르면	觸他父母諱
남은 조상 이름 거스른다네	他觸祖公名
성내어 보복 없이 하려면	欲覓無嗔根
말을 적게 함이 가장 좋으리라	少語最爲精(卷三)

이 시는 항상 겸손하여 자중함을 강조하고 솔선하여 남을 공경하며 처신을 신중히 하라는 것이다.

2. 도교와 불교의 세속성

기독교는 근신한 생활 자세를 요구한다. 매일 새벽부터 하나님께 근신하는 기도의 시간을 통하여 하루를 오직 종교적 규범을 준수하기를 요구한다. 그러므로 종교생활의 타락 즉 세속화는 고금이 항상 경계하는 가장 기본적인 심적 갈등 대상이 된다. 왕범지는 신랄한 비판과 극단적인 언사로 이 문제를 따지기를 서슴지 않았다. 어느 시대든 종교의 타락상을 문제 삼지 않음이 없지만 왕범지는 자신이 승려이기에 다른 승려들의 단점을 더욱 직설적으로 고발하였다. 이 점은 도교자에게도 같이 적용되었으니, 「도사의 머리를 비스듬히 하고(道士頭側方)」(卷二)를 보면,

도사가 머리를 비스듬히 하고	道士頭側方
온몸에는 황색 도포를 걸쳤네	渾身惣著黃
예불하고픈 마음은 전혀 없으면서	無心禮拜佛
늘 천존 신의 사당을 소중히 하네	恒貴天尊堂
두 종교 다 하나같이	二敎同一體
헛되이 잘난 체 뽐내네	徒自浪褒揚
하나로 성현의 물 먹었으니	一種霑賢聖

약하지도 강하지도 않도다	無弱亦無强
차별하여 생각하지 말아야 하거늘	莫爲分別想
스님들 스스로 잘났다고 떠들도다	師僧自說長
불교와 도교를 함께 받들어서	同尊佛道敎
사람들 옷가지 마련하여 보내네	凡俗送衣裳
양식이며 약품도 보내오니	糧食逢醫藥
죽어가면서 탕약이 끊이지 않네	垂死續命湯
바르게 평생을 한결같이 산다면	敕取一生活
응당히 보답되어 천당에 오르리라	應報上天堂

왕범지는 당나라 국교인 도교의 도사들이 득세하며 수도에 힘쓰지 않음을 통속화된 타락의 상징으로 매도하였다. 이러한 현상은 당나라 초기에 도사를 불교의 승려보다 우위에 놓아서 받든 풍조 때문이기에 왕범지로서는 더욱 강하게 질타한 것이다.『승사략(僧史略)』을 보면,

당대 정관 11년에 낙양을 순행하는데 도사로 먼저 스님과 논하는 자가 있거늘 태종께 알리었더니, 조서를 내리어, 여도사는 여승 위에 둘만 하다 하더라.

라고 기록된 데에서 그 당시의 의식을 알 수 있는데 이러한 의식이 건국 초기를 넘기고 사회가 안정되면서 도석일종(道釋一宗) 즉 도교와 불교는 하나의 종파라는 관념으로 변화하면서 이들 수도자들의 부조리 현상은 극심해져서, 도사가 예불에 뜻을 두지 않고 중생 앞에서 잘난 체하며 약탈과 기만을 일삼는 것이다. 두 종교가 상호 훼방하니 민심이 불안하여 안사(安史)의 난을 위시한 사회혼란이 이미 예기되었다 할 것이다. 이스라엘이 적그리스도적 의식에 물든 종교적 갈등으로 인해서 로마에 점령당한 시대적 현상과 다를 바 없었다. 위의 시에서 제2연의 예불(禮佛)하려는 마음은 없지만 도사의 행세를 위해서는 형식적으로나마 천존(天尊)을 모시는 자세를

취하는 모습이며 제6연에서 민생들이 수도자라고 존중하여 옷가지를 보내오는 순진성, 그리고 제5연에서 도교와 불교의 불화와 승려가 도교를 배척하는 풍조를 엿보게 한다. 왕범지는 불승의 탈선에 대해 더욱 날카로운 매를 들고 있으니, 가면 쓴 승려들의 속성을 고발한 「스님의 머리 매끈하고 (道人頭兀雷)」(권2)를 보면,

스님의 머리 매끈하고	道人頭兀雷
으레 살찐 소소의 배로다	例頭肥特肚
본래 속세의 인간인데	本是俗家人
출가하여 높은 지위에 섰도다	出身勝地立
음식은 대접에 먹고	飮食哺盂中
의복은 깃대에 걸어두네	衣裳架上出
매일 시주 집에 가서	每日趁齋家
일곱 부처에 불공 드리네	卽禮七拜佛
포식하여 돈을 꿰차고는	飽喫更色錢
머리 숙이고 문을 나서네	低頭著門出
손에는 두세 염주 들고 가나	手把數珠行
배를 가르면 본래 아무 것도 없네	開肚元無物
평생을 끝내 깨닫지 못하고	生平未必識
단지 살만 잔뜩 찌누나	獨養肥沒忽
벌레나 뱀도 은혜를 갚거늘	虫蛇能報恩
그 자식이 어디에서 나왔는가	人子何處出

기름기 번질거리는 중들의 머리와 살찐 풍모, 돈을 중시하는 행태, 허황된 겉모습의 꼴불견 등 모든 것이 어느 것 하나 불심과는 상관이 없다. 말세적 종교현상을 그대로 보여준다. 이런 점은 기독교 목회자의 자질과 신앙의 순결성이 절실히 요구되는 것과 상관된다. 예식은 그럴듯하여 '禮七' 즉 칠불(七佛)을 외면서 마음은 불승전(佛僧錢)에 두었으니 그 당시의 타락승의 보편화된 현상임을 알 수 있다. 그리고 「절간의 여러 여승(寺內數箇

尼)」(권2) 일단에서는 비구니의 한심한 작태를 통하여 성직자의 비리를 통박하고 있다.

절 안에 여승들 여럿이	寺內數箇尼
서로 몸치장을 일삼도다	各各事威儀
본래 속인의 딸인데	本是俗人女
출가하여 승복을 걸쳤네	出家掛佛衣
불전을 알지 못하니	佛殿元不識
불가의 승복을 망가뜨리네	損壞法家衣
단지 재물만을 구하니	只求多財富
나머지 일일랑은 멋대로 하네	餘事且隨宜
부자들은 너무나도 중시하고	富者相過重
가난한 자엔 왕래가 드물도다	貧者往還希
단지 하루의 쾌락만을 알 뿐이니	但知一日樂
백년의 기근일랑 잊고 있다네	忘却百年飢
가족들 여위는 건 개의치 않고	不採生緣瘦
오직 자기 한 몸 살찌기 바라네	唯願當身肥

이 너무도 적나라한 실상의 고발에서 왕범지의 수도정신을 확인하게 되고, 불교의 타락상을 엿보게 된다. 구사된 시어가 평범한 일상용어이지만 그 속에 담긴 예리한 관찰력은 이 시의 승화된 진실성을 돋보이게 한다. 한편 왕범지는 승려가 쾌락만을 추구함을 직시하며 「아이가 출가하여(童子得出家)」(권7)에서,

아이가 출가하여 수도한다면서	童子得出家
평생 두고 쾌락을 누린다	一生受快樂
음식은 대접에 가득하고	飲食滿盂中
깃대에서는 입을 옷을 골라대네	架上選衣著
새벽에 묽은 죽을 한다면서	平明欲稀粥
손으로는 고깃국을 맛본다	食手調羹臛
미련하여 몸이 살찌기를 바라니	憨癡求身肥

매일 석약을 복용하네	每日服石藥
산 부처께 예불하지 아니하고	生佛不拜禮
재색에 빠져 헤맨다	財色偏染著
낮에는 공명을 추구하고	白日趁身名
밤에는 쾌락을 찾아 헤매네	兼能夜逐樂
아득히 탈속할 생각은 않고	不肯逍遙行
미적대며 속정에 매여 있다	故故相纏縛
온 길거리에는 뚱보가 가득하니	滿街肥統統
마치 발 없는 자라 새끼 같구나	恰似鱉無脚

불도는 떠나 있고 속계의 물욕에 젖어 있어 위선적 성직의 탈을 쓴 불자의 한심스런 작태를 사실대로 그려놓았다. 통렬한 자아비판의 표출이기도 하다. 그리고 「염불 소리는 들리지 않고(不見念佛聲)」(권5)의 앞부분을 보면,

염불 소리는 들리지 않고	不見念佛聲
거리마다 우는 소리만 들리네	滿街聞哭聲
살았을 때는 털 이불 썼지만	生時同氈被
죽고 나니 시체라 싫어하네	死則嫌屍妨
죽은 시체 오래 남겨둘 수 없어	屍穢不中停
서둘러서 매장해야 하네	火急須埋葬

승려가 타락하니 백성들의 초상집에 염불 소리가 들릴 리 없다. 시세의 조류가 혼탁하였지만, 왕범지 자신은 타락을 비판할 수 있는 엄숙한 신앙심을 유지하고 있었음을 다음 시에서 확인할 수 있다.

나 왕범지가 죽어서	梵志死去來
혼백이 염라대왕을 알현하겠지	魂魄見閻老
제왕의 전적을 다 읽어본들	讀盡百王書
채찍 당하는 일을 면치 못하리라	不免被捶拷

오로지 나무부처를 따라 행하면   一稱南無佛
모두 불도를 터득하리라   皆已成佛道(卷六)

왕범지의 시에서 종교적 색채가 가장 짙게 표현되어 있다. 모순점을 지적하는 것 외에, 수다한 초탈적 의식의 발로를 표현한 것도 적지 않다. 선경(禪境)을 추구하여 육신을 꿈같이 허무한 의식세계로 승화시킨 시세계 또한 매우 중요한 특성이다. 「그림자 보노라면 본래 보이지 않고(觀影元非有)」(권3)에서,

그림자 보노라면 본디 있지 않고   觀影元非有
육신을 보아도 텅 비어 있네   觀身亦是空
그건 물밑의 달을 따는 것 같고   如採水底月
그건 나무 끝 바람 잡는 것 같네   似捉樹頭風
따려 하면 보이지 않고   攬之不可見
잡으려 하면 끝 간 데가 없네   尋之不可窮
중생의 전생 업보를 따라 돌거늘   衆生隨業轉
마치 꿈속에서 잠자는 듯하네   恰似寐夢中

라고 한 의취는 단순한 삶의 초탈을 희구하는 허무의식이 아니라 속세의 현실을 보고, 종교의 비신앙적 양상을 직시하면서 현실망각의 바램이 담겨져 있다고도 보아진다.

Ⅱ. 사회 부조리에 대한 질책

종교 수도자는 모름지기 타의 모범이 되어야 한다. 기독교의 현실은 그 점에서 자부할 만하다고 할 수 있겠는지는 자못 회의적이다. 목회자가 너

무 현실에 안주하고 있지 않은지 돌아보아야 한다. 이 글에서는 왕범지를 그 모범으로 내세우면서 오늘의 교회 지도자들이 깊이 본받아야 하리라 본다. 필자는 한 평신도로서 교회의 현실을 안타깝게 여기는 마음을 떨칠 수 없다. 여기서 왕범지의 진솔한 수도자의 일면을 보면서 오늘의 우리를 재조명하기를 기대한다. 그가 남긴 시에서 높이 평가될 수 있는 부분은 시의 묘사와 격조의 우수성보다는 통속적인 시어로 사실들을 백묘(白描) 수법으로 비웃고 화내며 풍자하면서 사회의 폐단과 백성의 질고를 직설적으로 그려낼 수 있었다는 점이다. 초당대의 사회계급의 분화와 빈부의 불균형 현상이 극심해졌을 때에 비등해진 백성의 애증심리를 다각적으로 대변해준 것이다. 거기에는 지주계급의 착취와 신분상의 불공평, 그리고 관리의 전횡과 재물욕을 들 수 있으며 나태와 유랑의 민심을 우려하는 테마들을 포함시킬 수 있다. 정관(貞觀) 시기의 사회상을 기술한 『당회요(唐會要)』(권83)의 일단을 보면,

　　이제 백성들이 변란을 당한 후에 수나라 때에 비하여 겨우 십분의 일이다. 관청에 요역을 나가서 길에 연이어 있으며, 형이 나가면 아우가 돌아가면서 앞머리에서 꼬리까지 끊이지 않고 춘하추동을 거의 쉴 틈이 없다.4)

라고 하여 그 당시의 가정과 사회가 무너진 상태의 단면을 보여준다. 따라서 왕범지의 시들은 청대 서증(徐增)이 말한 바,

　　당시를 배우려면 먼저 붓놀림의 훈련을 해야 하니, 짓기 연습이 자유자재로 뜻한 바와 같이 되면 절로 좋은 시가 우러나오게 된다.5)

---

4) 今百姓承喪亂之後, 比於隋時, 才十分之一, 而供官徭役, 道路相繼, 兄去弟還, 首尾不絶, 春秋冬夏略無休時.(「貞觀十一年侍御史馬周上疏」)
5) 學唐詩先須鍊筆, 到得伸縮如意, 自有好詩作出來. 『而菴詩話』十二條)

라고 한 것과는 거리가 있지만, 시의 사실성과 정직성이란 면에서 볼 때 왕범지의 사회시는 역시 청대 조집신(趙執信)이 말한 바,

> 시인은 학식을 아는 것을 높이 사는데 도리를 아는 것은 더욱 높이 살 것이다. 소동파가 두보시를 논함에 있어 또 다른 담긴 뜻이 있다고 한 것은 바로 이것이다.[6]

라고 한 논리와 상통하겠으니, 왕범지의 사회상을 묘사한 작품은 송곳 그 자체가 되어 민심의 핵(核)을 끊임없이 찍어내어 보여주고 고발한다.

1. 신분계급의 차별

어느 사회이든 통치와 종속 관계가 성립됨은 필연적인 이치일 것이다. 통치자와 그 부속 부류는 피지배계급에 대해 절대 군림하였음은 정사(正史)인 『신당서(新唐書)』(本紀) 후미에 「찬(贊)」이 부언된 것만으로도 충분히 짐작할 수 있다.

> 찬사하노니 당이 천하를 얻은 지 20대에 이르렀는데, 칭송할 만한 분 세 임금이니 현종과 헌종은 그 유종의 미를 거두지 못했지만, 위대하도다! 태종의 공적이여! 수나라의 난을 잡았으니, 그 자취는 탕과 무왕에 비기겠다.[7]

초당의 중앙집권체제로 사회계급이 양극화되어 빈부의 불균등현상이 심화되고 사족문벌제도가 악화되면서 신분이나 직업의 귀천의식이 노골화되었다. 왕범지는 이러한 사회구조를 사실적으로 묘사하고 애승의 도를 분명히 헤아려놓았다. 그의 「기공은 기술을 배우지 말라(工匠莫學巧)」(卷二)

---

6) 詩人貴知學, 尤貴知道. 東坡論少陵詩外尚有事在, 是也. (『談龍錄』十六條)
7) 贊曰：唐有天下, 傳世二十, 其可稱者三君, 玄宗·憲宗皆不克其終, 盛哉, 太宗之烈也, 其除隋之亂. 比迹湯武.(卷二 本紀第二太宗)

는 농공상들의 세습적인 신분차별과 역경을 대변해주는 실례라 할 것이다.

기공들은 기술을 배우지 말지니	工匠莫學巧
기술 있으면 남에게 부림을 받네	巧卽他人使
신분이 본래 노예이니	身是自來奴
아내 또한 관리의 여종이네	妻亦官人婢
남편이 잠시 없으면	夫婿暫時無
끌고 가서 모욕을 당한다네	曳將伋被恥
일하기 전엔 돈 준다 하고서	未作道與錢
일하고 나면 눈 부릅뜬다네	作了擘眼你
호인이 술과 음식 내려주면서	奴人賜酒食
은혜의 말에서 고운 정이 솟네	恩言出美氣
무뢰한이 돈은 주지 않고	無賴不與錢
시키면 속셈으로 등어리 친다네	蛆心打脊使
빈궁하면서 참으로 불쌍하니	貧窮實可憐
굶주리고 추운 모습 드러나네	飢寒肚露地
부역이 하나같이 내려오니	戶役一概差
나가지 않으면 맞아 죽도다	不辦棒下死
차라리 도망가다 잡힐지언정	寧可出頭坐
뉘라서 매 맞고 모욕당하겠나	誰肯被鞭恥
어째서 집을 버리고 도망가겠나	何爲抛宅走
진실로 학대가 그치지 않음이네	良由不得止

이 시는 기능공이 구속생활을 해야 하고 그 가족까지 모욕을 감수해야 하는 노예 신분임을 통렬하게 고발하고 있다. 신분상 단공(短工) 다음에 정공(正工)에 보임되는 게 세습적이어서 마음대로 직업 변경이 불가했음을 알 수 있다. 그리고 그 처자식도 관노비의 신세가 되니 그들의 궁극적인 행로는 도주이며 유랑으로 귀착된 것이다. 당시 기세등등한 관리들의 자부심을 갖게 해준 관리 선발을 빗대어서 허울 좋은 외식적 규범을 비판하는 「첫째는 고상한 품행이어야(第一須景行)」(卷三)를 보기로 한다.

먼저 고상한 품행이 있어야 하며	第一須景行
다음은 유능하고 총명해야 한다	第二須强明
법령은 물결같이 뛰어나고	律令波濤涌
문필은 화초같이 피어나네	文詞花草生
정신은 빠른 화살같이 곧으며	心神激箭直
회포는 깨끗한 모래처럼 맑네	懷抱徹沙清
살펴 본 바 모두 이와 같거늘	觀察惣如此
어찌 근심하며 불안해하나	何愁不太平

이처럼 재기 발랄한 관리들이 하급계층에 대한 학대와 능욕을 일삼은 이유는 무엇이며 결국은 유랑으로 몰고 갔는지에 대한 해답은 단 한마디 '덕행'을 경시한 선발기준에 있는 것이다. 『신당서』(選擧志下)에 보면,

무릇 사람을 고르는 방법은 네 가지가 있다. 첫째는 몸이니 외모가 넉넉하고 커야 한다. 둘째는 언사이니, 언사가 발라야 한다. 셋째는 글씨이니 서법이 고와야 한다. 넷째는 판별이니, 문리가 뛰어나야 한다.[8]

라고 하였듯이 네 가지 조건에서 '덕행'은 제외되어 인품 결여를 등한시하였음을 보게 된다. 이런 제도로 인해 관리의 전횡은 심해지고 계급 간의 괴리가 커져서 서민과는 주종관계가 강화되는 모순현상이 더욱 뚜렷해졌다. 이것을 왕범지는 「천자를 대신하여 백성을 다스리다(代天理百姓)」(卷三)에서 직설하고 있다.

천자를 대신하여 백성 다스리며	代天理百姓
법령 또한 준수해야 하네	格式亦須遵
관리가 기뻐하면 법도 기쁘고	官喜律卽喜
관리가 성내면 법도 성내네	官嗔律卽嗔

---

8) 凡擇人之法有四：一曰新, 體貌豊偉, 二曰言, 言辭辯正, 三曰書, 楷法遵美, 四曰判, 文理優長.

모두 관리가 법을 시행하니　　　　　惣由官斷法
어찌 법으로 사람을 다스리는가　　　何須法斷人
순식간에 목을 처단하니　　　　　　一時截却項
이유 있어도 어찌 호소할 건가　　　有理若爲申

　관리가 천자를 대신하여 백성을 다스리는 데 있어 기본은 상벌관계로서
이 권한은 관민의 차별의식을 심화시켰고 백성은 관리의 언행에 따라 희
비가 엇갈리는 운명에 놓이곤 하였다. 따라서 관리가 곧 법이 되어 희비에
따라 백성에 대한 범법의 한계가 달라지는 괴현상을 제2, 제3연에서 직언
하고 있다. 그러니까 사법(司法)이 문란해지고 혹리(酷吏)의 횡행이 가능하
며 후안무치(厚顔無恥)의 관료의식이 만연될 수 있었다. 이런 면을 왕범지
는 주저 없이 매도하고 있으니,「백성이 모욕을 당하면(百姓被欺屈)」(권3)을
보면,

백성이 모욕을 당하면　　　　　　百姓被欺屈
세 관리가 처리해야 하네　　　　　三官須爲申
매일매일 둘러앉아서　　　　　　朝朝團坐入
갈수록 억울한 사정이 새로워라　　漸漸曲精新
느릅나무 잘라서 버드나무라 하고　斷楡翻作柳
귀신을 오히려 사람이라고 하네　　判鬼却爲人
천자가 백성의 원한을 껴안아서　　天子抱冤屈
그놈들 밭이랑의 먼지로 흩날리길　他揚陌上塵

　무측천(武則天) 시기에 신분을 앞세운 관리의 학대는 일반화된 현상으로
보인다.[9] 도리와 원칙도 없이 백성을 소유물로 경시하는 풍조를 좌시만
할 수 없는 데에서 왕범지는 어사(御史)의 가식적 위세를「천하의 나쁜 관

9)　학대의 예문을 들면『朝野僉載』(卷二) :“監察御史李全交素以羅織酷虐爲業, 臺中
　　號爲人頭羅刹, 殿中王永號爲鬼面夜叉”

직(天下惡官職)」(권3)에서 다음과 같이 묘사한다.

천하의 아무리 못된 관직도	天下惡官職
어사만큼은 못하리라	未過御吏臺
눈썹을 힘주어 눈을 부릅뜨니	努眉復張眼
어찌 사자무가 필요하겠는가	何須弄師子
옆에서 보니 너무도 무서워서	傍看甚可畏
절로 괴로워 죽고 싶구나	自家困求死
가면 도구를 벗어버리면	脫却面頭皮
남들과 다른 게 없는 것들이	還共人相似

어사대(御史臺)는 당대의 중앙감찰기구이니, 정의의 상징이어야 할 어사가 가장 악질적인 관리로 부각되었다면 이 시는 비판의 극을 발양한 것으로 본다. 사자무(獅子舞)에 착용하는 가면을 쓴 위인으로서의 어사의 작태는 대표적인 신분제도의 악습을 대언하는 것이 되겠다. 위의 신분차별로 겪는 모욕을 피하여 유랑하는 서민의 모습에서, 왕범지는 이런 현상을 사회 안정에 부정적 요인으로 본 것이다. 그의 「천하에 유랑하는 사람(天下浮逃人)」(권5)을 보면,

천하에 유랑하는 사람들	天下浮逃人
반 이상은 넘을 것이네	不啻多一半
남북으로 자취를 곳곳에 남기고	南北擲蹤藏
남에겐 고향에 돌아간다 속이네	誑他暫歸貫
유랑하며 스스로 살길을 찾으니	遊遊自覓活
부역 응할 일 염려 안 해도 되네	不愁應戶役
부모님 생각일랑 마음에 없고	無心念二親
못된 패거리와 어울릴 마음뿐이네	有意隨惡伴
이익이 되는 곳이면 머리 내미니	强處出頭來
주인의 부름에 응할 필요 없네	不須曹主喚
괴롭다 하면 깊이 숨고서	聞若卽深藏

늘 서로 남 해칠 생각만 하네	尋常擬相簑
마치 새들이 무리를 이루었다가	欲似鳥作群
놀라면 즉시 흩어져 날아가네	驚卽當頭散
마음이 악독하여 충효란 없으니	心毒無忠孝
떠돌아다니는 부랑아일 따름이라	不過浮遊漢

이 시는 당대 전기에 나타난 심각한 사회문제를 반영한다. 농촌의 대규모 이탈이 바로 그것이다. 제1연에서 호구의 이탈이 심한 것과 시 마지막에서 가정의 기강이 파괴되고 이탈주민에 대한 무관심에서 인륜과 애민의 부재를 알 수 있다.

2. 미풍양속의 저해

전통적인 유가사상에 의한 예법과 관습이 변질되는 상황에 대해 시를 통하여 풍유하고 있다. 그의 풍자 대상은 가정에서의 불효, 연장자에 대한 공경심의 상실, 태만한 생활태도, 그리고 음주 등 퇴폐적인 습관이 되겠다. 부모에 대한 예의를 읊은 경우를 보면,「부모 따라 나가면(尊人相逐出)」(권4)에서,

부모님을 따라서 나갈 때	尊人相逐出
자녀는 앞서서 가지 말라	子莫向前行
사리를 아는지 만나봐야 하나니	識事須相逢
예의를 모르는 자는 익히 알지라	情知乏禮生

여기서 '존인(尊人)'은 부모와 같은 연장자를 말하며, 말구의 '핍생례(乏禮生)'는 예의를 모르는 사람이니, 철저한 순종의 자세를 강조하고 있다. 그리고「어른과 젊은이 함께 공경하면(長幼同欽敬)」(권4)을 보면,

어른과 젊은이 함께 공경하면	長幼同欽敬
어른을 알아 공경 않을 자 없네	知尊莫不遵
다만 예악을 행할 수 있다면	但能行禮樂
마을에서 어질다고 칭찬하리	鄕里自稱仁

라고 하여 '장유유서(長幼有序)'의 예교가 '인(仁)'의 근본임을 기술하였
다.10) 또 「친족이 빈객으로 모여(親家會賓客)」(권4)에서는,

친족들이 손님으로 모여	親家會賓客
좌석에 앉는 데 위아래가 있다네	在席有尊卑
남들이 젓가락을 잡지 않았는데	諸人未下筋
먼저 젓가락질을 하지 말지라	不得在前椅

라고 하여 실질적인 가정에서의 생활예의를 구체적으로 제시해주고 있다.
이러한 엄격한 인륜의식을 바탕으로 왕범지는 미풍양속을 해치는 작태에
실망과 함께 질타와 훈계를 서슴지 않았던 것이다. 그는 태만한 생활태도
에 대해 「집안이 점점 가난해져서(家中漸漸貧)」(권2)에서 섬세한 관찰력으
로 여인의 온당치 않은 언행을 순서대로 지적하고 있다.

집안이 점점 가난해지니	家中漸漸貧
진실로 게으른 아내 때문이네	良由慵懶婦
종일 침상에 앉기를 좋아하고	長頭愛床坐
배불리 먹으며 배를 어루만지네	飽喫沒娑肚
해마다 아이를 낳으면서	頻年艱生兒
집안 가구는 들이려 않누나	不肯收家具
술에는 장정 다섯을 상대할 만하고	飮酒五夫敵
적삼과 바지는 꿰매려 않는구나	不解縫衫袴
으레 옷을 입기 좋아하며	事當好衣裳

---

10) 『禮記』 樂記 : "在族長鄕里之中, 長幼同聽之, 則莫不和順, 在閨門之內, 父子兄弟
同聽之, 則莫不和親."

틈만 나면 밖으로 나가네	得便走出去
남자를 찾아 짝하지 않으나	不要男爲伴
마음속에는 항상 그리워하네	心裏恒攀慕
동쪽 집과 입씨름 잘하고	東家能涅舌
서쪽 집과는 싸우기도 잘하네	西家好合鬪
두 집이 서로 화합하지 않고	兩家旣不合
눈을 부릅뜨고 질투만 하네	角眼相蛆妒
따로 좋은 짝을 찾게 되면	別覓好時對
내쫓아 오래 머물지 못하게 하네	趁却莫交住

여기서 지적된 여인의 게으른 생활태도를 보면, ① 침상에 앉아 포식을 추구, ② 아이는 낳되 집물을 들이지 않음, ③ 술 좋아하고 옷 꿰매지 않음, ④ 외출만을 좋아함, ⑤ 외간 남자에 관심 있음, ⑥ 말 옮기며 다툼, ⑦ 남자를 자주 바꿈 등 그 당시에 타락한 하나의 여인상을 묘사해놓았다. 그리고 「관직도 구하여야 하고(官職亦須求)」(권3)은 선비의 의욕 상실과 요행을 직설하였으니.

관직도 구해야 하고	官職亦須求
재물도 찾아내야 하네	錢財亦須覓
비 내리면 얼굴 곰보 흉터에는	天雨麻點孔
3년에 비 한 방울 떨어지듯	三年著一滴
왕일과 상일의 길일에 득의하면	王相逢便宜
좌석에 앉은 듯 순조로울 건데	參差著局席
멍하니 집 안에 앉아만 있으니	兀兀舍底坐
굶주려 그대 눈 벌겋구나	餓你眼赫赤

부귀에 대한 욕망은 있으면서 기회를 찾으려는 의욕이 없으니 3년에 빗방울 한 방울 떨어지는 것과 같으며, 길일(吉日)을 골라 계획을 추구하지도 않으니 자신은 물론 가족까지 기아(飢餓)에 들게 한다는 치밀하고 단계적인 묘사를 구사하였다. 제2연의 비유는 『잡아함경(雜阿含經)』의11) 예화와

상통하여 왕범지가 일관된 불심을 그 근저에 두고 있음을 알 수 있다. 왕범지는 특히 음주에 대해 부정적인 관념이 짙으니, 「음주는 어리석은 업보(飮酒是癡報)」(卷四)를 보면,

음주란 바보 같은 업보러니	飮酒是癡報
사람이 똥통에 빠지는 것과 같네	如人落糞坑
깨끗지 않음을 알지니	情知有不淨
어찌 언덕 가에서 헤매고 있는가	豈合岸頭行

라 하여 주벽은 전생의 업(業)이라고 통박하면서 부정한 습성임을 질책하였으며, 「술 담그는 죄 심히 무겁다(造酒罪甚重)」(卷四)을 보면,

술 담그는 죄가 매우 무거우며	造酒罪甚重
주육 가까이 하는 죄 가볍지 않네	酒肉俱不輕
누구든 이 말을 못 믿겠거든	若人不信語
열반경을 가져다 찾아볼지라	檢取涅槃經

라고 하여 불법(佛法)의 이치에 맞지 않는 언행을 금지해야 할 것을 피력하면서 미풍의 유지와 부정한 습성의 유행을 경계하는 직언을 펴놓았다. 기독교에서 음주와 금연을 신앙의 기본규범으로 규정한 한국 교회로선 타국과 비교할 수 없는 현명한 선교적 차원이었다고 할 것이다. 신앙인으로서의 심신의 '정결성'을 강조한 왕범지는 안중에 보이는 탈선행위에 대해 '시로써 경계하는(以詩戒之)'의 필단을 멈추지 않았기에 세상을 바로 구하는 사도라고 칭할 만하다.

---

11) 『雜阿含經』(卷十五) : "譬如大地, 悉成大海, 有一盲龜, 壽無量劫, 百年一出其頭. 海中有浮木, 止有一孔, 漂流海浪, 隨風東西. 盲龜百年一出其頭, 當得遇此孔不?"

Ⅲ. 민생질고에 대한 울분

종교는 정도(正道)의 사표인 동시에 인도자이다. 기독교는 그 정신을 '사랑'에 기본을 둔다. 민생이 고난을 당하면 선도하여 여론을 조성하고 구제의 길을 가야 한다. 그러나 우리의 현실을 어떠한가. 교회는 자기충족에 만족하려 한다. 성전은 고대광실처럼 거대하고 성직자는 민생을 구제하여 하나님 앞으로 전도하지 못하고 신도에게 전도의 의무를 강요한다. 목회자가 모범이 되지 못하고 말로만 성령을 강조한다. 진정 우리 교회는 바르게 가고 있는 것인가. 왕범지는 진실된 민심의 대언자 역할을 하였다. 그의 시는 빈부의 차별에서는 갈등과 각종 부역(賦役)에 시달리는 고통의 고발자로서의 역할을 하고 죽기로 호소한 것이다. 그것도 매우 솔직하고 담백하게 말이다. 그래서 두보(杜甫)의 시를 '시사(詩史)'라 한다면 왕범지의 시는 '시민(詩民)' 즉 시를 통하여 민심을 대변하는 시인이라고 해야 할 것이다. 그 표현이 정제되지 않았을 뿐, 열정과 강개가 있고 기개와 용기가 발양되어 있기에 더욱 값지다. 시인은 백성들이 부병(府兵)과 요역(徭役), 그리고 각종 조세(租稅)로 인해 생활의 기반과 안정을 상실당했다고 보며, 신분과 계급의 차이에서 오는 극단적인 빈부 격차는 사회구조를 더욱 악화시켰다고 본다.

1. 부병의 고통

영토 확장과 전쟁으로 당나라 초기에 병역법이 실시되면서 국가경제 악화와 민심 이탈이 가중되었다. 상웨(尚鉞)는 『중국역사강요(中國歷史鋼要)』에서 당나라 초기 부병제에 대해서 "정관 연간에 서북방의 수자리 부역이 이미 매우 과중하였으니‥‥‥ 대군은 만 명, 소군은 천 명으로 봉화

수자리군과 나졸이 만 리 길에 이어져 있었다. 고종 때에는 변방 군사비가 더욱 늘어나고 수자리의 연한도 길어지매, 농민들은 병역을 면키 위해 혹은 지체를 자해하기도, 혹은 도망가기도 하였다."12)라 하고, 판원란(范文瀾)도 『국통사(中國通史)』에서 "부병은 본래 농민에게 병역을 부여하는 일종의 병역제이다. 평시에는 부병 대부분이 농사에 종사하고, 일부가 순번에 따라 서울이나 변방을 지키도록 했다."13)라고 하였으니, 실질적으로 부병이 생활상 농민의 부담을 가중시켰음을 확인할 수 있다. 왕범지의 「천하에 나쁜 관직(天下惡官職)」(권2)을 살펴보고자 한다.

천하에 아무리 나쁜 관직이라도	天下惡官職
부병만은 못하리라	不過是府兵
사방에서 도적이 난동하면	四面有賊動
당일로 즉시 출동해야 하네	當日卽須行
연분이 있으면 다시 만나겠지만	有緣重相見
업보가 박하면 생을 달리하네	業薄卽隔生
도적을 만나면 맞아 죽게 되니	逢賊被打煞
오품 벼슬 얻으려 다투려 않도다	五品無人爭

절망 중에 부병(府兵)에 임하는 농민의 심경을 대언하고 있다. 이로 인해 빈고의 상황은 더해가며 지주의 자제는 물질로 대체하는 부조리가 나타났다. 농민의 부병으로 인해 농가에는 여러 현상이 발생하게 되었으니, 장부가 부병을 피하여 도주하게 되매 아들 대신 노모가, 그리고 남편 대신 부인이 요역을 나가는 문제가 제기되었다.14)「아들딸 있는 것도 좋지만(男女

---

12) 貞觀中, 西北屯戌之役已甚繁重, …… 大軍萬人, 小軍千人, 烽戌邏卒, 萬里相繼. 高宗時邊防軍額更增, 屯戌年限亦久, 農民避免兵役, 或自殘肢體, 或被迫逃亡.
13) 府兵本是寓兵於農的一種兵制. 平時, 府兵人部分從事農耕, 小部分按番到京師宿衛 或戌邊(第三册)
14) 남편 대신 賦役의 예시로 「相將歸去來」(旣引)의 "婦人應重役,男子從征行." 句.

有亦好)」(권5)를 보면,

아들딸이 있는 것도 좋지만	男女有亦好
없을 때가 가장 좋도다	無時亦最精
아들 있으면 부역을 걱정하며	兒在愁他役
징집되어 출정할 것이 두렵네	又恐點着征
첫째는 조세(租稅)와 조세(調稅) 없고	一則無租調
둘째는 군대 가는 일 없다네	二則絕兵名
문을 닫으니 부르는 이 없어	閉門無呼喚
귓속이 너무 맑고 평온하도다	耳裏極星星

이것은 병역 나간 농민의 부모의 비통한 신음소리이다. 가정에는 나약한 가족의 차역(差役)으로 갖은 질병과 재난이 닥치고 농민 장부들이 방술(防戍)에서 사망하면서 농촌의 피폐가 심각해졌다. 왕범지는 요역의 불가피와 운명을 '천조(天曹, 하늘. 천자)'에 맡기는 허탈감을 다음 「임무가 부여되면 나가야 한다(差著卽須行)」(권3)에서 독백하고 있다.

부역 임무 나가야 하니	差著卽須行
파견 나가되 머물기 바라지 말라	遣去莫求住
이름은 돌상자 속에 있고	名字石函裏
관직은 하늘의 관아에서 정해지네	官職天曹注
재산은 귀신이 따져보고	錢財鬼料量
옷과 음식은 부쳐지네	衣食明分付
진퇴는 내 뜻대로가 아니니	進退不由我
어찌 근심하고 두려워하리	何須滿憂懼

당나라 초기의 부병과 요역은 가정과 농촌의 피폐를 조장하였고, 이의 부작용은 민심의 동요와 이탈을 가져오고 국가의 기강이 이완되었다. 가정의 참상을 적나라하게 묘사한 「부부가 아들 다섯을 낳고(夫婦生五男)」(권5)를 예시로 들겠다.

부부가 아들 다섯을 낳았고	夫婦生五男
아울러 딸 쌍둥이를 두었네	并有一雙女
아들이 장성하니 장가가야 하고	兒大須取妻
딸이 장성하니 시집을 가야 하네	女大須嫁處
집마다 호역과 요역이 부과되니	戶役差科來
우리 부부를 끌고 가누나	牽挽我夫婦
아내는 걸칠 거친 베옷조차 없고	妻郎無褐被
남편은 입을 잠방이도 없구나	夫體無褌袴
부모님은 모두 팔십 세이며	父母俱八十
아들의 나이는 쉰다섯이라	兒年五十五
머리 맞대고 처자식을 걱정하면서	當頭憂妻兒
부모님 봉양에는 게으르구나	不勤養父母

2. 가혹한 조용조

당대는 균전제(均田制)를 채용하여 납세의 의무를 부과하였다. 『당육전 (唐六典)』에 "무릇 부역제도는 네 가지 있는데, 첫째는 조세(租稅), 둘째는 용역(庸役), 셋째는 조세(調稅), 넷째는 잡요(雜徭)이다."[15]라고 분류하였는 데, 여기서는 착취와 같은 과다 징수로 인해 빈부의 격차가 심화되어 사회 번영의 방해가 되었던 세금에 관한 왕범지의 질책을 보고자 한다. 「빈궁한 시골뜨기(貧窮田舍漢)」(권5)를 보면,

가난한 시골뜨기 초가집이	貧窮田舍漢
너무도 외롭고 쓸쓸하도다	菴子極孤恓
둘이 모두 전생의 업으로 인해	兩共前生種
현세에 와서 부부가 되었도다	今世作夫妻
아내는 품팔아 나락을 찧으며	婦郎客舂擣
남편은 품팔아 쟁기로 밭 가네	夫郎客扶犁
저녁에 집으로 돌아오면	黃昏到家裏

---

15) 凡賦役之制有四：一曰租, 二曰調, 三曰役, 四曰雜徭.(卷三)

쌀도 땔감도 모두 없도다	無米復無柴
부부가 공연히 굶주린 배를 가누르니	男女空餓肚
모습 마치 하루 한 끼의 제사밥 같네	狀似一食齋
이정은 용세와 조세를 재촉하고	里正追庸調
촌상은 그와 함께 나그치노나	村頭共相催
머리에 맨 두건 해져 드러났고	幘頭巾子露
홑적삼 해져 뱃가죽 드러났네	衫破肚皮開
몸에는 잠방이가 없고	體上無褌袴
발에는 짚신조차 없도다	足下復無鞋
못생긴 아내 화나서 욕을 하는데	醜婦來惡罵
시끄럽게 떠들며 두건을 잡아채네	啾唧搦頭灰
이정에게 다리를 차이며	里正被脚蹴
촌장에게는 주먹으로 얻어맞네	村頭被拳搓
뛰어가서 현령을 만나보려면	駈將見明府
등어리를 때리면서 돌려보내네	打脊趁迴來
세금일랑 낼 방도가 없으니	租調無處出
당연히 이정이 배상해야 하겠네	還須里正倍

이 시에서 과다한 징세로 신음하는 가난한 백성의 현실과 세리의 독촉이 사실적으로 묘사되어 있다. 이정(里正)과 촌두(村頭)가 주동이 되어 혹리역(酷吏役)을 자행하였으니, 『당률(唐律)』의 '이정이 전과의 농상을 주는 조항(里正授田課農桑條)'에 그 수법이 기록되어 있다.

여러 이정들은 법령에 의하여 사람과 밭에 농사와 양잠의 세를 매기는데, …… 이와 같은 일에 있어 법령을 어기는 자는 사건 하나에 태장 40대를 부과하였다.[16)]

이러한 수탈의 대상인 농민·서민은 삶에 자포자기하고 희망과 의욕도 상실하였으니 왕범지는 냉소의 풍자시 「남들 나의 가난을 비웃는다(他家笑

---

16) 諸里正依令授人田課農桑, ……, 如此類事, 違法者, 失一事笞四十.

吾貧)」(卷一)에서 그 울분을 토로하고 있다.

남들 나의 가난을 비웃는데	他家笑吾貧
난 가난해도 즐겁기만 하네	吾貧極快樂
소도 없으며 말도 없으매	無牛亦無馬
도적에게 빼앗길 걱정 안 하네	不愁賊抄掠
그대는 부유하고 호역도 높으니	你富戶亦高
요역도 이겨낼 만하네	差科並用却
나는 불러주는 곳도 없으니	吾無呼喚處
배불리 먹으며 항상 다리 편다네	飽喫常展脚

  과중한 각종 세제로 인해 농민은 족쇄를 걸치고 통고(痛苦)하고 지주와
관료는 면세특권을 누렸으니 조용조제(租庸調制)의 잔혹성을 비판한 왕범
지의 시를 두보가 유신(庾信)을 평한 소위 '청신하고 준일함(淸新俊逸)'에까
지는 높여 평가할 수 없겠지만, '시로써 감흥을 기탁함(詩以寄興)'의 경지에
는 도달하였음을 인정해야 할 것이다. 왕범지의 사회현실에 대한 냉엄한
지적은 시심(詩心)을 무용한 소재에[17] 두는 폐단을 극복한 생명력 넘치는
수신가의 정신에서 나온 것이기에 더욱 가능했다고 본다. 기독교의 정신
은 사랑과 나눔의 종교인 동시에 윤리규범을 엄수하는 도덕준수의 구도자
를 높이는데 그 제일 목표를 두는 데 있다. 그래서 기독교는 생명을 건 바
른 도리를 주저 없이 주창해야 한다. 그러나 현실은 우유부단하고 기회주
의적이며 보신적인 안위에 젖어 있다고 비판하면 과연 변명할 자신이 있
는지 이 왕범지 시를 보면서 반성하게 된다. 왕범지의 시는 촌철살인적인
예리하고 아픈 맛을 주기 때문에 비흥(比興)보다는 부(賦)의 직설에 가까워
서, 그것이 당(唐)대 승려시인 한산(寒山)·습득(拾得)에 비해 문학적인 가
치 면에서 볼 때 덜 중시될 수도 있다고 본다. 그러나 가식과 냉담을 배제

---

17) 李沂, 『秋星閣詩話』: "由邪徑, 費精神於無用之地."

하고 진솔하고 열정 어린 독설적인 양심의 호소를 윤리와 종교적 차원에서 토로해준 고발의식을 문학 이상의 사회 개혁적 입장에서 재조명해야 한다고 본다. 왕범지 시가 지닌 간결과 평이가 외적인 관점이라면, 고뇌와 자조(自嘲), 그리고 절규는 만인 공감의 내적인 형상사유(形象思惟)에 비유할 수 있을 것이다.

여호와여 주의 원수들은 다 이와 같이 망하게 하시고 주를 사랑하는 자들은 해가 힘있게 돋음같이 하시옵소서   (사사기 5 : 31)

아들들아 아비의 훈계를 들으며 명철을 얻기에 주의하라. 내가 선한 도리를 너희에게 전하노니 내 법을 떠나지 말라   (잠언 4 : 1~2)

당대 민가 격식의 「시편」과의 관계

당대(唐代, 7~10세기)에는 '경교(景敎)'라는 이름으로 기독교 신앙이 중국에 자리 잡아서 상당한 선교적 기반을 다진 상태였다. 그리하여 이백(李白)과 노동(盧仝)의 시, 그리고 민가(民歌)에 그 여운이 전해지는 점을 필자는 여러 각도에서 거론한 바 있다. 본고에서는 당대 민가의 격식에서 구약성서의 「시편」적인 요소를 찾아보고자 한다. 그 논점이 구체화되기 어려우므로 본고에서는 외적인 형식면의 일단만을 검토하는 선에서 머물고자 한다. 그러므로 본고는 어디까지나 중국 시가적 논고를 바탕으로 하여 간접적으로 필자의 작은 의견에 의해 「시편」의 형식과 비교하는 수준에 놓되, 본고의 주목적은 당대 민가에 관한 논술에 두는 점을 양지 바란다.

당대의 문학은 주로 관리로 있던 문인에 의한 작품 활동이 주류를 이르고 있다. 그 자료가 관변문인(官邊文人)의 것이 아니면 문헌으로 보존되기가 거의 불가능하였다. 이러한 현상이 민간문학의 존재가치를 점감시켜 문학사에 올릴 만한 비중을 차지하지 못하게 한 것이다. 그러나 돈황문(敦煌文)이 정리되면서부터 거기에 보존되어온 민간가요가 새로운 시문학의 위상을 얻게 되면서 그 연구도 가능하게 되었다. 문학의 연원은 대개 민간에서부터 시작한다 함은 동서양의 문학사상에서 보는 매우 흔한 통례이다.[1] 그것은『시경(詩經)』의「국풍(國風)」과『초사(楚辭)』의「구가(九歌)」, 그리고 한위육조악부(漢魏六朝樂府)가 민간 가사에서 유래하고, 사(詞)가 가기(歌妓)와 무녀(舞女)에서, 원곡(元曲)이 또한 사(詞)와 같고, 탄사(彈詞)가 거리의 창고사자(唱鼓詞者), 그리고 소설이 길가의 설서강사자(說書講史者)에서 각각 시작된 사실에서 비교할 수 있다. 이와 같이 민가의 발생은 일정한 시간과 장소, 그리고 일정한 배경과 고사(故事)를 필요로 한다. 따라서 민가를 연구하는 일은 가요(歌謠)의 본사(本事)를 파악한 후에 그 내용을 이해해서 발생 연대와 유전지역(流傳地域) 및 사회적인 배경, 생활, 의식과 민속 등의 사정을 탐구하는 방식으로 이루어진다.

무릇 당대문학(唐代文學)을 논하는 데 그 민가를 고려해야 하는 이유는 문학 발전의 배경을 결정해주는 요소이기 때문이다. 그런고로 당대문학이 발달했다 함은 곧 민가가 번성했다는 결론으로 이어진다. 당대 사회는 민가 발달의 온상으로서 문학·정치·경제·종교·풍속·음악 등의 입장에서 볼 때 민가가 당대에 번성한 것을 매우 쉽게 이해할 수 있다. 따라서 후스(胡適)가 당초(唐初)에 '백화시(白話詩)'를 먼저 서술해야만 그 시대의 문학을 말할 수 있다고 한 논리는 매우 타당하다고 할 것이다.[2] 이처럼 당대 민가의 발생 원인을 밝히는 데 있어서, 먼저 그 사회형태에서부터 선색(線索)을 찾아야 할 것이며, 동시에 그 가요 자체에서 그 원인과 배경을 파악해야 할 것이다.

당대 사회는 시가를 중시하는 시대였기 때문에, 시가에서 생활력을 표현하고 가성(歌聲) 중에서 열정과 원망을 노래하였다. 『전당시(全唐詩)』를 보면 제왕(帝王)의 시로부터 문인·비자(妃子)·관원 그리고 궁인·은사(隱士)·화상(和尙)·도사·가기(歌妓)·상인, 나아가서 무명씨(無名氏)에 이르기까지 시가를 애창한 총서로서 그 당시의 기풍을 분명하게 대변해주고

---

1) 胡適, 『白話文學史』, p.13, 「漢朝的民歌」, 참조.
2) 胡適, 「시편」, 『白話文學史』, 상계서, p.155 참조.

있다. 그리고 전기(傳奇)소설에서 시가와 돈황의 속강변문(俗講變文), 곡자사(曲子詞)를 인용하고 있고 그 후의 대부분의 속문학(俗文學)에서 오칠언(五七言) 율시(律詩)를 창사(唱詞)로 쓰고 있는 것을 볼 때, 당대문학 특히 시학이론(詩學理論)에 중요한 거점(據點)이 된다. 본고는 이러한 점을 보아서, 민가의 발생 문제 그리고 그 결구점(結構點)만을 다루면서 민가의 특성과 「시편」의 상관점을 찾아보려 한다.

Ⅰ. 민가의 발생과 배경

오랜 역사를 지닌 민가는 민간의 소박하고 조속(粗俗)한 정조(情調)를 지니고 있는 것이 특성인 만큼, 악공(樂工)과 문인에 의해서 윤색을 거친 후에 궁정(宮廷)이나 시정(市井)의 오락품이 될 수 있었다. 따라서 일부의 원시적인 잡곡(雜曲)을 제외하고는 법곡(法曲)이나, 대곡(大曲)같이 상당히 진화된 형태를 지닌 것이 당대 민가의 유형이다. 민가의 발생과 배경을 고찰하는 데 있어서 다음 몇 가지로 귀납시켜보고자 한다.

첫째는 전래되어온 속악(俗樂)과 그 당시의 신가(新歌)에서 민가의 발생 원인을 찾을 수 있다. 당대의 조정음악(朝廷音樂)은 수대(隋代)를 계승하여 아악(雅樂)과 속악(俗樂)으로 양분된다. 아악은 당대 고조(高祖) 무덕(武德) 9년(626) 두진(竇璡)이 남북조의 구음(舊音)을 참고해서 「대당악삼십일곡(大唐樂三十一曲)」을 지어 교제조연지용(郊祭朝宴之用, 제사와 조정연회에 사용)으로 썼고 장대수(張大收)와 여재(呂才)에 의해 완비된 것이다. 속악은 연악(燕樂)이라 하여 수대 「구부악(九部樂)」에 「고창기(高昌伎)」를 더한 것인데,3)

---

3) 胡適, 「시편」 『白話文學史』 『구당서』, 「禮樂志」 云: 「高祖卽位, 仍隋制, 設九部燕樂, 樂伎, 樂工, 舞人無變者. 淸商伎, 西涼伎, 天竺伎, 高麗伎, 胡旋龜, 龜玆伎, 安國伎, 疏勒伎, 康國伎, 工人之服皆從其國. 隋樂, 每奏九部樂終輒奏文唐樂, 太宗

당대 민간의 구곡(舊曲)은 거의가 「청상악(淸商樂)」으로서, 『구당서(舊唐書)』
「음악지(音樂志)」에 자세히 기술되어 있다. 이 「청상악」은 장강(長江) 유역
의 민가인 만큼 오가(吳歌)와 서곡(西曲)이 위주가 되었다. 이들 곡사(曲辭)
는 곽무천(郭茂倩)의 『악부시집(樂府詩集)』 권44에서 권51까지 당인(唐人)의
방제(仿製)로 수록되어 있는데 「청상악」의 내용을 위의 「음악지」에서 보면
다음과 같다.

　　수나라가 진나라를 평정하고서 청상서를 두어서 청상이라고 한다. 양진
두 나라가 망하게 되매 남은 것은 대개 적어졌다가 수대 이래로 날로 사라
지게 되었다. 그러나 무태후 시기에는 여전히 63곡이 있었다. 지금 그 가사
가 남아 있는 것이 단지 백설공막무, 파유, 명군, 봉장무, 명지군탁무, 백구,
백저, 아야오성사시가, 전계, 아자 및 관문, 단선, 오뇌, 장사, 독호, 독곡, 오
야제, 석성, 막수, 양양, 서오야비, 고객, 양반, 아가, 교호, 상림희, 삼주, 채
상, 춘강화월야, 옥수후정화, 당당, 범용주 등 32곡과 명지군, 아가 각 2수,
사시가 4수 합하여 37수이다. 또 7곡의 곡만 있고 가사가 없는 것 즉 상림,
평조, 청조, 슬조, 평절, 명소 등이 있어서 앞의 것과 합하여 44곡이 남아 있
다.4)

　　그리고 곽무천(郭茂倩)은 『악부시집』에서 「청상악」에 대해 다음과 같이
상세하게 기록하고 있다.

　　청상악은 일명 청상이라 한다. 청상은 아홉 왕조에 걸쳐 내려오는 성조로
서 상화 삼조 같은 것이 그러하다. 한위 이래의 구곡은 그 가사가 모두 고

時命削之, 及平高昌收其樂, 自是初有十部樂.」
4) 隋平陳, 因置淸商署, 總謂之淸商. 遭梁陳亡亂, 所存蓋鮮, 隋室以來, 日益淪缺, 武
　太后之時, 猶有六十三曲. 今其辭存者, 惟有白雪公莫舞, 巴渝, 明君, 鳳將雛, 明之
　君鐸舞, 白鳩, 白紵, 子夜吳聲四時歌, 前溪, 阿子及觀聞, 團扇, 懊憹, 長史, 督護,
　讀曲, 烏夜啼, 石城, 莫愁, 襄陽, 棲烏夜飛, 估客, 楊伴, 雅歌, 驍壺, 常林戲, 三州,
　採桑, 春江花月夜, 玉樹後庭花, 堂堂, 泛龍舟三十二曲. 明之君, 雅歌各二首, 四時
　歌四首, 合三十七首. 又七曲有聲無辭, 上林, 鳳雛, 平調, 淸朝, 瑟調, 平折, 命嘯,
　通前爲四十四曲存焉.)

조와 위 삼조대에 지은 것이다. 진대가 파천하고부터 그 음이 분산되고 부견이 양을 멸하여 얻은 후에 전후 이진에 전해지고 송의 무제가 관중을 평정하여 남하하고서는 다시는 내지에 남아 있지 않았다. 이때 이후로는 남조의 문물이 가장 성행하여 민요며 나라 습속에 새로운 곡조가 나왔다. 고로 왕승건은 삼조가를 논하기를 지금의 청상은 진실로 동작에서 기인하니 위씨 삼조에 풍류가 품을 만하여 경락에 높이고 강좌에 중히 여기니 정조가 변하고 듣기가 바꾸니 점차 쇠락하여 십수 년간 없어진 것이 반이나 된다. 그래서 남아 있는 곡을 추리고 오래 생각하면서 남은 악기를 어루만지며 탄식하는 것이다.[5]

위의 두 인용문에서 민가의 연원이 「청상악」의 유행에 바탕을 두고 있음을 확인할 수 있다. 둘째로 당대 자체에서 발생한 신가(新歌)는 또한 민가에 중요한 역할을 하였다. 이 신가는 민심에 의해 정가(情歌)로 이어져 전해진 것으로 「황죽자(黃竹子)」와 「강릉여가(江陵女歌)」를 보면(『樂府詩集』 권47),

강변에 난 황죽은	江邊黃竹子
여인네 패물 상자 되어서	堪作女兒箱
한 배에 두 노를 저으며	一船使兩槳
신부 얻어 고향에 돌아온다	得娘還故鄉(「黃竹子」)
비는 하늘에서 내리고	雨從天上落
물은 다리 아래로 흐르네	水從橋下流
여인의 치마 띠 주워서	拾得娘裙帶
한 마음을 두 머리에 맺으리	同心結兩頭(「江陵女歌」)

---

5) 商樂一曰淸商. 淸商者, 九代之遺聲, 其如卽相和三調是也. 并漢魏已來舊曲. 其辭皆古調及魏三祖所作. 自晉朝播遷, 其音分散, 符堅滅凉得之, 傳於前後二秦. 及宋武定關中, 因以入南, 不復存於內地. 自時已後, 南朝文物號爲最盛, 民謠國俗, 亦世有新聲. 故工僧虔論二調歌曰：今之淸商, 實由銅雀, 魏氏三朝, 風流可懷, 京洛相高, 江左彌重. 而情變聽改, 稍復零落, 十數年間, 亡者將半. 所以追餘操而長懷, 撫遺器而太息者矣. (卷四十四)

여기서 「황죽자」는 장강 유역에서 발생한 정가(情歌)이며 「강릉여가」는 강릉지방의 정가로서 곽무천은 이강성(李康成)의 말을 인용하기를 "황죽자와 강릉여가는 모두 지금의 오가이다(黃竹子, 江陵女歌, 皆今時吳歌也)."(『樂府詩集』권47)라고 했으니 오성가곡(吳聲歌曲)의 영향을 받아 발생한 민가임을 알 수 있다. 이 민가는 「시편」 제23편의 전원적 정서와 시어를 구사하면서 3·3조, 4·5조, 그리고 4·3조를 조화롭게 운용하여 시의 고저장단(高低長短)의 절주를 적절히 조절하고 있다.

　그리고 백거이(白居易), 유우석(劉禹錫)이 모의해서 지은 「양류지(楊柳枝)」와 「죽지(竹枝)」 또한 그 예가 된다. 「양류지」는 고곡(古曲)에 두 종류가 있는데, 하나는 호가(胡歌)인 양대(梁代)의 고각횡취곡(鼓角橫吹曲)이요, 다른 하나는 화성(和聲)으로 상화곡(相和曲)의 「절양류행(折楊柳行)」 및 청상곡 중의 「월절절양유가(月節折楊柳歌)」이다. 그러나 백거이의 「양류지」는 건무곡(健舞曲)으로서 화성(和聲)으로 보전하여 장단구를 이루고 있는데 돈황곡(敦煌曲)도 츤자(襯字)를 가하고 있어,[6] 중당 이후 널리 유행한 신가임을 알 수 있다. 그리고 '죽지'는 본래 『교방기(教坊記)』 중에 실려 있는 「죽지지」와는[7] 다른 새로운 건평(建平, 지금의 쓰촨성 우산현) 일대의 산가(山歌)이니 이것이 곧 유우석이 고쳐서 지은 작품이다. 여기에 그중에서 제1수를 들도록 한다.

　　산복사 붉은 꽃이 가득하고　　　　　　山桃紅花滿上頭
　　촉강의 봄물은 산을 치며 흐르네　　　蜀江春水拍山流
　　꽃 붉어 쉬이 시듦은 님 생각 같고　　花紅易衰似郎意
　　물 흘러 그지없음 내 수심 같아라　　水流無限似儂愁
　　　　　　　　　　　　　　　　　　（『全唐詩』 六函三冊）

---

6) 邱燮友 「唐代民間歌謠與敦煌曲子詞之探述」, 참고.
7) 唐馮贄, 『雲仙雜記』云：「張旭醉後唱竹枝曲, 反覆必至九回, 乃止」.

이 시는 민가의 방제품(仿製品)이지만, 정서가 건랑(健朗)하고 산복숭아
·봄물 같은 향토색 짙은 시어라든가, '낭의(郎意)'·'농수(儂愁)' 같은 서정
이 넘치는 서민적인 표현을 하고 있다. 셋째는 궁정의 시가 애호에서 민가
를 낳는 선도적인 역할을 하였다. 이 민가는 계유공(計有功)의 『당시기사
(唐詩紀事)』에 보면, 왕이 신하들과 연회를 열어 시를 짓고 파진무(破陣舞)
를 추는 등 당시의 상황을 말해주고 있으며,8) 송대 우무(尤袤)의 『전당시
화(全唐詩話)』에는 태종(太宗)의 부시(賦詩)가 아정체(雅正體)와는 거리가 있
는 것으로 밝히고 있다. 그 시화에서 예를 들어보면,

　　왕이 일찍이 궁체시를 지어서 우세남으로 하여금 화답케 하였는데 세남
　이 말하기를 왕께서 지으신 시는 진실로 공교롭습니다. 그러나 체식이 아정
　하지 아니한 바 위에서 좋아하는 바가 있으면 아래에서 반드시 더함이 있게
　되니 두렵기는 이 시가 전해지게 되면 천하를 풍미하여 감히 받들어 지어
　올리지 못할 것입니다.9)

이와 같이 속악이 애호됨에 따라 현종(玄宗) 때엔 교방(敎坊)을 두고, 황
제이원제자(皇帝梨園弟子)를 세워 길러나가는 여건까지 형성되니 그러한 성
행은 국가적인 정책의 뒷받침을 받았다고 하겠다. 송대 정대창(程大昌)은
이 점에 대해서 기술하기를,

　　개원 2년 현종이 태상예악의 관리로는 배우와 잡악을 다스리지 못한다하
　여 곧 좌우교방을 두어 속악을 가르치게 하고 좌우교위장군 범급으로 하여
　금 그 책임을 맡게 하였다.10)

---

8) 『唐詩紀事』卷一：「貞觀六年九月, 帝辛慶善宮, 帝生時故宅也. 因與貴臣宴, 賦詩.
　起居郎請平宮商, 被之管絃, 命日功成慶善樂, 使童子八佾為九功之舞, 大宴會, 與
　破陣舞偕奏於庭」.
9) 帝嘗作宮體詩, 使虞世南賡和, 世南曰：聖作誠工, 然體非雅正, 上有所好, 下必有
　甚焉, 恐此詩一傳, 天下風靡, 不敢奉詔. (卷一)
10) 開元二年, 玄宗以太常禮樂之司, 不應典倡優雜樂, 乃更置左右教坊以教俗樂, 命左

라 하여 그 사정을 명백하게 알 수 있다. 넷째는 사회경제의 번영이라 할 것이다. 당고조(唐高祖)가 개국한 후에, 정관지치(貞觀之治)와 개원천보지치(開元天寶之治)를 통하여 현종 대에 이르기까지 당대 경제의 발달을 가져와서, 민생이 쾌락하고 물자가 충족하여 절일(節日)마다 연악생가(宴樂笙歌)가 끊이질 않았다. 『신당서(新唐書)』「식화지(食貨志)」에 보면,

정관초에 가호가 삼백만이 안 되고 비단 한 필에 쌀 한 말과 바꾸었으며 4년에 이르러 쌀 한 말에 사오 전 하고 바깥문을 닫지 않은 지 몇 달이나 되며 소와 말이 들에 놓여지고 사람이 수천 리 길을 가는데 식량을 준비하지 않았다. 백성과 사물이 번식하였으며 사방의 오랑캐로 항복해온 자가 20만 명이니 이해에 천하에 옥에 갇혀 죄로 죽은 자가 29인이어서 태평이라 호칭하였다.[11]

라고 하여 그 당시의 생활상황을 적절히 설명하였고, 호진형(胡震亨)의 『당시담총(唐詩談叢)』에 이르기를,

당나라 때는 풍습이 호화롭고 사치로우니, 상원산 누각에서 탄신일에 가무하며 안주를 하사하면서 만민이 동락함을 본다. 더욱 민간에서는 절기를 좋아하고 옛일을 가꾸기 좋아하여 길쌈이 왕공에까지 행해지고 중배끼가 세속 속에 남아 있었다. 문인은 세월을 기려서 노래로 담았다. 조정 선비와 문사들이 글을 지으면 다음 날 즉시 서울에 유행하였다. 그 당시에 창화가 많고 시편이 성행한 까닭은 이러한 것이 또한 일조하였다고 할 것이다.[12]

라고 하여 당인의 연악가무(宴樂歌舞)의 성행을 알게 한다. 그리고 홍매(洪

右驍衛將軍范及爲之使.(『演繁露』)
11) 貞觀初, 戶不及三百萬, 絹一匹易米一斗. 至四年, 米斗四五錢, 外戶不閉者數月, 馬牛被野, 人行數千里不齎糧, 民物蕃息, 四夷降附者二十萬人, 是歲天下斷獄死罪者二十九人, 號稱太平.
12) 唐時風習豪奢, 如上元山棚, 誕節舞馬賜酺, 縱觀萬衆同樂, 更民間愛中節序, 好修故事, 綵縷達於王公, 粗粖不廢俚賤, 文人紀賞年華, 槪入歌詠. 朝士詞人有賦, 翌日卽流傳京師. 當時倡酬之多, 詩篇之盛, 此亦其一助也. (卷三)

邁)는『용재수필(容齋隨筆)』에서 그 당시의 생활상의 풍족함에 의한 음악 발달과 함께 시가가 성행한 구체적인 내용을 다음과 같이 기술하고 있다.

당대 개원천보 연간에 문물이 성한 내용이 전기와 시가에 많이 보인다. 장호가 지은 것이 특히 많아서 다른 시인들이 따르지 못하는 것이다. 예컨대, 「정월십야등」에 이르기를; "모든 문이 열리고 모든 등이 밝으니 정월 중순에 서울이 진동하네. 삼백의 나인들이 소매를 이어서 춤추니 일시에 천상에 노래 소리가 나도다." 「상사악」에 이르기를 "비린내 나는 피가 매인 머리에 물드니 천상의 고른 소리 드러나 감도네. 나인의 마음 간절하여 육궁의 붉은 소매 일시에 우러나네." 「봄꾀꼬리 울어」에 이르기를 "흥경지 남녘 버들이 움트지 않았는데 태진이 먼저 한 가지 매화를 쥐었도다. 나인이 이미 춘앵전을 노래하며 꽃 아래에서 가지런히 돌아가며 춤추네." 또 대포악, 분왕소관, 이막적, 영가래, 분량갈고, 퇴궁인, 요랑가, 패라아무, 아보탕, 우림령, 향랑자 등 시는 모두 개원의 남긴 일들을 보충해줄 만한 현악의 악부인 것이다.13)

그리고 호한(胡漢) 문화교류로 호악(胡樂)이 수입되어 민가의 발달을 촉진하였고 종교적으로는 유도불(儒道佛) 삼가가 함께 어울리는 가운데 불교의 유행으로 변문(變文)과 강창(講唱)이 파생되어 불교 선교의 도구로서 불곡(佛曲)의 민간화가 이루어졌다. 당대 조린(趙璘)이 승문서(僧文漵)가 사묘(寺廟)에서 고사를 얘기하고 가요를 부르는 정경을 묘사한 것을 다음 글에서 보면 분명히 알 수 있다.

문서승이 있어 공이 대중을 모아 담설을 하는데 경론을 가탁하니 하는 말이 음탕하고 더러우며 비속하여 외설적이 아닌 것이 없었다. 부정한 무리는

---

13) 唐開元天寶之盛, 見於傳記歌詩多矣, 而張祜所詠尤多, 皆他詩人所未嘗及者. 如正月十夜燈云：千門開銷萬燈明, 正月中旬動帝京. 三百內人連袖舞, 一時天上著詞聲. 上已樂云：猩猩血染繫頭標, 天上齊聲舉畫橈, 却是內人爭意切, 六宮紅袖一時招. 春鶯囀云：興慶池南柳未開, 太眞先把一枝梅. 內人已唱春鶯囀, 花下傞傞轉舞來. 又有大酺樂, 邪王小管, 李謨笛, 寧歌來, 邪娘羯鼓, 退宮人, 要娘歌, 悖拏兒舞, 阿鵲湯, 雨霖鈴, 香娘子等詩, 皆可補開天遺事, 絃之樂府也. (卷五)

오히려 서로 선동하고 부추기며 어리석은 사람은 아녀자를 희롱하였다. 그 말을 즐겨 듣는 자는 절에서 요란하게 떠들면서 예를 다해 숭배하여 화상교 방이라고 호칭하니 그 성조를 본받아서 가곡으로 하였다.[14]

Ⅱ. 민가의 구조

당대 민간가요의 결구(結構)는 음악의 본질을 이해해야 한다. 당대의 음 악은 아악과 속악으로 분류하는데 민가는 속악의 범주에 속한다. 당대의 속악은 연악이라고도 하는데 그중에서 수제구부악(隋制九部樂)을 십부악(十 部樂)으로 늘려놓았으니, 그것은 청악(淸樂)을 위주로 하고 그 다음으로 호 악(胡樂)이 있는데 서량악(西涼樂), 고려악(高麗樂), 구자악(龜玆樂), 안국악(安 國樂), 고창악(高昌樂) 등을 포괄하고 있는데 그중에 서량악과 구자악이 주 된 음악이 된다.

이런 속악은 세 가지 성분을 지니고 있으니, 하나는 청악(淸樂)이요, 다 른 하나는 서량악(西涼樂), 그리고 다른 하나는 구자악(龜玆樂)이다. 청악은 전통적인 본토음악으로서 육조(六朝)의 청상악을 계승한 것이며 장강 유역 의 가요를 주체로 한 오가(吳歌)와 서곡(西曲)이 있어 소령단가(小令短歌)의 형태를 지니고 있다. 서량악은 여광(呂光), 저거몽손(沮渠蒙遜) 등이 양주(涼 州)를 거점으로 해서 구자악을 변형시켜서 진한기(秦漢伎)라 하였는데 위태 무(魏太武)가 하서(河西)를 평정하고 이 성악(聲樂)을 취득하고서 서량악이 라고 하였다. 그 악기와 성조가 모두 호융(胡戎)에서 나온 것으로서 본토의 화하(華夏)의 본래 옛소리(舊聲)는 아니다. 구자악은 여광이 구자(龜玆)를 멸

---

14) 有文溆僧者, 公爲聚衆譚說, 假托經論. 所言無非淫穢鄙褻之事. 不逞之徒, 轉相鼓 扇扶樹. 愚夫冶婦, 樂聞其說, 聽者塡咽寺舍. 膽禮崇拜, 呼爲和尙敎坊, 效其聲調, 以爲歌曲.(『因話錄』卷四)

하여 그 성악을 얻었는데 여씨가 망하여 분산(分散)되자 북위(北魏)가 수(隋)에 전하여 서국구자(西國龜玆), 제조구자(齊朝龜玆), 사구자(士龜玆)의 세 부분으로 나누어졌다. 서량악은 감숙(甘肅)과 신강(新疆) 일대의 민가에서 기원하여 북조(北朝)에 유입되었으며, 구자악은 신강 일대 및 신강의 서부에서 유행하던 민가였다고 하겠다.

청악은 소곡(小曲)과 잡곡(雜曲)의 형태로서 소령(小令), 소조(小調)의 가곡이며 서량악과 구자악은 대곡(大曲), 법곡(法曲)의 형태로서 적편(摘遍)과 탄파(攤破)를 강구하곤 하였다. 본고는 결구를 논함에 있어 장법(章法), 산성(散聲), 화창(和唱), 절령(節令) 등으로 구분하여 열거하려 한다.

1. 장법

당조(唐朝)에는 육조의 청악을 위시하여 오가(吳歌), 서곡(西曲), 근세곡사(近世曲辭) 등이 오언소시(五言小詩)의 형태를 보여주는데 사구(四句) 형식의 7·5언시의 민가가 주체를 이룬다. 오언가요(五言歌謠)로서 「복숭아 나뭇잎(桃葉歌)」(『樂府詩集』 권45)을 예로 들면,

복숭아 잎 복숭아 잎	桃葉復桃葉
강을 건너며 노를 젓지 않네	渡江不待櫓
바람 이는 물결 쉬잖고 출렁대니	風波了無常
목숨 걸고 강남을 건너네	沒命江南渡

그리고 또 「봄노래(陽春曲)」를(상동 권51) 들어 보겠다.

질경이는 앞길에 돋아나고	芣苢生前逕
앵두는 작은 뜰에 지는구나	含桃落小園
춘심이 설보 일어 출렁거려	春心自搖蕩
온통 혀로 수없이 떠드는 소리	百舌更多言

칠언가요(七言歌謠)로는 민가의 방제(仿製)인 시견오(施肩吾)의 「양양곡(襄陽曲)」(상동 권48)과 「연꽃 따기(採蓮曲)」(상동 권50)을 열거할 수 있다.

언덕 가의 여인을 낭군은 찾지 마오	人堤女兒郎莫尋
삼삼오오 맘을 한데 맺었네	三三五五結同心
맑은 아침 거울 놓고 단장하나니	淸晨對鏡冶容色
마음은 낭군의 천금 사랑을 얻으려네	意欲取郎千萬金(「襄陽曲」)

마름 잎 감도는 물결 연잎 살랑대고	菱葉縈波荷颭風
연꽃 깊은 곳에 쪽배 지나가네	荷花深處小船通
님 만나 하고픈 말 머리 숙여 웃으며	逢郎欲語低頭笑
옥비녀 머리 긁으니 물속에 떨어지네	碧玉搔頭落水中(「採蓮曲」)

그리고 단편의 장단구로서는 「오동과 측백(桐柏曲)」(『樂府詩集』권51)과 「금단곡(金丹曲)」(상동)을 들기로 한다.

오동과 잣이 좋아 귀한 분께 드리고	桐柏眞, 昇帝賓
이곡과 낙수 가에서 노닐도다	戲伊谷, 遊洛濱.
얼기설기 봉황 자리 늘어놓고	參差列鳳笙
느긋이 음악을 연주하니	容與起梁塵
보아도 그지없어	望不可至
머뭇하며 인사하도다	徘徊謝時人(「桐柏曲」)

보랏빛 서릿발 빛나고	紫霜耀
붉은 눈 날리어	絳雪飛
몰아 올랐다가 돌아와서는	追以還
빙그르 다시 휘날도다	轉復飛
첩첩 하늘 길 이제 희미하여	九眞道[15]方微
천년 두고 전하지 않고	千年不傳

---

15) 眞道 : 「仙法所謂道者, 非於百姓日用之外, 別有所謂眞道道也, 不過洞曉陰陽, 深達造化, 於陰陽互藏之宅內, 窮其眞一之炁, 以爲立命之基而已.」(戴源長編, 『仙學辭典』).

한 가닥 전하는 것 저 구름 옷자락　　　一傳裔雲衣(「金丹曲」)

　그리고 정격연장(定格聯章)으로는 「태자오경전(太子五更轉)」을 들어서 그 좋은 예로 삼고자 한다.

일경은 초저녁이니 태자가 앉아 깊은 생각하네	一更初, 太子欲發坐心思
어찌하면 부모를 지키고	奈何耶娘防守到
어느 때 눈 내린 산천을 건너겠나	何時度得雪山川
이경은 밤 깊으니 오백 역사가 깊이 잠들도다	二更深, 五百個力士睡昏沈
몽고를 막아 쥐고 수레 숨기니	遮取黃羊及車匿
붉은 말갈기와 백마가 한 마음이네	朱鬃白馬同一心
삼경은 한밤이니 태자가 허공에서 아무도 없네	三更滿, 太子騰空無人見
궁에서 들으려 해도 아무것 없는데	宮裏傳聞悉達無
부모의 간장은 마디마디 끊기도다	耶娘肝腸寸寸斷
사경은 긴 밤이니 태자 고행 만리에 향기롭네	四更長, 太子苦行萬里香
보리수 즐기어 불도를 닦으니	一樂菩提修佛道
그대 세상에 공왕 되지 않으리	不藉爾世上作公王
오경은 새벽이니 대지에 중생이 도를 행하도다	五更曉, 大地上衆生行道了
문득 성 가에 백마 발자국 보니	忽見城頭白馬蹤
태자가 성불한 듯하도다	則如太子成佛了

　위 시에서 일경(一更)을 제외하고는 압운이 정연하여 3·7·7·7 자구의 형식에서 1·2·4구에 일운도저(一韻到底) 하고 있다. 이경은 '深'·'沈'·'心'자에 하평성(下平聲) 침운(侵韻)으로, 그리고 삼경은 '滿'·'見'(霰韻이나 銑과 통하고 銑이 旱韻과 통함), '斷'자가 상성(上聲) 한운(旱韻)으로, 그리고 사경은 '長'·'香'·'玉'자가 하평성 양운(陽韻)으로, 오경은 '曉'·'了'·'了'자가 상성(上聲) 소운(篠韻)으로 각각 압운하고 있다. 민가인데도, 일운 도저격(一韻到底格)의 운법(韻法)을 강구하고 있음은 흥미로운 격식이다. 이 시는 야간의 시간을 한 절로 규정하여 태자의 의식을 묘사하는 「시편」 제

90편의 매절에 '우리'와 이 시의 첫 마디의 '태자'와 같은 형식을 보여준다. 그리고 대곡 형식의 작품 또한 장법상 중요하므로 곽무천(郭茂倩)은 대곡을 15곡으로 분류하였는데(『樂府詩集』 권43), 그 예로 「검남사(劍南詞)」 제2수를 들기로 한다.

장부는 기력이 온전하여	丈夫氣力全
혼자서 천을 당할 만하도다	一箇擬當千
용맹한 기운 마음에서 솟아나고	猛氣衝心出
죽기를 잠자듯 보도다	視死亦如眼
문득 떠나서 손 떼지 않고	牽牽不離手
종일 진지 앞에 머물러서	恒日在陣前
마치 매가 기러기를 치듯	譬如鶻打雁
좌우로 모두 다 꿰뚫는도다	左右悉皆穿

2. 산성

가요 중의 화성(和聲)을 산성(散聲)이라 하는데 시가에 있어 화송성(和送聲)의 응용은 음악의 절주를 배합하는 데 있는 것이며 화성은 시가 중간에 쓰이고 송성(送聲)은 시가 말미에 쓰인다. 화송성의 작용은 두 가지가 있어서, 하나는 시가의 구법(句法)을 서로 어긋나게 배열하여 다변화해서 가사 구조상(歌詞句調上)의 번복성을 증대시키며, 다른 하나는 대중이 화창하여 음조상의 강열성을 더하게 한다. 이런 화송성을 활용한 것은 오가(吳歌)와 서곡(西曲)에서 많이 보인다. 여기의 구법상의 참차화(參差化)는 당시로부터 사(詞)가 파생해가는 과정에서의 장단구의 활용을 볼 수 있다. 예시를 들어보면 다음과 같다.

어디서 오는 낙타 나그네인가	那裏來的駱駝客呀
사리홍파 아이 아이 아이	沙里洪巴唉唉唉

파사에서 오는 낙타 나그네인가   巴薩來的駱駝客呀沙

사리홍파 아이 아이 아이   沙里洪巴唉唉唉

(新疆民謠「沙里洪巴」)

사(詞) 중의 "沙里洪巴唉唉唉"는 아무 의미가 없는 화성으로 음악적 선율만으로써 화성의 강렬성과 향토성을 가미해준다. 이 시는 어사를 사용하여 흥취를 더하면서 민요의 전형적인 절주를 보여주며「시편」제3편의 '셀라'식의 반복적인 허자(虛字) 활용이 나타난다. 그리고 민가 중에서「죽지(竹枝)」와「양류지(楊柳枝)」는 화성으로 유행한 가요인데「죽지」는 파유(巴渝) 일대의 민가로서 그 연원은 육조시대의 서곡의「여아자(女兒子)」에서 나왔다.16) 먼저「딸아이(女兒子)」(倚歌)(『樂府集』권49)를 들기로 한다.

파동 삼협에 원숭이 슬피 우는데   巴東三峽猿鳴悲

밤새 우는 소리 눈물이 옷을 적시네   夜鳴三聲淚沾衣(一曲)

나는 촉에 가려니 촉강 험난하여   我欲上蜀蜀水難

자개 돌 머리 밟아 허리가 휘어도네   蹋蹀珂頭腰環環(二曲)

유우석이 방제(仿製)한「죽지사(竹枝詞)」(『劉賓客文集』권27) 9수는 화성으로 배합하여 황종지우(黃鐘之羽)에 맞추었는데,17) 그중에 제2, 4수를 보면 육조의「딸아이(女兒子)」와 상관되는 것을 알 수 있다. 그 가사는 다음과 같이 구성되어야 할 것이다.

---

16) 곽부천은 西曲名을『古今樂錄』에서 인용하여 34곡으로 분류하고 있다. 그리고 서곡의 출원지는 형영번등(荊郢樊鄧)의 지역으로, 그 성절(聲節)과 송화(送和)가 吳歌와 달리 속되다고 하였다. (『樂府詩集』卷四十七 西曲歌上).

17)「竹枝詞幷引序」에 창작동기를 부언하고 있다. 즉「四方之歌, 異音而同樂. 歲正月, 余來建平, 里中兒聯歌竹枝, 吹短笛擊鼓以赴節, 歌者揚袂睢舞, 以曲多爲賢. 聆其音, 中黃鐘之羽, 卒章激肝如吳聲. 雖僧儜不可分, 而含思宛轉, 有淇濮之艶. 昔屈原居沅湘間, 其民迎神, 詞多鄙陋, 乃爲作九歌, 到於今荊楚鼓舞之. 故余亦作竹枝詞九篇. (『劉賓客文集』卷二十七).

산복사 붉은 꽃이 가지에 피고　　山桃紅花竹枝, 滿上頭女兒
촉강 봄물은 산을 치고 흐르도다　蜀江春水竹枝, 拍山流女兒
꽃 붉어 쉬 시듦은 님의 생각 같고　花紅易衰竹枝, 似郎意女兒
물 흘러 끝없음은 내 수심 같도다　水流無限竹枝, 似儂愁女兒(其二)

일출에 낚싯대 잡고 봄 안개 걷히니　日出三竿竹枝, 春霧消女兒
강가의 촉객은 난초 노를 멈추도다　江頭蜀客竹枝, 駐蘭橈女兒
광부에 한 줄 글 써서 부치나니　　憑寄狂夫竹枝, 書一紙女兒
성도 머문 곳에 만리교가 있도다　住在成都竹枝, 萬里橋女兒(其四)

위의 시에서 '죽지(竹枝)'와 '여아(女兒)'는 곧 화성이 된다. 그러나 이외에 황보송(皇甫松)의 「연꽃 따기(採蓮子)」 2수만이 화성을 지니고 있으니, 당인(唐人)이 화성을 사용한 경우를 과소평가해도 가할 것이다. 「연꽃 따기(採蓮子)」(『全唐詩』 권369)를 보기로 한다.

연꽃 향기 넓은 물에 퍼져 이어지니　菡萏香連十頃波(擧櫂)
소녀가 꽃놀이에 빠져 연꽃 따기 늦네　小姑貪戱採蓮遲(年少)
저녁 물놀이에 뱃전이 젖는데　　　晚來弄水船頭濕(擧櫂)
붉은 치마 더 벗으니 오리알이 있네　更脫紅裙裹鴨兒(年少)(其一)
(연꽃이 피는 모양을 비유)

배 젓는 호수의 빛 영롱한 가을인데　船動湖光灩灩秋(擧櫂)
고운님에 취해 배가는 대로 떠가네　無端隔水抛蓮子(擧櫂)
덧없이 물 사이에 연꽃을 던지니　　貪看年少信船流(年少)
멀리 남이 알까 한참 수줍어하네　　遙被人知半日羞(年少)(其二)

여기서 사용한 화성(和聲)은 구미(句尾)에 있는데, 이 외에 창구(唱句)마다 동일한 화성으로 형성된 것이 있으니, 육조의 오가(吳歌)인 「정독호가(丁督護歌)」 5수가 바로 그 예이다(『樂府詩集』 권27). 그중에 제2수를 들면,

낙양은 수천 리 길인데　　　　　　洛陽數千里(丁督護)
맹진 나루 강물 끝없이 흘러가네　　孟津流無極(丁督護)
전쟁 속에 큰 고생하는 중에　　　　辛苦戎馬間(丁督護)
이별은 쉬우나 만나기는 어렵구나　別易會難得(丁督護)

　시중의 '정독호(丁督護)' 석 자는 화성이다. 위 시들은 모두「시편」제100편의 격식을 보여주면서 일종의 소네트 형식을 보여준다. 그러나 당인 중엔 매구에 위와 같은 화성을 사용한 것은 매우 적으니 불곡(佛曲) 중의 「산화악(散花樂)」을 들 수 있다.

관세음께 받들어 비니　　　　　　　　奉請觀世音(散花樂)
자비가 도장에 내리도다　　　　　　　慈悲降道場(散花樂)
얼굴 모두어 허공 속에 드러나니　　　斂容空裏現(山花樂)
분노가 마왕을 굽히도다　　　　　　　忿怒伏魔王(散花樂)
몸을 들어 법고를 치니　　　　　　　　騰身振法鼓(山花樂)
용맹이 위엄의 빛 보이며　　　　　　　勇猛現威光(山花樂)
손에서 향내 나고　　　　　　　　　　　手中香色乳(山花樂)
미간엔 흰 털이 빛나도다　　　　　　　眉際白毫光(山花樂)

　그리고 화성의 사용은 장단구의 사(詞)에 중요한 역할을 하였으니, 당인은 '탄파(攤破)'라 칭하였다. 예컨대, 모문석(毛文錫)의 「완계사(浣溪沙)」의 곡조는 본래 7언의 구식(句式)으로 되어 있고 쌍성(雙聲)을 써서 전부 7언구로 이루어져 있다.

칠석은 매년 어기지 않으니　　　　　　　　　七夕年年信不違
은하수 맑고 옅은 데 백운이 엷구나　　　　　銀河清淺白雲微
두꺼비 빛과 까치 그림자에 때까치 날고　　　蟾光鵲影伯勞飛
늘 귀뚜라미 한하고 무녀별 연민하네　　　　　每恨蟪蛄憐嫠女
얼마나 애교 질투가 원앙의 여부에 내리가　戀回嬌妒下鴛機
오늘 밤 즐거운 재회가 빗속에 은은하네　　　今宵嘉會兩依依

　　　　　　　　　　　　　　　　　　　　　　　　　　(『全唐詩』권893)

그리고 같은 작가의 「탄파완계사(攤破浣溪沙)」의 구식은 7·7·7·3·7·7·7·3으로 되어 있다.

<table>
<tr><td>봄물 살랑대어 푸른 이끼 건들고</td><td>春水輕波浸綠苔</td></tr>
<tr><td>비파주에 자단이 활짝 피네</td><td>枇杷洲上紫檀開</td></tr>
<tr><td>밝은 날 잠든 원앙 평온한데</td><td>晴日眼沙鷄安穩</td></tr>
<tr><td>따스히 서로 사랑하도다</td><td>暖相偎</td></tr>
<tr><td>비단신 먼지 일며 아가씨 지나가며</td><td>羅襪生塵遊女過</td></tr>
<tr><td>뉘를 만나 옥구슬 굴리네</td><td>有人逢著弄珠回</td></tr>
<tr><td>난초사향 향기 풍기며 패대를 풀고</td><td>蘭麝飄香初解佩</td></tr>
<tr><td>돌아갈 줄 잊는구나</td><td>忘歸來(『全唐詩』 권893)</td></tr>
</table>

이 시는 「시편」 제19편의 격식을 닮아서 7·7조의 형식을 취하여 전원적인 에덴동산 같은 지상낙원을 그리면서 시인의 안위(安慰) 의식을 보여준다.

3. 화창

민가에서의 화창(和唱)과 대창(對唱)은 오가서곡(吳歌西曲) 중에 가장 많은데 남녀 간의 증답 형식을 갖추고 있다. 「환문변가(歡聞變歌)」 6수(『樂府詩集』 卷45) 중에 제1·2수를 보겠다.

<table>
<tr><td>금기와 구중궁궐 담에</td><td>金互九重牆</td></tr>
<tr><td>옥과 산호기둥 둘렀네</td><td>玉壁珊瑚柱</td></tr>
<tr><td>한밤에 찾아와서</td><td>中夜來相尋</td></tr>
<tr><td>외쳐 기뻐하며 듣고도 돌아보지 않네</td><td>喚歡聞不顧(南唱)(其一)</td></tr>
<tr><td>기뻐서 머뭇대지 않으니</td><td>歡來不徐徐</td></tr>
<tr><td>양지녘 창은 모두 작은 문이네</td><td>陽容都銳戶</td></tr>
<tr><td>노파 아직 잠들지 않았는데</td><td>耶婆尚未眠</td></tr>
<tr><td>애타는 마음은 노 젓는 듯</td><td>肝心如推櫓(女答)(其二)</td></tr>
</table>

남녀 대구의 가요는 강남 각지의 산가(山歌)와 도가(棹歌) 중에 그 특색을 보존하고 있어서, 남녀격강대창(男女隔江對唱), 채상호답(採桑互答), 상호증답(相互贈答), 독백식포술(獨白式鋪述) 등으로 표현하였다. 당대 민가 중에는 남녀증답의 정조가 흔치 않은데, 최호(崔顥)의 방제악부(仿製樂府)인「장간행(長干行)」(『全唐詩』권130)을 예로 들기로 한다.

님의 집 어디인가요	君家何處住
첩은 횡당에 살아요	妾住在橫塘
배 멈추고 잠시 물어보오니	停船暫借問
혹시 동향 분이신가요 – 여자 노래	或恐是同鄕(女唱)
집은 구강에 임해 있어서	家臨九江水
구강가를 왕래하오	來去九江側
같은 장간인이오마는	同是長干人
나이 어려 알지 못하오 – 남자 응답	生小不相識(男答)

이 시는 남녀화창의 방식으로 상열지정(相悅之情)을 표현한 것으로 화창이라면 남녀증답에 한하여 표현되는 형식이라 할 것이니 군신 간의 응제(應制)와 문인의 화창은 여기에서 논외로 한다.

4. 절령

당대의 절령가는 오경(五更)·십이시(十二時)·십이월령(十二月令)·사계(四季), 그리고 백령(百齡)을 노래하는 관식(款式)에 따라 연장가요(聯章歌謠) 형식을 지니는데, 각종 형식의 예를 돈황곡자(敦煌曲子) 중에서 한 수를 들고자 한다. 먼저「오경을 탄식함(歎五更)」(『敦煌零拾』卷5)을 든다.

일경은 초저녁이니	一更初
한하기를, 스스로 곧게 나아가지 못하네	自恨長養枉生軀

부모는 어려서 가르치지 아니하여	耶孃小來不敎授
이제야 다투어 문서를 익히도다	如今爭識文與書
이경은 밤 깊으니	二更深
효경 한 권 벌써 존귀히 여겼도다	孝經一卷一曾尊
그런 것 전혀 알지 못하였다가	之乎者也都不識
이제야 탄식하며 슬피 읊도다	如今嗟歎始悲吟
삼경은 야반이니	三更半
곳곳이 남의 붓으로 정리되도다	到處被他筆頭算
관직 얻었어도	縱然達得官職
이처럼 공사문서를 처리하도다	公事文書爭處斷.
사경은 긴 밤이니	四更長
주야로 늘 담을 대하고 있는 듯하도다	晝夜常如面向牆
남아가 여기에 땅에 엎디어지니	男兒到比屈折地
효경 한 줄 못 읽은 것이 후회롭도다	悔不孝經讀一行
오경은 새벽이니	五更曉
사람됨이 이미 별나도다	作人已來都殊了
동서남북으로 몰려다니니	東西南北被驅使
맹인이 길을 보지 못함과 같도다	恰如盲人不見道

그리고 십이시가(十二時歌)는 12간지(干支)로서 정격연장(定格聯章)의 형식을 취하는데 돈황곡(敦煌曲) 중에서 십이시가는 19수나 되어 대부분이 불문(佛門)의 전창사(傳唱詞)이다. 「선문십이시(禪門十二時)」를 열거하기로 한다.

야반 자시에 잠이 오는데 또 떨쳐야 하네	夜半子 監睡還須去
단정히 맘 바로하여 떨치어 벗함이 없네	端坐政觀心 濟却無朋彼
닭 우는 축시에 나무 꺾어 창문 보네	鷄鳴丑 摘木省窓牖
날 밝아 자득하니 불성이 마음속에 있네	明來暗自知 佛性心中有
먼동 인시에 사색하며 탐욕과 분노 끊네	平旦寅 發意斷貪嗔
마음 어지러이 몸을 헛되이 말지라	莫令心散亂 虛度一生身
해 뜨는 묘시 거울로 마음 비쳐 보네	日出卯 取鏡當心照
성정과 지혜가 사심 없이 텅 비게 하여	情知內外空

더욱 번뇌가 일지 말게 할지라	更莫生煩惱
아침식사 진시에 힘써 탈속에 들지며	食時辰 努力早出塵
늘 고통 말며 열반의 근인 터득할지라	莫念時時苦 早取涅般因
정오경 사시 속세에서 불계로 들기 어렵네	隅中巳 火宅難歸口
늘 몸 훼손하면 생사의 바다에 표류하네	恒在敗壞身 漂流生死海
정남의 오시 지수화풍에 의지할 기둥 없네	正南午 四大無梁柱
몸 적응키 어려워할지니 만불이 주가 되네	須知寡合身 萬佛皆爲主
해 기우는 미시에, 죄지어 쌓이도다	日昃未 造罪相連累
무상히 사념에 잠겨 헛수고로 허비하네	無常念念至 徒勞漫破費
저녁식사 신시 내일 인연을 닦는도다	哺時申 修見未來因
돌아보아 지난 일 구원받지 못하니	念身不救往
끝내 한 티끌로 돌아가도다	終歸一微塵
해 지는 유시 보니 구원받지 못하네	日入酉 觀身知不救
생각할수록 마음 떨치지 못하니	念念不離心
염주 몇 개 항상 손에 있도다	數珠恒在手
황혼의 술시 돌아가 곳 어둔 방뿐이라	黃昏戌, 歸依須闇室
죄 또한 알지 못하니 언제 밝은 해 보리	垢亦未知 何時見慧日
인정의 해시에 내 이제 곧 끊으려 하네	人定亥 五令早欲斷
다그쳐 멈추지 않으니 만물이 허사로다	驅驅不暫停 萬物皆失壞

이 민가는 형식적으론 「시편」 제18편의 4 · 5조 절조를 본받아 점증법적 서술로 표현하고자 하는 뜻을 강조하고 증대해나가고 있다. 그리고 「시편」 제119편은 모두 176절이란 가장 긴 분량으로 하나님의 말씀에 관한 정의 들을 열거하고 있다. 그것을 상세히 보면, 제1절 : 율법으로 지시, 방향, 가르침이며 레위기나 신명기 또는 모세 오경 전체를 지칭한다. 제2절 : 증거로 하나님의 뜻에 대한 선포나 엄숙한 증거. 하나님이 정하신 행동기준. 제3절 : 도로서 하나님의 율법에 의해 규정되는 삶의 형태를 가리키는 은유적 용어. 제4절 : 법도로 교훈, 훈계, 금지령. 제5절 : 율례로서 새겨진 사항들이란 의미로 제정된 법률을 가리킴. 제6절 : 계명으로서 명확하고 절대적인 명령. 권위 있게 내리는 구체적인 명령. 제7절 : 판단으로서 재판에

의한 판결로 만들어진 선례와 법칙. 십계명 이후의 율법. 악인에 대한 하나님의 심판행위. 제9절 : 말씀으로 하나님의 계시. 십계명은 열 가지 말씀으로 불림. 제105절 : 길로서 도와 같은 말. 제160절 : 강령으로 모든 주의 말씀 등으로 설명되는데 위의 「선문십이시(禪門十二時)」도 「시편」의 체례대로 12간지(干支)를 각각 불승의 참선하는 심적 자세를 오직 득도의 목표에 두고서 수행하는 원칙을 요점적으로 제시하니 그런 점에서 상호비교가 된다.

다음으로 사시가(四時歌)와 십이월령가(十二月令歌)인데 당대 민가에는 사시가가 전해지지 아니하고 문인이 방제한 작품이 전래되니, 『악부시집』(권45)에 왕한(王翰)의 「자야춘가(子野春歌)」, 최국보(崔國輔)의 「자야동가(子夜冬歌)」, 설요(薛窈)의 「자야동가」, 곽원진(郭元振)의 「자야사시가(子夜四時歌)」 6수, 이백의 「자야사시가」 4수, 육구몽(陸龜蒙)의 「자야사시가」 4수 등이 수록되어 있다. 그리고 십이월령가는 돈황곡에 조명(調名)이 산실된 「십이월상사(十二月相思)」가 있는데, 사월령(四月令)만 제외하고는 매월령에 탈자가 적지 않아서 가의(歌意)가 불분명하므로 본고에서는 육구몽(陸龜蒙)의 「자야사시가」를 열거하기로 한다.

산은 푸른 날개 병풍으로 이어 있고　　　　山連翠羽屏
풀은 안개 낀 꽃자리로 어울려 있네　　　　草接煙華席
바라보니 남쪽으로 제비 나는데　　　　　　望盡南飛鷰
미인은 소식이 끊겼다네　　　　　　　　　佳人斷信息(「春歌」)

난초 눈에는 이슬이 비스듬히 맺히고　　　　蘭眼擡露斜
앵두 입술에는 시드는 꽃 맺혀 있네　　　　櫻脣映花老
금룡이 기우니 물이 다 새고　　　　　　　金龍傾漏盡
옥 우물에선 얼음 같은 물이 흐르네　　　　玉井敲氷早(「夏歌」)

서늘한 은하수 뜬 맑은 하늘에　　　　　　凉漢清沉寥

시들은 숲은 비바람을 원망하고　　　衰林怨風雨
수심 속에 귀뚜라미 노래 들으니　　　愁聽絡緯唱
매여 있는 혼과 말하는 듯하네　　　似與羈魂語.(「秋歌」)

남녘 빛은 추운 땅을 떠나고　　　南光走冷圭
북풍이 공허한 나무에 울리네　　　北籟號空木
해마다 서리와 싸리눈 오지마는　　　年年任霜霰
왕대나무의 푸른 빛은 줄지 않네　　　不減篔簹綠(「冬歌」)

　　이 민가는 「시편」 제74편의 '주야'와 '계절'적인 이미지를 제시하여 "낮도 주의 것이요 밤도 주의 것이라 주께서 빛과 해를 마련하셨으며 주께서 당의 경계를 정하시며 주께서 여름과 겨울을 만드셨나이다" 형식의 상호 대비법을 구사하고 있다. 이상에서 거론한 당대 민가의 발생연원과 결구는 극소부분에 불과한 내용을 다룬 것이다. 당인의 가요가 산일된 것이 수다하니, 『악부시집』, 『사적(史籍)』 및 『당인시문집(唐人詩文集)』 그리고 『돈황곡교록(敦煌曲校錄)』 등에 수집되어 실린 것에서 간간히 발견된다. 대개 편차를 보면 『악부시집』에 81수, 『돈황곡교록』에 545수, 『전당시』에 103수가 수록되어 있으며 기타 문인의 방제는 계산에 넣지 않았다. 그리고 최근 『전당시보편(全唐詩補編)』(1992 中華書局)에도 산실된 작품의 정리 수집이 수천 수에 달할 만큼 적지 않은 것을 볼 수 있다. 중국 시가의 연구영역이 확대되고 그 가치도 점차 높아지는 학계의 추세로 보아 차세대의 주요 연구 분야로 민가의 비중이 커질 것을 확신한다. 고전적 시문 위주의 문헌 개념을 탈피하여 소위 소학(小學)으로 폄하되어온 전통적인 학문 의식을 포괄적인 범주 확대 개념으로 전환해야 할 것으로 믿는다. 그리고 당대 민가를 성경 「시편」의 형식과 연관하여 구상한 것은 논리상 부조리한 면이 있다고 보겠지만 「시편」이 시격은 후세 세계문학의 전범으로서 당대 민가의 내용과 형식을 직간접적으로 비교할 수 있다. 「시편」과 중국 『시경』의 형성 시기로 보아 『시경』의 형식이 「시편」의 영향을 받았을 가능성을 유추할 수 있듯이 당대의 경교를 통하여 성경의 유포가 서민의 민가와 연관된 점을 상정(想定)해볼 수 있다.

여호와여 나의 영혼이 주를 우러러보나이다.   (시편 25 : 1)

주를 찾는 모든 자들이 주로 말미암아 기뻐하고 즐거워하게 하시며 주의 구원을 사랑하는 자들이 항상 말하기를 하나님은 위대하시다 하게 하소서.
                                                        (시편 70 : 4)

송대 엄우(嚴羽)의 시와 선 일치론

중국 송대(宋代, 10~13세기)는 도교적인 당대(唐代, 7~10세기) 문학사조에서 벗어나서, 유가사상에 근거한 성리학이 발달하면서, 시학사상도 감성과 이성이 조화된 소위 '정경교융(情景交融)' 즉 외적인 사물과 시인의 성정이 상호 조화된 창작의식이 시론의 중요한 관점으로 등장하였다. 이런 조류에 따라서 나온 시론이 엄우(嚴羽)의『창랑시화(滄浪詩話)』「시변(詩辨)」에서 제기된 '이선입시(以禪入詩)' 즉 불교(佛敎) 참선(參禪)의 정신으로 시 세계에 들어가는 창작의식이다. 이 시론은 중국 시학 연구에 있어 결코 제외되어서는 안 될 자료일 뿐 아니라, 당에서 명청(明淸)대로 이어주는 시관의 주요 맥락이기 때문에 오랜 세월을 두고 수다한 선비의 책상머리에 올라온 것이다.[1] 특히 그의 시화에서 「시변」은 그의 시론을 정연하게 정립한 점에서 후대에 준 시학적 의미가 크다. 「시변」 편의 총 1,251자 내용에는 엄우의 주관적인 견해가 적지 않지만, 시에 대한 품격이라는 면에서 그의 공은 크며, '시도는 묘오에 있음(詩道在妙悟)'을 선도(禪道)에 입각해서 승화시키고 궁극적으로 흥미 유발로부터 '입신(入神)'의 경지에 이르는 시 창작 정신을 논리화하려 한 의도는 중국 시론에서 개혁적 의미를 지닌다

---

1) 詩觀의 시대적 흐름을 보면, 司空圖(意境－筆在言外)－嚴羽(興趣)－楊萬里(風趣)
  －姜夔(韻度)－袁枚(性靈)－沈德潛(格調)－王漁洋(神韻)－王國維(境界).

하겠고 아울러 유일신을 주장하는 기독교적 신앙관에 적합한 문학정신인 것이다. 기독교가 '경교(景敎)'라는 이름으로 이미 한대(漢代, 3세기)에 중국에 전래되고 당대에 잠시 성행되다가,[2] 송대에는 전파가 미약한 시기이지만, 그 기독교의 부활사상과 인간 삶의 온전한 헌신으로 인한 '입신'의 신인일체(神人一體)적 정신은 엄우가 주창하는 시도(詩道; 시 짓는 도리)와 선도(禪道; 참선하는 도리)의 일치론과 상통하는 것이다. 이런 의미에서 본고에선 엄우의 생애와 문학세계, 그리고 「시변」에서 주장하는 여러 가지 시 창작론을 고찰하고자 한다. 단 시심(詩心)과 불심(佛心)의 상통점이 주된 내용이지만 그 기본정신은 기독교 신심(信心)과 비유된다고 할 것이다.

I. 엄우의 생애

엄우(생졸년 불명)의 자(字)는 의경(儀卿), 호는 창랑포객(滄浪逋客)이며 복건(福建) 소무인(邵武人)이다. 그의 출생년을 효종(孝宗) 순희(淳熙) 14년(1187) 전후로 보고 졸년을 이종(理宗) 말년(1267) 전후로 추정하지만, 아직 확실치 않다. 그의 「경인기란(庚寅紀亂)」(『창랑음집(滄浪吟集)』 권2)에서 경인란이 이종 소정(紹定) 3년(1230)에 발생한 사실로 보아서 엄우가 이 시기에 살았으며, 또 그의 「유감 6수(有感六首)」(권2)의 제3수 "양양은 근본의 땅이니, 머리 돌리니 슬픔에 잠기네(襄陽根本地, 回首一悲傷)."구에서 양양(襄陽)은 몽고가 양양에 침입한 역사적 사건(1235)을 말하고, 제5수의 "남은 인생 산천에 뜻을 두어, 늙어 한 어부가 되리라(殘生江海去, 老作一漁翁)."구는 엄우가 노년이 된 사실을 묘사하고 있는바, 남송 말까지 생존해 있었음

---

2) 졸저, 『중국문학 속의 기독교 의식』, 「당시의 기독교 색채」(기독언어문화사, 2005)

은 의심의 여지가 없겠다. 이런 불명한 그의 생애는 바로 그의 유랑성과 관계한다고 하겠다. 그의 교유로는 엄우와 더불어 삼엄(三嚴)이라 불리는 엄삼(嚴參), 엄인(嚴仁), 그리고 상관위장(上官偉長) 등이 있고, 특히 시로써 교류한 이가(李賈)와 대복고(戴復古) 등을 들 수 있다. 이가에 대해 엄우가 『滄浪詩話(창랑시화)』 부록의 「답서(答書)」에서,

　　일찍이 이우산을 뵙고 고금인의 시를 논하였는데 나의 변석이 치밀함을 보고 매양 격찬하였다. 따라서 내 말했으되 "나의 논시는 마치 나타 태자가 뼈를 쪼개 아버지께 드리고, 살을 쪼개 어머니께 드린 것과 같다." 하니 우산이 심히 그렇다고 여기더라.[3]

라고 하여 시론상의 대화자로서 매우 우정이 깊었음을 보여주고, 복건(福建) 소무인(邵武人)인 엄우가 절강(浙江) 천태인(天台人)인 강호파(江湖派) 시인 대복고와의 친교도 논시를 통한 관계가 깊었음을 인지하게 되는데, 대복고의 「논시십절제(論詩十絶題)」에서 "소무태수 왕자문이 날마다 이가, 엄우와 함께 선배 한 두 분의 시와 만당시를 보는데 논시 십절이 있기에 자문이 그걸 보고 별로 고매한 논지가 없다고 말하나, 또한 시인의 소학지침이 될 만하다.(昭武太守王子文, 日與李賈, 嚴羽共觀前輩一兩家詩及晚唐詩, 因有論詩十絶. 子文見之, 謂無甚高論, 亦可作詩家小學須知.)"(『石屛集』 권5)라 하니, 시론에 대한 견해가 합치하였음을 알 수 있다. 이런 생평과 교유를 볼 때, 엄우 자신이 148수(『창랑음집』 2권)의 시와 시화를 남기면서, 정의를 중시하고 주관과 자신이 넘쳐 있으면서 숭고(崇古) 특히 성당(盛唐) 위주의 고집을 견지해왔으며, 더구나 뛰어난 분석력은 일품이라 하겠다.

---

3) 嘗謁李友山論古今人詩, 見僕辨析毫芒, 每相激賞. 因謂之曰; 『吾論詩, 若那吒太子析骨還父, 析肉還母.』友山深以爲然.

Ⅱ. 시의 창작정신론

송인 시론은 당보다 더욱 발달하여 명대 이동양(李東陽)은,

> 당나라 사람들은 시법을 말하지 않았고, 시법은 거의 송대에서 나왔는데, 송인들이 시에 있어서 터득한 바가 별로 없다.[4]

라 하고, 청대 오교(吳喬)는 보다 분명히 밝히기를,

> 당인은 시에 있어 공교로우며 시화는 적지만, 송인은 시가 공교롭지 않지만, 시화가 많으니, 시의 가치를 논함은 항상 시의 자구 자체에 있음이라.[5]

라고 하여 시화 즉 시론이 송대에 성행하면서도 시 자체에 대한 평가는 전대를 뛰어넘지 못한 것으로 보고 있다. 송인의 시론도 양에 비해 질에 있어 만족하지 못한 점은 인정해야 할 것이다. 그러나 엄우의 시론은 예외라 할 것이니, 그의 「시변」에서 개진한 "선으로 시를 비유함(以禪喩詩)"의 논거는 명대의 이동양을 거쳐 청대에 왕어양(王漁洋)의 전후 여러 문인에게 절대적인 영향과 시론 정립의 표본이 되었기 때문이다.[6] 본고는 그의

---

4) 唐人不言詩法, 詩法多出宋, 而宋人於詩無所得.(『懷麓堂詩話』)
5) 唐人工於詩而詩話少, 宋人不工詩而詩話多, 所說常在字句間.(『圍爐詩話』)
6) 엄우가 준 영향은 재언의 여지가 없이 다대하다. 엄우의 재세가 남송 말인 만큼 당대에는 그 영향이 미소하나, 魏慶之가 『詩人玉屑』 一・二卷에서 「詩辨」・「詩法」・「詩評」・「詩體」 등으로 분편하여 수록하고 「優游而不迫切」이라고 평시한 점으로 보아 첫 번째의 영향 받은 자라 하겠다. 원대는 戴表元의 唐音說 (『剡源集』九「洪潛甫詩序」)이 창랑에 접근하고, 명대에 와서 명초에는 貝瓊(『清江集』二十九)・高棟의 「意以達其情」논(『鳧藻集』二)・四唐說의 주창자인 고병(고씨는 창랑의 당시오기분인 唐初・盛唐・大曆・元和・晚唐을 사기로 분류) 등이 창랑파이며 그리고 李東陽과 前七子, 後七子의 李攀龍(沈德潛은 『明詩別裁』에서 「有神無跡」이라 함) 등은 정통파이다. 청대에는 王漁洋・吳喬・趙執信(조씨는 『談龍錄』 자서에서 「詩以言志」를 주장하여 袁枚의 선성이 됨)・曹雪芹(『紅樓夢』 三十七回에서 「含蓄渾厚」・「風流別致」 등을 언표)・袁枚・王國維 등이 친

「시변」에서 시의 창작정신을 여하히 논리화했는지를 '시도를 묘오에 둔점', 그리고 '흥취(興趣)'와 '입신(入神)' 등의 각도에서 살펴본다.

1. 묘오의 시도

엄우는 시를 논하는 데 있어 '묘오(妙悟)'를 위주로 하면서 매우 주관적인 유심론에 몰입한 인상을 준다고 하는 평도 있지만,[7] 시 자체의 숭고한 달관적 정신세계를 제언(題言)하려는 데에 엄우의 논점이 있다고 본다. 창랑이 「묘오」론을 편 구문을 다음에 보겠다.

① 선가류에는 소대의 승이 있고 남북의 종이 있으며 정사의 도가 있으니, ② 학습자는 모름지기 최상의 승을 따라 바른 법안을 갖추어 제일의를 깨달아야 한다.[8] ③ 소승선이라면 성문승과 벽지승 따위인데 모두 바르지 않다. ④ 시를 논함은 선을 논함과 같으니 한위진과 성당의 시가 즉 제일의이다. ⑤ 대력 이후의 시는 즉 소승선이어서 이미 제이의로 떨어져 있다.[9] 만당의 시는 즉 성문과 벽지승류이다. ⑥ 한위진과 성당의 시를 배운 자는 임제종 무리와 같고 대력 이후의 시를 배운 자는 조동종 무리와 같다. ⑦ 대개 선도는 묘오에 있으니 시도 또한 묘오에 있는 것이다. 또한 맹양양(浩然)의 학력이 한퇴지(韓愈)보다 매우 떨어지지만, 그 시만은 퇴지 위에 빼어난 것은 오직 묘오를 맛보기 때문이다. 오직 오는 곧 마땅히 갈 길이요 본색이 되는 것이다. ⑧ 그러나 오는 얕고 깊음이 있고 한계가 있음에 따라 투철한 오와 단지 알아서 반쯤 깨우쳐지는 오가 있다.[10] ⑨ 한위는 존귀하

창랑파의 핵심인물이다.

7) 黃海章은 엄우를 「他論詩以妙悟爲主, 墮于主觀唯心論的窠臼.」(『中國文學批評簡史』, P.144)라 함.

8) 제일의는 불법의 第一義諦를 『傳燈錄』卷九에 「心卽是法, 法卽是心, 不可將心更求於心, 歷千萬劫無得日, 不如當下無心, 便是本法. …… 故佛言, 我於阿耨菩提實無所得, 恐人不信, 故引五眼所見, 五語所言, 眞實不虛, 詩第一義諦.」

9) 제이의란 불법의 第一義諦에서 따온 제일의와 대칭하여 쓴 말인데, 여기서는 대력 이후의 묘오히지 못한 시, 즉 소위 一知半解之悟를 지칭아는 봉어.

10) 창랑의 透徹之悟는 皎然의 『詩式』에서 근원하니 『詩式』의 「兩重意以上皆文外之旨, 若遇高手如康樂公, 覽而察之, 但見情性, 不覩文字, 皆詣道之極也.」에서 문자

니 오를 가식함이 아니며, 사령운에서 성당 여러 문인에 이르기까지는 투철한 오이다. 나머지는 오를 지녔다 해도 모두 제일의가 못 된다. 내가 그를 비평해서 거짓되지 않고 변언해도 망령되지 않는다. 천하엔 버릴 사람과 버릴 수 없는 말이 있으니 시도란 이와 같은 것이다.[11)

윗글에서 묘오론의 몇 가지 특성을 찾을 수 있으니, 엄우가 시를 선에 비유한 '시를 논함은 선을 논함과 같음(論詩如論禪)' 및 '시도는 묘오에 있음(詩道在妙悟)'을 들 수 있으니, 아래에 보다 더 깊이 서술하고자 한다.

(1) '시를 논함은 선을 논함과 같음(論詩如論禪)'과 '시의 도는 묘오에 있음(詩道在妙悟)' : 엄우가 시의 정신세계를 선의 경지에 비유한 것은 이 시화의 서두에서 거론되어 있다. 만당의 사공도(司空圖)를 추숭하고 강서파(江西派) 시인에서 힌트를 받아 구체화시킨 이론이긴 해도[12) 엄우에 이르

를 떠난 정성의 극을 파악하는 것을 창랑은 透徹之悟라 표현한 것 같다. 許學夷는 透徹之悟의 의미를 다음과 같이 밝혔다.「初唐沈宋律詩, 造詣雖鈍, 而化機尙淺, 亦非透徹之悟. 惟盛唐諸公領會神情, 不倣形迹, 渾然而就. 如僚之於丸, 秋之於奕, 孔孫之於劍舞, 此方是透徹之悟也.」(『詩源辯體』).

11) ①禪家者流, 乘有小大, 宗有南北, 道有邪正, ②學者須從最上乘, 具正法眼, 悟第一義也. ③若小乘禪, 聲聞辟支果, 皆非正也. ④論詩如論禪, 漢魏晋與盛唐之詩, 則第一義也. ⑤大曆以還之詩, 則小乘禪也, 已落第二義也. 晚唐之詩, 則聲聞辟支果也. ⑥學漢魏晋與盛唐詩者, 臨濟下也. 學大曆以還之詩者曹洞下也. ⑦大抵禪道惟在妙悟, 詩道亦在妙悟. 且孟襄陽學力下韓退之遠甚, 而其詩獨出退之之上者, 一味妙悟而已. 惟悟乃爲當行, 乃爲本色. ⑧然悟有淺深, 有分限, 有透徹之悟, 有但得一知半解之悟. ⑨漢魏尙矣. 不假悟也. 謝靈運至盛唐諸公, 透徹之悟也, 他雖有悟者, 皆非第一義也. 吾評之非僭也, 辯之非妄也. 天下有可廢之人, 無可廢之言, 詩道如是也.

12) 司空圖는 그의 기본사상을 남종의 영향에서 이룩했음을 다음 글에서 알 수 있다.「言不可無也, 然爲師之說者, 豈佐競而主勝乎. 儒之書曰率性之謂道, 老之書曰名歸其根, 而禪酉之東, 親抉人視聽. 至而又至者, 道與本俱忘哉.」(『司空表聖文集』卷九) 그리고 趙執信은『二十四詩品』의 후세 영향을 평하기를「觀其所第二十四品, 設格甚寬, 後人得以各從其所近, 非第以不著一字, 儘得風流爲極則也.」(『談龍錄』)라 함. 창랑의 '答出繼叔臨安吳景仙書'의 첫머리에서 강서시파를 석평하려는 의도에서 본시화를 지었다고 하나, 실은 그 파의 영향을 입은 바 적지 않으니, 예컨대 韓駒(江西派)의「詩道如佛道, 分大乘小乘邪魔外道.」라든가 贈伯魚詩의「學詩當如初學禪, 未悟且遍參諸方. 一朝悟罷正法眼, 信手帖出皆成章.」에서

러 이론으로 정립시켰다고 하겠다. 상기 인용문의 ①과 ②는 선가(禪家)의 상하류 구별과 선리(禪理)의 정점을 추구할 것을 밝히고 ④에서 시와 선의 동일 논리를 강조하고 있다. 선이 철학적, 종교적 신비성을 지녔다면 시는 문학 영역으로 성정의 표출에 근거하여 서로 속성이 다르지만 감각의 직관을 중시한다는 면에서는 상통한다. 이런 관계를 현대인 궈샤오위(郭紹虞)는 다음과 같이 논증하고 있다.

　　선으로 시를 조정하는데 곧 선의와 시교가 관련이 있으면서 분별이 있다. 단지 그 다른 것을 보면 선은 그 자체가 선이며 시는 그 자체가 시이어서 각기 경지에 들지 않음을 볼 수 있으나 당연히 같이 논하기는 어렵다. 예컨 대 그 통함을 보면 시교와 선의가 같지 않음이 얼음과 석탄, 물과 젖과 같은데도 보는데 아무렇지 않아서 모순이 없다.[13]

선과 시는 그 자체일 뿐 상입하거나 병론되기 어려워서 얼음과 연탄(氷炭)이나 물과 젖(水乳)같이 다르나, 모순 없이 입론상의 지평이 가능한 것은 직관 때문이다. 선은 범어로는 선나(禪那)의 간칭으로서 뜻은 사유수(思惟修) 또는 정려(淨慮)이며 돈(頓)과 점(漸)으로 대별되는데 점수(漸修)는 조신(調身), 조식(調息), 조심(調心) 등 순서에 의해 수도하며 돈교(頓敎)는 종문선(宗門禪)이라 하여 인심에 돈오하여 성불(成佛)을 추구한다. 선의 목적은 증오(證悟) 즉 오득을 증험함에 있는 것이지 이오(理悟) 즉 오득을 따짐에 있지 않으니 그 전체의 의경을 다음 불전에서 밝히고 있다.

알 수 있다. 창랑의 答書一部를 보겠다. 「僕之詩辨, 乃斷千百年公案, 誠驚世絕俗之談, 至當歸一之論, 其間說江西詩病, 眞取心肝劊子手. 以禪喩詩, 莫此親切, 是自家實證實悟者, 是自家閉門鑿破此片田地, 卽非傍人籬壁, 拾人涕唾得來者, 李杜復生, 不易吾言矣.」『滄浪詩話』 附).

13) 以禪衡詩, 則禪義與詩敎, 有關聯也有分別. 僅見其異, 則禪自禪而詩自詩, 可以看作各不相入, 當然難以并論. 如見其通, 則詩敎禪義非同氷炭而類水乳, 也不妨看作, 更無矛盾.(『滄浪詩話校釋』, 「詩辨」)

진여법계는 자신도 없고 남도 없어서 서로 어울리려면 오직 둘이 아님을 말함이니 둘이 아니고 모두 같으니 포용하지 않음이 없다…… 극히 작은 것은 큰 것과 같아 경계를 잊어 끊고 극히 큰 것은 작은 것과 같아 가를 보지 못하니 있음은 곧 없음이요 없음은 곧 있음이다.[14]

이것은 삼조승찬(三祖僧璨)의 글로서 법계(法界)의 '자성의 묘체(自性之妙體)'에 대한 경계를 설명하고 있다. 시는 심지에 연유하여 성정을 사출할 때, 그 시도는 바로 심득의 묘오에 있는 것이며, 이는 불도가 도득의 묘오에 있는 것과 같다. 엄우가 ②에서 '제일의'를 오득하기 위해서는 '최상승'을 따라야만 가능하다 하고 ④에서 한위진과 성당시풍을 그 예로 들었는데 여기에서 감성이 도달할 수 있는 정신의 승화가 시와 선의 상통점으로 해명될 수 있다. 엄우가 시의 고차원적 의식세계를 추구하기 위해서는 '禪'을 차입하여 비교해야 했으니, 청대 원매(袁枚)가 말한 바,

백운선사가 게를 지어 말하기를; "파리는 빛을 찾기 좋아해서 종이 위를 뚫는데 비치지 못하는 곳은 자못 어렵다. 홀연히 부딪쳐 올 때 비로소 평생에 눈에 차는 것을 느낀다." 설두선사가 게를 지어 말하기를; "토끼 하나가 몸을 가로 하여 길에 나가니 솔개가 보고 사로잡았다. 후에 사냥개가 영험이 없이 헛되이 마른 참죽나무 옛터를 찾는다." 두 게가 선어이지만 자못 시를 짓는 주지에 맞는다.[15]

라 한 데서 시학(詩學)과 선학(禪學)이 융합한 실증을 들고 있다.[16] 이런 시

---

14) 眞如法界, 無自無他. 要言相應, 惟言不二, 不二皆同, 無不包容. …… 極小同大, 忘絕境界, 極大同小, 不見邊表, 有卽是無, 無卽是有.(『三祖中峯和尙信心銘』)
15) 白雲禪師作偈曰;『蠅愛尋光紙上鑽, 不能透處幾多難. 忽然撞著來時路, 始覺平生被眼滿.』雪竇禪師作偈曰;『一兎橫身當全路, 蒼鷹見便生擒. 後來獵犬無靈性, 空向枯樁舊處尋.』二偈雖禪語, 頗合作詩之旨.(『隨園詩話』卷四)
16) 청대의 張晉은 袁枚의 말을 뒷받침하여 다음과 같이 禪, 詩의 관계를 피력했다.「少陵云;『妙取筌蹄棄, 高宜百萬層.』又云;『意愜關飛動, 篇終接混茫.』放翁云;『詩忌參死句, 滄浪借禪喩詩.』謂如羚羊掛角, 香象渡河, 有神韻可味, 無迹象可尋. 司空圖謂超以象外, 得其環中, 皆言詩之超詣也. 隨園謂詩不必首首如是, 要

에 선을 차입한 논리를 근본적으로 부정한 일파도 있었으니, 엄우와 동시대의 유극장(劉克莊)은『후촌대전(後村大全)』에서,

시가는 소릉을 비조로 하니 그 설에 이르기를; 말이 사람을 놀라게 않으면 죽어도 없어지지 않으니 선가는 달마로 비조를 삼는다. 그 설에 이르기를; 불립문자라. 시가 선이 될 수 없는 것은 선이 시가 될 수 없는 것과 같다.17)

라 하여 시선(詩禪)의 본질은 다르다고 하였고, 청대 이중화(李重華)는 "시교는 공자에게서 논증한 것이거늘 어쩐 이유로 불사로 떨어뜨리는가(詩敎自尼父論定, 何緣墮入佛事.)"(『貞一齋詩說』)라 하여 시교의 원대성을 불교에 두려함을 통박하였으며 반덕여(潘德輿)는 "시는 곧 인생의 용사이거늘 선은 무엇인가(詩乃人生用事, 禪何爲者.)"(『養一齋詩話』)라 하여 시의 용세관(用世觀)을 내세워 선과 무관함을 강조하였다. 그러나 시의 세계에의 고결과 작시를 위한 영육 간의 각고를 참선하는 승니의 수도에 상견한 것은 시의 차원 제고를 위해서도 인정할 만했으며 시풍의 외식보단 내실을 위해서 더욱 호소력이 있었다고 하겠다. 이어서 엄우가 그의 시화에서 핵심의 하나로 내세운 것이 ⑦의 "선도는 오직 묘오에 있고 시도도 묘오에 있다.(禪道惟在妙悟, 詩道亦在妙悟.)"의 논리인데, 이것은 앞의 내용을 구체화한 것이라 하겠다. 엄우는 맹호연을 한유보다 시의 묘오란 면에서 시의 가치를 높게 본다고 예로 들면서 이 점을 부각시켰다.18) 그의「시변」속에 '묘오'와

不可不知此種意境.」(『達觀堂詩話』)

17) 詩家以少陵爲祖, 其說日; 語不驚人死不休, 禪家以達磨爲祖. 其說日; 不立文字. 詩之不可爲禪, 猶禪之不可爲詩也.(卷九十九)

18) 창랑의「妙悟」이전에 문학에 사용된 대표적인 예로는 僧肇의「肇論」에「玄道在於妙悟, 妙悟在於卽眞.」(卷六)라 하여 묘오를「妙契自然」으로 썼고,『文心雕龍』「神思」편의「寂然凝慮, 思接千載. 悄焉動容, 視通萬里.…… 故思理爲妙, 神與物遊.」구는 물상과 심상의 교회에서 문사의 고묘를 밝힌 것이니 묘오설의 선성이 되며, 司空圖의『詩品』에서는 "不著一字, 盡得風流."가 창랑의 "超以象外, 得

관련된 부분은 ⑧과 "들여우의 외도인 것이니, 그 참된 지식을 가려버리면 약을 구할 수 없어서 끝내 오를 얻지 못한다(野狐外道, 蒙蔽其眞識, 不可救藥, 終不悟也)."라는 구, "가슴속에 뜸 들여 오래되면 자연히 깨달아 든다(醞釀胸中, 久之自然悟入)"구, 그리고 "그 묘한 곳은 꿰뚫어 영롱하여 모아놓을 수 없다(其妙處透徹玲瓏, 不可湊泊)."구 등이 되겠는데 '시도'가 '묘오'에 있다는 논법은 다음 인용문에서 그의 의미를 대신할 수 있겠다. 즉 명대 호응린(胡應麟)이 『시수(詩藪)』에서,

> 선은 필히 깊이 수련되고 난 후에 깨달을 수 있고 시는 깨달은 후에야 이어 모름지기 깊이 창작된다.[19]

라 하여 '오(悟)'는 시가 거쳐야 할 한 가지 필수적인 과정으로 보고, 선의 지경이 오(悟)라면 시는 그 이상의 상태에 몰입한 차원까지 상승해야 한다는 시의 경계를 밝혔고, 근인 첸중수(錢鍾書)도 "도를 배우고 시를 배우는데 깨닫지 않고서는 진전하지 못한다.(學道學詩, 非悟不進.)"(『談藝錄』, p.115)라고 하여 오(悟)를 통한 '시 배움'을 역설하였다. 여기서 '묘오'란 바로 시 창작 경지의 배양인 것을 알 수 있고 이 배양이 성숙되고 알차게 되면 곧 투철한 '오득'(悟得, 깨달아 얻음)인 것이다.

　(2) 오득에는 옅고 깊음이 있음(悟有淺深) : 이 말은 위 인용문 ⑧의 "悟有淺深, 有分限."에서 나온 구로서, 묘오의 옅고 깊음의 등급을 표현하는 것이요, 시경의 차별을 뜻하는 것이다. 엄우가 「시변」에서 제시한 '오득'의 분류는 (a) 오득을 가식하지 않음(一味妙悟), (b) 투철한 오득(透徹之悟), (c)

其環中."과 상동하다. 송대에는 소식의 「送參寥師一詩」에서 "欲令詩語妙, 無厭空且靜. 靜故了群動, 空故納萬境."라 하여 空・靜을 강조한 점, 江西派의 陳師道의 「答秦少章」에서 「學詩如學禪, 時至骨自換」이라 하여 오경을 인지하였다. (張健의 『滄浪詩話研究』, p.20 이하 참조)
19) 禪必深造而後能悟, 詩雖悟後, 仍須深造.(內編卷二)

완전치 않으나 반은 아는 오득(一知半解之悟), 그리고 (d) 오득을 가식하지
않음(不假悟) 등인데,[20] (a)와 (b), (d)는 엄우의 소위 최상승인 '제일의'이며,
(c)는 '제이의'가 되겠다. 엄우는 위의 ⑨에서 "한위대는 높으니 오득을 가
식하지 않는다(漢魏尙矣, 不假悟也)."라 하고 "사령운에서 성당의 제공까지
투철한 오득이다(謝靈運至盛唐諸公, 透徹之悟也)."라 한 데서 한위와 사씨 및
성당문인이 '제일의', 대력(大曆) 이후 및 만당을 '제이의'로 차등을 둔 것
이다. 이제 이들을 도표화하면 다음과 같다.

悟의 차등

悟　　　義	제1의	제2의	제2의 이하
오로지 묘오를 맛봄(一味妙悟)	맹양양(浩然)의 학력이 한퇴지(韓愈)보다 매우 떨어지지만, 그 시만은 퇴지 위에 빼어난 것은 오직 묘오를 맛보기 때문이다.(孟襄陽學力下韓退之遠甚, 而其詩獨出退之之上者, 一味妙悟而已)		
오득을 가식하지 않음(不假悟)	한위는 존귀하니 오를 가식하지 않는다(漢魏尙矣, 不假吾也)		
투철한 오득(透徹之悟)	사령운에서 성당 여러 문인에 이르기까지는 투철한 오이다(謝靈運至盛唐諸公, 透徹之悟也)		
완전치 않으나 반은 아는 오득 (一知半解之悟)		대력 이후의 시는 즉 소승선이어서 이미 제이의로 떨어져 있다(大曆以還之詩, 則小乘禪也, 已落第一義矣)	만당의 시는 즉 성문과 벽지승류이다(晩唐之詩, 則聲聞辟支果也)

---

20) 不假悟에 대해서 許學夷는 「漢魏天成, 本不假悟, 六朝刻雕綺靡, 又不可以言悟」
(『詩源辯體』卷十七)

이상의 등급에서 원문의 용어와 결부하여 몇 가지 부연한다면, 우선 '제일의'와 '투철지오'를 동일하게 놓은 것을 궈샤오위(郭紹虞)는 "이후의 격조 물결은 곧 창랑의 제1의설이며, 신운파가 창랑에게서 취한 것은 역시 투철지오에 있다(此後格調波卽滄浪第一義之說, 而神韻派所取於滄浪者, 又在透徹之悟)."(『滄浪詩話校釋』)라 하여 후세 입론에 영향을 주었다고 하였다. 그리고 '一知半解之悟'는 의미상 작시의 배양과 시의(시의 사상) 및 시 소재의 결핍을 말한다고 할 것이며 특히 만당시를 '소승선'보다 낮은 '성문벽지과(聲聞辟支果)'에 속하는 것으로 품평하였은즉,[21] (c)에 속한 것은 소승선의 대력시과 성문벽지과의 만당시라는 해석이 되겠다.

2. 흥취와 입신

묘오가 시의 절경에 드는 선적 정신세계라면 여기서의 '흥취'와 '입신'은 엄우에 있어서는 "시어로 묘사는 다 하였는데 그 담긴 뜻 그지없이 깊다(言有盡而意無窮)."의 경계이며 시적 극치를 말하는 것이다. '흥취'에 대한 그의 논지는 다음과 같다.

무릇 시에는 특별한 재질이 있는데 독서와는 관계없으며, 시에는 특별한 의취가 있는데 이치와는 관계없다. 그러나 많이 독서하고 많이 궁리하지 않으면, 그 지극한 경지에 이를 수 없다. 이른바 이치의 길을 거치지 않고 말의 통발에 빠지지 않은 것이 으뜸이다. 시라는 것은 성정을 읊어 노래하는 것이다. 성당의 제가의 시가 오직 흥취에 들어 영양이 뿔을 나무에 걸어 자취를 찾을 수 없는 것 같다(초탈하여 자유분방한 시의 경지에 있는 것이다). 고로 그 묘처는 투철하고 영롱하여 모아 머물게 할 수 없으니 마치 공중의 소리, 얼굴의 색, 물속의 달, 거울 속의 모습 같아 말로는 다 표현했으나 그 뜻은 무궁한 것이다. 근대의 제가들은 즉 기묘한 어귀를 따지어 시의를 얻

---

[21] 郭紹虞의 교석에 의하면 「辟支・聲聞僅求自度, 故稱小乘. 辟支, 梵語獨覺之義, 謂并無師承, 獨自悟道也. 聲聞, 謂由誦經聽法而悟道者.」

으려 하여 문자로 시를 짓고 재학으로 시를 지으며 의논으로 시를 지으려 하니 어찌 공교하지 않으랴 만은 끝내 옛 사람의 시만 못하다.[22]

엄우 자신의 시는 과연 그의 시론과 부합하게 '흥취'를 닮았는지에 대해 이동양(李東陽)은 이르기를,

　　엄창랑의 "빈숲의 낙엽 지니 비인가 하고 포구의 바람이 많아서 밀물이 드려 한다."는 정말 당시구라 할 만하다.[23]

라 하여 당에 근접(近唐)하다고 하여 위당(魏唐)의 전수자로 추숭한 것으로 보아서, 엄우의 시가 그 논지와 근접함을 알 수 있다. 이렇다면 엄우의 주장을 관찰해야 할 것이니, 흥취에 대해 엄우는 "영양이 뿔을 걸다(羚羊掛角)"와 "공중의 소리, 얼굴의 빛, 물속의 달, 거울 속의 모습(空中之音, 相中之色, 水中之月, 鏡中之象)" 등으로 이를 비유하였는데, 흥취의 의미가 육조(六朝)시대 유협(劉勰)의 『문심조룡(文心雕龍)』「은수(隱秀)」편의 '은(隱, 감추어 드러나지 않음)'과 상통하고 또「물색(物色)」편의 '입흥(入興)'과 상통하여 함축적이며 미감의 감각을 제시한다. 엄우가 비유한 "영양이 뿔을 걸다"구는 그 자체가 영양이 밤에 잘 때 뿔을 나뭇가지에 걸어 자취를 알 수 없게 하여 몸을 지키는 습성을 인용하여 초탈하면서 자유분방한 시의 세계와 결부시키는 예로 삼았고 이에 앞서 "시란 성정을 음영하는 것이다(詩者, 吟詠情性也)."라 하여 소위 「모시서(毛詩序)」의 "뜻을 드러내는 바, 마음에 두면 뜻이 되고 말로 나타내면 시가 된다. 성정이 속에서 움직여 말

---

22) 夫詩有別材, 非關書也. 詩有別趣, 非關理也. 然非多讀書, 多窮理, 則不能極其至. 所謂不涉理路, 不落言筌者, 上也. 詩者, 吟詠情性也. 盛唐諸人, 惟在興趣. 羚羊掛角, 無迹可求. 故其妙處, 透徹玲瓏, 不可湊泊. 如空中之音, 相中之色, 水中之月, 鏡中之象, 言有盡而意無窮. 近代諸公乃作奇特解會, 遂以文字爲詩, 以才學爲詩, 以議論爲詩. 夫豈不工, 終非古人之詩也.
23) 嚴滄浪『空林木落長疑雨, 別浦風多欲上潮』. 眞唐句也.(『懷麓堂詩話』)

로 드러낸다(志之所之也, 在心爲志, 發言爲詩. 情動於中而形於言)."구의 근본 시
정과 일치시켜 시의 최상이요 최고의 가치임을 강조하고 있다. 엄우는 시
의 창작은 단순히 "독서 많이 함(多讀書)"과 "궁리 많이 함(多窮理)"만으로
는 이룰 수 없다는 것이다. 흥취는 묘오의 과정을 거쳐서 인간감성을 통해
나오는 현상이어서, "영양이 뿔을 걸면 찾을 자취가 없다(羚羊掛角, 無跡可
求)."의 문구는 있으되 그 이상의 시정이 내포되어 있는 운치를 유발하게
되고, 그 묘경의 감흥은 "투철하고 영롱하여 머물 수 없다(透徹玲瓏, 不可湊
泊)."와 같은 환몽의 시세계를 추구하게 되어 "공중의 소리, 얼굴의 빛, 물
속의 달, 거울 속의 모습(空中之音, 相中之色, 水中之月, 鏡中之象)."과 같은 경
지를 낳게 된다는 것인데, 이에 대해 왕어양(王漁洋)은 이르기를,

> 엄우의 소위 거울 속의 모습, 물속의 달, 공중의 소리, 얼굴의 빛은 모두
> 선리로 시를 비유한 것이다.24)

라고 해서 그 경지는 즉 선계(仙界)의 시흥(詩興)으로 묘사하여 엄우의 '흥
취설(興趣說)'의 맥을 합리적으로 보았다. 이 논법이 '신운설(神韻說)'을 낳
았으나, 청대 풍반(馮班)는 엄우의 위의 구를 "단지 뜬 빛이 그림자를 빼앗
다(止是浮光掠影)"라고 하여 당대 유몽득(劉夢得)이 말한 "흥취가 모습 밖에
있다(興在象外)"의 표현과는 다르다고 하였고25) 또 궈샤오위는 유심주의적
예술관을 표현한 데 불과하다고 하여 선취(禪趣)에 경도되어 있는 논리로
보았는데,26) 그러나 엄우가 입신의 득도자로서 이백, 두보를 추종한 것을

---

24) 嚴儀卿所謂如鏡中象, 水中月, 空中音, 相中色, 皆以禪理喻詩.(『師友詩傳錄』)
25) 馮班은 「滄浪論詩, 止是浮光掠影, 如有所見, 其實脚跟未曾點也. 故云就唐之詩如
空中之言, 相中之色, 水中之月, 鏡中之象. 種種比喻殊不如劉夢得云『興在象外』一
語妙絕.」(『嚴氏糾謬』)라고 이견을 보임.
26) 郭紹虞의 교석본, p.36 참조. 선취에 대해서 보면, 李重華는 「阮亭三昧集, 謂五
言有入禪絕境, 七言則句法要健, 不得以禪求之. 余謂王摩詰七言何嘗無入禪處? 此
係性所近耳. 況五言至境, 亦不得專以入禪爲妙.」(『貞一齋詩說』)라 하여 入禪妙境

보면 논법이 그 당시의 논리주의자인 강서(江西)·강호파(江湖派)를 향한한 반항적인 의도가 있었다고 본다. 엄우의 흥취설은 엄격히 다룬 시의 형식과 시의 내용의 미(美)를 합일시켜 시풍의 격조를 높였다고 할 것이다. 흥취설은 송시의 '성당으로 돌아감(歸盛唐)'을 주창한 그 당시로는 혁신적이론이며, 아울러 시론의 정립을 향한 포석임을 인지하게 된다. 다음 엄우의 「입신」론은 시 경지의 극치를 서술하고 있다.

　　시의 극치는 하나 있으니 바로 입신이라 하겠다. 시로서 입신하면 지극하고 다한 것이니 더 보탤 것이 없다. 오직 이백과 두보만이 이 경지를 터득하였으니 다른 이들은 그 터득함이 무릇 모자란다.[27]

이 입신은 용어상으로는 선경의 삼매와 상통하겠고 흥취의 한 단계 높은 시격을 의미할 수 있다.[28] '입신(入神)'이란 말의 어원은 『주역(周易)』(繫辭下)에서 '정의입신(精義入神)'이라 한 데서 나왔는데, 『문심조룡』「신사(神思)」편에 '신원(神遠)'이라 한 것이 엄우의 뜻과 상통한다. 시에서의 '입신의 경지(入神之境)'를 묘사한 예로는 청대 옹방강(翁方綱)이 다음에서 당대왕유(王維)의 시를 지칭한 것을 들 수 있으니,

　　왕유의 5언시는 입신하여 현상 밖에 있으니 말할 필요가 없다. 이 "옛 벗은 보이지 않으니 평릉 동쪽이 적막하다."에 이르러서는 악부를 취하여 뜻을 나타내지 않음이 없다.[29]

을 시에 비유하고, 吳喬는 「子瞻曰 : 『詩以奇趣爲宗, 反常合道爲趨』, 此語最善, 無奇趣何以爲詩? 反常而不合道, 是謂亂談, 不反常而合道, 則文章也.」(『圍爐詩話』卷一)

27) 詩之極致有一, 日入神, 詩而入神, 至矣, 盡矣, 滅以加矣. 惟李杜得之, 他人得之蓋寡也.

28) 입신이 흥취와의 관계에 대해 張健은 "他的興趣說和入神說之間, 根本沒有一必然的內在關繫 : 他時而如此設想, 時而如彼起意, 又幷列書之, 結果便互見扞格了." (『滄浪詩話』, p.33)라 하였는데, 창랑이 시화를 서술하는 순서와 체계적인 논리가 미비하다는 것일 뿐 극히 밀접히 관계되어 있다. (필자의 의견)

여기에서 "입신하여 현상 밖에 있음(神超象外)"이 그 의미가 된다. 그리고 명대 도명준(陶明濬)은 시의 입신의 의미를 설명하기를,

입신 두 글자의 의미는 마음이 도에 통하면 입으로 발할 수 없고 사신만이 지니니 남이 따라 취할 수 없어 소위 남에게 법도가 될 수 있고 남이 기교 부릴 수 없게 된다. 기교로운 자는 자못 입신하게 된다. ……진정 시에 능한 자는 빌려 조탁하지 않으며 고개 숙여 집은 즉 바르니 그걸 마음에 취하고 그걸 손에 부으면 도도하게 출렁이며 붓을 들면 종횡으로 나아가니 이로부터 성령을 이루어 정감을 노래하면 이치를 두루 드러낸다. 뭇 말을 다 들어낸들 또 어찌 맺히는 바가 있겠는가? 이것을 입신이라 한다.30)

라 하여 작시의 심경이 '탈속'과 '자신을 잊음'(忘我)에 든 극치임을 알 수 있다. 이 점에 대해 명대 허학이(許學夷)는 『시원변체(詩源辯體)』에서,

이백과 두보의 재력은 심대하여 그 조예가 극히 높으며 흥취가 극히 원대하다. 고로 그 5·7언고시는 체재에 변화가 많고 어사가 기위하며 기품과 풍격이 크게 갖추어져서 다분히 입신한다.31)

라고 하여 허씨의 말에서 "조예가 극히 높다(造詣極高)"구는 엄우의 '이식 위주'와 "흥취가 극히 원대하다(意興極遠)"구는 '묘오'와 '흥취'를 각각 풀이한 것이며, 입신은 시심의 초탈성과 삼매경이라 함이 타당하다. 이 입신에서 청대 왕어양(王漁洋)이 신운설을 낳고 왕유(王維)와 맹호연(孟浩然)을 추종하여 『당현삼매집(唐賢三昧集)』까지 편찬한 사실은 중국 시학의 대사

---

29) 右丞五言, 神超象外, 不必言矣. 至此 『故人不可見, 寂寞平陵東』, 未嘗不取樂府以見意也.(『石洲詩話』卷一)
30) 入神二字之義, 心通其道, 口不能言, 己所專有, 他人不得襲取, 所謂能與人規矩, 不能使人巧. 巧者其極爲入神……眞能詩者, 不假雕琢, 俯拾卽是, 取之於心, 注之於手, 滔滔汨汨, 落筆縱橫, 從此導達性靈, 歌詠情志, 涵暢乎理致, 斧藻於群言, 又何滯礙之有乎? 此之謂入神.(『詩說雜記』卷八)
31) 李杜才力甚大而造詣極高, 意興極遠, 故其五七言古, 體多變化, 語多奇偉, 而氣象風格大備, 多入於神矣.(卷十八)

이다.32) 단지 그 추종 대상에서 엄우가 이백·두보를 택한 데 반해 왕어양은 같은 성당의 왕유와 맹호연을 택한 노선이 다를 뿐이다.33) 문학상의 가치로 보아 이백·두보를 왕유·맹호연보다 우위에 두는 데는 이의가 없다. 그러나 엄우가 "타인은 터득함이 거의 적다(他人得之蓋寡也)."라 하여 이백·두보 외엔 '참선의 정신으로 시의 경제에 들어감(以禪入詩)'의 묘경을 인정하지 않은 점은 "시를 논함은 선을 논함과 같다(論詩如論禪)"의 논지에서 볼 때 편견이 있다고 본다. 왕어양이 엄우와 같은 바탕에서 신운을 편 데 비하여 추종 대상을 달리하는 데 대해 궈샤오위는 말하기를,

　　창랑의 흥취설은 마침 왕사정의 소위 신운과 의미가 같은데 어째서 창랑은 이백과 두보를 거론하면서 왕유와 맹호연을 종주로 삼지 않았는가? 이 점에 모순이 있는 것 같으나 실은 이것이 창랑의 논시 요지인 것이다.34)

---

32) 楊繩武는 「資政大夫經筵講官刑部尙書王公神道碑」(『淸文錄』五十五)에서 어양의 시원을 밝히기를 "公之詩旣爲天下所宗, 然而詩公此非一世之詩, 天下人人能道之, 公之功非一世之功也. 公之詩籠蓋百家, 囊括千載. 自漢魏六朝以及唐宋元明人, 無不有咀其精華, 探其堂奧, 而尤浸淫於陶孟王韋諸公, 有以得其象外之音, 意外之神, 不雕飾而工, 不錘鑄而鍊極, 沈鬱排寡之氣, 而彌近自然, 盡滄剌絢燭之奇, 而不由人力. 嘗推本司空圖在酸鹹之外, 嚴滄浪以禪喩詩之旨, 而益伸其說. 蓋自來論詩者, 或尙風格, 或矜才調, 或崇法律, 而公則獨標神韻, 神韻得而風格才調法律三者悉擧諸此矣."라 하고 『唐賢三昧集』서에서 어양은 "嚴滄浪論詩運：盛唐諸人唯在興趣, 羚羊掛角, 無跡可求, 透徹玲瓏, 不可湊泊, 如空中之音, 相中之色, 水中之月, 鏡中之象, 言有盡而意無窮. 司空表聖論詩亦云：妙在酸鹹之外. 康熙戊辰春杪自京師居宸翰堂, 日取開院天寶諸公篇什讀之, 于二家之言, 別有會心, 錄其尤雋永超詣者, 自王右丞而下四十二人, 爲『唐賢三昧集』."라고 하여 어양 자신과 양씨의 말에서 신운과 그 추숭자, 그리고 그 이유를 극명하고 있다.
33) 어양이 예시로써 왕맹을 추숭하여 다음과 같이 말했다. 「嚴滄浪以禪喩詩, 全深契其說, 而五言尤爲近之. 如王維輞川絕句, 字字入禪. 他如『雨中山果落, 燈下草蟲鳴』, 『明月松間照, 淸泉石上流』, 及太白『谷下水精簾, 玲瓏望秋月』：常建『松際露微月, 淸光猶爲君』, 浩然『樵字暗相失, 草蟲寒不聞』, 劉愼虛『時有落花至, 遠隨流水香』, 妙諦微言, 與世尊拈花, 迦葉徵笑, 等無差別. 通其解者, 可語上乘.」(『帶經堂詩話』卷三)
34) 滄浪興趣之說, 正同於王士禎所謂神韻之義, 何以滄浪又標擧李杜, 而不宗主王孟叱? 此點似有矛盾, 實則也是滄浪論詩宗旨.(校釋 p.37)

라 하여 왕어양을 옹호한 반면에, 첸중수(錢鍾書)는 다음에 이르기를,

　　창랑은 유독 신운으로 이백과 두보를 칭하고 왕사정은 창랑을 사승하였
　　는데 난시 왕유와 위응물만을 알고 「당현삼매집」을 지으면서 이백과 두보
　　를 취하지 않았으니 대개 창랑의 뜻을 잃은 것이다.[35]

라 하여 왕어양은 엄우의 진의를 터득치 못한 것이라고 평가하고 있다. 엄
우과 왕어양의 설이 각각 명확한 논지를 지닌 만큼 추종 대상에 관한 시
비를 가릴 수 없다 해도 왕유 같은 시인의 작품에서 역시 입신의 경지를
찾을 수는 있다.[36] 왕유시의 입신처는 탈속과 망아(忘我), 그리고 선정(禪
定)으로 특색 지을 수 있으니, 「종남산 별장(終南別業)」(『王右丞集箋注』 권3)
을 보면,

중년엔 불도를 좋아하다가	中歲頗好道
만년에 종남산 가에 머물러라	晩家南山陲
흥취가 나면 매양 홀로 왕래하고	興來每獨往
즐거운 의취는 절로 알 뿐이라	勝事空自知
냇물 끝까지 올라가	行到水窮處
앉아보나니 구름 뭉게뭉게	坐看雲起時
우연히 숲속의 노인 만나서	偶然値林叟
담소하며 돌아갈 줄 몰라라	談笑無還期

　　이 시는 은거의 의취를 묘사하였으니, 전2구는 은거의 이유를, 제3, 4구
는 속세와 무쟁(無爭)의 의식을 각각 표출하고 제5, 6구에 이르러서 사경과
선기(禪機)를 현시하면서 말구에서 구속되지 않는 심기를 그렸다. 이 시는
자연과 합일된 '망아'의 선경을 표현하였으니 원대 호자(胡仔)는 "그 시를

---

35) 滄浪獨以神韻許李杜, 漁洋號爲師法滄浪, 乃僅知有王韋, 撰唐賢三昧集, 不取李杜,
　　蓋盟失滄浪之意矣.(『談藝錄』 p.49)
36) 졸저 『王維詩比較硏究』의 「王維詩與禪悟之關係」을 참조.(北京 京華出版社, 1999)

보면 먼지 낀 세계에서 벗어나 만물의 밖에서 떠노는 것을 알게 된다(觀其 詩, 知蛻塵埃之中, 浮游萬物之表者也)."(『苕溪漁隱叢話』 前集)라고 극찬하고 있 다. 그리고 「향적사를 지나며(過香積寺)」(상동 권7)를 보면,

향적사가 어딘지 몰라	不知香積寺
몇 리 구름 낀 봉우리에 들었네	數里入雲峰
고목엔 길이 없는데	古木無人徑
깊은 산 어디서 종 울리나	深山何處鐘
샘 소리 오톨한 돌 위에 울고	泉聲咽危石
햇빛 푸른 솔에 차가워라	日色冷青松
저물녘 빈 연못가에서	薄暮空潭曲
좌선하여 뭇 욕망을 떨치네	安禪制毒龍

이 시는 탈속과 선정의 경지를 묘사하였는데, 천성(泉聲)을 '咽', 석(石) 을 '危', 일색(日色)을 '冷', 송(松)을 '青'이라고 묘사하는 관찰과 성정은 오 묘한 것이며 말연은 바로 '앉아서 자신을 잊고 참선에 들어감(坐忘入禪)'의 높은 선경을 그려내어서, 내적으로는 몽경(夢境)을, 외적으론 환영(幻影)을 보는 듯하니, 왕유(王維)에게서 볼 수 있는 입신의 시정이라 하겠다. 필자의 억설인지 모르나 엄우가 '입신극치(入神極致)'를 터득한 자는 이두(李杜) 뿐 이라는 내면에는 그들이 당대의 양 대가라는 점에 기인되지 않았나 하고 추리해본다. 엄우의 「시변」은 한위진과 성당의 시에 위주한 '참선의 마음 으로 시에 들어감(以禪入詩)'의 묘오와 홍취, 그리고 입신의 시세계를 주제 로 평술되어 있다. 「시변」에서 "시를 논함은 선을 논함과 같다(論詩如論禪)." 의 의미와 가치를 살펴보고 시도의 요체(要諦)인 묘오의 시와의 관계를 시 도하였다. 이런 묘오에서 터득된 경지에서 시의 홍취와 입신의 자취를 "영 양이 뿔을 나뭇가지에 걸다(羚羊掛角)"에 비유한 것은 기특한 착상이라 하 겠으니, 후대의 시론에 지대한 영향을 주었으나 이 논지의 수용을 정확히

분별하지 않으면 편견적 시법을 만들 가능성이 많은 논리상의 억지와 무체계도 적지 않다. 그래서 청대 주정진(朱庭珍)은 그 논점을 경계하기를,

근대 시인에서 엄우의 설을 종으로 하여 살뜻하는 사는 베미른 기슴을 잡고 아득한 깨달음을 구하려고 경치에 빠져서는 토하고 삼키듯이 읊고 음미하여 스스로 고아하고 원대한 품격을 자랑함을 초탈로 여긴다. 그 말에 실체가 없어 허황한 악습에 떨어지는 것을 모르면 마침내 고칠만한 약이 없는 것이다.[37]

라고 하여 공허하고 지나친 주관에 흐르기 쉬운 것을 경계한다. 엄우는 「시변」에서 송대의 시풍을 비판적으로 보고, 가식적인 그 당시의 풍조를 반대하고 진정한 '성당시풍으로 돌아감(歸盛唐)'의 노선을 잡기 위해서 탄식과 통박을 서슴지 않았으니, "아아, 정법안이 전해지지 않음이 오래도다(嗟乎, 正法眼之無傳久矣)."라고 「시변」의 말미에 서술하고 있다. 엄우 자신이 강서파의 영향을 받았으면서 그 파의 평담(平淡)과 공력(功力)은 인정하지만, 시의 고치(高致)가 결여되는 점을 불만족하게 여겼던 것이다. 엄우의 시론이 시대를 지나가면서 더욱 그 중요성을 더하는 이유는 형식보다는 심성을 중시하는 시 창작관에 있는 것이라고 보아야 할 것이다.

Ⅲ. 시 창작의 신앙적 입신 자세

이상에서 볼 때 엄우는 시 창작의 최고 경지를 참선(參禪)의 정신으로

---

37) 近代詩家, 宗嚴說而誤者, 挾枯寂之胸, 求渺冥之悟, 流連光景, 半吐半吞, 自矜高格遠韻, 以爲超超玄著矣. 不知其言無物, 轉墮膚廓空滑惡習, 終無藥可醫也.(『筱園詩話』卷一)

시세계에 침잠(以禪入詩)하는 소위 '몰입'의 경지와 같아야 한다고 주장하고 있다. 이 점은 종교에서 신앙심의 최고 경지에 들면 '신인일체(神人一體)'나 '입신(入神)' 의식과 신에 대한 절대적 순종(順從)을 체험하는 것과 상관된다. 따라서 엄우의 입신적 시 창작관은 신인간(神人間)의 교감(交感) 즉 기도하고 신을 추종하면서 기독교의 소위 방언(方言)과 현몽(現夢), 환상(幻想) 등에 들어가는 상태와 정신적 극치면에서 상통한다. 진정한 시 창작은 종교의 현실 초월의 순수하고 성결한 의식과 동일한 정신적 경지에서 가능하기 때문에 엄우가 '시선일치론'을 제기했다고 본다. 그러니까 승화된 시세계는 속세로부터 의식세계가 초탈해야 하고 오직 마치 신비주의적 '몰아(沒我)' 즉 의식의 극치인 '아타락시아(attaraxia)'를 추구함이라는 것이다. 이런 면에서 필자는 엄우의 불교의 수행법인 참선적인 정신과 접목시킨 시 창작과 그 시론을 신성한 기독정신관과 연관시키게 된 것이다.

엄우로선 시 창작의 의식세계는 몰아(沒我)와 탈속(脫俗)의 순수결백하고 초월적 심적 경지를 추구하는 과정에서, 함축적인 시어(詩語)를 구사하여야 한다는 것이다. 그 절정의 정신 상태를 '입신'이란 표현으로 집약하고 있으니, 첸중수가 "신운이 없으면 좋은 시가 아니지만, 오직 신운만으로는 결코 시가 될 수 없다(無神韻, 非好詩, 而祇有神韻, 恐併不能成詩)."(『談藝錄』)라고 한 논리는 시를 지음에 있어서 "정신 집중(神來)"과 "능력 발휘(氣來)", "풍부한 성정(情來)" 등이 서로 조화되어야 원만한 시 창작이 가능하다는 점에서 엄우의 논법은 작시의 기본소재의 한 축을 강조한 것으로 본다. 그리하여 각고의 고민 속에서 가장 승화된 묘사의 결정체(結晶體)로 만들어진 산물이 곧 '시'이므로 그 '시'를 평가하는 '시론'도 그런 정신 집중적 참선(參禪), 기독교적으로 말하면 '성경'과 '기도'의 최고 경지인 입신까지 몰입해야만 참된 시론이 가능하다는 논리로 풀이된다. 이런 면에서 엄우의 '시선일치(詩禪一致)론'은 시 창작과 시론 정립에 있어서 작가의 문학정신

수준을 매우 엄격하게 규정해놓았다고 본다. 이런 의식은 신앙관적인 면과 상관성을 지닌다고 하겠다. 엄우가 주장한 불교의 '선(禪)'에서 '참선(參禪)'은 불교 수행법으로서 가부좌(跏趺坐)로 앉아서 심호흡하면서 마음의 만상을 관찰하면서 수행하는 일종의 수련 행위이다.

이 수행은 중생(衆生)의 번뇌(煩惱)와 무기(無記)로 구성된 정신세계를 닦아서 청정무구(淸淨無垢)한 불성(佛性)을 보게 하는 소위 '견성성불(見性成佛)'을 추구하는 신앙 수련이다. 그 수행 방법은 절하면서 수행의 길로 유도하는 조도(助道) 단계인 관법(觀法)을 지나서, 욕심을 제거하는 백골관(白骨觀)과 성내는 것을 조절하는 자비관(慈悲觀), 어리석은 맘을 제거하는 수식관(數息觀) 등의 초보단계를 거쳐서, 염념상속법(念念相續法) 단계에서는 하나의 번뇌를 지속적으로 사색하고 관찰하여 다른 번뇌의 이입을 차단하는데, 이 단계에는 부처 명호를 외우면서 무기에 빠지지 않게 하는 염불법(念佛法), 부처의 진언(眞言)을 생각하는 주력법(呪力法), 그리고 스승이 제자에게 격외도리(格外道理)를 거량하여 의심을 돈발(頓發)시키는 의심법(疑心法) 단계에 이르는 수행을 소위 '화두(話頭)'의 경지에 이른다.[38] 이 화두 단계에 이르면 신앙적으로 '돈오(頓悟)' 즉 첫 깨우침의 경지에 몰입한 것인데, 어떤 특정한 주제를 정해서 좌선하면서 부단히 궁구(窮究)하는 자세이므로, 이 화두 단계에서 시 창작으로 시도해야만 참된 시를 지을 수 있다는 논리가 바로 엄우의 시론 핵심이다.

불경에서 주장하는 "마음을 비우는" 심적 경지는 기독교의 성경에서 "마음이 가난한 자가 천국에 간다"는 예수의 말씀과 비교할 때 소위 신인 일체적 신앙관이라는 관점에서, 시 창작의 정신적 자세를 입신적 단계까지 승화시켜야 함을 주창한 엄우 시론은 기독교의 입신 체험과 상통한다.

---

38) 원택리『성철스님화두참선법』, 장경각, 2016

기독교의 '입신'이란 살면서 천국과 지옥을 경험하는 신앙적 체험이다. 기독교의 입신은 영이 몸 안에서 빠져나와서 가사(假死) 상태에서 천국과 지옥을 보는 체험이니 그 수행 단계는 성경과 기도에 전념함으로써 가능하다.[39] 입신을 통해서 받는 신앙적 유익은 예수를 직접 만난다든가, 앞서 간 성도를 만난다든가, 성경의 진리에 대한 이해가 깊어진다든가, 미래의 계시를 받는 등 신앙인으로서 특별한 신앙 간증을 체험한다. 그중에 성경의 진리를 이해하는 입신 경험은 참선의 화두 단계에 상응하는 것으로 탁월한 시 창작 능력의 발휘를 의미한다. 필자의 이런 추리가 문학론적으로 객관성이 결여된다고 할 수도 있겠지만, 정신집중의 절정 단계라는 입장에서는 충분히 상정할 수 있다고 본다.

> 오직 여호와의 율법을 즐거워하여 그 율법을 주야로 묵상하는 자로다.
>
> (시편 1 : 2)
>
> 나 여호와가 너를 항상 인도하여 마른 곳에서도 네 영혼을 만족케 하며 네 뼈를 견고케 하리니 너는 물 댄 동산 같겠고 물이 끊어지지 아니하는 샘 같을 것이라. (이사야 58 : 11)

---

39) 변승우 『특별히 예언을 하려고 하라』, 301~320쪽.

명대 이동양(李東陽) 시론과 종교적 개념

명대에 들어서 천주교 선교가 진행되어 관리 중에서도 서광계(徐光啓)의 성시(聖詩)가 전해질 정도로 서양 종교에 대한 인식이 적지 않던 시기였다. 중화사상과 그 문화를 지키고 자부하는 중국인의 의식세계에 기독교 선교란 매우 어려운 여건이었다. 유교와 도교, 그리고 전래된 불교적 의식이 그들의 뇌리에 고착되어 있기 때문이다. 그러나 이동양은 안목이 넓고 사려가 깊은 관리이면서 문인인 관계로 그의 시론서인 『회록당시화(懷麓堂詩話)』는 간단명료하게 시론을 전개하고 있다. 모두 137개 항목으로 구성되어 있는 이 시화는 악부(樂府) 시로부터 명대 초기까지의 시 형식과 시풍에 대해서 논술하고 있다. 시화가 지향하는 논점이 시학적 개념에 있지만 간간이 시의 시론을 소위 성정위주(性情爲主)의 감성을 바탕으로 한 흥취(興趣)론으로 전개한 면에서 그 종교적 안목이 개재되어 있는 것이다. 본고에서 관심을 두는 이유가 곧 여기에 있다.

I. 이동양의 생애와 그의 시풍

명대 문인 이동양(李東陽, 1447~1516)의 자는 빈지(賓之), 호는 서애(西涯),

시호는 문정(文正)이며 조적(祖籍)은 다릉(茶陵, 지금의 후난)으로서 경사(京師, 지금의 베이징)에서 출생하여 경사에서 졸하였다. 어려서 총명하여 신동이라 불리어 4세, 6세, 8세 세 번이나 대종(代宗)이 면접하였다. 영종(英宗) 천순(天順) 8년(1464) 18세에 진사 급제하여 이때부터 50년간 조정의 관리생활을 하면서 한림편수(翰林編修), 한림원시강(翰林院侍講), 한림원시강학사(翰林院侍講學士) 등을 역임하였다. 효종(孝宗) 홍치(弘治) 5년(1492)에는 예부우시랑(禮部右侍郎) 겸 시독학사(侍讀學士)에 발탁되고 홍치 8년에는 본관직문연각(本官直文淵閣)으로 기무(機務)에 참예하였고 만년에는 유근(劉瑾)이 조정을 전횡하니 은거하여 학문에 매진하였다. 명대 중기 저명한 정치가로서 현상에 오르고, 성화(成化) 후기부터 정덕(正德) 초기까지의 문단의 영수로서 수다한 저술활동을 하였으니 문집으로는 『회록당집(懷麓堂集)』, 『회록당속고(懷麓堂續稿)』, 『회록당시화』 등이 있고 『대명회전(大明會典)』, 『역대통감찬요(歷代通鑑纂要)』, 『명효종실록(明孝宗實錄)』 등의 편찬에 참여하였다. 이동양은 다릉파(茶陵派)의 영수로서 당송문학의 회복을 주창하여 명대문단의 복고주의 운동을 활성화시키는 역할을 하였다. 청대 장정옥(張廷玉) 등의 『명사(明史)』 권181의 이동양전에 "명조가 일어난 이후로 재상으로 문장의 영수인 관리는 양사기 이후에 동양뿐이다(自明興以來, 宰臣以文章領袖縉紳者, 楊士奇後, 東陽而已)."라 하고 상동 권286 이몽양전(李夢陽傳)에는 "홍치 이후에 재상 이동양이 문단을 주도하여 천하가 일치하여 그를 따랐다(弘治後, 宰相李東陽主文柄, 天下歙然從之)."라고 하여 당시의 문단을 주도하였음을 알 수 있다. 그의 시풍격은 '전아유려(典雅流麗)' 하며 그의 시론은 격조를 내세우고 이백(李白)과 두보(杜甫), 한유(韓愈), 그리고 소식(蘇軾)을 추숭하여 후에 이몽양(李夢陽)과 하경명(何景明) 등의 시론의 선하(先河)를 열었다. 그리고 시의 '담원미(淡遠味)'를 수상하여 왕유(王維)와 맹호연(孟浩然)을 가까이하여 청대 왕어양(王漁洋)의 '신운설(神韻說)'의 근거를 제시하였다. 이동양은 불교에 심취하였지만 명대에 서양에서 도래한 천주교 선교사의 기독교 사상에도 관심을 보였으니, 후에 서광계의 성시를 낳는 동기가 이 시기에 태동되어 있었다. 소위 신운설은 종교적 의식에서 나온 시의 시학적 이론으로 후세 청대 시론의 원초적 근거가 된다. 이동양의 시는 고관직을 지낸 관계로 '심후웅혼(深厚雄渾)' 하되 대각풍(臺閣風)을 지닌 문단의 사조를 벗어나 성당(盛唐) 풍격을 추구하고 있는데 그의 「팽민망에 바침(贈彭民望)」 중에서 제1수와 제2수를 본다.

그대 시 만당한 좌객들 놀라게 하니	君詩驚滿座
기세는 넓은 바다처럼 활짝 열렸네	氣與滄溟開
술을 마시고 서둘러 종이를 펴서	酒酣疾伸紙
붓을 드리우니 샘낼 수 없도다	下筆無嫌猜(제1수)

나의 집이 비록 쓸쓸해도	我屋雖蕭條
즐거이 그대와 같이 지내고 싶네	欣與子同居
좋은 날 더불어 긴 저녁을 보내며	嘉辰與永夕
술잔을 들고 함께 읊어나 보세	觴詠得相俱(제2수)

우정을 진솔하게 토로한 이 시는 기도가 옹용(雍容)하고 성조(聲調)와 대장(對仗)이 공정(工整)하다. 제2수의 의취는 성서적인 감사와 사랑의 표현이다. 그리고 그의 시는 민생의 질고와 관리의 악행을 반영하는 현실고발 의식을 보여주고 있으니 그의 「절구 네 수(偶成四絶)」의 일단을 보면,

유주 계주 남쪽 눈조차 내리지 않아	幽薊以南無片雪
쓸쓸히 밭과 들판 모두 가시덤불이라	蕭然田野盡荊榛
물론 내년엔 봄싹이 익어서	未論來歲春苗熟
황폐한 마을 얼어죽는 이 없으리	且免荒村凍殺人(其一)

서울에 백만이나 새 곡식 사들이니	京城百萬開新糴
관가 값은 싸고 시장 값은 비싸네	官價空低市價高

듣건대 고관은 큰 집이 많다 하니　　　　聞道達官多大屋
수레바퀴 굴리며 노역의 고생 없기를　　轉輸無乃役夫勞(其二)

라고 하여 현실 속의 흑암현상을 토로하기에 주저하지 않았다. 이 시는 종교적 자비와 선행을 담고 있다. 한편, 그의 시에는 민족의식이 담겨 있어서 무덕을 찬미하여 국혼을 불러일으키니 고시 「화장군가(花將軍歌)」는 그 대표적인 작품으로서 화장군이 마치 다윗이 골리앗을 상대하여 담대하게 하나님을 의지하여 겨루듯이 강인한 용맹성을 표현하니 다음에 그 일단을 본다.

화장군은 키가 팔 척이며 용기가 대단한데
용 따라 강을 건너니 강물이 출렁이네.
칼을 잡고 말 몰아 벌판을 달리니
적병이 감히 가까이 못하고 적장이 감히 성내지 못하네.
죽이기를 삼베가 산골에 가득한 것 같아 온몸에 칼과 창 흔적 하나 없네.
……
장군이 노하여 외치니 결박이 다 끊기고
적군을 꾸짖음이 마치 개들이 으르렁대는 듯.
담장에 많은 화살 모이기 고슴도치 같으니
장군은 죽기 바라며 살아서 남의 신하되기 원치 않네.
……
花將軍, 身長八尺勇絕倫, 從龍渡江江水渾.
提劍躍馬走平陸, 敵兵不敢逼, 主將不敢嗔.
殺人如麻滿山谷, 徧體無一刀槍痕. ……
將軍怒呼縛盡絕, 罵賊如狗狗不猩.
牆頭萬箭集如蝟, 將軍願死不願生作他人臣. ……

이 시에 대해서 청대 반덕여(潘德輿)는 평하기를,

이서애의 「화장군가」는 격조가 크고 격분적이며 음절이 신의 경지에 드니 진정 가행시의 오묘함을 터득하였다. 뒷절에서 더욱 오묘하니…… 여러 구가 물일 듯 힘차고 우뚝하여 모두 간절하니 진정 사기와 한서의 필력을 지니고 있어서 지어진 어느 영사악부도 이에 미치지 못한다.

李西涯花將軍歌, 縱橫激壯, 音節入神, 眞得歌行之奧. 尤妙後幅 ;… 數句濚洄峭健, 面面懇到, 眞有史記, 漢書筆力, 所作論史樂府, 轉不逮此.

라고 하여 이 시의 가치를 『사기(史記)』와 『한서(漢書)』의 필력에 비교하여 칭찬하였고, 청대 육형(陸鎣)은 "나는 그 「화장군가」 한 수를 좋아하매 풍격이 흘러넘치고 힘차니, 동시에 견줄 수 없다(余愛其花將軍一首, 淋漓馳驟, 一時無兩)."[1]라고 하여 그 시풍을 '웅려(雄麗)'하다고 평하고 있다. 이후에 다릉파의 문인으로서 석요(石瑤), 소보(邵寶), 고청(顧淸), 나기(羅玘), 노탁(魯鐸), 하맹춘(何孟春) 등을 전겸익(錢謙益)이 『열조시집(列朝詩集)』에서 '소문육군자(蘇門六君子)'라고 칭하고 있다. 이동양의 시에 대해서 여러 시화에서 평을 하는데 그 예를 들면,

이문정 빈지의 학문이 이미 해박하고 문사가 자못 매우 아름다우며 전례를 맡은 벼슬아치보다 더 노련하다. 그 영사악부는 곧 빼어나다.

明代 顧起綸 『國雅品』:「李文正賓之學旣該博, 詞頗弘麗, 且老於掌故. 其詠史樂府, 乃所優也.」

성화 이후에 당대 시인의 풍격은 거의 다 사라졌다. 오직 이문정만이 그 크게 통달함을 지니어서 격률이 엄정하여 높은 경지가 한 시대를 이끌어서 하경명과 이몽양을 나게 하니 그 공로가 매우 위대하다.

明代 胡應麟 『詩藪』續篇 卷一:「成化以還, 唐人風致, 幾於盡隳. 獨李文正才具宏通, 格律嚴整, 高步一時, 興起何李, 厥功甚偉.」

---

1) 『問花樓詩話』(卷2)

Ⅱ. 『회록당시화』시론의 종교적 요소

이동양은 시화에서 다양하게 시론을 전개하고 있는데 다음에 본 시화의
내용을 몇 가지 관점에서 본문과 그 해설을 인용하면서 살펴본다.

1. 시의 격률과 성조

본 시화는 율시 작시상의 구성에 대해서 제30칙에서 다음과 같이 서술
하고 있다.

> 율시의 기승전합은 구법이 없는 것은 아니지만, 얽매어서는 안 된다. 구법
> 에 얽매여 짓게 되면, 곧 버팀목처럼 굳어져서, 사방팔방으로 원활한 생동감
> 이 없게 된다. 그러나 반드시 법도에 정한 대로 해서, 조용하며 한가로운 기
> 풍으로 하여 혹은 흘러넘쳐서 물결이 일고, 혹은 변화하여 기이하게 되면
> 곧 자연의 오묘함을 지니게 되니 이것은 억지로 이루어질 수 없는 것이다.
> 律詩起承轉合, 不爲無法, 但不可泥, 泥於法而爲之, 則撑拄對待, 四方八角,
> 無圓活生動之意. 然必待法度旣定, 從容閑習之餘, 溢而爲波, 變而爲奇, 乃有自
> 然之妙, 是不可以强致也.

위에서 '자연의 오묘함'이란 천지창조의 율례를 시 창작에 도입해야 한
다는 종교적 원칙을 지칭한다. 율시에서 '기승전합(起承轉合)'(일명 首頷頸
尾, 起承轉結)의 구법은 매 2구마다 단계적으로 시구의 묘사와 내용을 규
칙적으로 전개해 나가는 절차로서 그 발단은 원대 양재(楊載)와 범덕기
(范德機)에서 시작하였다. 양재의 『시법가수(詩法家數)』「율시요법(律詩要
法)」에는 그 단계별 작법을 다음과 같이 상세하게 제시하고 있다.

> 시의 기승전합. 시의 첫 연인 수연 : 혹은 경물에 대해서 감흥이 일어나거
> 나, 혹은 비유하거나, 혹은 사물을 인용하거나, 혹은 시의 요지를 제시한다.

우뚝 높고 원대하여 마치 광풍이 물결을 말아 올리고 기세가 하늘에 넘치려는 것 같다. 함연: 혹은 뜻을 묘사하거나, 혹은 경물을 묘사하거나, 혹은 사실을 쓰거나 고사를 인용하고 증거를 댄다. 이 연은 시의 내용을 설명하는 것이 마치 검은 용의 구슬이 매여 있어도 벗어나지 않는 것 같다. 경연: 혹은 뜻을 묘사하거나, 경물을 묘사하거나, 사실을 쓰고 고사를 인용하고 증거를 댄다. 앞 연의 뜻과 서로 어울리면서 서로 피한다. 변화를 주는데 마치 빠른 번개가 산을 부수면, 보는 자가 매우 놀라는 것 같다.

起承轉合. 破題：或對景興起, 或比起, 或引事起, 或就題起. 要突兀高遠, 如狂風捲浪, 勢欲滔天. 頷聯：或寫意, 或寫景, 或書事, 用事引證. 此聯要詠破題, 要如驪龍之珠, 拘而不脫. 頸聯：或寫意, 寫景, 書事, 用事引證, 與前聯之意相應相避. 要變化, 如疾雷破山, 觀者驚愕.

매 연(두 개의 시구를 '一聯'이라 함)마다 나름의 표현해야 할 대상과 내용이 있어야 하며 멋대로 시를 짓는 것이 아님을 명시하고 있다. 이 같은 엄격한 규율에 너무 얽매이면 시의 생명력이 반감되는 난점이 있으므로 이동양은 그 조화를 강조한 것이다. 여기서 '조화'란 송대 유극장(劉克莊)이 제시한 시의 '활법(活法)'과 상통한다. 구법을 지키되 '융통성' 즉 변화를 발휘하여야 한다는 것이다. 청대에 와서 풍반(馮班)이 "장시에는 순서를 배치하는 것이 있는데, 기승전합을 알지 않으면 안 되는 것이니, 오히려 거기에 얽매이지 않고, 모름지기 변화시켜 날아 움직이듯 해야 좋은 것이다(長詩有敍置次第, 起承轉合不可不知, 却拘不得, 須變化飛動爲佳)."(『鈍吟雜錄』)라고 기록한 것은 이동양에게서 영향 받은 이론일 수 있다. 그리고 작시상의 성조법인 '평측(平仄)'에 대해서도 본시화 제64칙에서 논하기를,

시에는 순수하게 평측(平仄)자를 써서 서로 조화하는 것이 있다. 예컨대 "가벼운 옷자락이 바람 따라 휘돌다"구는 다섯 자가 모두 평성이고, "복사꽃과 배꽃이 우뻣주뻣 피었네"구는 일곱 자가 모두 평성이며, "달이 낭떠러지 가에 나오네"구는 다섯 자가 모두 측성이다. 오직 두자미만이 측성자를 잘 썼으니, 예컨대 "나그네가 있는데 나그네의 자는 자미라네"구는 일곱 자

가 모두 측성자이고, "한밤에 일어나 앉으니 만감이 일어나네"구는 여섯 자
가 측성인 것이 더욱 많다.

　詩有純用平仄字而自相諧協者. 如 "輕裾隨風還", 五字皆平；"桃花梨花參差
開", 七字皆平；"月出斷岸口"一章, 五字皆仄. 惟杜子美好用仄字, 如 "有客有
客字子美", 七字皆仄, "中夜起坐萬感集", 六字仄者尤多.

　시에서 평측법은 시의 운율상 성조의 고저장단을 조화하여 시의 음악미
를 풍부하게 하는 작법이다. 평성(平聲)은 4성 중 평성(上平, 下平)을 지칭하
고, 측성은 상성(上聲), 거성(去聲), 입성(入聲)을 지칭한다. 현재 국어(國語 :
普通話)에서는 입성이 다른 성조에 흡수되어 없으니, 國(guo), 入(ru) 등과
같은 경우이다. 시의 평측은 조화 있게 배열되어 전개되는 것이 정도인데,
본문은 5언시에서 평성으로만 배열된 오평식(五平式), 측성으로만 배열한
오측성(五仄式), 7언시도 칠평식(七平式), 칠측식(七仄式) 등의 정상적인 규칙
으로 보면 변칙적 방법을 강구한 시구의 예를 들면서 나름의 시적 가치와
풍격을 유지한 특수한 경우를 거론하고 있다. 삼평식(三平式)이나 삼측식
(三仄式) 같은 방식은 흔히 볼 수 있어서, 전자의 경우에 두보(杜甫)의 「달
아래에 홀로 술 마시며(月下獨酌)」 시에서 "그림자와 짝하니 세 사람이네
(對影成三人)"구(밑줄 친 3자 전부 평성), 후자의 경우는 소식(蘇軾)의 「돌북
(石鼓)」에서 "결국 진나라 사람 아홉이라네(竟使秦人有九有)"구(밑줄 친 3자
가 전부 측성)를 들 수 있다. 그런데 오평식이니, 칠측식 같은 방식은 극히
드물고 대단한 변칙이므로 상용되지 않으나 시인이라면 작시 활용의 준비
는 되어 있고 그 필요성을 인식해야 할 것이다. 본문에서 거론한 예로 조
식(曹植)의 「미녀편(美女篇)」의 시구인 "가벼운 옷깃 바람 따라 도네(輕裾隨
風還)"은 "qing ju sui feng huan"라고 발음되어 5자 성조가 전부 평성이고,
두보의 「건원 중에 동곡현에 거물며 노래 지음(乾元中寓居同谷縣作歌)」의 시
구인 "객이라네 자는 자미라네(有客有客字子美)"는 "you ke you ke zi zi mei"

라고 발음되어 7자 성조가 전부 측성이다. 한편 본 시화는 고시의 성조와
절주에 대해서도 거론하는데 제32칙을 보면,

> 고시가의 성조와 절주는 전해지지 않은 지 오래되었다. 일찍이 사람들이
> 「관저」와 「녹명」 등 여러 시를 노래하는 것을 들으니, 단지 넉 자의 평성으
> 로 긴 소리를 끌어내는데 그리 높거나 낮거나 느리거나 급한 절주가 없다. 옛
> 사람을 생각하면 그저 그렇지 않을 것이다. 오늘날의 시는 오직 오월 지방
> 에만 노래가 있다. 오가는 맑고 아름다우며 월가는 길면서 격렬한데, 그러나
> 사대부도 다 능히 하지 못한다. 내가 들은 바로는, 오가는 장형보, 월가는
> 왕고직 인보를 명가라고 칭할 수 있다.
>
> 古詩歌之聲調節奏, 不傳久矣. 比嘗聽人歌「關雎」「鹿鳴」諸詩, 不過以四字
> 平引為長聲, 無甚高下緩急之節. 意古之人, 不徒爾也. 今之詩, 惟吳越有歌, 吳
> 歌淸而婉, 越歌長而激, 然士大夫亦不皆能. 子所聞者, 吳則張亨父, 越則王古直
> 仁輔, 可稱名家.

고시가라면 시경의 작품을 지칭한다. 이들 시경의 「시편」이 지닌 성조
와 절주는 실지로는 악경(樂經)인 것이다. 곡조가 있는 가사가 시경의 작품
이란 말이다. 이들 작품의 곡조가 원형대로 전해지지 않고 진시황(秦始皇)
의 '분서갱유(焚書坑儒)'로 대부분 일실되었으니 양대(梁代) 심약(沈約)의
『송서(宋書)』에는 "진대에 이르러 전적을 태워서 악경이 망실되었다(及秦焚
典籍, 樂經用亡)."(卷19 志樂)라고 하였고 당대(唐代) 서견(徐堅)의 『초학기(初
學記)』에서는 "옛날엔 주역, 서경, 시경, 예기, 악경, 춘추를 육경으로 삼았
는데 진대에 와서 책을 태워서 악경이 없어졌다(古者以易書詩禮樂春秋爲六經,
至秦焚書, 樂經亡)."(卷21)라고 하였다. 이처럼 시경의 노래 가락은 보전되지
못하고, 남북조(南北朝)시대에 성행한 강남(江南)의 민가인 오가(吳歌)와 절
강(浙江) 일대의 민가인 월가(越歌)가 전래되어왔으니, 이것은 악부(樂府)의
청상곡사(淸商曲辭)의 하나이다. 송대 곽무천(郭茂倩)의 『악부시집(樂府詩
集)』(卷44) '청상곡사'에 대한 기록에 의하면, "오가의 잡곡은 함께 강남에

서 나왔다. 동진 이래로 조금 증가되었다. 그 처음은 모두 속된 노래인데 이미 관현을 입히었다. 대개 영가의 도강 이후에 양대와 진대까지 모두 건업에 도읍을 정하여 오성가곡이 여기에서 일어난 것이다(吳歌雜曲, 並出江南. 東晉以來, 稍有增廣. 其始皆徒歌, 旣而被之管絃. 蓋自永嘉渡江之後, 下及梁陳, 咸都建業, 吳聲歌曲起於此也)."라고 하여 오가가 강남의 건업(建業)을 발원지로 하였음을 밝혔다.

2. 시의 시교(詩敎)

본 시화에서 이동양은 시의 근원을 시경에 두고 유가의 시경사상인 '온유돈후(溫柔敦厚)'를 지향하는 시경의 '시교(詩敎)'를 작시의 기본사상으로 인식하고 있으니 본 시화 제1칙을 본다.

시는 육경에 들어 있는 것으로서 특별히 하나의 교화가 되며, 무릇 육예 가운데에서 음악이 된다. 음악은 시에서 시작하여 음률에서 끝난다. 사람의 음성이 온화하면 음악의 소리가 온화하다. 또한 그 소리의 온화함을 얻음으로써 감정을 잘 묘사하고, 마음의 뜻을 느끼어 표현하며, 혈맥이 잘 통하여 정신을 막힘없이 통하게 하여, 손으로 춤추고 발로 밟으면서도 스스로 느끼지 못하는 경지에 이르게 된다. 후세에 시와 음악이 나뉘어 둘이 되었는데 비록 격률이 있어도 음운이 없으면, 이것은 서로 대구를 맞추는 문장에 지나지 않을 따름이다. 만일 단지 문장만으로도 된다면, 옛 성현의 교화를 어찌 반드시 시율로 할 필요가 있겠는가?

詩在六經中, 別是一敎, 蓋六藝中之樂也. 樂始於詩, 終於律. 人聲和則樂聲和. 又取其聲之和者, 以陶寫情性, 感發志意, 動盪血脈, 流通精神, 有至於手舞足蹈而不自覺者. 後世詩與樂判而爲二, 雖有格律, 而無音韻, 是不過爲排偶之文而已. 使徒以文而已也, 則古之敎何必以詩律爲哉.

여기서 시는 유가경전의 하나인 『시경(詩經)』을 말한다. 『시경』은 주대(周代)의 16제후국의 음악의 가사를 '풍아송(風雅頌)'으로 분류하여 305편을 수록한 시집이다.『시경』이전에도 전해지는 시들이 있지만 완전한 시집으로는『시경』이 처음이고,『논어(論語)』에서 공자(孔子)는『시경』을 "담긴 내용에 사악함이 없다(思無邪)."라고 평하고 있다. 시경에 수록된 시는『초사(楚辭)』와 함께 중국문학의 두 기둥이 되어서 문학 장르와 그에 속한 작품이 오늘날까지 형성되고 축적된 것이다. 따라서 시라 하면『시경』을,『시경』이라 하면 시를 의미하게 된 것이다. 시는 문(文)과 구별되며, 문이란 시를 제외한 운이 없는 문체를 총칭하여왔다. 그러나 좁은 의미로는 문을 산문체의 글에 국한시키는 것이 합당하다. 장르 개념상 산문, 소설과 희곡이 있고 소위 유운문(有韻文) 즉 운이 있는 산문인 사부류(辭賦類)의 작품이 있기 때문이다. 시는 운율을 동반하므로 음악과 불가분의 관계가 있다. 음악의 소리(樂聲)와 사람의 소리(人聲)가 동일한 근원을 지니고 있으므로 그 조화에 의해 다양한 감정 표출이 가능한 것이다. 같은 뿌리인 시와 음악이 구분되면서 음율이 있느냐의 여부에 따라 시와 문으로 나뉘고 지금은 다양한 문학 장르로 세분화되었다. 그러므로 중국문학의 시초를 시에 두는 것이다. 공자는 시경의 시를 '시를 통한 교화' 즉 시교적 차원에서 중시하여 '온유돈후(溫柔敦厚)'를 교화의 바탕으로 삼았다. 본문에서 "특별히 하나의 교화이다(別是一敎)"구는 시경의 시가 지닌 교화를 말하는 것이다. 공자는 제자들에게 시경의 시를 배울 것을 권면하고 있으니『논어』양화편(陽貨篇)에 이르기를 : "여러분, 왜 시를 배우지 않느냐? 시는 마음을 불러일으킬 수 있고, 사물의 득실을 살필 수 있고, 교우와 처세의 방법을 밝혀줄 수 있고, 원망하면서도 성내지 않는 살핌을 얻게 할 수 있다. 가까이는 부모를 모시고 멀리는 임금을 섬기게 되며, 새와 짐승, 초목의 이름을 많이 알게 된다(小子何莫學夫詩? 詩可以興, 可以觀, 可以群, 可以怨. 邇之事父, 遠之事君, 多識於鳥獸草木之名)."라고 하여『시경』의 효용성을 밝히 설명하고 있다. 시의 창작동기와 그 가치는 단순한 문학작품으로서의 의미에 한정되는 것이 아니라, 인성을 순화하고 도야하는 포괄적인 개념을 지닌다. 이동양은 이 제1칙에서 바로 이 시화의 기본 논조를 밝히고 있는 것이다. 이동양이 "사람이 시를 배울 수 있으면 사리가 통달되고, 심기가 화평하여 말할 수 있다(人能學詩, 則事理通達, 心氣和平而能言)."(『李東陽集』第三卷 文後稿)라고 한 말은 그 자신의 일관된 논시관을 말해주는 것이라 할 것이다. 여기서 '시교(詩敎)'란 시를 통한 교화를 의미하는데, 시는 음악이며 그 가사를 담고 있다. 이것은 종교에서 특히 기독교에서 찬송가를 통해서 신앙심을 심화시키고 전도하고 기도하며 하나님의 뜻을 실현하는 중요한 매개와 같은 역할을 한다. 이것이 시교 즉 종교적 사명으로서 시의 효용성이다.

3. 당송시론(唐宋詩論)

명대 다릉파는 성당시(盛唐詩)를 추종하는 의고적 복고사상을 바탕으로 한 시파이므로 그 영수인 이동양은 당송시에 대한 숭모의식이 강하였다. 그리하여 본 시화는 시풍과 작가론을 서술하면서 당송시풍과 시인론이 중점적인 내용이 되며 이동양 자신의 명시에 대해서 부차적으로 거론하고 있다. 당시인으로 이백과 두보의 시를 비교하여 평한 예문으로 제109칙을 보면,

태백은 타고난 재능이 특출하니, 진정 "가을물에 연꽃이 솟아나서, 자연스러이 다듬어 꾸며 있네."라고 말한 대로이다. 이제 돌에 새겨서 전해지는 것으로 "세상에 사는 것이 큰 꿈과 같네."라는 시의 서문에는 "크게 술에 취하여 지으니, 하생이 나를 위해 읽는다."라고 적고 있다. 이런 시는 모두 손 가는 대로 붓을 휘둘러 지은 것이며 다른 작품도 미루어 알 수 있다. 전대에 선애시는 사미의 "복사꽃이 잔잔히 날리고 버들꽃은 지네"라는 손수 쓴 시에는 고친 글자가 있다. 이 두 분의 명성이 함께 높아서 우열을 가릴 수 없

다. 좀 이의가 있는 것으로 퇴지에게 문득 "세상의 뭇 아이들 어리석은데, 어찌하여 이유를 들어 헐뜯어 아프게 하는가?"구가 있다. 그러니 시를 어찌 반드시 작시에 있어서의 느리고 빠른 것으로 논하겠는가?

太白天才絶出, 眞所謂「秋水出芙蓉, 天然去雕飾」. 今所傳石刻「處世若大夢」一詩, 序稱:「大醉中作, 賀生爲我讀之」. 此等詩, 皆信手縱筆而就, 他可知已. 前代傳子美「桃花細逐楊花落」, 手稿有改定字. 而二公齊名並價, 莫可軒輊. 稍有異議者, 退之輒有「世間羣兒愚, 安用故謗傷」之句. 然則詩豈必以遲速論哉?

이백과 두보 시의 우열론은 천여 년을 두고 끊임없이 제기되고 있지만, 그 결론은 상호존중의 칭찬으로 매듭지어져왔으니 어쩌면 당연한 귀결이라 할 것이다. 본문도 그 맥락에서 거론하고 있는데 한편 작시의 태도상 즉흥 시인가 아니면 장시간 각고의 시인가에 따라서 시의 가치를 논하는 일각 의 논리를 덧붙여서 부정하고 있다. 그리하여 그 예로 이백 시에서는 고시 「난리가 지난 후 위태수에게 보냄(經亂離後天恩流夜郎憶舊遊懷贈江夏韋太守良宰)」에서 '추수(秋水)'구와 「봄날 취하여(春日醉起言志)」에서 '처세(處世)'구를 각각 인용하였고, 두보 시에서는 「곡강에서 술을 대하고(曲江對酒)」에서 '도화(桃花)'구를 인용하여 비교하고 있다. 본래 이백·두보 우열 론을 처음 제기한 자는 중당대 백거이(白居易)와 원진(元稹)이라 할 것이니, 백거이는 「원구에게 보내는 편지(與元九書)」2)에서 상호의 장점을 서술하기 를,

시에서 호방한 것으로 세상에서 이백과 두보를 부른다. 이백의 시는 재기 있고 기특하여 사람이 따라가지 못한다. 그 풍아와 비흥의 면을 찾아보면 열에서 하나도 없다. 두보 시는 가장 많아서 전해지는 것이 천여 수나 된다. 고금을 다 꿰뚫어 포괄하여서 격률을 자세히 다듬고 공교하고 잘 지은 점에 서 또한 이백보다 뛰어나다.

---

2) 『白居易集』卷28

詩之豪者, 世稱李杜. 李之作, 才矣奇矣, 人不逮矣. 索其風雅比興, 十無一焉. 杜詩最多, 可傳者千餘首. 至於貫穿今古, 覼縷格律, 盡工盡善, 又過於李.

라고 하였다. 그리고 한유(韓愈)는 「장적에게(調張籍)」(『韓愈集』 卷5)에서,

이백과 두보의 문장이 있는 곳	李杜文章在
찬란한 빛이 만장만큼 길도다	光焰萬丈長
아이들이 어리석은 줄 모르고	不知群兒愚
어찌 구실 삼아 헐뜯고 아프게 하나	那用故謗傷
하루살이가 큰 나무를 흔들고 있으니	蚍蜉撼大木
가소롭게도 스스로를 헤아리지 못 하네	可笑不自量

라고 하여 이백과 두보 우열을 논하기를 자제하려 하였다. 그리고 송대 소철(蘇轍)은 두보우위론(『欒城集』 권8)을, 송대 유반(劉攽)은 이백우위론(『中山詩話』)을, 그리고 황정견(黃庭堅)은 두보우위론(『預章黃先生文集』 권26)을 각각 주장하였으며, 엄우(嚴羽)는 "이백과 두보 두 사람은 정말 우열을 따지지 못한다. 태백에는 한둘의 오묘한 곳이 있어 자미가 말할 수 없으며, 자미에게도 한둘의 오묘한 곳이 있어 태백이 지어낼 수 없는 것이다(李杜二公, 正不當優劣. 太白有一二妙處, 子美不能道. 子美有一二妙處, 太白不能作)."[3]라고 하여 '이두형평론'을 제기하였다. 이동양은 특히 두보시에 대해서 집중적인 평가를 하여 본 시화 제133칙은 시의 집대성가로서의 두보의 시풍을 20종으로 세분하여 거론하였는데 이런 구체적인 논평은 전무후무하다고 본다.

두보 시는 매우 맑으니(淸絶), "오랑캐 기마는 한 밤에 북으로 달리니, 무릉 한 곡은 남쪽 원정을 생각케 하네."구 같은 것이다. 부귀하니(富貴), "날 따뜻한데 깃발이 용뱀처럼 펄럭이고, 궁전에 산들바람 이니 제비 참새가 높

---

3) 『滄浪詩話』, 詩評

이 나네."구 같은 것이다. 고고하니(高古), "이윤과 여상과 맞먹을 만하고, 지휘력은 소하와 조참보다 낫도다."구와 같은 것이다. 화려하니(華麗), "꽃지고 아지랑이 자욱한데 밝은 해는 고요하고, 비둘기와 어린 제비 우는데 푸른 봄이 깊구나."구와 같은 것이다. 벤 듯 산뜻하니(斬絕), "되비치어 강에 들어 돌벽에 날리고, 돌아가는 구름이 나무를 안고 산마을에 드네."구와 같은 것이다. 기괴하니(奇怪), "돌이 솟은 곳에 단풍잎이 지는 소리 들리고, 배 노가 등을 흔드는데 국화가 피누나."구와 같은 것이다. 맑고 밝으니(瀏亮), "초 땅 하늘에 끊임없이 사계절 비 내리고, 무협에는 길게 만리 바람이 부네."구와 같은 것이다. 섬세하니(委曲), "다시 뒤에 만남에 어디인지 알지니, 문득 만남이 이별 자리로다."구와 같은 것이다. 준일하니(俊逸), "짧은 복사꽃이 강 언덕에 서 있고, 가벼운 버들 솜은 옷을 건드네."구와 같은 것이다. 온화하고 윤택하니(溫潤), "봄물에 배는 하늘 위에 앉은 것 같고, 노년에 꽃을 안개 속에 보는 것 같네."구와 같은 것이다. 감개하니(感慨), "왕후의 집에는 모두 새 주인이요, 문무의 의관은 옛날과 다르네."구와 같은 것이다. 격렬하니(激烈), "오경의 북과 피리 소리 비장한데, 삼협의 은하수 그림자는 흔들거리네."구와 같은 것이다. 쓸쓸하니(蕭散), "멋대로 자는 어부는 둥둥 떠 있고, 맑은 가을의 제비는 빙빙 나네."구와 같은 것이다. 침착하니(沈著), "어렵게 고생하여 짙게 서리 낀 귀밑털을 원망하니, 늙어 느리게 막걸리 잔을 드네."구와 같은 것이다. 잘 다듬어지니(精鍊), "나그네 문에 드니 달이 밝은데, 누구 집 비단 다듬이 소리에 바람이 쓸쓸하네."구와 같은 것이다. 비참하니(慘戚), "3년 피리 속에 관산에 달이 뜨고, 온 나라 병사 앞 초목에 바람 부네."구와 같은 것이다. 충실하고 중후하니(忠厚), "주의 선왕과 한의 무왕은 지금의 왕의 지침이며, 효자와 충신은 후대에 본보기라네."구와 같은 것이다. 신묘하니(神妙), "직녀의 베틀 실은 달밤에 텅 비고, 돌고래의 비늘은 추풍에 움직이네."구와 같은 것이다. 웅장하니(雄壯), "몸을 부추기니 절로 신명이 나니, 마침 조화옹의 공 때문이네."구와 같은 것이다. 노련하니 (老辣), "어찌해야 신선의 구절 지팡이를 얻어서, 부추겨 옥녀의 머리 감는 동이에 이를 건가?"구와 같은 것이다. 이런 것들로 논하자면, 두보는 진정 시가의 집대성이라고 말할 수 있다.

杜詩淸絕如 "胡騎中宵堪北走, 武陵一曲想南征". 富貴如 "旌旗日煖龍蛇動, 宮殿風微燕雀高". 高古如 "伯仲之間見伊呂, 指揮若定失蕭曹". 華麗如 "落花遊絲白日靜, 鳴鳩乳燕靑春深". 斬絕如 "返照入江翻石壁, 歸雲擁樹失山村". 奇怪如 "石出倒聽楓葉下, 櫓搖背指菊花開". 瀏亮如 "楚天不斷四時雨, 巫峽長吹萬里風". 委曲如 "更爲後會知何地, 忽漫相逢是別筵". 俊逸如 "短短桃

花臨水岸, 輕輕柳絮點人衣". 溫潤如 "春水船如天上坐, 老年花似霧中看". 感
慨如 "王侯第宅皆新主, 文武衣冠異昔時". 激烈如 "五更鼓角聲悲壯, 三峽星河
影動搖". 蕭散如 "信宿漁人還汎汎, 清秋燕子故飛飛". 沉著如 "艱難苦恨繁霜
鬢, 潦倒眞停濁酒杯". 精鍊如 "客子入門月皎皎, 誰家搗練風淒淒". 慘戚如 "三
年笛裏關山月, 萬國兵前草木風". 忠厚如 "周宣漢武今王是, 孝子忠臣後代看".
神妙如 "織女機絲虛夜月, 石鯨鱗甲動秋風". 雄壯如 "扶持自是神明力, 正直元
因造化功". 老辣如 "安得仙人九節杖, 拄到玉女洗頭盆". 執此以論, 杜眞可謂集
詩家之大成者矣.

두보를 시가(詩家)의 집대성이라고 평가하는 근거는 다양한 격식과 풍격
을 포괄하는 '시성(詩聖)'다운 시격을 지니고 있기 때문이다. 여기서 이동
양이 두보시를 두고 다양하게 풍격론적 분류를 하고 있는데, 그중에서 "청
절(淸絶), 고고(高古), 위곡(委曲), 충후(忠厚), 신묘(神妙)" 등은 노장적(老莊的)
도교, 공자 사상의 유교, 그리고 불교 등 종교적 사상에 근거하여 두보시
를 품평한 분류로서 이동양의 종교적 의식에서 나온 풍격론이다. 중당대
의 원진은 이미 두보를 존숭하여 「두보묘비명(唐故工部員外郎杜君墓係銘並
序)」4)에서 논하기를,

　자미에 이르러서, 대개 소위 위로는 국풍과 이소를 가까이하고 아래로는
심전기와 송지문을 두루 갖추었으며, 예로 소무와 이릉을 옆에 두고, 기풍은
조식과 유정을 머금고, 안연지와 사령운의 고고함을 덮었으며 서릉과 유신
의 유려함을 섞어서 고금의 체세를 다 얻고 지금 사람의 독창적인 것을 겸
비하였다.
　至於子美, 蓋所謂上薄風騷, 下該沈宋, 古傍蘇李, 氣吞曹劉, 掩顔謝之孤高,
雜徐庾之流麗, 盡得古今之體勢, 而兼今人之所獨專矣.

라고 하여 두보시를 시대를 아우르는 '시사(詩史)'적 위상에 놓았고, 엄우
는 두보시를 직접 시의 '집대성자'라고 평가하여『창랑시화(滄浪詩話)』시

---

4)『元稹集』卷56

평에서 논하기를,

> 소릉의 시는 한위대를 본받고 육조에서 제재를 얻어 그 자신만이 터득한 오묘한 쟁지에 이르리서 건대의 사람든이 것을 수위 집대성한 사람인 것이다.
> 少陵詩, 憲章漢魏, 而取材於六朝, 至其自得之妙, 則前輩所謂集大成者也.

라고 하였다. 그리고 명대의 장우초(張宇初)도 "집대성한 사람은 반드시 소릉 두씨라고 말할 것이다(集大成者, 必曰少陵杜氏)."(『峴泉集』 卷2 雲溪詩集序)라고 다시 강조하고 있다. 두보는 '집대성자'로서의 위대한 풍격을 지녔기에 중국문학의 '시성(詩聖)'으로 평가받고 그의 시는 고금동서의 시가 중 시가로 추앙된다. 본시화의 송시에 대한 평으로 왕안석(王安石)의 경물시(景物詩)에 대한 논술로 제126칙을 보면,

> 왕안석은 경치를 묘사한 것을 스스로 마음에 든다고 말하지만, 송대 사람의 풍격을 벗지 못하고 있다. 그의 영사 절구시는 매우 문장의 힘이 있어서 특별히 시 창작의 안목을 가지고 보아야 한다. 「상앙시」 같은 것은 곧 평범하지 않은 시어를 표현하고 있으며 이치상으로 답답하게 느껴지지 않는다.
> 王介甫點景處, 自謂得意, 然不脫宋人習氣. 其詠史絶句, 極有筆力, 當別用一具眼觀之. 若「商鞅」詩, 乃發洩不平語, 於理不覺有礙耳.

왕안석은 경물 묘사에 아름다운 시구가 많다. 그래서 송대 후인은 "형공이 산림에 거처한 후의 시는 정밀하고 심오하며 화려하고 오묘하다(荊公定林後詩, 精深華妙)."(『漫叟詩話』)라고 하여 경물시의 극치라고 평하였고, 한편 양만리(楊萬里)는 왕안석의 경물시를 당시(唐詩)와 비교하여 「당인과 왕안석 시를 읽고(讀唐人及半山詩)」에서 이르기를,

> 당인과 반산을 분간하지 못하나니　　　不分唐人與半山
> 뜻밖에 시단을 완전히 장악하였네　　　無端橫欲割詩壇
> 반산은 곧 깊이 스며드는 맛 주니　　　半山便遣能參透

마치 당인의 관건을 지닌 것 같네　　猶有唐人是一關(『誠齋集』卷8)

라고 하였고, 엄우는 "공의 절구는 격조가 가장 높아서 그 뛰어난 곳은 소식, 황정견, 진사도 위에 높이 올라 있으나, 당인과는 아직 문빗장 하나 차이가 난다(公絕句最高, 其得意處高出蘇黃陳之上, 而與唐人尙隔一關)."(『滄浪詩話』詩體)라고 하여 이동양이 본문에서 "송나라 사람의 기미(宋人習氣)"를 벗지 못하고 있다고 평한 논조와 상통한다. 왕안석의 영사절구(詠史絕句) 즉 역사를 읊은 절구시가 100여 수가 넘고 고인을 제재로 한 시가 50수에 달하며 인물의 사건을 직설적으로 묘사하고, 객관적인 공평한 품평을 가하고, 애증이 선명하여 창신한 면모를 보여주고 있다. 영사에 있어 때론 자신을 비유하기도 하고 우국우민의 정서와 부국강병의 원대한 포부를 기탁하기도 하였다. 청대 고사립(顧嗣立)은 그의 시를 평가하기를, "증산은 왕반산의 영사절구를 가장 좋아하여, 번안법을 많이 사용하여 옥계생의 필치를 깊이 얻었다고 여겼다. ……송인의 기풍에 점점 물들었는데, 시 중에는 부가 많고 비흥이 적으며 의논이 많고 전고의 인용도 많으나 정감이 부족한 작품이 있다(證山最喜王半山詠史絕句, 以爲多用翻案法, 深得玉溪生筆意. …… 受宋人習氣浸染, 亦不乏賦多比興少, 議論多, 用典多, 情韻不足之作)."(『寒廳詩話』)라고 하여 영사절구의 장단점을 적절히 서술하고 있다. 아울러 송시인으로 주희(朱熹)의 고시에 대해서 제29칙을 보면,

　　회옹은 고시에 깊이가 있으니, 그것은 한위를 본받아서, 글자마다 시구마다, 평측과 성조의 고하에 이르기까지 본받아 닮았다. 뜻을 따르고 흥취를 기탁한 것은, 곧 『시경』 삼백 편에서 얻는 것이 많다. 그가 지은 『시전』을 보면, 간결하면서 정밀하여 거의 아쉬움이 없으니 이것으로 알 수 있다. 감흥이 있는 작품은 대개 경서와 사서의 사리로써 시에 넣어 읊었으니, 어찌 일반적인 후세시인들의 부류로 논할 수 있겠는가?
　　晦翁深於古詩, 其效漢魏, 至字字句句, 平側高下, 亦相依倣. 命意託興, 則得

之『三百篇』者為多. 觀所著『詩傳』, 簡當精密, 殆無遺憾, 是可見已. 感興之作, 蓋以經史事理, 播之吟詠, 豈可以後世詩家者流例論哉?

　어기시 '회옹(晦翁)'은 주희의 호인데 그는 문인이자, 유사경선의 주식인 구가이며, 초사주석가, 성운학자, 성리학자로서 송대의 학술을 주도하였다. 그는 남송 고종(高宗) 소흥(紹興) 18년(1148)에 진사 급제하여 무학박사(武學博士), 비서랑(秘書郎), 3감찰어사(監察御使) 등을 역임하며 관리로서 봉직하면서도 평생 호학하여 만년에는 고정학파(考亭學派)의 영수로 수다한 저술을 남겼다. 대표적인 저서로『주역본의(周易本義)』,『시집전(詩集傳)』, 『태극도(太極圖)』,『초사집주(楚辭集注)』,『통감강목(通鑑綱目)』,『송명신언행록(宋明臣言行錄)』,『근사록(近思錄)』등이 있다. 그는 문이 도를 해친다고 주장하여 문학작품의 예술 가치를 폄하하였고, 그의 시는 '시는 뜻을 표현함(詩言志)'과 성정감발(性情感發)을 중시하여 부화한 시풍을 반대하였다. 그의 시풍은 '청신하고 담백함(淸新簡淡)' 하여 청대 오지진(吳之振)은 그의 시를 평하기를, "비록 시에 뜻을 두지 않았지만, 중용과 조화가 일관되고 만물을 다 포함하고 있으며 모방을 일삼지 않고 자연스러이 소리가 펼쳐 나오니, 옅은 학식으로는 엿볼 수 없는 것이다(雖不役志於詩, 而中和條貫, 渾涵萬有, 無事模鐫, 自然聲振, 非淺學之所能窺)."(『宋詩鈔』文公集)라고 하였다. 이동양이 본문에서 주희 시의 장점에 대해서 대개 네 가지 면에서 거론하고 있다. 첫째는 고시가 한위(漢魏)를 본받은 점인데, 이것은 주희의 시가 엄우가 말한 한위 · 진대(晉代)와 성당의 시를 '으뜸'(第一義)(『滄浪詩話』詩辨)이라고 하여 중국시의 본보기로 평가한 것과 연관시켜서 보아야 한다. 한위대의 고시와 악부를 본받은 주희의 시는 정통성을 지닌다는 의미이다. 둘째로『시경』의 '비유와 은유(比興法)'를 다용하고 있는 점이다.『시경』의 육의(六義)에서 비부흥(比賦興)은 작법으로서 시경을 주석한 주희는 시경의 사물에 의거해서 감성을 표현함(託物寓情)의 특성을 그의 시에 적용하고 있다. 그래서 이동양은 「명의탁흥(命意託興)」이라는 용어를 써서 주희 시의 비흥 작법을 강조한 것이다. 셋째는 『시전(詩傳)』 저술의 정신으로 시를 창작한 점이다. 『시전』의 내용을 보면, 그 시의 주지(詩旨)의 주석과 해석이 박학하고 일관성이 있으며, 창신한 견해가 많고, 분석이 정세하여서 송대 『시경』 연구의 대표작이다. 넷째는 성정위주(性情爲主)의 감흥시가 경서(經書)와 사서(史書)의 이치를 바탕으로 시를 창작한 점이다. 이 부분에서 성정위주란 소위 종교적 의식의 발로이다. 그의 감흥시는 시세를 감우하여 애국정신이 넘치는 시로서 작시의 흥취가 순수하고 초탈적이며 정신집중적인 기도의 자세에서 우러나는 종교시이니, 의경이 준영(雋永)하고 이취(理趣)가 넘치는 흥취를 보여준다. 이런 시들은 이동양이 지적한 경사사리(經史事理)에 근거한 창작태도에서 표현된 산물이다.

이동양은 자신이 명대인으로서 같은 시대의 시인들에 대해서도 논평하였는데, 특히 본 시화 제19칙을 보면 명대 초기의 시단의 조류인 시사(詩社)에 대해서 서술하고 있다.

> 명나라 초에 여러 시인들이 시사를 조직하여 시를 지었는데, 포원이 시사에의 가입을 자청해, 사람들이 작품을 소개해줄 것을 부탁했다. 처음 몇 수를 읊을 땐 모두 반응이 신통치 않았는데, "구름 가의 길은 파산의 경치를 감돌고, 나무 속에 흐르는 강물은 한 수의 소리로다."구에 이르자 모두 찬탄을 하며 마침내 받아들였다.
> 國初, 諸詩人結社爲詩, 浦長源請入社, 衆請所作. 初誦數首, 皆未應. 至"雲邊路繞巴山色, 樹 裏河流漢水聲.", 並加賞歎, 遂納之.

명대 초에 시사를 결성하여 시문활동을 전개하는 풍조가 유행하였다. 송대 마령(馬令)의 『남당서(南唐書)』「손방전(孫魴傳)」에 "문학하는 선비들이 모여서 드디어 심빈, 이건훈과 시사를 만들었다(文雅之士駢集, 遂與沈彬, 李建勛爲詩社)."라고 기록한 것으로 보아 송대에 이미 시사가 유행하였음을 알 수 있다. 포원(浦源)은 고계(高啓), 양기(楊基) 등과 같은 시기의 문인으로 상당한 영향력을 가진 위치에 있었는데도 시사에 가입하기가 쉽지 않았던 것이다. 명대 초에 오파(吳派) 시인에 속하여 활동한 포원이 그의 「형문으로 가는 이 전송하며(送人之荊門)」을 지어 겨우 입사한 고사를 기술하여 명대 초기의 문단 동향을 알게 한다. 이동양은 다릉파의 영수이다. 다릉(茶陵)은 명대 주명인데 고대 다왕성(茶王城)으로 한대 다릉후(茶陵侯)가 세워서 다향(茶鄕)이라고도 부르며 염제(炎帝)가 이곳에서 죽었다. 한대에 현이 있다가 수대에 상담(湘潭)에 흡수되어서 지금은 호남성(湖南省) 다릉현(茶陵縣)이 되어 있다. 이동양이 각로(閣老)로서 다릉시파를 영도하매, 문인들 중에는 시객이 많아서 주야로 예문을 담론하며 시단을 주도해나간 것이다. 그들 중 이동양의 제자인 석요(石瑤), 고청(顧淸) 외에도 양일청(楊一淸, ?~1530), 오관(吳寬, 1435~1504), 정민정(程敏政, 1445~1500), 마중석(馬仲錫, ?~1512) 등과 장필(張弼, 1425~1487), 사탁(謝鐸, 1435~1510), 그리고 누동삼봉(婁東三鳳)인 장태(張泰, 1436~1480), 육익(陸釴, 1441~1490), 육용(陸容, 1436~1494) 등이 모두 이동양의 문우들이었다. 이 중에서 이동양은 특히 장태와 육익의 시를 높이 평가하여 가까이 교왕하는 사이였다. 장태는 영종 천순 8년(1464)에 진사급제하고 서길사(庶吉士)와 간토(簡討)를 거쳐서 수찬을 지냈다. 문집으로는『창주집(滄州集)』12권이 있으며 성품이 탄솔하고 담백하여, 이동양은 그의 문집서에서 이르기를,

선생은 문(文)에 있어 능하지 못한 것이 없고 시에는 반드시 공교하였다. 손에 붓놀림이 재빨라서 아무도 따르지 못하였다. 그의 정신을 모으고 생각을 다듬는 데 있어 깊이 들어가고 원대하여 자구 하나라도 차라리 모자랄지언정 구차히 쓰지 않았고 만년에는 곧 더욱 침착하고 고아하고 간결한 어사

를 쓰고, 그 우뚝 빼어나고 흘러넘치는 기세를 다 모았다.

先生於文, 無所不能, 而必工於詩. 縱手迅筆, 衆莫及. 及其凝神注思, 窮深驚遠, 一字一句, 寧闕然而不苟用, 晚乃益爲沈着高簡之辭, 而盡斂其峭拔奔洶之勢.

라고 그의 시풍의 호방하고 초탈적인 면을 칭찬하고 있다. 그리고 양신(楊愼)은 "시구가 맑고 빼어나서 한 시대에 이름을 떨쳤다(詩句淸拔, 名於一時)."[1]라 하여 시가 청일(淸逸)하다고 하였고, 서태(徐泰)는 "장태는 손오의 병법처럼, 기이함이 마침 겹쳐서 나오니 사람들이 그 칼을 잡지 못한다(張泰如孫吳之法, 奇正疊出, 人莫攖其鋒)."[2]라 하여 격정적인 풍격을 지적하였다. 이동양은 그의 절친한 시우(詩友) 사탁(謝鐸, 1435~1510)의 시에 대해서 제61칙에서 평하기를,

사방석은 동남 지방 출신이어서, 사람들이 그를 잘 알지 못한다. 한림서길사로 있을 때 그의 「송인형제(送人兄弟)」 시를 보니 말하기를 : "앉아서 비바람에 밤인 줄 모르고, 꿈속에 연못에 드니 온통 봄이로다."구는 다투어 전하면서 칭찬하였다. 매월 시를 한 체씩 배우는 월과(月課)의 「경도십경(京都十景)」 율시는 모두 세밀하고 깊어서 구차하지 않다. 유문안 공은 비평하여 말하기를 : "근래 장형보의 「십경(十景)」 고시를 보니, 매우 아름답다."라고 하였다.

謝方石鳴治出自東南, 人始未之知. 爲翰林庶吉士時, 見其「送人兄弟」詩曰 : "坐來風雨不知夜, 夢入池塘都是春". 爭傳賞之. 及月課京都十景律詩, 皆精鑿不苟. 劉文安公批云 : "比見張亨父「十景」古詩, 甚佳".

위에서 '월과(月課)'란 한림(翰林)에서 시를 배울 때 과정에 의해 매월 한 시체를 배워서 익히는 제도이다. 예컨대 그 달에 고시를 읽으면 관과(官課)와 응답하는 작품은 모두 고시인 것이다. 이동양과 사탁의 친분은 막역하

---

1) 楊愼『升菴集』卷55
2) 徐泰『詩談』

여서 그 관계를 오관(吳寬)은 서술하기를, "두 분 공은 평생 도의로 서로 존중하여 지절이 서로 높았으니 다만 문장으로 서로 유명한 것만이 아니다. 그러므로 시로 지어내면 화평하고 심원하여 시를 보면서 읊고, 읊으면서 듣는 사이였다(二公平生以道義相重, 志節相高, 非特以詞章相盛者. 故發之於詩, 和平深遠, 覽之可誦, 誦之可聽)."[3]라고 하여 각별한 우정을 나누었음을 알 수 있다. 사탁의 「경도십경」에 대한 이동양의 서문을 보면,

> 경도에는 옛날에 팔경이 있었으니, 경치의 제재를 말하자면 '경도의 봄구름', '태액의 맑은 물결', '서산의 개인 눈', '옥천의 드리운 무지개', '노구의 새벽달', '계문의 안개 낀 나무', '금대의 저녁노을', '거용의 겹겹 푸른 기운' 등이다. 대개 원대에 소위 '금대팔경'이란 것이 정해진 것이다. 영락 연간에 한림의 여러 유신들이 모두 시를 지었더니 영종 예황제가 '남유의 가을바람', '동교의 철따라 오는 비' 두 제재를 보태어 무릇 십경으로 하였다.
>
> 京都舊有八景, 景有題曰瓊島春雲, 曰太液晴波, 曰西山霽雪, 曰玉泉垂虹, 曰盧溝曉月, 曰薊門煙樹, 曰金臺夕照, 曰居庸疊翠. 蓋卽元所謂金臺八景者, 頗更定之. 永樂間, 翰林諸儒臣皆有詩, 英宗睿皇帝增其二題, 曰南圍秋風, 曰東郊時雨. 於是爲景凡十.(『李東陽集』 卷2)

라고 하였다. 경도(京都) 즉 연경(燕京)의 십대 경치를 제목으로 한 시회에는 다릉파의 사탁과 이동양, 장태 등이 참여한 것이다. 이같이 시사가 이동양을 중심으로 흥행하게 된 것은 이동양의 종교관 즉 '시교'라는 숭고한 종교적 신심과 포교적 시 창작관이 융화하여서 많은 시인들과 공감을 형성한 데에 기인한다. 이런 종교적 의식이 중국문학사에 획기적인 시론을 창출하는 계기가 된 것을 간과해선 안 된다. 문학은 종교와 불가분의 사상적 근원을 공유한다. 기독교 정신이 한국문학에 도덕적 기준을 설정해주고, 나아가서 문학정신의 고양화에 근간이 되도록 하기 위해선 기독교계

---

3) 吳寬, 『匏翁家藏集』 卷41

의 정화와 성경적인 해석과 실천이 절실해진다. 이동양은 15세기 명대의 문인이지만 그의 종교적 의식이 문학이론의 새로운 정립에 근간이 되어 있음을 본문을 통하여 확인할 수 있다.

종말로 형제들아 무엇에든지 참되며 무엇에든지 경건하며 무엇에든지 옳으며 무엇에든지 정결하며 무엇에든지 사랑할 만하며 무엇에든지 칭찬할 만하며 무슨 덕이 있는지 무슨 기림이 있는지 이것들을 생각하라.

(빌립보서 4 : 8)

명대 서광계(徐光啓)의 성시

　　명대 말엽은 중국에 기독교가 전혀 정착하지 않았던 시기인데, 중국문
학에서 어떻게 서광계 같은 유생(儒生)이 기독교에 귀의하고 소중한 종교
작품을 남길 수 있었는지에 대해서 관심을 가진 전례가 없었다. 그것은 중
국문학에서 전통적으로 외래사상, 특히 종교에 의한 문학영역의 형성은
불교 외에는 인정과 수용을 거부했다고 해도 억설이 아니기 때문이다. 이
런 점에서 본고는 새로운 착상인 동시에, 그 나름의 학술적 가치를 부여할
수 있다고 본다. 청대까지 기독교 관련 문학적인 작품을 거의 찾기 어려운
중에, 서광계(徐光啓, 1562~1633)[1]는 거의 유일하게 성시(聖詩)를 남긴 고관
이자 기독교인이다. 따라서 그가 남긴 성시와 사설은 중국 기독교사적으
로 매우 소중한 자료인 동시에, 중국문학사적으로도 새로운 영역을 형성
한 기념비적인 가치를 지니고 있다.

---

1) 『中國人名大辭典』, p.779 : "徐光啓, 上海人. 字子先, 號玄扈. 崇禎初以禮部尙書入
閣參機務. 從意大利利瑪竇學天文算法火器, 盡通其術, 而尤專精於曆. 與意人龍華
民, 鄧玉函, 羅雅谷等修正曆法, 中國之精究中西藝術, 自光啓始. 譯著之書甚多, 其
幾何原本前六卷, 著明. 自從利瑪竇游, 篤信天主敎旨, 遂行洗禮, 加名保祿, 卒贈太
保, 謚文定."(臺灣 商務印書館 1974) Gernet의 『Chine et Christianisme』, p.28에서
는 서광계를 李之藻와 楊廷筠 등과 함께 중국 복음선교의 삼대 기둥이라 칭함.

I. 서광계와 그의 기독교 수용

서광계는 자가 자선(子先)이며, 호는 현호(玄扈)로서 상해(上海) 사람이다. 명대 세종(世宗) 가정(嘉靖) 41년(1562)에 출생하여 숭정(崇禎) 6년(1633) 10월에 졸하였다. 서광계는 부유한 상인의 가정에서 태어났으나 부친이 일찍 사망하자, 가세가 기울어지고 생활이 어려워졌다. 그는 그래도 전통문화교육을 받았고 신종(神宗) 만력(萬曆) 9년(1581) 19세엔 금산(金山)의 수재(秀才)에 합격하여 향교의 교원으로 지냈다. 그리고 만력 16년(1588) 27세에는 태평부(太平府)에서 향시에 응시하였으나 낙방한 후, 광동(廣東)으로 가서 교원을 지냈다.

그 기간에 소주(韶州)에서 예수회 선교사인 라자루스 카타네오(Lazarus Cattaneo)를 우연히 만나게 되고, 만력 25년(1597)에는 순천(順天)의 향시에 장원으로 급제하여 거인(擧人)이 되었다. 만력 28년(1600) 북경(北京)의 회시(會試)에 참가하고 남경(南京)을 지나던 길에 마테오 리치(Matteo Ricci, 1552~1610)를 방문한다. 만력 31년(1603) 11월 다시 남경에 간 기회에 리치를 만나려 하였으나, 마침 리치가 북경에 머물러 있어서 상면을 못하고 마침 같은 예수회 선교사 요안네스 데 로사(Joannes de Rocha)[2]를 만나서 리치의 『천주실의(天主實義)』를 기증받고, 그 책을 열독하고서 마침내 천주교 신도로 영세를 받아 바울이란 세례명을 갖게 된다.

그렇다고 서광계가 관리의 길을 포기한 것이 아니니, 그 당시에 그가 기독교를 받아들인 이유는 그것이 구국구민(救國救民)의 가장 이상적인 길이라고 생각했기 때문이다. 그래서 만력 32년(1604)에는 진사에 급제하고 한

---

2) 로사 신부는 1591에 마카오로 입국하여 1623년 杭州에서 사망함(Gernet 『Chine et Christianisme』, p.36 참고).

림원서길사(翰林院庶吉士)로서 관리의 길을 걷기 시작하여 3년 후(1607)에
는 한림원검토(翰林院檢討)가 되었다. 서광계가 한림원에 장기간 재임하면
서 리치와 천문과 지리, 그리고 수학과 수리 등을 탐구하게 된 것이다. 그
리하여 만력 34년(1606)에는 리치와 함께 『기하원본(幾何原本)』을 번역하고,
개인적으로는 비밀리에 재산과 지위 등으로 교회활동을 도와서 기독교의
중국 정착에 초석을 다진 인물이 된 것이다.

만력 38년(1610) 5월 리치가 졸하니, 북경으로 가서 치상(治喪)을 하고
이듬해 서양역법을 번역하게 된다. 그리고 만력 40년(1612), 서광계는 다시
찬수(纂修)에 임명되고 천반(天盤)과 지반(地盤) 등을 제조하여 서양역학이
중국에 들어오는 단초를 마련하게 된 것이다. 만력 41년(1613) 역학사업이
조정에서 문제 삼는 일이 생기자, 병을 빌미로 하여 천진(天津)으로 은거하
였다.

서광계는 만력 44년(1616)에 한림원검토에 재임명되지만, 남경의 예부시
랑(禮部侍郎) 심각(沈榷)이 기독교 선교사 축출을 상소하고 중국 신자의 수
난이 일어나자 상소문「변학장소(辨學章疏)」를 올려서 적극적으로 그들을
변호하고 나섰으니, 이 상소문은 그의 종교사상을 연구하는 데 중요한 문
헌이 된다. 그런 중에도 만력 45년(1617) 정월 좌춘방좌찬선(左春坊左贊善)
에 승진되지만 다시 병으로 천진으로 돌아가서, 전원생활에 들어간다. 그
이듬해 청군(淸軍)이 침략하자, 청병을 물리칠 것을 결심하고 상소문을 올
리고, 만력 47년(1619)에는 하남도감찰어사(河南道監察御使)로서 통주(通州)
에서 병사를 훈련시키게 된 것이다. 그리고 천계(天啓) 원년(1621)에는 조
선의 사신을 자청하여 청병을 견제할 것을 상소하지만, 그 당시 병부상서
최경영이 합의하지 않으므로 사직하고 상해로 돌아간다. 숭정(崇禎) 원년
(1628)에 원래의 관직을 다시 맡은 후에, 동년 8월에는 경연강관(經筵講官)
에 보임되고, 이듬해(1629)에는 좌시랑(左侍郎)에 승진되어 동년 7월에 역

법(曆法)을 수정하라는 어명을 받는다. 동년 11월에 청군이 무순(撫順)을 침략하니, 서광계는 주야로 친히 군병을 훈련시키며 수비에 대비하는 한편, 선교사 프란시스 삼비아시(Francis Sambiasi)와 아리스토텔레스의『영혼론(靈魂論)』을 공동으로 번역하였다. 숭정 3년(1630)에는 예부상서(禮部尙書)로 승진하면서 한림학사를 겸임하고 청병의 침입을 방어하기 위해서 마카오에서 대포를 구입하고 포르투갈인으로 조련을 시키도록 하였다. 숭정 5년(1632)에는 예부상서 겸 동각대학사(東閣大學士)로서, 그리고 그 이듬해(1633)에는 문연각대학사(文淵閣大學士)까지 겸임하였으나, 동년 11월 8일 서거하니 시호는 문정(文定)이다.

중국에서의 명대 즉 초기 기독교 선교의 초석이 이와 같이 서광계를 위시한 이지조(李之藻)와 양정균(楊廷筠) 등에 의해서 주도되었는데 그 배경에는 리치와 로사 같은 적지 않은 서양 선교사의 희생적인 포교가 있었음은 말할 나위가 없다. 여기서 주목할 사실은 초기 선교의 대상이 일반대중이 아니라 사대부 지식층이라는 점이다. 그리고 이미 형성된 세계관을 기독교 신앙으로 변환시키는 데 장기간의 기독교 교리에 대한 교육이 그 밑거름이 된 것을 알 수 있다. 그러므로 중국 초기의 기독교 신앙은 감정과 열정의 발로라기보다는 이지적이며 논리적인 신학적 바탕을 통해서 조용하게 다듬어지고 전파되어간 것이다.[3]

II. 성시의 시학적 의미

서광계는 분명히 중국의 기독교 전교와 정착에 기여한 관리이면서 작가

---

3) 王曉朝,『基督敎與帝國文化』, 東方出版社, 1997, p.140.

로서의 역할이 중시된다. 그가 지은 성시와 논설문 등의 진위 여부를 논한
다는 점이 신앙적으로 의미가 적지만, 중국 기독교의 입지를 정리하는 과
정에서 소홀히 할 수 없으므로 여기에서 그 진실성을 살펴보도록 한다. 량
치차오(梁啓超)는 말하기를,

> 명말 청초의 과학의 씨앗은 예수회 선교사의 손에서 나왔으니, 그때의 선
> 교사는 기독교의 선교방법이 매우 교묘하였으며, 그들은 중국인의 심리를
> 알고, 또 중국인은 극단적인 미신의 종교를 좋아하지 않음을 알고서, 그들은
> 과학으로 미끼를 삼게 된 것이다. 왜냐하면 중국인은 과학이 결핍되어 있었
> 기 때문이다. 표면상으로는 선교를 단지 그들의 부업이라 하고 또 신도들의
> 조상 제사를 허용한 것이다. 이러한 방법이 여러 해 활용되면서 쌍방 간에
> 모두 만족하게 된 것이다.[4]

이렇게 초기 기독교는 종교적 내용이 아닌 과학지식과 기술을 도입한다
는 명분을 가지고 주로 지식층을 겨냥하면서 그 필요성을 충족시키는 과
정에 종교에 귀의시키는 방법을 동원했다. 서광계와 이지조, 양정균이 그
대표적인 지식인들이었던 것이다. 그중에 가장 중요한 인물이 서광계인데
그의 성시의 가치는 중국 기독교에서 역사적 의미를 지니고 있다. 서광계
의 성시와 논설문의 목록을 보기로 한다.[5]

(1) 耶蘇像贊	(2) 聖母像贊	(3) 正道題綱
(4) 規誡箴贊	(5) 十戒箴贊	(6) 克罪七德箴贊
(7) 眞福八端箴贊	(8) 哀矜十四端箴贊	(9) 答鄕人書
(10) 造物主垂像略說	(11) 辨學章疏	(12) 辟妄

---

4) 『中國近三百年學術史』, p.28~29 : 「明末淸初的科學種子出耶蘇會士之手, 那個時候
 的傳教士傳播基督教的辦法很巧妙, 他們知道中國人的心理, 知道中國人不喜歡極端
 迷信的宗教, 因此他們用科學作誘餌, 因爲中國人缺乏科學; 表面上看去傳教只是他
 們的副業, 也允許信徒們祭天祭祖上. 這種方法用了許多年, 雙方都感到滿意.」
5) 이 목록은 王曉朝의 『基督教與帝國文化』, 東方出版社, 1997, p.145에서 인술함.

(13) 諮諏偶編　　　　(14) 跋二十五言　　　(15) 景教堂碑記

이상을 체재와 내용에 따라 분류하면 (1)~(8)은 종교찬미시이며, (9), (11), (14), (15) 등은 기독교 학설에 관한 산문이며, (12)와 (13)은 불교와 도교, 그리고 민간미신에 대한 비판의 산문이다. 그런데 이들 작품에 대해서 상당수를 위작(僞作)으로 분류하는 설이 있어서 본고에서 그 점을 살펴서, 서광계의 진작(眞作)인 것을 밝히고자 한다. 위작설을 주장하는 학자로서 왕쭝민(王重民)은『서광계집』의 서언에서 이르기를,

> 지금 내가 이 새로운 문집을 다시 편집하면서, 첫째는 구본보다 더 완비하였고, 둘째는 95퍼센트 이상의 시문을 명각본의 원문으로 회복시키고, 셋째는 과학논문을 위주로 하고 위탁적이며 의심적인 종교논문을 모두 빼버렸다.6)

라고 하였고, 다시 문집에서 종교 관련 작품을 수록하지 않은 이유를 서언에서 다음과 같이 길게 밝히고 있다.

> 상술한 서광계의 각종 구집 속에 「답향인서」가 있고, 양정균의 만력 말년에 각집한『절격동문기』에 유윤창의 찬이라고 제서하고, 그리고 「야소상찬」은 허낙선이 천계 연간에 친히 편각한『적지재집』속에 최초로 보인다. 양정균은 서광계의 친구로서 저자를 잘못 기재할 리 없다.『적지재집』에 서광계의 서가 있는데 허낙선이 서광계의 문장을 훔쳐서 서문을 청탁할 리가 없다. 그 두 문장은 분명히 유씨와 허씨의 작인데 후인이 위탁하여 서광계의 이름으로 하여 퍼트릴 수 있는 것이다. 그리고 해외에 명청 연간에 편각된『성교규계잠찬』한 권에는 똑같이 의심할 만한 몇 편의 찬문이 포함되어 있는데 그 또한 서광계의 이름이 붙어 있다. 이 모두가 초기에 서양 선교사가 서광계의

---

6)『徐光啓集』序言：“現在我重編這個新集, 一是做到了比舊本更加完備, 二是百分之九十五以上的詩文都回復到了明刻明抄本的原文都刪去. 三是以科學論文爲主, 對于僞托的, 可疑的宗教論文都刪去.”

과학자적 명예와 정치적 지위를 이용하여 천주교를 선교한 것이라고 말할 수 있다. 특히 근 백 년 이래 제국주의가 한층 더 중국 침략을 가하기 위해서 더욱 교회를 도구로 삼았고 교회는 더욱 서광계의 명예와 지위를 이용하여 선전한바, 서윤희는 이런 목적으로『서문정공집』을 편찬하여 그들의 개편과 왜곡하에 이미 매우 나쁜 영향을 조성한 것이다.7)

위의 서문에는 극단적인 주견이 담겨 있다고 본다. 결론적이지만 필자는 서광계의 작품이 모두 진품인 것을 밝혀둔다. 그 점은 왕쭝민의 주장은 과학적인 증거가 부족하고 다분히 정치적인 고려하에 나온 것이기 때문이다. 그의 주장은「변학장소(辨學章疏)」외에는 모두 위작이라는 것인데 이 논리에 대해서 1980년대에 시중저(席宗澤), 우더뒈(吳德鐸)에 의해서 통렬한 비판을 가하는 글이 발표되어 서광계의 명예와 신앙을 회복시켜주고 중국 기독교의 위상이 정상화되는 계기를 만든 것이다. 필자는 이 점에 전적으로 동의하면서 이들의 반론을 수용한다. 그 논리를 객관적으로 평가하기 위해서 다음에 시중저 등의『서광계연구』중「서광계의 종교 신앙과 서양학 도입자의 이상을 논함」이란8) 글의 일부를 인용하기로 한다.

이왕의『증정서문정공집』에 수록된「고향 사람에게 답함」를 왕쭝민 교수는 만력 연간에 편각된『절교동문기』에 유윤창 찬이라 적은 것에 근거하여

---

7) 王重民『徐光啓集』序："在上述徐光啓的各種舊集內有答鄕人書, 楊廷筠在萬曆末年輯刻的絕緻同文紀題劉胤昌撰; 又有耶蘇像贊, 最早見於許樂善天啓年間自刻的適志齋集內. 楊廷筠是徐光啓的朋友, 不會題者撰人; 適志齋集有徐光啓序, 許樂善不會偸了徐光啓的文章而又請他作序. 那兩篇文章明是劉許所作, 而後人僞托徐光啓名下, 才能夠普遍的流傳. 又海外有明淸之間編刻的聖敎規誠箴贊一卷, 包括着同樣可疑的好幾篇贊文, 也題着徐光啓的名字. 這都說明了在很早的時候, 西洋傳敎士爲了利用徐光啓的科學名譽和政治地位來宣傳天主敎. 特別是近百年來, 帝國主義爲了進一步向中國侵略, 就更利用敎會爲工具, 而敎會就更利用徐光啓的名譽地位作宣傳, 李杕徐允希就是在這樣的目的下編印徐文定公集的, 在他們的改纂和歪曲下, 已經造成了很惡劣的影響."
8)「試論徐光啓的宗敎信仰與西學引進者的理想」,『徐光啓硏究』, 上海：學林出版社, 1986.

파기하고 수록하지 않았고 부록도 고려하지 않았는데 이 문장을 이렇게 처리하는 데는 필경 근거가 있어야 할 것이다. 그러나 1909년(청 선통 원년)에 출판된 서윤희(서광계의 11세손) 편찬『증정서문공집』중에 서윤희가 남에게 부탁하여 오스트리아의 아케스바덴이 소장한 중국책 중에서 발견한『구각성교규잠』1권과『치력소고』수십 편이 수록되어 있는데, 이들 동시에 발견한 서광계의 저작에 대해서 왕쭝민 교수는 두 가지 태도를 취하여서,『치력소고』는 전부 수록하고 해외의 명청 간의『성교규계잠』1권은 같이 의심되는 여러 편의 찬문에 포함시키어 서광계의 이름이 있는데도 의심된다고 해서 모두 빼버린 것이다. 의심할 만한 근거가 무엇인가? 왜 의심된다는 설명이 없는 것이다. ……『성모상찬』같은 글은 완전히 종교예식을 위해 지은 것이어서 일종의 형식이니 지금의 관공서식일 뿐이다. 이런 공허한 찬사는 무슨 실제적인 내용이 없다. 서광계는 신도이며 비교적 정치적 지위가 높은 신도이어서 그에게 이런 교회에 성례용 글을 쓰게 한 것은 아주 가능하고 합리적이라 할 것이다. 무슨 의심할 것이 있는가? 왕 선생은 충분한 논거가 부족한 상황에서 구집에서 종교신앙과 관련된 내용은「변학장소」외에는 모두 위작으로 본 것이다.[9]

위의 글에서 보듯이 왕쭝민의 견해에 무리가 있다는 점을 지적한 관점은 매우 타당성이 있다고 본다. 단지 후인의 가탁일 것이라는 추측만으로 종교작품을 제거시킨 것은 객관성이 부족하기 때문이다. 그러면서도 위의 내용에서 관청 공문서 형식이니 공허한 찬사이니 하는 의견은 종교적 경

---

[9] 「試論徐光啓的宗敎信仰與西學引進者的理想」: "以往的增訂徐文定公集所收答鄕人書, 王重民敎授根據在萬曆輯刻的絕纓同文紀題劉胤昌撰, 將它擯棄, 不予收入, 連附錄都不予考慮, 這篇文章, 這樣處理, 畢竟有些依據. 可是在1909年(淸宣統元年)出版的徐允希編纂的增訂徐文公集中收有徐允希托人在奧國額克薩頓所藏華籍中發現的舊刻聖敎規箴一卷, 治歷疏稿數十篇, 對這批同時發現的徐光啓的著作, 王重民敎授採取了兩種態度, 治歷疏稿, 全予收入, 而海外有明淸之間編刻的聖敎規誡箴一卷, 包括同樣可疑的好幾篇贊文, 也題着徐光啓的名字, 因爲它們可疑, 王重民敎授全予刪去. 至于可疑的依據是甚麼? 爲甚麼可疑, 王先生却未作說明.……至于聖母像贊之類文字, 完全是爲了宗敎禮儀的需要才撰寫的, 純粹是一種形式, 拿今天的話來說, 它們不過是一些官樣文章. 這種徒具空洞形式的贊辭, 幷沒有甚麼實際內容. 徐光啓是位敎徒, 幷且是位有較高政治地位的敎徒, 要他來撰寫這種爲敎會裝點門面的文字, 是完全可能的, 合情合理的. 何可疑之有? 王先生在沒有足夠論據的情況下, 將舊集中有關宗敎信仰的內容, 除辨學章疏一文外, 一律目爲僞托."

건성을 지닌 문장형식으로 보아서 적절한 평어가 아니라고 본다. 그러면 다음에 서광계의 성시 즉 종교찬미시 7편을 각각 살펴보기로 한다.

1. 「야소상찬(耶蘇像贊)」(예수 찬양)

천지를 세우신 주재자이시며	立乾坤之主宰
사람과 모든 만물을 지으신 근본이다	肇人物之根宗
미루어 그분은 전에는 처음이 없으시며	推之於前無始
따라가도 그분은 뒤에도 끝이 없으시다	引之於後無終
사방을 채우시어 빈틈이 없으시며	彌六合兮靡間
모든 사물을 초월하시어 같지 않으시다	超庶類兮非同
본래 형상 없으사 본받을 수 없으신 데	本無形之可擬
이에 강생하시어 형상을 남기시었다	乃降生之遺容
신성을 드러내시어 널리 사랑하시고	顯神化以博愛
권선징악을 밝히시어 공의롭도다	昭勸懲以大公
지극히 존귀한 위치 계시어 위가 없고	位至尊而無上
진리는 오묘하여 다 함이 없어라	理微妙而莫窮

지은이의 신심이 깊고 예수 본신에 대한 이해가 정확한 것을 알 수 있다. 이 시는 칠언배율(七言排律) 형식으로서 압운(押韻)은 우수구(偶數句) 끝 자인 "宗, 終, 同, 容, 公, 窮" 등에 상평성(上平聲) '東'운을 쓰고 있다. 시어(詩語) 구사는 "之, 於, 兮, 而, 以" 등 허자(虛字)를 다용하여, 백화시적(白話詩的) 구어(口語)로 표현하여 시의 선교적 의식을 보여준다. 시의 대구(對句)를 시종 활용하여 시어의 배열이 엄정하여서 시의 격조와 예수 존귀가 상호 조화되게 하였다. 시인이 정성 어린 신앙심으로 이 시를 창작하였음을 알 수 있다.

시의 전반부는 예수는 하나님과 동일하신 분으로서 "태초에 하나님이 천지를 창조하시니라"(창세기 1 : 1)의 뜻을 표현하고, 예수의 위상을 「요한복음」(1 : 1~3)의 "태초에 말씀이 계시니라 이 말씀이 하나님과 함께 함께 계셨으니 이 말씀은 곧 하나님이시라 그가 태초에 하나님과 함께 계셨고 만물이 그로 말미암아 지은 바 되었으니 지은 것이 하나도 그가 없이는 된 것이 없느니라"라 한 성서적 내용과 일치한다. 그리고 시에서 "본래 형상이 없으시어 본받을 수 없으신데, 이에 강생하시어 형상을 남기시었다."구는 성서의 "말씀이 육신이 되어 우리 가운데 거하시매 우리가 그의 영광을 보니 아버지의 독생자의 영광이요, 은혜와 진리가 충만하더라"(요한복음 1 : 14) 구와 "본래 하나님을 본 사람이 없으되 아버지 품속에 있는 독생하신 하나님이 나타내셨느니라"(상동 1 : 18) 구의 신앙적인 고백이다.

2. 「성모상찬(聖母像贊)」(성모 찬양)

창조주의 존귀하신 어머니시여	作造物之尊母
지극히 정결하신 동정녀이시다	爲至潔之貞身
태초에 죄 없음에 근원을 두시며	原之於胎無罪
온 인자하심에 위엄을 두시다	秉之於性全仁
두루 빛을 베푸사 세상 밝히시고	頻施光兮照世
오직 은혜로 지키사 만인 구원하시다	職恩報兮救人
정의의 거울을 드리사 만인이 본받고	義鏡垂而群法
하늘 문을 열으사 만인이 모이다	天門啓而衆臻
그 자리는 모든 신을 넘어서 더 높으시고	位越諸神兮益上
그 덕은 만민과 성인을 넘어서 떨치시다	德超庶聖兮特張
복은 지극하시어 나란히 하기 어려우며	福旣極而難幷
그 아름다움은 비범하사 짝할 수 없도다	美非常而莫論

이 시는 성모 마리아를 찬양하는 잡언고시(雜言古詩) 형식을 사용하고 있다. 시 형식의 근거는 굴원(屈原)의 「이소(離騷)」 문체로서, '兮(혜)'라는 초(楚)나라 방언(方言) 발어사(發語詞)를 써서 시의 창법(唱法)을 고양하고

있다. 이 시도 앞의 시처럼 "之, 於, 兮, 而" 등 허자(虛字)를 쓰되, 전체 시에서 6언구를 사용하고, 다만 제9, 10구만은 7언구로 구성해서 창작하였다. 압운은 6언구엔 "身, 仁, 人, 臻, 論" 등에 상평성(上平聲) 진운(眞韻)을 쓰고 있다.

시에서 7언구 "그 자리는 모든 신을 넘어서 더 높으시고 그 덕은 만민과 성인을 넘어서 떨치시다."구의 내용상 마리아의 위상과 품격을 신의 경지에 올려놓았으니 성모의 여신화(女神化)이다. 마리아가 성령으로 예수를 잉태한 후, 유대 한 동네 사가랴의 집에 들어가서 엘리사벳이 마리아에게 주께서 하신 말씀이 반드시 이루어지리라고 믿은 그 여자에게 복이 있다라고 말한 것에 대답하여 다음과 같이 하나님을 찬양하였다.

> 내 영혼이 주를 찬양하며 내 마음이 하나님 내 구주를 기뻐하였음은, 그의 여종의 비천함을 돌보셨음이라. 보라 이제 후로는 만세에 나를 복이 있다 일컬으리로다. 능하신 이가 큰일을 내게 행하셨으니, 그 이름이 거룩하시며, 긍휼하심이 두려워하는 자에게 대대로 이르는도다. 그의 팔로 힘을 보이사 마음의 생각이 교만한 자들을 흩으셨고, 권세 있는 자를 그 위에서 내리치셨으며, 비천한 자를 높이셨고, 주리는 자를 좋은 것으로 배불리셨으며, 부자는 빈손으로 보내셨도다. 그 종 이스라엘을 도우사 긍휼히 여기시고 기억하시되, 우리 조상에게 말씀하신 것과 같이 아브라함과 그 자손에게 영원히 하시리로다.(누가복음 1 : 46~55)

위의 마리아의 '찬가'는 이 시의 내용과 깊이 상통하고 있어서 시인은 성모를 신의 반열(班列)에 추존하였으리라.

3. 「규계잠찬(規誡箴贊)」(훈계 찬양)

영광이요 위대하시어 만물의 근원이시다	維皇大哉, 萬匯原本
높고도 존귀하시니 혼돈에서 창조하시다	巍巍尊高, 造厥胚渾.
만물 주관하사 인간에게 영혼을 주시었다	搏刮衆有, 以資人靈.

어기어 바른 명령 버리고 본래 것을 더럽혔네	無然方命, 忝爾所生.
어리석은 백성들 어찌하여 정숙치 않은가	蠢蠢黔首, 云何不淑,
허물은 더하여가고 위아래로 저지르고 더럽혔네	曾是群慝, 上參下黷.
하나님 이르시되 불쌍타하시고 세상에 보내시다	帝曰憫斯, 降於人間.
지도자로 나시어 33년이시다	津梁耳目, 卅有三年.
널리 구원하사 신령과 기적을 보이셨도다	普拯廣流, 誕彰精奇
신령한 몸을 버리시어 목숨을 논의케 하시다	舍爾靈軀, 請命作議.
성스런 제자 있으니 열둘이로다	粤有聖宗, 十又二子
의를 펴사 크게 교화하사 억년 영원히 미치리다	迯宣宏化, 以迫億祀.
해가 뜨듯이 멀리 갈수록 빛나서	如日之升, 逾遠而光,
천 육백 년 지나서 이 땅에 이르렀도다	千六百載, 達于茲方.
이 땅은 어떠한가 응당히 큰 복을 받으리라	茲方云何, 應受多祜.
무릇 우리는 우러러 먼 성을 쳐다보며	凡我人斯, 仰瞻遼廓.
주님이 없다 감히 말하고 같지 않다 감히 말한다	敢曰無主, 敢曰不若.
큰 무늬는 새김이 없고 정도에는 속임이 없다	大文無雕, 經塗無詭.
마음에 삼덕을 잡고 십계를 지키리라	秉心三德, 守誡二五.
만약 속인다면 하늘에 오르지 못하며	罔不昇
속임이 없다면 지옥에 떨어지지 않으리라	罔不墮
빛나도다 선지자여 후회함이 없도다	勛矣前修, 無作後悔.
후회 거기에는 어서 뉘우침이 있도다	後悔則那, 亟其改旃.
잠시 살피어서 백년을 귀히 여기시라	鑒爾一息, 貴爾百年.
정의의 길은 산처럼 높고 바다처럼 깊도다	如山匪嵬, 如海匪淵.
맹세는 숭고하여 덕의 향기 넘치리라	矢志崇宏, 以隆德馨.

위의 시에서 시인은 예수 탄생의 당위성을 혼탁한 인간세계를 정화하려는 데 두었음을 기술하고 있다. 하나님은 교만한 마음을 싫어하고 지를 뉘우치는 마음을 기뻐한다. 능력 있는 자를 원치 않고 오히려 무능력한 자를 원하니 전능하신 하나님이 그의 힘이 될 수 있기 때문이니 바울은 다음과 같이 기록하고 있다.

나에게 이르시기를 내 은혜가 네게 족하도다 이는 내 능력이 약한 데서 온전하여짐이라 하시지라 그러므로 도리어 크게 기뻐함으로 나의 여러 약한 것들에 대하여 자랑하리니 이는 그리스도의 능력이 내게 머물게 하려 함이라 그러므로 내가 그리스도를 위하여 약한 것들과 능욕과 궁핍과 박해와 곤고를 기뻐하노니 이는 내가 약한 그 때에 강함이라(고린도후서 12 : 9~10)

약하고 겸손하고 지를 뉘우치는 사람이야말로 주님과의 소통이 가능하다. '옛 사람'이 깨질 때 '고통'이 따르며 '고통'을 거쳐야 '새 사람'이 된다. 대중은 고통이 사탄으로부터 온다고 여기기 때문에 고통을 거부한다. 그러므로 예수의 훈계에 의해 생기는 고통도 거부한다. 고통은 부정적인 것이 아니어서 유익을 위하여 수술하듯이 주님의 부드러운 손으로 마음의 상처를 도려낸다. 처음의 슬픔이 지나가면 기쁨이 탄생한다. 무관심과 그리스도를 표현할 수 없는 무능력 때문에 생긴 괴리가 주님의 씻음으로 사라진다. 그리스도는 '하나님의 아들'이면서도 받은 고난으로 순종함을 배웠듯이(히브리서 5 : 8) 우리도 고난을 통해 순종을 배운다. '훈계'가 가져오는 고통은 그리스도인의 삶에서 정상이며 처음에는 고통이지만 하나님이 우리를 원하는 모습대로 만들기 위한 과정이다. 주님의 말씀이 있든 없든 우리가 가진 모든 것을 주님의 소유로 인정하고 우리 자신은 그리스도 앞에 벌거벗은 빈 몸으로 나가야 한다. 이것이 성경에서 말하는 그리스도의 정신이다. 따라서 서광계는 위 성시에서 "만약 속인다면 하늘에 오르지 못하며 속임이 없다면 지옥에 떨어지지 않으리고"라고 하였고 시 말미에 "정의의 길은 산처럼 높고 바다처럼 깊도다. 맹세는 숭고하여 덕의 향기 넘치리라(如山匪嵬, 如海匪淵. 矢志崇宏, 以隆德馨)."라 매듭짓고 있다.

4. 「십계잠찬(十戒箴贊)」(십계명 찬양)

사람의 마음은 크고 바른데	人心大正
첫 백성부터 사라져버렸도다	隕自初民
욕망이 횡행하고 진리가 위태하니	欲橫理危

가까이에 마귀가 망동하도다	邇以魔妄
주님 불쌍히 여겨	惟皇憫斯
계율을 내리사 백성을 곧게 하시다	垂誡貞民
그 수가 열이며	其數有十
삼강령으로 모두어지도다	總以三綱
이로써 백성의 도리를 세우시고	以迪民彝
백성의 잘못을 버리시고	以棄民咎
하늘의 길을 걸으시고	以享天衢
하늘의 재앙을 끊으시도다	以絕天禍
곧 신명에 명하시어	乃命明神
그것을 성현에 전하시고	傳之遂聖
만민에게 밝히 보이시니	昭示萬民
삼가 지키어서 어기지 말지라	謹守勿逆

이 시는 십계명을 초기 신자에게 주입시키기 위해서 지었는데 그 내용이 십계명을 지키면 도리가 서고 재앙을 막고 축복받음을 강조하고 있다. 시 형식은 역시 시경의 4언체를 취하고 있다. 모세가 시내산에서 기도하다가 여호와로부터 계시받은 십계명은 인간이 지켜야 할 도리를 전한 것으로서「출애굽기」20장 1절에서 17절까지 기록되어 있다. 그 십계명을 인술하면 다음과 같다.

하나님이 이 모든 말씀으로 말씀하여 이르시되 나는 너를 애굽 땅, 종 되었던 집에서 인도하여 낸 네 하나님 여호와니라. ① 너는 나 외에는 다른 신들을 네게 두지 말라. ② 너를 위하여 새긴 우상을 만들지 말고 또 위로 하늘에 있는 것이나, 아래로 땅에 있는 것이나, 땅 아래 물 속에 있는 것의 어떤 형상도 만들지 말며, 그것들에게 절하지 말며 그것들을 섬기지 말라. 나 네 하나님 여호와는 질투하는 하나님인즉 나를 미워하는 자의 죄를 갚되 아버지로부터 아들에게로 삼사 대까지 이르게 하거니와, 나를 사랑하고 내 계명을 지키는 자에게는 천 대까지 은혜를 베푸느니라. ③ 너는 네 하나님 여호와의 이름을 망령되게 부르지 말라. 여호와는 그의 이름을 망령되게 부르는 자를 죄 없다 하지 아니하리라. ④ 안식일을 기억하여 거룩하게 지키

라. 엿새 동안은 힘써 네 모든 일을 행할 것이나, 일곱째 날은 네 하나님 여호와의 안식일인즉 너나 네 아들이나 네 딸이나 네 종이나 네 여종이나 네 가축이나 네 문안에 머무는 객이라도 아무 일도 하지 말라. 이는 엿새 동안에 나 여호와가 하늘과 땅과 바다와 그 가운데 모든 것을 만들고 일곱째 날에 쉬었음이라. 그러므로 나 여호와가 안식일을 복되게 하여 그 날을 거룩하게 하였느니라. ⑤ 네 부모를 공경하라. 그리하면 네 하나님 여호와가 네게 준 땅에서 네 생명이 길리라. ⑥ 살인하지 말라. ⑦간음하지 말라. ⑧ 도둑질하지 말라. ⑨ 네 이웃에 대하여 거짓 증거하지 말라. ⑩ 네 이웃의 집을 탐내지 말라. 네 이웃의 아내나 그의 남종이나 그의 여종이나 그의 소나 그의 나귀나 무릇 네 이웃의 소유를 탐내지 말라.(출애굽기 20 : 1~17)

위 십계명에서 전반은 하나님께 대한 계명이며, 후반은 인간에 대한 계명이며 그 기본 정신은 하나님과 인간에 대한 사랑이다. 예수는 이 계명에 대하여 신앙적 정의를 내려서 이르기를, "네 마음을 다하고 목숨을 다하고 뜻을 다하여 주 너의 하나님을 사랑하라 하였으니, 이것이 크고 첫째 되는 계명이요, 둘째도 그와 같으니 네 이웃을 네 자신같이 사랑하라 하셨으니 이 두 계명이 온 율법과 선지다의 강령이니라"(마태복음 22 : 37~40)라고 하여 기독교가 사랑의 종교임을 분명히 하고 있다. 이 십계명의 원칙을 신약 성서에서 되새기고 있으니, 각 계명별로 제시하면 다음과 같다.

① 여호와 하나님 숭배 : 요한계시록 22 : 8~9
② 우상숭배 금지 : 고린도전서 10 : 14
③ 하나님 이름을 존숭 : 마태복음 6 : 9
④ 안식일 지킴 : 히브리서 10 : 24~25
⑤ 부모 공경 : 에베소서 6 : 1~2
⑥ 살인 말라 : 요한1서 3 : 15
⑦ 간음 말라 : 히브리서 13 : 4
⑧ 도둑질 말라 : 에베소서 4 : 25
⑨ 거짓 증거 말라 : 야고보서 3 : 1~12
⑩ 탐내지 말라 : 누가복음 12 : 15

이같이 십계명은 기독교의 신앙규율이니, 믿는 자는 필히 준수하고 실행해야할 덕목이다. 서광계는 시에서 욕망이 횡행하고 진리가 위태하고 마귀가 망동하는 세상에, 십계명을 통하여 백성이 바로 서고 하늘의 재앙을 면하게 되었으니, 만민이 지키자고 찬미하고 있다.

5. 「극죄칠덕잠찬(克罪七德箴贊)」(죄를 이기는 일곱 덕 찬양)

무릇 가로 흐르는 물을 막으려면	凡遏橫流
그 근원을 힘써 막아야 한다	務塞其源
무릇 잡초를 없애려면	凡除蔓草
그 뿌리를 힘써 없애야 한다	務除其根
군자는 본받아서	君子式之
그 마음을 씻어야 한다	用滌其心
사람의 죄는 만 가지인데	人罪萬端
오직 일곱 덕만을 본받을지라	厥宗惟七
일곱 덕으로 죄를 이기리니	七德克之
이것이 이 질병의 약이로다	斯藥斯疾
송사라도 반드시 이기고	如訟必勝
싸운다 해도 반드시 이기도다	如戰必捷
하늘로부터 도움이 있으니	有佑自天
회피하거나 겁내지 말아라	勿諉勿怯
일곱의 죄 이김 이미 끝나니	七克旣消
만 가지 죄가 더불어 없어지도다	萬端幷滅

이 시의 형식도 시경의 4언체를 근거로 되어 있다. 시의 압운도 제2구의 '源', 제4구의 '根'는 상평성(上平聲) '元'운을, 제6구의 '心'은 하평성(下平聲) '侵'운, 제8구의 '七'과 제10구의 '疾'은 입성(入聲) '質'운, 제12구의 '捷'은 입성 '葉'운, 제14구의 '怯'은 입성 '洽'운, 말구의 '滅'은 입성 '屑'운을 가가 쓰고 있다. 위의 압운에서 '元'운과 '侵'운은 운끼리 상통하는 통압(通押)이 가능하고, '質'운과 '葉'운, 그리고 '洽'운과 '屑'운도 통압이 가능하

니 이 시는 제6구까지와 그 이후의 시구가 환운(換韻)으로 압운하여 시의 의미를 극대화하고 있다.

이 시의 내용은 「잠언」에서 여호와가 미워하는 것, 즉 마음에 싫어하는 것 일곱 가지를 소재로 하고 있으니 천주교에 일컫는 소위 칠죄종(七罪種)이다. 성경 말씀을 보면,

> 여호와께서 미워하시는 것 곧 그의 마음에 싫어하시는 것이 예닐곱 가지이니, 곧 교만한 눈과 거짓된 혀와 무죄한 자의 피를 흘리는 손과, 악한 계교를 꾀하는 마음과 빨리 악으로 달려가는 발과, 거짓을 말하는 망령된 증인 및 형제 사이를 이간하는 자이니라(잠언 6 : 16~19)

여기서 '칠죄종'이란 ① 교만한 눈, ② 거짓말하는 혀, ③ 무고한 피를 흘리는 손, ④ 간악한 계획을 꾸미는 마음, ⑤ 악한 일을 하려고 서둘러 달려가는 두 발, ⑥ 거짓말 퍼뜨리는 거짓 증인, ⑦ 형제들 사이에 싸움을 일으키는 자 등을 말한다. 이들 일곱 가지 죄악은 성서적으로 흔히 다음 일곱 악마로 비유되어 지칭되니, 루시퍼-오만, 벨제브-식탐, 마몬-탐욕, 벨페고르-나태, 아스모데우스-색욕, 리바이어던-질투, 사탄-분노 등으로 지옥을 지배하는 악마들이다. 서광계는 명대 고관으로서 그 당시 탐관오리와 부정부패한 종교계를 보면서 기독교적 양심을 호소한 것이다.

6. 「진복팔단잠찬(眞福八端箴贊)」(참된 복 일곱 찬양)

욕망이 이어서 밀려오니	欲累環攻
신의 눈도 다 멀었도다	神目盡瞀
세상의 길만을 쫓을수록	愈膻世趨
하늘의 길은 더욱 멀어진다	愈遠天路
거짓이 잡다하여 만 가지이니	僞雜百端
서로 속이고 미혹한다	以相訛惑

오직 우리의 바른 교리만이	惟我正教
오직 하나이며 오직 참되도다	惟一惟眞
덕 중에 참 덕이며	德必眞德
복 중에 참 복이로다	福必眞福
덕으로 복을 받으며	德以致福
덕은 또 복을 부르도다	德亦名福
인간 세상에 세우시고	肇諸人世
왕의 궁정에 채우도다	充諸帝庭
정성어리고 오묘하신 일깨움에	精修妙契
은총과 영광이 넘치도다	寵澤光榮

이 시도 4언체 형식을 강구하여 '온유돈후(溫柔敦厚)'한 『시경』의 '시교(詩敎)'적 의미를 담으려 하였다. '시교'란 시를 통하여 인간사회를 교화하는 것이다. 운으로는 제2구의 고, 제4구의 로, 제6구의 혹, 제8구의 진, 제8, 10구의 복, 그리고 제12구의 정, 말구의 영에 각각 압운하고 있다.

위의 시는 바른 교리를 따르면 복과 은총, 영광을 동시에 받게 된다는 기복신앙관을 강조하고 있다. 예수가 공생애 초기 갈릴리 호수 주변 어느 한 산에서 유대인에게 행한 설교가 '산상수훈(山上垂訓)'인데, 여기서 팔복 외에 구제와 금식(마태복음 5 : 13~48, 누가복음 6 : 27~38), 순전한 삶의 원리(마태복음 7 : 1~12, 누가복음 6 : 37~42), 그리고 결론적 교훈(마태복음 7 : 13~27, 누가복음 6 : 43~49) 등에 대해서도 설교하였다. 이 시는 그중에 '팔복(八福)'에 대한 찬미가로서 예수를 칭송하여 존숭하는 은총 충만한 내용을 담고 있다. 팔복은 천국 시민으로서 부름 받은 신자들의 삶의 원리와 그 특징을 보여준다. 본문은 일관되게 "복이 있나니"라는 구절로 연결되니, '복'(福)은 일시적이고 물질적인 '복'을 의미하지 않고 영적으로 향유하고 필연적으로 향유하여야 하는 새 생명의 열매인 것이다. '팔복'은 축복의 선언이며 명령이며 훈계인 것이다. 이제 그 '팔복'을 성서에서 확인해

보기로 한다.

　심령이 가난한 자는 복이 있나니 천국이 그들의 것임이요, 애통하는 자는
복이 있나니 그들이 위로를 받을 것임이요, 온유한 자는 복이 있나니 그들
이 땅을 기업으로 받을 것임이요, 의 주리고 목마른 자는 복이 있나니 그들
이 배부를 것임이요, 긍휼이 여기는 자는 복이 있나니 그들이 긍휼히 여김
을 받을 것임이요, 마음이 청결한 자는 복이 있나니 그들이 하나님을 볼 것
임이요, 화평하게 하는 자는 복이 있나니 그들이 하나님의 아들이라 일컬음
을 받을 것임이요, 의를 위하여 박해를 받은 자는 복이 있나니 천국이 그들
의 것임이라. 나로 말미암아 너희를 욕하고 박해하고 거짓으로 너희를 거슬
러 모든 악한 말을 할 때에는 너희에게 복이 있나니 기뻐하고 즐거워하라
하늘에서 너희의 상이 큼이라 너희 전에 있던 선지자들도 이같이 박해하였
느니라(마태복음 5 : 3~12)

　위에서 앞부분은 하나님과 인간의 관계성을, 뒷부분은 인간 상호관계로
구성되어 있다. "복이 있나니"는 축복으로서 죄사함 받고 구원을 얻는다는
의미이다. '가난하다'는 마음을 비운다는 의미로서 사회적 억압에서 자신
을 구원할 능력이 없는 사람이다. '애통'은 인간과 하나님 사이를 갈라놓
는 불의에 대한 애통이며 하나님의 뜻을 진지하게 찾고 발견하려는 애통
이다. '온유'란 하나님의 은혜를 받아서 육적인 소욕을 극복하는 태도이며,
하나님의 은혜와 성령의 힘으로 타인으로부터 모욕과 고난을 받았을 때
이겨낼 수 있는 능력을 의미하며 순종하고 복종하는 태도이다. 따라서 '온
유'에 대한 성경의 가르침은 여러 곳에서 기록되어 있다. 그것은 "온유한
사람은 마음에 하나님의 말씀을 심기운 자"(야고보 1 : 21), "선을 행하는
자"(야고보 3 : 13), "하나님의 택함을 받은 자"(골로새 3 : 12), "마음에 그
리스도를 주로 삼은 자"(베드로 3 : 15), "성령의 열매 있는 자"(갈라디아
5 : 23) 등이다. 그리고 "의에 주리다"의 '의'(義)는 율법적으로는 하나님과
올바른 관계이며 도덕적으론 하나님을 기쁘시게 하는 성격과 행동을 말한

다. 자비의 의미인 '긍휼'은 죄를 용서해주는 것과 고통을 당하는 자와 궁핍한 자를 동정하는 것이다. 아울러 '청결'은 성서적 의미로 예수 그리스도의 피를 힘입어 세상을 이긴 자들이 된다는 말씀으로 믿음의 순결을 지킴이다. 서광계가 이 시의 말미에 "정성어리고 오묘하신 일깨움에 은총과 영광이 넘치도다."라고 읊어서 지극한 신앙심을 묘사하고 있다.

7. 「애긍십사단잠찬(哀矜十四端箴贊)」(긍휼 열넷 찬양)

큰 도리는 넓고 깊으시니	大道廣淵
그 뜻이 인자하도다	厥旨惟仁
측은하심이 지극하시니	靄惻肫祥
마음이 사랑으로 드러나도다	情現于愛
주님의 진리를 사랑하면	愛主之實
남을 사랑함으로 나아가도다	征諸愛人
사랑은 긍휼이 있으니	愛有哀矜
몸으로 마음으로 보이도다	或形或神
부귀로 가난을 구하고	以富拯乏
지혜로 우둔을 건지도다	以智濟愚
사리를 버리면 하늘의 은혜가 내리며	弗私上錫
더욱 하늘의 복이 오리로다	益來天佑
서로서로 알지 못하고	彼此罔知
하늘과 사람이 보는 것이 다르도다	天人殊視
사람들 서로 버리고	棄擯元元
문을 잠그고 절하고 있도다	鍵戶頂禮
덕이 향기롭지 않으니	德之不馨
주를 가리고 누가 흠모하리오	翳主誰歆

'긍휼'이란 가엾게 여기는 마음을 말하는데 "라함(racham, 자궁)"에서 나온 말이다. 이 단어는 "같은 태에서 나온 이들에 대한 감정"이라는 기본적인 의미에서 긍휼 자비라는 의미로 발전한 것이다. '긍휼'이 구약성서에서

는 젖을 빠는 아기에 대한 어머니의 반응(이사야 49 : 15), 아버지가 아들에 대해서 가지는 반응(예레미야 31 : 20), 형제가 형제에 대해 기대하는 마음(아모스 1 : 11) 등을 나타내는 단어로 쓰였는데, 단순한 감정 차원보다는 사랑의 표현이나 행위(출애굽기 33 : 19, 열왕기하 3 : 23, 시편 102 : 13)로 사용되었다. 따라서 이스라엘이 죄에서 돌이켰을 때 주어지는 용서의 은혜를 표현할 때 쓰였으니, 이사야 14 : 1에 기록되기를,

여호와께서 야곱을 긍휼히 여기시며 이스라엘을 다시 택하여 그들의 땅에 두시리니 나그네 된 자가 야곱 족속과 연합하여 그들에게 예속될 것이며

라 하고, 예레미야 12 : 15에 기록되기를,

내가 그들을 뽑아 낸 후에 내가 돌이켜 그들을 불쌍히 여겨서 각 사람을 그들의 기업으로 각 사람을 그 땅으로 다시 인도하리니

라고 한 것이 그 증거가 된다. 한편 신약성서에서는 주로 하나님의 '긍휼' 하심을 치유 속에 드러내신 예수의 사역으로 표현하고 있다. 예를 들면, 1만 달란트 빚진 종을 불쌍히 여긴 왕(마태복음 18 : 23~25), 돌아온 탕자(누가복음 15 : 11~32), 강도 만난 사마리아인(누가복음 10 : 25~37) 등의 경우인데, 예수는 세리나 죄인과 식사하는 것을 비난하는 바리새인을 향하여 하나님이 원하시는 건 '제사'가 아니라 '긍휼'이라 하여 형식을 중시하는 바리새인에게 율법의 핵심은 '긍휼'인 것을 강조하였다. 바울은 병 치유의 근원이 하나님의 긍휼하심에 있음을 다음과 같이 고백한다.

그가 병들어 죽게 되었으나 하나님이 그를 긍휼히 여기셨고 그뿐 아니라도 나를 긍휼히 여기사 내 근심 위에 근심을 면하게 하셨느니라

바울은 '구원'은 행위가 아닌 하나님의 '긍휼'과 '은혜'로 얻어진다는 점을 다음 에배소서에서 기록하고 있다.

긍휼이 풍성하신 하나님이 우리를 사랑하신 그 큰 사랑을 인하여 허물로 죽은 우리를 그리스도 예수 안에서 함께 살리셨고(너희는 은혜로 구원을 받은 것이라)(2 : 4~5)

이는 그리스도 예수 안에서 우리에게 자비하심으로써 그 은혜의 지극히 풍성함을 오는 여러 세대에 나타내려 하심이라 너희는 그 은혜에 의하여 믿음으로 말미암아 구원을 받았으니 이것은 너희에게서 난 것이 아니요 하나님의 선물이라(2 : 7~8)

하나님의 '긍휼'하심을 입은 자들은 긍휼을 베푸는 자가 되어야 한다. 서광계는 고관이며 기독교인으로서 그 시대의 사회현실에서 가장 중요한 신앙적 자세가 '긍휼'이란 점을 위의 성시에서 고백하고 있다. 그가 생존하던 시기는 아직 기독교가 중국에 정착하기 전인 명대 시기이므로 선교사와 그와 관련된 외국인의 역할이 매우 중대한 여건을 지니고 있었다. 그런 중에 고급관리이며 학자인 서광계는 마테오 리치와 연계하면서 서양과학서 번역과 성시 창작을 통하여 그 당시의 지식층에 접촉하여 기독교 선교 활동을 하는 입장을 취한 것이다. 이것은 단순히 기독교 선교의 의미를 넘어서 중국문학의 기독교적 연결을 가능하게 하는 근거가 된다. 서광계의 '성시'는 시의 운율과 체재가 정형시에 맞지 않고 『시경』과 『초사』 형식을 보여주는 점에서 다분히 종교적 의식을 가지고서 창작한 인상을 준다. 중국 시가에서 『시경』은 유가(儒家)의 경전으로서 소위 유교경전의 바탕이며 중국시의 뿌리가 된다. 그리고 『초사』는 도교(道敎)의 초탈적 자연관은 근거로 해서 나온 시경과 함께 중국문학의 양대 기둥이 된다. 그마큼 이들 성시의 창작이 선교 목적과 깊은 관련을 지니고서 시도된 것이라고 본다.

　　내가 그리스도와 함께 십자가에 못박혔나니 그런즉 이제는 내가 산 것이
아니요 오직 내 안에 그리스도께서 사신 것이라 이제 내가 육체 가운데 사
는 것은 나를 사랑하사 나를 위하여 자기 몸을 버리신 하나님의 아들을 믿
는 믿음 안에서 사는 것이라　　　　　　　　　　　　　　(갈라디아서 2 : 20)

제2부

중국 현대시 속의 기독교 의식

루쉰(魯迅) 시문의 비극 관념

루쉰(魯迅 1881~1936)은 중국 현대문단에서 창작과 이론 방면에 있어 비극학설에 대해서 크게 공헌한 문인이며 학자이다. 그는 여러 저명한 소설형식의 비극작품을 창작하였고 비극과 희극에 대해서 많은 논술을 발표하였다. 예컨대 1925년 2월 루쉰은 「뇌봉탑의 붕괴를 재론함(再論雷峰塔的倒掉)」이란 글에서 비극에 관한 정의를 제기하였으니 즉 비극은 인생의 가치 있는 것을 훼멸하여 보여준다는 것이다. 청대 말 학자 왕궈웨이(王國維)는 인간의 출생과 생존 자체가 고통이며 비극이어서 욕망, 고통, 불행을 모두 선천적인 것으로 본다는 것이다. 그래서 그는 인물과 현실생활의 비극성의 충돌을 강조하지 않았다. 그런데 루쉰은 오히려 인생과 현실생활의 비극성 충돌을 강조하고 인생에 가치 있는 것의 훼멸성적인 비극 충돌을 인정하고 있다. 루쉰의 이러한 비극에 관한 정의를 구체적으로 논하자면 다음과 같다. 첫째 가치의 관념은 5·4문학운동 시기(1919)에 제기된 가치의 회의주의 시대정신과 밀접한 관계를 지닌다.[1] 그는 가치 있는 것은 아름답고(美), 가치 없는 것은 못생겼다(醜)고 보고 그래서 '미(美)'와 '추(醜)'는 대립적 상태에 있다는 것이다. 둘째 루쉰은 비극의 현실기초와 사회 근원

---

1) 韋小堅 等, 『悲劇心理學』, 三環出版社, 1989, pp.30~31.

을 매우 강조하고 있다. 사회의 흑암과 불공정에서 가치 있는 것의 훼멸은 항상 존재하여 이것은 미의 사물이 고통과 불행, 그리고 사망에 직면하게 된다는 것이다. 비극예술은 이런 현실을 예술작품 속에 반영하여 더 높고 더 강렬할 정도로 이런 미의 가치를 훼멸시켜 보여준다는 것이다. 분명한 것은 비극의 근원은 사람을 먹는 사회제도이지 사람의 출생, 존재, 욕망 따위가 아니라는 것이다. 중국인에게 인간의 가치까지도 무시된 비참한 시대에는 비극의 사회성이 가장 중요한 것이며 비극은 가치 없는 인간과 훼멸된 가운데에서 응당 있어야 할 사회가치를 표현하는 것이다.[2]

루쉰은 진실을 비극의 생명으로 보았다. 그는 중국의 전통적인 대단원 방식을 매우 원망하고 있다. 대단원은 허위이면서 증오할만한 것이라고 인식하고 그것을 국민성 약점의 표현이라고 본 것이다. 그는 말하기를,

> 중국인은 본래 인생을 직시하지 않고 다만 기만과 사기만을 좋아하여 그로 인해 기만과 사기의 문예가 나오고 이 문예에서 다시 중국인으로 하여금 기만과 사기의 연못에 빠져들게 하여 이미 스스로 자각하지 못하고 있다. 『홍루몽』의 작은 비극은 사회에서 늘 있는 일이고 작자도 비교적 사실적으로 묘사하여 그 결과도 나쁘지 않다. 독자가 좀 불안한 것은 어찌할 수 없다.[3]

루쉰이 창작에서 표현한 비극의식과 방식은 성경의 예수 수난의 비극테마와 루쉰의 영웅수난소설이 비극관념과 서사 방식 면에서 연관되어 나타난다. 그의 소설의 서사는 러시아의 고골리 등처럼 작은 인물의 불행과 수난을 묘사하는데 관심을 두면서도 그러나 사실은 고골리와 달리 작은 인

---

2) 劉再復, 『魯迅美學思想論稿』, 中國社會科學出版社, 1981 p.87, 93.
3) 中國人向來因爲不敢正視人生, 只好瞞和騙, 由此也生出瞞和騙的文藝來, 由這文藝, 更令中國人更深地陷入瞞和騙的大澤中, 甚而至于已經自己不覺得. 紅樓夢中的小悲劇, 是社會常有的事, 作者又是比較的敢于寫實的, 而那結果也并不壞. 讀者卽小有不安, 也終于奈何不得.

물의 수난이 아니라 영웅의 수난을 대상으로 하고 있다. 이런 점에서 다음 몇 가지 문제점을 제시하여 고찰하고자 한다.

I. 루쉰 시가와 그 영웅인식

루쉰 시가는 구체시(舊體詩), 신시(新詩), 그리고 민가(民歌) 등으로 구성되어 있고 다소의 산문시도 전해진다. 시가의 수량은 서북(西北)대학도서관『루쉰시가선주(魯迅詩歌選注)』에는 60제(題) 75수(首), 강서(江西)대학도서관『노신시가선주(魯迅詩歌選注)』에는 60제 77수, 임기사전중문계(臨沂師專中文系)『루쉰시주석(魯迅詩注析)』에는 61제 78수, 절강(浙江)대학출판사『루쉰작품전편(魯迅作品全編)』에는 62제 79수가 실려 있어서 일정치 않다.

1. 시가의 시기별 작품 성향

그의 시가 특성을 시기적으로 작품을 통해서 살펴보면, 구체시「작은 모습(自題小像)」(1903)은 사상 감정과 예술 풍격 면에서 진일보된 묘사법을 강구하고 있다.

영대에서 무심코 신의 화살 피하자니　　靈臺無計逃神矢
비바람이 반석처럼 덮어 고향이 어둡네　　風雨如磐暗故園
찬 별에 마음 두어도 향초 돌보지 않으니　寄意寒星荃不察
나는 나의 피로써 헌원에 바친다　　　　我以我血薦軒轅

이 시기는 루쉰이 일본 센다이(仙台)의대에 유학 중일 때로, 강한 민족의식이 발로되어 정서가 격앙되어 있고 조국을 향한 헌신과 강렬한 애국주의 정신이 깃들어 있다. 시어에서 '영대(靈臺)'는 마음에 담긴 여러 지혜이며, '신시(神矢)'는 로마신화의 'Cupid'를 지칭하고 '고원(故園)'은 '조국(祖國)'을 비유한다. '한성(寒星)'은 송옥(宋玉)「구변(九辯)」의 "유성에 말을 부치길 원하네(願寄言夫流星兮)"에서 연원하니 '현인(賢人)'을 비유한다. '전(荃)'은 굴원(屈原)「이소(離騷)」의 "향초는 나의 충성과 정숙함 살피지 않네(荃不察余之忠貞兮)"에서 차언(借言)한 것으로 향초는 본래 '임금(君)'을 비유하지만 이 시에서는 '백성'을 의미한다. 그리고 '헌원(軒轅)'은 중국역사의 기원인 '황제(黃帝)'를 칭하는데 여기선 '조국(祖國)'을 의미하니, 청대 봉건정권을 타파할 혁명정신을 담고 있다.4)

구체시「판군을 애도하며 삼장(哀范君三章)」(1912)은 내용이 깊고 사상이 심각하며 정서가 격분되어서 표현된 작품이다.

비바람 몰아쳐 해를 흔드니	風雨飄搖日
난 파애중을 생각하네	余懷范愛農
머리 희끗하고 성근데	華顚萎寥落
눈 치뜨고 좀벌레 본다	白眼看鷄虫
세상이 가을씀바귀 맛인데	世味秋茶苦
인간의 곧은 도리 다하였구나	人間直道窮
어찌하여 석 달 사이에 이별인가	奈何三月別
끝내 세상과 맞지 않았구나	竟爾失畸躬(其一)
수초가 성문에 푸른데	海草國門碧
오랫동안 이국땅에서 지냈다	多年老異鄕
이리 떼 마침 구멍을 떠나고	狐狸方去穴
복사나무 인형 벌써 등장하였다	桃偶已登場
고향은 찬 구름 껴 흐리고	故里寒雲惡
뜨거운 여름밤 길다	炎天凜夜長
홀로 맑고 찬 강물에 빠져서	獨沈淸洌水

---

4) 周振甫, 『魯迅作品全編』, 浙江文藝出版社, pp.40~44.

수심 어린 창자를 씻을 수 있을가   能否滌愁腸(其二)

술로 세상을 논하는데   把酒論當世
선생은 술 못 마시는 사람   先生小酒人
하늘이 마치 술 취한 듯하니   大圓猶茗艼
살짝 취하여 스스로 빠져죽은가   微醉自沈淪
이 이별은 영원한 것이니   此別成終古
이제부터 할 말 없구나   從玆絶緖言
친구 구름 흩어지듯 가버리니   故人雲散盡
나 또한 가벼운 먼지 같구나   我亦等輕塵(其三)

일본 유학생 판아이눙(范愛農, 이름 斯年, 紹興人)가 1912년 7월 12일 친
구와 연극을 보고 배 타고 돌아오던 중에 익사한 사건이 있었는데, 루쉰은
판아이눙이 물에 투신자살한 것으로 의심하여 시 말미에 기술하기를, 이
시에 대해서 루쉰은 시 후미에 기술하기를,

> 나는 아이눙의 죽음으로 여러 날 맘 편치 않은데 이젠 석연치 않다. 어제
> 문득 시 석장을 지어 손 가는대로 썼는데 어느새 좀벌레가 끼어드니 정말
> 너무 기묘하거늘 벼락 소리에 곧 죽을 벌레처럼 참 낭패스럽구나. 이제 기
> 록상 감정가의 감정을 바라니 나쁘지 않으면 『민흥』지에 실릴 것이다. ……
> 나 또한 어찌 말로 그칠 수 있으리오. 23일 주수인 쓰다.
> 我于愛農之死爲之不怡累日, 至今未能釋然. 昨忽成詩三章, 隨手寫之, 而忽將
> 鷄虫做入, 眞是奇絶妙絶, 霹靂一聲, 速死多之大狼狽. 今錄上, 希大鑑定家鑑定,
> 如不惡乃可登諸 『民興』也. …… 我亦豈能已于言乎. 二十三日, 樹又言.

라고 하였다. 루쉰은 이 시를 통해서 정직한 지식인이 박해받아 죽은 것
으로 묘사하여 동정(同情)을 표출하고 있다. 1910년 일어난 신해혁명(辛亥
革命)이 실패하면서, 반제반봉건(反帝反封建)의 임무가 무산되어가는 상황을
지적하고 정직한 지식인이 박해받아 죽는 데 대한 동정심을 드러내고 있
다. 신해혁명이 실패하여 사회개혁의 기회가 없음 지적하고 있다. 제1장에

서 "세상이 가을씀바귀 맛인데(世味秋茶苦)"구는 청나라 낡은 사회에 대한 비유와 공소(控訴)이며, 제2장에서 "이리 떼 마침 구멍을 떠나고 복사나무 인형이 벌써 등장하였다(狐狸方去穴, 桃偶已登場)"구는 이리 같은 청나라 관리가 도주하고 위안스카이(袁世凱)의 신정부가 정권을 잡은 것을 비유한다. 제3장에서 "하늘이 마치 술 취한 듯하니(大圓猶茗艼)"구는 그 당시 사회의 혼란한 상황을 비유한다.5)

5・4문학운동 직전에 지은 신시 「꿈(夢)」「복사꽃(桃花)」「그들의 화원(他們的花園)」「사람과 때(人與時)」 등은 반봉건 투쟁을 노래한 시로서, 그중에 「꿈(夢)」(1918)을 보면,

너무 많은 꿈이 황혼을 틈타서 떠든다	很多的夢, 趁黃昏起哄.
앞 꿈이 그 전 꿈을 걷으려 할 때,	前夢才擠却大前夢時,
뒷 꿈이 또 앞 꿈을 쫓는다	後夢又赶走了前夢.
떠나간 앞 꿈은 검기가 먹같고;	去的前夢黑如墨;
남아 있는 뒷 꿈은 먹처럼 검다;	在的後夢墨一般黑;
떠난 거 남은 거 다 같이 말한다,	去的在的彷彿都說,
"내 참 좋은 안색을 보라."	"看我眞好顏色".
안색이 좋은지 어두워서 모른다;	顏色許好, 暗裏不知;
그리고 모른다, 말 하는 이 누구인지?	而且不知道, 說話的是誰?
어두워서 모른다,	暗裏不知,
몸에 열 나고 머리 아픈 걸.	身熱頭痛
그대 오라 그대 오라!	你來你來!
내일의 꿈으로.	明日的夢.

이 시는 1918년 5월에 쓴 것으로 그 해 4월에 쓰여진 『광인일기(狂人日記)』와 사상적으로 상통하여, 봉건의식을 타파하고 예교에 매인 허례허식

---

5) 周振甫, 『魯迅作品全編』, 浙江文藝出版社, pp.46~47.

을 개혁해서 외국문화를 수용하여 사회문화를 개선할 것을 호소하고 있
다.6) 1924년 5 · 4문학운동이 쇠락하자, 루쉰의 작품성향은 강렬한 전투정
신을 표현하기 시작하였다. 그 예로 구체시 「콩껍질로 원한을 펴며(替豆其
伸寃)」를 보자.

콩은 삶고 콩 껍질 태우니	煮豆燃豆其
껍질이 솥 아래에서 흐느끼네	其在釜下泣
내가 타서 너를 잘 익혔으니	我爐你熟了
마침 교원 회의 잘 하네	正好辦敎席

당시 베이징(北京)여자사범대학 교장 양인위(楊蔭楡)가 애국적인 정당한
활동을 모두 금지시키니, 학생의 항거를 불러일으켰다. 1925년 1월 학생들
이 북양정부 교육부에 교장의 교체를 요구하자, 교육부 당국이 학풍을 정
돈한다는 소위 '정돈학풍(整頓學風)'이라는 미명(美名)하에 학생 요구를 억
압하니, 루쉰은 이 시를 통해 북양군벌(北洋軍閥)과 어용문인(御用文人)에
대한 격렬한 투쟁을 주창한 것이다. 이 시의 소재는 위대 조식(曹植)의 「칠
보시(七步詩)」의 시어와 시의를 가차하여 현실에 비의한 작품으로서 조식
의 시를 보면,

콩을 삶아 국을 만들고	煮豆持作羹
콩을 걸러 즙을 만드네	漉菽以爲汁
껍질은 솥 아래에서 불타고	其在釜下燃
콩은 솥 속에서 흐느끼네	豆在釜中泣
본래 같은 뿌리에서 낳았거늘	本自同根生
서로 볶아댐이 어찌 그리 급한가	相煎何太急

형인 위문제(魏文帝) 조비(曹丕)가 동생 조식의 재능을 질시하니, 조식이

---

6) 위의 책, pp.211~213.

심신적으로 고통을 이기지 못해서 이 시를 지은 것인데, 이로 인해 조비가 뉘우치고 조식에게 봉후(封侯)를 내렸다. 조식 시에서 '其(기, 콩껍질)'를 '兄(형)', '豆(두, 콩)'를 '弟(제)'로 비유하였는데, 루쉰은 '其'를 '학생', '豆'를 양 교장에 비유하지 않고 오히려 차려놓은 '요리'에 각각 비유하였으니, "마침 교원 회의 잘 하네(正好辦敎席)"구는 반란 학생들 처벌하는 모임을 의미한다.

2. 시가의 영웅인식

서로 다른 문화전통, 서로 다른 시대, 그리고 동일한 시대의 서로 다른 인간 군상의 영웅에 대한 정의는 각각 다르다. 영웅인물을 성격상 행동 면의 영웅과 사상 면의 영웅으로 구분하는데 전자를 사변성인물(事變性人物)이라 하면 후자를 사변창조인물(事變創造人物)이라 하겠다. 20세기 초에 계몽운동이 일어나서 중국사회에도 그 변화의 사조에 의해서 다음 두 가지 역사적인 단계를 밟았음을 알 수 있다. 첫째, 중국 역사상 첫 번째 보편적이면서 심각한 사회계몽 단계는 공자진(龔自珍)의 '경법개제(更法改制)'에서 태동하여 1895년부터 1898년 사이에 '공거상서(公車上書)', '상유변법(上喩變法)', '백일유신(百日維新)' 등의 운동이 전개되었다. 둘째, 중국 역사상 첫 번째 보편적이면서 심각한 사상계몽 단계는 량치차오(梁啓超)의 '신민설(新民說)'에서 시작하여 1915년에서 1920년 사이에 활발히 전개되었다. 사회계몽 단계가 정치개혁이라면 사상계몽 단계는 윤리 도덕과 문화 정신의 발양이 된다.

'백일유신'과 '신민설'을 주창한 량치차오는 두 가지 역할을 담당하고 있었다. 그의 영웅에 대한 인식은 사변성인물에 근접해 있다. 그가 자신의 감회와 임무를 표현할 때 "나는 항상 한 가지 논리를 지키며 천하의 일을 맡아서는 의당히 진승과 오광이 되기를 바란다(啓超常持一論, 謂凡任天下事者, 宜自求爲陳勝吳廣).'[7]라고 하여 구국적 의식과 희생정신을 바탕을 두고서 처신하였다. 량치차오 이후의 계몽사상가도 모두 '천하위기임(天下爲己任)' 즉 천하를 위함이 자신의 임무라는 철저한 구세적 영웅의식을 지니고 있었으니 문학 혁명자들인 후스(胡適), 천두슈(陳獨秀), 루쉰, 저우쭤런(周作人), 류반눙(劉半農), 첸쉬안퉁(錢玄同) 등은 순수한 문학인이라기보다는 계몽사상가이며 문인으로 자처하지 않고 구세자적인 입장에서 처신한 것이다.[8] 한편 루쉰은 량치차오와 달리 사변창조인물을 영웅의 표본으로 보고 있다. 그는 말하기를,

영철을 억누르고 평범으로 나가기보다는 차라리 대중을 두고 영철을 바라는 것이 더 낫다. 평범과 대중을 희생으로 삼아서 한 둘 천재의 출현하기를 바라고 번갈아서 천재가 나와서 사회의 활동이 또 싹트게 하는 것만 못하니 즉 소위 초인설은 일찍이 유럽의 사상계를 진동시켰다.[9]

라고 하여 루쉰은 '영철'과 '천재'를 중시하고 사상계의 선도적 역할자로 평가하여 그의 역할을 강조했다. 이런 영웅인식은 기독교에 대한 비평과 인정이라는 의식에서 반영되어 나온 것이다. 루쉰은 그의 문학의 기초를 러시아의 작가들에게서 수용하고 그로 인해서 기독교 사상이 루쉰의 문학에 작용한 것은 주지의 사실이다. 그가 비록 사회주의 사상을 추구하여 중국 초기 공산사상에 정신적 선도 역할을 담당하였으나 그것은 어디까지나 봉건적, 왕권적 의식에서 탈피하지 못하고 주종계급의 굴레에서 벗어나지

---

7) 梁啓超, 『飮氷室集合 · 與嚴幼陵先生』
8) 馬良春 等編, 『中國現代文學思潮史』, 北京十月文藝出版社, 1995, p.133
9) 與其抑英哲以就凡庸, 曷若置衆人而希英哲? 不若用庸衆爲犧牲, 以冀一二天才之出世, 遞天才出而社會之活動亦以萌, 卽所謂超人之說, 嘗震驚歐洲之思想界也, 『魯迅全集』 제1권 p.52, 366.

못하는 중국사회의 고질성을 질타하고 개혁하려는 의도에서 취한 정신개조운동이지 결코 맹목적인 사회주의자적 태도를 지닌 것은 아니다. 그는 애국자이며 구세적 영웅의식을 지닌 자기합리주의자일 수 있다. 그러나 루쉰에게는 대중을 선동하는 정치가적인 의식이 전혀 없었다. 그런 면에서 루쉰의 영웅의식은 패권적인 것이 아니라 구세적인 것이며 그러기에 구세주로서의 예수가 영웅이며 그 수난이 즉 영웅수난으로 이어진다. 그래서 그는 「문화편지론(文化偏至論)」에서 "개인에 맡기고 대중을 배제한다(任個人而排衆數)"[10]는 주장을 내세운다. 그는 교회의 패권화와 통치를 배격하면서도 오히려 예수의 고독한 개창(開創) 정신을 극찬한다. 그는 「폭군의 신민(暴君的臣民)」(1919)에서 말하기를,

> 폭군 치하의 신민은 대개 폭군보다 더 포악하고 폭군의 폭정은 항상 폭군 치하의 신민의 욕망을 만족시킬 수 없으니 중국은 제기할 필요가 없고 외국에서 예를 들면, ……대사건으로 예수를 석방하려 하자, 군중이 오히려 그를 십자가에 못을 박도록 요구하였던 것 같은 것이다.
>
> 暴君治下的臣民, 大抵比暴君更暴, 暴君的暴政, 時常還不能魘足暴君的臣民的欲望, 中國不要提了罷, 在外國舉個例, ……大事件則如巡撫要放了耶蘇, 衆人却要求他釘上十字架.[11]

라고 하여 예수를 영웅수난의 대표적인 예로 거론하고 있다. 중국에서 공산주의가 러시아로부터 들어와 지식층에 정착되면서 1922년에 반종교운동이 일어나서 기독교 사상과 그 문화를 부정적으로 보기 시작하니 그 대표적인 사람 중 하나가 천두슈(陳獨秀)이다. 그는 본래 예수의 고상하고 위대한 인격을 찬양하다가 반종교대동맹의 성립을 지지하게 되고 새로운 사회 입장에서 기독교를 다시 평가하게 되었다. 루쉰은 천두슈처럼 예수와 기

---

10) 「文化偏至論」, 『魯迅全集』 제1권, pp.47~48.
11) 『魯迅全集』 제1권, p.52, 366.

독교에 대한 전문적인 연구나 소개를 한 적이 없으나 1924년 「복수(復讐)」
(其二)라는 산문시를 발표하여 예수의 고상하고 위대한 인격적인 면 즉 예
수수난을 상세하게 서술하였다. 이제 그 산문시의 일단을 보자.

십자가가 곧게 세워졌다	十字架竪起來了
그는 허공에 걸렸다	他懸在虛空中.
그는 그 몰약과 술을 마시지 못하고	他沒有喝那用藥和的酒,
어떻게 그들 신의 아들을 대하는지 새긴다	玩味着怎樣對付他們的神之子.
그리고 더 영구히 그들의 앞길을 슬퍼한다	而且較永久地悲憫他們的前途,
그러나 그들의 현재를 원망한다 ……	然而讐恨他們的現在 …
사방이 모두 적대시한다	四面都是敵意,
슬프고 저주스럽다	可悲憫的, 可咒詛的.
그는 손과 발의 고통 속에	他在手足的痛楚中,
가련한 사람들 신의 아들을 못 박아 죽이는	玩味着可憐的人們釘殺神之子的
비애와 저주스런 사람들이	悲哀和可咒詛的人們
신의 아들을 못 박아 죽이는 걸 새긴다	要釘殺神之子.
신의 아들이 못 박혀 죽는 환희를 새긴다	玩味着神之子就要被釘殺了的
	歡喜.
갑자기	突然間,
뼈가 부서지는 큰 고통이	碎骨的大痛楚
가슴 정수리에 뚫고 들어오고	透到心髓了,
그는 곧 큰 환희와 큰 슬픔 속에 빠진다	他卽沈酣于大歡喜和大悲憫中.
그의 복부는 물결이 파동쳤나니	他腹部波動了,
슬픔과 저주의 고통의 물결이	悲憫和咒詛的痛楚的波.
온누리가 어두워졌다 ……	遍地都黑暗了. …
사람의 아들들을 못 박아 죽인 몸에서	釘殺了人之子的人們的身上,
신의 아들을 못 박아 죽인 것보다 더 피	比釘殺了神之子的尤其血,
피비린내 난다	血腥.

신의 아들(神之子)인 예수는 세상 사람의 죄를 짊어지고 구원하기 위하
여 하나님과 인간의 관계를 다시 온전히 세우려고 희생하였다. 사람의 아

들(人之子)인 예수는 자신의 동포를 로마제국의 노예적 통치하에서 해방시키기 위해서 희생하였다. 기독교 사상으로 보면 예수는 인(人)과 신(神) 두 성(性)을 일체(一體)로 모아놓은 하나님의 아들이며 하나님의 대언자이면서 아울러 인(人)과 신(神)이 소통하는 중보자(中保者)인 것이다. 따라서 예수의 희생은 이미 비장한 참사이며 신의 인간에 대한 구원과 애심(愛心)의 집중체현(集中體現)이다. 하나님은 그의 유일한 아들 예수의 수난으로써 세상 사람의 죄를 구속한 것이다. 기독교적 발전으로 본다면, 예수의 자발적 수난으로 무수한 백성이 회개하고 하나님께로 귀의하게 된 것이다. 루쉰의 산문시는 성경에 근거한다. 루쉰과 동시대 시인 쉬즈모(徐志摩)도 예수의 수난을 묘사한 시 「갈보리(伽爾佛里)」를 발표하는데 이 시가 루쉰과 어떻게 구별되는지를 보자.

여봐! 떠들썩한 것 보러 가자, 벗아 어디에
갈보리 오늘 사람 죽이는 날이다
둘은 도적이고 또 하나는 도대체
누군지 모르겠다 누군 그가 마귀라고 말하고
누군 그가 하나님의 친아들이라고 말하는데
메시아―보라 바로 그렇다 그가 오셨다

喂! 看熱鬧去, 朋友! 在哪兒
伽爾佛里. 今天是殺人的日子;
兩個是賊, 還有一個不知到底
是誰? 有人說他是個魔鬼;
有人說他是天父的親兒子,
米賽亞―看, 那就是, 他來
(서두 부분)[12]

이것은 일단의 관중들의 대화이다. 이 두 관중의 심적 특성인데 하나는 번잡함을 보기 좋아하고 더욱이 살인을 보는 것을 포함하고 있다. 다른 하나는 수난의 결과가 불분명하나 결과를 알고자 하는 심경이 있다는 것이다. 이 중에 일부는 바리새인과 문사의 거짓 증거로 예수를 마귀로 인정하려 하였고 일부는 예수를 하나님의 아들이라고 생각한 예수의 신도이면서 동정자들이었다. 쉬즈모가 관중을 중시하는 시 묘사를 「갈보리(伽爾佛里)」

---

12) 『新編徐志摩全詩』, 學林出版社, 2006, p.120.

일단에서 더 보기로 한다.

또 저 여인들 보아라 어린 양 같은 무리를   再看那婦女們! 小羊似的一群,
예수 등 뒤 따르는데 머리도 싸지 않고   也跟着耶蘇的後背, 頭也不包,
머리 빗지 않고 마냥 울고 부르짖고 외친다   髮也不梳, 直哭, 直叫, 直嚷,
십자가에 오른 사람 그들의 친아들처럼   倒像上十字架的是他們親生
오히려 내일 태양이 밝지 않을 것처럼   倒像明天太陽不透亮

(중간 부분)[13]

이처럼 쉬즈모의 예수 수난에 대한 의식이 제삼자적 위치에서 방관적이라면 즉 관중적 자세라면 루쉰의 예수 수난에 대한 의식은 적극적이며 일종의 중국인의 몽매(蒙昧)를 탈피시키기 위한 자기희생적인 선구자의 고통인 것이다. 이것이 루쉰이 지닌 예수 수난에 대한 비극의식이며 이것은 하나의 단순한 기독교적 사건에 머물게 하지 않고 국가의 운명과 연계된 절박한 인식의 발로인 것이다.

II. 루쉰의 반항심과 수난 서사문

루쉰은 혁명을 위해서는 희생이 필요하고 그 희생의 성과는 정상적인 규범과 질서로는 불가능한 것임을 인지한다. 그래서 소위 패륜적 의식이라고 지칭할 만한 기존 질서의식에 대한 반란이 필요하다는 것이다. 루쉰이 보는 예수의 수난은 분명히 영웅수난이지만 기존 사회질서라는 위치에서 보면 쿠데타적 반동이다. 루쉰의 관점에서는 예수는 희생자, 수난자이며 하나의 사상으로 인해 대중을 촉발시키고 혹형으로 인해 수난을 이끌

---

13) 『新編徐志摩全詩』, 學林出版社, 2006, p.121.

어낸 영웅으로서 소위 사변창조성임무(事變創造性任務)의 인물인 것이다. 루쉰의 시야에는 예수가 집체주의의 무리와 전통적으로 멀고, 서방자유주의적인 핵심인 개인과는 비교적 가까운 존재라고 보았다. 루쉰은 기독교인이 아니고 단지 서방문화와 사상, 종교의 근간이라고 이해하고 중국에도 예수 같은 수난자의 역할이 필요한데 그 주인공을 예수를 닮은 영웅수난자로 내세워서 창작의 폭과 효과를 거둔 것이다. 그러므로 루쉰이 성공적인 작가로서 추앙받는 이유는 간접적으로 예수를 영웅 수난적 관점으로 자기 작품에 인용한 것이다. 루쉰은 영웅과 수난을 불가분한 관계요소로 본다. 영웅이란 단어는 수난이란 단어와 일치한다는 관념이다. 그래서 그의 작품의 주인공은 모두 처절한 인간상으로 부각되고 있다. 그러므로 수난은 사상의 초월과 견인과도 분리할 수 없다. 여기서 '초월'이란 우뚝 솟아 있는 대중 속의 개인 즉 영웅성을 의미하고 '견인'이란 그 초월로 인한 행동의 결과인 수난을 의미한다.[14] 루쉰이 개인과 대중의 관점을 1908년에 「문화편지론」을 발표한 후에 지속적으로 견지하고 있었는데 1926년 「일꾼 수이후이러푸(工人綏惠略夫)」에서 "군중을 구원하려다가, 오히려 군중에게 해를 당하였다고 하면서 영웅은 고독한 고통과 일치한다."는 점을 강조하였다. 그러나 그 시대의 영웅의 기본특성은 역시 '초월과 수난'이라는 등식으로 확정하였다. 이런 기본적인 확정으로 루쉰은 그의 문학에 시종일관 초월과 수난의 규정이 유지되고 그 대표적인 예로서 수난자를 주제로 하는 작품으로 「광인일기(狂人日記)」와 「고독자(孤獨者)」를 들 수 있으니 다음에 두 소설의 일단을 들어본다.

　(7)
　나는 그들의 수법을 알아냈다. 곧장 죽이는 것은 해서도 안 되고 할 수도

---

14) 王列耀, 『基督敎文化與中國現代戱劇的悲劇意識』, 上海三聯書店, 2002, p.105.

없다. 앙갚음이 두려운 것일 게다. 그래서 그들은 서로 연락하여 그물을 쳐 놓고서 나를 자살하도록 몰았다는 것이다. 며칠 전에 길가에서 보았던 남녀의 모습이나 형님의 태도를 보더라도 십중팔구 틀림이 없다. 허리띠를 풀어서 대들보에 걸고 내 스스로 목매달아 죽었으면 제일 좋을 것이다. 그렇게 되면 그들은 살인죄도 붙지 않고, 또 그들이 바라던 것을 얻게 될 것이다. 모두들 너무나 기뻐서 흑흑 소리를 지르며 웃겠지. 그렇지 않으면 놀라서 걱정하다가 죽을 줄로 아는데, 그렇다면 몸이 좀 말라서 덜 좋겠지만 그런 대로 만족할 것이다. 그들은 죽은 고기만을 막을 수 있을 뿐이다!…… 어떤 책에선가 '하이에나'란 동물은 눈빛과 모습이 매우 흉측스럽다고 씌어 진 것을 본 기억이 난다. 그들은 언제나 죽은 고기만을 먹으며, 엄청나게 큰 뼈다귀도 잘게 씹어서 뱃속에 삼켜 버린다고 한다. 하이에나는 늑대와 한 족속이고, 늑대는 개의 조상이다. 그저께 짜오네 집의 개가 나를 흘낏흘낏 쳐다보았는데 그놈도 한패로, 벌써 연락이 닿은 모양이다. 늙은이는 바닥만 내려다보고 있지만 내가 어찌 속아 넘어가겠는가? 가장 가련한 것은 나의 형님이다. 그도 사람인데, 어쩌자고 조금도 두려워하지 않는 건가. 뿐만 아니라 한패가 되어 나를 먹으려 하다니! 습관이 되어서 잘못인 줄도 모르는 건가? 아니면 양심을 잃어버려서 알고서도 죄를 짓는 건가? 나는 사람 먹는 사람을 저주하는데, 형님부터 먼저 마음을 돌리도록 해야 할 것이다.

(11)
해가 보이지 않는다. 문도 열리지 않는다. 매일 두 끼니의 밥. 나는 젓가락을 들다가 형님 생각이 났다. 누이동생이 죽은 원인도 그에게 있음을 깨달았다. 그때 누이동생은 다섯 살이었다. 귀엽고 예쁜 모습이 지금도 눈앞에 떠오른다. 어머니는 울음을 멈추지 않았다. 하지만 형님은 어머니에게 울지 말라고 했었지. 틀림없이 자기가 먹었으니까 어머니가 우시는 게 꺼림칙했을 것이다. 만일에 아직도 마음이 꺼림칙하다면…… 누이동생은 형님에게 먹혔다. 어머니는 알고 계셨을까? 나도 모르겠다. 어머니도 아마 알고 계셨으리라. 그러나 우실 때는 아무 말씀도 없었다. 아마도 당연한 일이라고 생각하셨을 게다. 내 나이 네댓 살 때라고 기억하는데, 방 밖에서 바람을 쐬고 있을 때 형님이 이런 말을 했었다. 부모가 병환이 났을 때 자식은 제 살을 한 점 떼서, 잘 삶은 것을 부모가 드시게 하는 것이 도리라고. 그 때 어머니도 그것을 몹쓸 일이라고는 말씀하시지 않았다. 한 점을 먹는다면 큰 덩어리도 먹을 수 있는 것이다. 그러나 그날 우시던 모습은 지금 생각해 봐도 가슴 아프다. 참으로 기이한 일이다.

(12)

생각할 수가 없다. 4천 년 동안 끊임없이 사람을 먹어온 곳, 그 속에서 나도 오랫동안 살아왔다는 사실을 오늘에야 분명히 깨달았다. 형님이 집을 관리하고 있을 때 누이동생은 죽었다. 그가 슬그머니 음식 속에 섞어서 나에게도 슬쩍 먹이지 않았다는 법도 없다. 나도 모르는 사이에 누이동생의 살을 먹지 않았다고 말 할 수 없다. 이젠 내 차례가 되었지만…… 4천 년의 사람 먹는 역사를 가진 우리, 처음에는 몰랐으나 이젠 안다. 참다운 사람을 만나 보기가 쉽지 않다.

(13)

사람을 먹어 보지 않은 아이들이 아직도 남아 있을지 모른다. 이 아이들을 구해야지……(1918년 4월)

위 글은 루쉰이 1918년 5월 『신청년(新靑年)』에 발표한 첫 단편소설이며 대표작이라 할 수 있는 「광인일기」의 중간과 후반 부분이다. 이 소설은 5·4문학운동의 개혁정신을 자극하는 기폭제가 되었다. 이 소설에서 루쉰은 한 사람의 미치광이에 대한 묘사를 통하여 봉건사회의 가족제도와 예의도덕의 해악을 폭로하였다. 미치광이의 입으로 수천 년 이어온 봉건제도를 신랄하게 비판하였다. 책마다 인의도덕의 뒷면에는 사람을 잡아먹는 이면성이 숨어 있음을 풍유하고 있다. 봉건적 위계질서가 존재하는 사회에서 이 인의도덕이란 허울은 바로 식인도(食人圖)의 화폭을 내면에 담고 있다는 것이다. 소설은 이러한 봉건주의에 반대하여 철저하고 비타협적인 전투를 전개하는데, 그 한편에는 낭만적인 면도 있고 고골리의 영향을 받았다 하나 그 단계를 초월한 소설이다. 여기서 광인은 중국의 구태를 개혁할 영웅이다. 이 영웅이 수난을 당하면서도 자신의 의지를 견지한다. 예수의 정의와 구원의 수난에서 연유한 소설 표현기법이다. 광인은 사변창조성임무를 지니고 험한 길을 걸어간다. 예수가 십자가를 지고 골고다 산상으로 향하는 의무감이 이 소설의 주된 요인으로 작용한다. 이것이 루쉰의 작품에서 일관되게 표현되는 소명적(召命的) 영웅수난의 초점이다. 루쉰이 그리는 주인공을 그 신분이 여하하든 영웅적 의식의 발로에서 등장되고 수난으로 결론이 난다. 이것이 곧 예수의 수난에서 근거한 비극성이다. 그리고 다음 소설 「고독자」의 일단을 더 보기로 한다.

점포에서 일하는 고용인이 옷 보따리를 등에 지고 왔다. 세 사람의 유족은 하의를 집어 들고 휘장 뒤로 들어갔다. 조금 있다가 휘장이 걷혔다. 하의는 벌써 갈아입혔고, 계속해서 상의를 입히고 있었다. 그것은 나에겐 뜻밖이었다. 굵고 빨간 줄이 쳐져 있는 국방색의 군인 바지였던 것이다. 그것을 입히고 나자 다음은 군복 상의였는데, 무슨 계급인지 어디서 받은 것인지 모르지만, 거기에는 번쩍거리며 금색 견장이 붙어 있었다. 리엔쑤는 입관되자 보기 흉하게 늡혀졌고 발치에는 노란 가죽신이 놓여졌다. 허리춤엔 종이로 만든 지휘도가, 고목같이 뼈만 앙상하게 남은 거무튀튀한 얼굴 옆에는 금색으로 테두리를 두른 군모가 놓여졌다. 세 사람의 유족이 관을 붙들고 한바탕 소리 높여 울었다. 그러고 나서 울음을 그치고 눈물을 닦았다. 머리에 삼줄을 두른 어린아이가 나갔다. 쌴량도 나갔다. 아마도 둘은 모두 쥐띠, 말띠, 토끼띠, 닭띠 중의 어느 하나에 속하는 모양이었다. 인부가 관의 뚜껑을 메어 올렸다. 나는 가까이 가서 마지막으로 영원히 이별하는 리엔쑤의 모습을 보았다. 그는 잘 맞지도 않는 의관 속에서 입을 다물고 눈을 감고, 입가에는 얼음처럼 차가운 미소를 머금은 채 이 우스꽝스런 시체를 냉소하고 있는 듯이 조용히 누워 있었다. 관에 못을 치는 소리와 함께 울음소리가 터져 나왔다. 나는 그 울음소리를 끝까지 다 듣지 못하고 뜰로 나왔다. 발 가는 대로 걷노라니 어느덧 문 밖에 나와 있었다. 축축하게 젖은 길이 너무도 환해서 머리를 들고 하늘을 바라보니 짙은 구름이 이미 여기저기 흩어져버리고 둥그런 만월이 차가운 빛을 발하며 중천에 걸려 있었다. 나는 걸음을 재촉하면서 묵직한 압박감 속에서 빠져 나오고 싶었다. 그러나 발버둥 쳐도 빠져 나올 수가 없었다. 귓속에서 무언가 몸부림치는 것이 있었다. 그것은 언제까지라도 계속되려는 듯 그치지 않았다. 드디어 그것이 몸부림치며 나왔다. 칠흑 같은 어두운 밤에 마치 상처 입은 늑대가 울부짖는 것처럼 비통과 분노와 비애가 섞인 아픈 고통 속에서 흘러나오는 가냘픈 신음 소리였다. 내 마음은 가벼워졌다. 나는 축축한 돌길로 달빛을 인고 평인하게 길어갔다.(1925년 10월 17일)

등장인물 리엔쑤에 대해서 루쉰은 비판적인 태도를 취한다. 리엔쑤는 현실에 대하여 불만을 가지고 있었지만 현실을 개조하려는 용기와 결심이 부족하였으므로, 낡은 사회를 증오하고 복수하려다가 역설적으로 혼탁한 조류에 휩쓸린다. 리엔쑤에게도 한때 뚜 선생의 고문이 되는 출세의 기회가 있었지만 부정적인 의식 때문에 실패의 결과를 보게 된다. 리엔쑤의 실패는 낡은 사회에 대한 개인적인 반항이며 이 반항도 낡은 사회와 함께 몰락한다는 것을 암시해준다. 리엔쑤는 역시 수난자이다. 반항은 개혁이다. 개혁하려는 것은 영웅이 아니고서는 실천하기 어렵다. 리엔쑤는 영웅으로서 반항하다가 고독자로 전락하고 수난의 수난을 당하는 예수의 수난을 되풀이한다. 루쉰이 여기서도 예수의 수난법을 도입하여 묘사하고 있다.

루쉰은 중국 현대문학의 위대한 작가로서 일본의 대학자 요시카와 고지로(吉川行次郎)는 루쉰은 노벨문학상을 백 번을 받아도 과하지 않다고 극찬하였다. 루쉰은 일본에서 유학하며 신학문을 습득하고 애국애민 의식이 강하고 중국에 대한 개혁의지가 깊어서 센다이의대에서 의학을 공부하던 중, 환등기를 통하여 중국인의 모멸적 자기학대와 몽매적 인간상을 목도한 후, 중국인의 신체 건강보다 정신 혁신이 더 다급하다고 절감하여 곧 귀국하여 은거하며 중국문학을 위시한 중국사상에 몰두하였다. 그 결과 루쉰은 불세출의 대문호로 탄생하고 중국 개혁의 선구자로 등장한 것이다. 이런 루쉰이 서양문물을 수용하는 과정에 기독교의 문화를 가장 심각하게 고찰하였고 그중에 예수와 십자가, 그리고 종교적 성격에서 예수의 영웅적 수난과 십자가의 의미를 그의 창작의 근거로 삼게 된 것이다. 그러므로 대문호 루쉰의 문학은 예수를 배제하고 논할 수 없고 그 바탕 위에서 루쉰의 문학가치도 거론되어야 함을 강조한다. 루쉰의 작품의 주인공이 일관되게 영웅 수난적 성격을 지닌 요인이 예수의 십자가 고난이라는 점을 지적하면서 오늘날 중국 대륙이 사회주의 국가로서 종교 탄압을 지속하고 복음화선교가 미미한 현실에서 루쉰의 문학을 예수고난과 연관시키어 고찰한 이 글에 대한 착상이 의미 있음을 관련 분야에서 유의하기를 바란다. 중국 현대문학에서 기독교 정신이 차지하는 사상적 바탕이 적지 않은 점을 재인식할 수 있는 것이다.

내가 소경을 그들의 알지 못하는 길로 이끌며 그들의 알지 못하는 첩경으로 인도하며 흑암으로 그 앞에 광명이 되게 하며 굽은 데를 곧게 할 것이라 내가 이 일을 행하여 그들을 버리지 아니하리라   (이사야 42 : 16)

부록 : 루쉰 연보

1881년 9월 25일(음력 8월 3일), 저장성(浙工省) 사오싱푸(紹興府) 성내 둥창방코우(東昌坊口)에서 선비 집안 대가족의 장자로 출생. 성은 저우(周), 이름은 구런(樹人), 자는 위차이(預才).

1887년 가숙(家塾)에 들어가 작은 할아버지 위티엔(玉田)에게 『감략(鑑略)』을 배움.

1892년 2월 삼매서옥(三味書屋)에 들어가 『맹자(孟子)』를 배움.

1896년 부친 보이(伯宜) 사망. 이 무렵부터 1902년경까지 일기를 씀.

1898년 5월, 난징(南京)의 강남수사학당(江南水師學堂)에 장학생으로 입학. 12월, 향리에서 현시(縣試)에 응시. 『알검생잡기(戛劍生雜記)』, 『시화잡지(蒔花雜誌)』 등을 씀.

1899년 이때부터 옌푸(嚴復)가 번역한 『진화론(進化論)』과 량치차오(梁啓超) 주간의 잡지와 소설을 읽음. 당시의 계몽적 신학문의 영향을 받음.

1901년 구체시 「제서신문(祭書神文)」을 씀.

1902년 3월, 강남 독련공소(督練公所)의 파견으로 일본에 유학. 4월, 도쿄 우시고메(牛込)의 인문(引文)학원 속성과에 입학. 철학과 문학서적을 탐독하며 인간성과 국민성의 문제에 관심.

1903년 여름휴가로 일시 귀국. 가을에 베른의 과학 환상소설 『달세계 여행』을 번역하여 12월에 간행. 동향 유학생 잡지 『절강조(浙工潮)』 창간호에 「스파르타의 혼」 「라듐론」을 발표.

1904년 4월, 인문학원 속성과 졸업. 센다이(仙臺)의학전문학교에 입학.

1906년 환등(幻燈) 사건으로 자퇴하고 7월 귀국하여 주안(朱安)과 결혼. 동생 저우쮀런(周作人)과 일본으로 건너가서 의학공부를 그만두고 문학연구에 전념.

1907년 저우쮀런, 쉬서우창(許壽裳) 등과 문예지 『신생(新生)』 발행을 도모하나 무산. 유학생지 『하남(河南)』에 「문화편지론(文化偏至論)」 「마라시력설(摩羅詩力說)」 등을 기고함.

1908년 민보사(民報社)에서 장빙린(章炳麟)에게 설문(說文)을 배움. 저우쮀런과 함께 역외소설집(域外小說集)의 작품을 번역.

1909년 3월에『역외소설집(域外小說集)』제1권, 7월에 제2권을 간행. 6월 귀국하여 절강사범학교 생리학과 화학 선생이 됨.

1910년 조모 장(蔣)씨 사망. 9월 소흥중학당(紹興中學堂) 교감이 됨.

1911년 여름, 소흥중학당 사직.『월탁일보(越鐸日報)』발기인의 일인으로 하이네 시를 번역 발표. 12월, 처녀작「회구(懷舊)」를 씀.

1912년 1월, 난징 임시정부의 교육총장 차이위안페이(蔡元培)의 초청으로 교육부 부원이 됨.『사승후한서(謝承後漢書)』를 편찬하고『당송전기(唐宋傳奇)』를 초록.

1913년 2월, 교육부 독음통일회(讀音統一會)의 회원. 10월,『혜강집(嵆康集)』을 교정.

1914년 이 시기부터 은둔하여 불경과 중국고전문학연구에 몰두.

1918년 5월, 첫 소설「광인일기(狂人日記)」를 루쉰(魯迅)이란 필명으로『신청년(新靑年)』4권 5호에 게재.

1919년 1월,「수상록(隨想錄)」을『신청년』에 발표. 4월,「공을기(孔乙己)」를『신청년』에 발표. 8월「약(藥)」을 발표.

1920년 연말, 베이징(北京)대학, 베이징(北京)고등사범대학 강사를 역임. 중국소설사(中國小說史)를 강의.「명천(明天)」을『신조(新潮)』제2권 제1호에 발표.

1921년 1월,「고향(故鄉)」을 씀. 12월,「아큐정전(阿Q正傳)」을 파인(巴人)이란 이름으로『신보(新報)』부간(副刊)에 연재 시작.

1922년 5월,『현대소설역총(現代小說譯叢)』간행. 7월,『어느 청년의 꿈』,『에로센코 동화집』간행. 9월,「단오절」을『소설월보(小說月報)』제13권 제9호에 발표.

1923년 8월, 첫 단편소설집『납함(吶喊)』출간.

1924년 3월,「축복」「행복한 가정」을 발표. 6월,『중국소설사략(中國小說史略)』하권 간행.

1925년 3월,「장명등(長明燈)」발표. 10월,「고독한 사람」「상서(傷逝)」를 발표. 11월,「이혼(離婚)」을 발표.

1926년 2월,「형제(兄弟)」를『분원(奔原)』제3기에 발표. 3·18사건으로 쉬서우창과 피신하고 6월에 중국대학 강사직 사임. 6월,『화개집(華蓋集)』간행. 8월,『소설구문초(小說舊聞鈔)』를 간행. 제2단편집『방황(彷徨)』을 북신서국(北新書局)에서 발간. 9월, 린위탕(林語堂)의 초청으로 샤먼대학(廈門大學)

교수가 됨.

1927년 1월, 광저우(廣州) 중산대학(中山大學) 교수. 5월,『화개집속편(華蓋集續編)』 간행. 잡문집『분(墳)』을 간행. 7월,『야초(野草)』 간행. 10월, 상하이(上海) 경운리(景雲里)에서 쉬광핑(許廣平)과 동거 시작. 죽을 때까지 지속.

1928년 2월,『당송전기집(唐宋傳奇集)』하권 간행. 6월 위다푸(郁達夫), 린위탕 등과 『분류(奔流)』 창간. 9월『조화석습(朝花夕拾)』 간행. 11월『이이집(而已集)」 간행.

1929년 4월,『현대 신흥문학의 제문제』,『근대세계단편소설집 1』 등 번역 간행.

1930년 1월, 펑쉬에펑(馮雪峰), 위다푸 등과 월간지『맹아(萌芽)』 창간. 6월,『문예 정책』 간행.

1931년 4월, 펑쉬에펑과『전초(前哨)』를 발간.

1932년 1월 상하이사변으로 가족과 내산서점(內山書店)으로 피난. 9월,『삼한집(三閑集)』, 10월,『이심집(二心集)』을 각각 간행.

1933년 1월,『수금(竪琴)』 간행. 2월 쑹칭링(宋慶齡) 댁에서 차이위안페이, 린위탕 과 버나드 쇼를 만남. 4월『양지서(兩地書)』 간행.

1934년 1월,『북평전보(北平箋譜)』를 간행. 10월,『목각기정(木刻紀程)』을 간행. 잡 감집『준풍월담(准風月談)』을 출간.

1935년 6월,『집외집(集外集)』, 7월,『문외문담(門外文談)』을 출간.

1936년 1월,『고사신편(故事新編)』을 간행. 2월 돌연 천식 시작하여 8월 토혈하고 10월 20일 폐결핵으로 사망.

주상(朱湘) 시의 낭만과 초탈

중국 문단에서 특히 현대문학에서 기독사상의 면모를 쉽게 접할 수 있으리라고 예상하는 것은 오산이다. 기독교가 중국에 경교(景敎)라는 이름으로 전래된 시기는 당대(唐代) 이전까지 소급된다. 그러나 중국 대륙이 사상적으로나 지리적으로 아직 미복음화(未福音化)된 불모지로 남아 있는 현실에, 문학에서 기독교적 색채를 찾기란 어려운 작업이다. 그래서 여기에 미국에 유학했던 초기 현대 시인을 한 사람 살피는 착상을 하게 된 것이다. 중국 초(楚)나라 애국시인 굴원(屈原, 343~277? BC)을 추앙하고 타협할 줄 몰랐던 강직한 짧은 삶을 1933년 12월 5일 아침 6시경 상하이(上海)에서 난징(南京)으로 가는 길화윤선(吉和輪船) 위에서 몸을 던져 의연히 삶을 마감하고 만 영문학자이면서 시인인 주상(朱湘, 1904~1933 자는 子沅)을 가지고 그의 시문학을 살펴보고 그 시에 보이는 약간의 기독교적 의식을 접목하려니, 필자의 삶 자체가 먼저 허무한 듯 절로 부끄러워짐을 금할 수 없다. 한 요절한 시인으로서는 태연자약하기까지 보이니, 그 토로되지 못한 한을 어찌 다 이해할 수 있겠는가. 초기 현대시단에 섬광처럼 나타나서 과도기적인 시단에서 시중유화(詩中有畵)적 시를 창출하다가 간 시인을 발견하고는 두 눈이 환히 뜨이는 짓을 느꼈으니, 이가 곧 수상인 것이다. 비록 여기에서는 그의 문학에 대한 심도 있는 고찰은 못 한다 해도 그에 대한 언급이라도 하지 않을 수 없는 강한 열망을 떨칠 수 없기에 부족하나마 이제 그 시에 대해 개관해보고자 한다. 필자는 여름의 열기 속에서 며칠이고 주샹의 맑고 순수한, 그리고 섬세하며 그림 같은 시들에 깊이 심취되어 있었고, 더구나 그 격조가 살아 있는 음악과 같은 시의 선율에 싶이 젖어들곤 한다. 이 글은 주샹에 대한 필자의 주관적인 작품 감상 형식이 될 수도 있을 것이다. 무엇보다도 감동적인 것은 그의 벗이자, 특히 속문학(曲·彈鼓·詞 등) 연구에 큰 공을 세운 자오징선(趙景深)에 의해 주샹이 투신자살한 지 일주일도 안 된 같은 해 12월 11일에 쓰여진 수기를 읽으면서 필자는 너무도 인간적인 면에서 진실한 글이라고 생각하면서 감동을 이길 수가 없었다. 다음 자오징선의 수기에서 미국에 유학하여 서양문물을 익히고 그 문화의 근간인 기독교사상을 은연중에 흡수한 주샹의 일면을 보고자 한다.[1]

　　이 회사의 이층에 이르니 주부인은 마침 의자에 앉아서 통곡하고 있었으며 옆에는 그녀의 동료라든가 봉재를 같이 배우던 이들이 그녀를 위로하고 있었다. 그녀는 너무도 구슬프게 울고 있었다; "자원! 당신은 늑대 같은 마음! 자원, 당신은 늑대 같은 마음! 우리는 두 아이가 있잖아요!" 촛불만도 못한 전등도 너무 처량한 듯 어두운 빛을 번득이고 있었다. …… "저는 그가 이같이 추운 날 홑옷을 입고 있는 걸 보고 마음이 실로 견딜 수 없었어요. 그래, 서둘러 속적삼 두벌을 만들어 아직 단추도 달지 않았는데 뉘 알았나요. 그가 죽은 줄을!"라 말하고는 목 놓아 울기 시작하였다. "그는 직장을 그만 둔지 일 년 반이나 되어서 그가 어디 있든 어려우리라는 것을 알고서 늘상 우편으로 솜옷, 가죽옷을 보내드리면 그걸 가져다가 전당잡힌 거였어요. 이제는 백금룡 담배를 하루에 50개 피나 피우셨으니. 좀 줄이라고 권했지만 피지 않으면 글을 쓸 수 없다는 거였어요. ……이번에 이 달 4일 난징에 가시는데 곧 돌아오신다고 하시며 삼일 내에 편지하신다고 하시더니, 과연, 오늘 배 회계실의 편지가 왔군요. 전에 들어서 못 알아들었는데 이제 생

---

1) 이 글은 趙景深의 「朱湘」이란 散文에서 실린 것으로 朱湘이 죽은 직후인 1933년 12월 11일에 쓰여졌음(『中國新文學續編』 6).

각해보니 모든 게 분명해요! 생각할수록 마음이 아파요! 그는 이미 자살하려는 마음이 있었지요! 자오 선생님, 사모님, 시체도 못 찾았나요?" 그녀는 또 울었다.2)

자오징선의 이 글은 80여 년 전에 쓰여졌지만, 보는 이로 하여금 생생하게 절감되어오는 실화이다. 주샹의 투신은 가난과 좌절, 그리고 삶에 대한 염세의식이 계획적으로 죽음을 자행하게 만든 것임을 알 수 있다. 자오징선은 이 글 끝머리에서 그의 죽음은 당시의 상황에서 그의 성격상 불가피했음을 자인하고 있다.

내가 알고 있는 주샹은 한 성정이 고고한 시인이요, 순수한 시인이라는 것이다. 그는 "태어나길 미쁘게 보일 상이 아니길래", 이에서 용납할 수 없었으며 맑은 강가에 나아가 물에 빠져 죽고 만 것이다. ……3)

주샹의 이 같은 인생과 그의 시에 깃들어 있는 사상에 어떠한 상관성이 있을까 하는 상정도 할 수 있을 것이다. 이제 이 글을 위해 그의『석문집(石門集)』(上海商務, 1934),『여름(夏天)』(상동, 1925),『초망집(草莽集)』(上海開明, 1927),『영언집(永言集)』(上海時代, 1936),『중서집(中書集)』(上海生活書店, 1934),『교우학한담(交友學閑談)』(上海北新, 1943) 등에서 시 220

---

2) 到了這公司的樓上, 朱夫人正坐在椅子上痛哭, 旁邊站了幾個她的女同事或同是學習縫紉者在那裏勸他. 她悽慘的哭着; "子沅, 作好狠的心哪! 子沅, 你好狠的心哪! 我們還有兩個孫子呀! 一盞燭光不大的電燈也好像甚爲悽涼, 閃出幽暗的光. ……" "我看他這樣冷的天, 還穿夾抱子, 心裏實在難過, 所以我替他看做了兩件襯衫還, 沒有釘上鈕釦, 誰知他已死了!" 說着她嗚咽起來; "他失業了一年半, 我知道他處境爲難, 時常從郵局裏寄棉袍子, 皮袍子給他, 他掌到手就當了. 現在他還要吸白金龍香煙, 一天吸五十技. 我勸他節省一點, 他就說不吸就做不出文章." ……這一次, 本月四號他說要到南京去, 說是不久回來, 三天以內就有信來, 果然, 今天輪船賬房的信是在三天以內來的, 而以前我所聽不懂的話, 現在一想, 全都明白了! 我愈想, 心裏愈痛!唉, 他早有自殺的心了! 趙先生, 趙師母, 屍首找不找得了呢? 說時她又哭了.
3) 我所認識的朱湘是一個性情孤高的詩人, 一個純粹的詩人, 他「生無媚骨」, 不能容於斯世, 他奔赴清流. 他投江自殺. ……

수와 산문시 3수, 그리고 시극 1편을 살펴보고『주샹(朱湘)』(中國現代作家選集)(孫玉石編, 香港三聯書店, 1983)에 실린 주샹의 친우 뤄녠셩(羅念生)의 서(1982)와 선충원(沈從文), 쑤쉐린(蘇雪林), 쑨위스(孫玉石) 등의 평문들이 많은 도움을 주었다.

I. 주샹과 그 시의 창작 연대

주샹의 출생 시기는 1904년으로 태어나기는 후난(湖南) 위안링현(沅陵縣)이다. 조부 때 후베이(湖北)에서 안후이(安徽) 타이후(太湖)로 이사한 후 아버지 주옌시(朱延熙)가 청대 한림학사로 강서학대(江西學臺)를 세웠으므로 주샹의 출생지도 위안링이 된 것이다.4) 3세에 부모를 모두 잃고 11남매의 막내로서 고아처럼 성장하였으나 6세에「용무편영(龍文鞭影)」(「我的童年」에 기술)부터 시작하여 8, 9세에는『사서』(四書)와『좌전』(左傳)을 이미 독파하고『시경(詩經)』의 처량한 정조에 눈물까지 흘렸을 만큼 감정이 풍부한 소년기를 보냈다. 특히 15세 이후로는 두보(杜甫)시의 내용, 음조에 깊이 몰두하였다. 15세에 청화학교(淸華學校)에 입학하여 형수 쉐치잉(薛琪英)이 학비를 부담하면서 주샹의 시심은 17세부터 트인다. 18세에『소설월보(小說月報)』에 처녀작「폐원(廢園)」이 발표되고 문학연구회에 가입하였다. 성정이 괴팍한 주샹은 퇴학과 재입학을 반복하면서, 23세(1927)에야 청화학교를 졸업하면서 제2시집인『초망집(草莽集)』을 출판하며, 그해 8월 류우왕(柳無忘)과 같이 도미하여 위스콘신주 로렌스대학에서 서양문학을 공부하

---

4) 朱湘의 年表는 孫玉石이 三聯書店香港分店 人民文學出版社에서 발행한 中國現代作家選集「朱湘」(284쪽 以下)에 첨부했음. 父 朱延熙가 翰林職으로 江西學臺로 간 시기는 淸代 光緒丙戌(1886)이다.

다가 불어책에 중국인을 '猴子(졸개)'라 부른 것을 보고 분개하여 이듬해 (1928) 시카고대학으로 옮겨 독일과 그리스 문학을 연구하면서 외국시를 번역하고 또 중국시를 영역하기도 하였다. 이 사이에 류니쥔(劉霓君)과 결혼하고(1925), 같은 해 첫 시집 『여름(夏天)』을 내놓으며 장편 서사시 「왕교(王嬌)」를 『소설월보』에 발표하기도 한다(1926).

1929년(25세)에 원이둬(聞一多)의 요청으로 귀국하여 안휘대학 영문과 주임교수로 부임하고 아울러 번역집인 『영국근대소설집』을 출판한다. 28세에 안휘대학과 불화하여 사직하고 뇌출혈에 걸리면서 심신의 고통과 생활의 빈곤으로 염세하기 시작하여 29세인 1933년 12월 5일 난징 가는 배에서 투신자살하고 말았다. 죽은 후 시신도 찾지 못한 것이다. 주샹은 성품이 조급하고 외지며 오만하면서 고집이 강하여 외모는 차가우면서도 내심은 불덩이 같았으며, 생활태도는 진실하고 충후하면서 과묵한 편이었다. 그의 이런 성격과 그의 삶이 문학과는 불가분의 관계가 있음을 유추할 수 있다.[5] 괴벽 때문에 교우관계도 한정되어 있었으니, 청화학교 시절의 소위 '청화사자(清華四子)'들, 즉 쑨따위(孫大雨)・라오멍칸(饒孟侃)・양스언(楊世恩) 등과 절친하였고 류우왕(柳無忘)・뤄아이란(羅皚嵐)・뤄녠성(羅念生)・정전둬(鄭振鐸)・선충원(沈從文)・쉬위안두(徐元度)・자오징선(趙景深)・스저춘(施蟄存) 등과 죽을 때까지 좋은 사이였다. 단지 신월파(新月派)에 가입하여

---

5) 朱湘의 성격에 관해서 기록된 자료료서 羅念生은 『朱湘』序(1982, 北京)에서 "朱湘性情孤僻, 傲慢, 暴烈, 倔强, 表面上冷若永想, 內心裏却是一團火. 他對知心的朋友很熱誠, 直爽, 忠厚, 從來沒有對無忌, 皚嵐和我流露出不豫之色. …… 他對生活非常認眞, 做人純潔二又善良. 他的弱點是個人奮鬪, 孤軍作戰必然歸於失敗."라 하고, 朱湘 자신도 「說自我」에서 "這一個孱弱, 矛盾的自我, 客觀的看來, 它是多麼渺小, 短促, 無價値; 不過, 主觀的看來, 它却便是一個永恒只一個寶貝, 一個納有須彌的芥子了."라 한 것과 「設設話」에도 "我是一個口齒極鈍的人, 連普通的應酬我都不能够對付 ……"라 自評하였으며, 趙景深도 「朱湘」에서 그에 대해 말하기를 "他給我的印象仍是 '不苟'二字他說話很文靜, 每每要略加思索方才說出來. 說話的聲音很低, 擧動很緩慢, 帶着十足的度敬 ……"라 자세히 설명하고 있어, 주샹의 성격을 이해하는 데 도움이 된다.

활동하는 중에 스승인 원이둬와 쉬즈모(徐志摩)에 모욕을 준 일로 인해서 관계가 소원해지면서 탈퇴하던 일이며, 말년에 안휘대학과의 관계에서 '영문문학계'를 동의 없이 '영문학계'로 고친 것으로 해서 실업상태에서 유랑하다가 자존심으로 인해 자살을 하는 결과까지 간 것은 모두 주샹 자신의 타협하지 않는 성격과 관계가 깊다.

그의 10년간의 창작활동 시기를 특성에 따라 분류해보고자 한다. 제1기(1922~1925)는 시 창작의 시험기라 하겠다. 이 시기는『여름(夏天)』(1925)에 담긴 26수의 시를 통하여 볼 때, 인생과 자연을 관찰하는 시심이 청정하며 기교는 부족하지만 화해 어린 음률을 활용하고 있다. 이들은 개인적이며 내향적인 소재를 다루고 있으면서도 신선한 표현을 느끼게 한다. 그러기에, 주샹은 이 시집의 서에서도 기술하기를,

> 주샹의 유랑하는 생활은 이미 끝나고 분투의 생활이 시작되었다. 이에 2년 반 동안 쓴 시를 골라서 반 수 가량인 26수를 가지고 하나의 소책자를 찍어 「夏天」이라 이름 붙였다. 청춘은 이미 지나고 성인기에 든 의미를 취한 것이다. 나의 시, 그대들 가 보세! 자연의 풍우에 머물러 버티면 그대는 살지만, 서있지 못하면 죽어버린다.6)

라고 하여 그 시기가 학습기인 것을 자처하고 있다. 그러나 이 시기는 중국신시의 초기에 해당하는 만큼, 소박한 묘사와 단순한 의상의 관점에서 볼 때 상당한 성취이며7) 고시사의 운율을 바탕으로 한 시체의 구성은 독특한 맛을 준다. 예를 들면, 처녀작인 「버려진 뜰(廢院)」을 보면,

---

6) 朱湘優遊的生活旣終, 奮鬪的生活開始, 乃檢兩年半來所作的詩, 選之, 存可半數, 得二十六首, 印一小冊子, 命名夏天, 取靑春已過, 入了成人期的意思, 我的詩, 你們去罷! 站得住自然的風雨, 你們就生存, 站不住, 死了也罷.

7) 沈從文은「論朱湘的詩」에서 "使詩的要求, 是樸實的描寫, 單純的想, 天眞的唱, 爲第一期中國新詩所能開拓的土境 …… "라 함.

바람 불 때 백양나무는 쓸쓸히 떨고 있고	有風時白揚蕭蕭着,
바람 없을 때 백양나무는 쓸쓸히 떨고 있다	無風時白揚蕭蕭着;
쓸쓸히 떨면서 더 아무 것도 들리지 않는다	蕭蕭外更不聽到什麼;
들꽃이 쓸쓸히 피었다가	野花悄悄的發了,
들꽃이 쓸쓸히 지는데	野花悄悄的謝了;
쓸쓸한 외엔 뜰엔 아무것도 없다	悄悄外園裏更沒什麼.

이 시는 단조로운 의상 속에 쓸쓸한 폐허화된 뜰의 정경을 적절히 생동하게 묘사하면서도 전래의 모의적인 구성이 엿보인다. 또한 「폭죽(爆竹)」을 보면

높은 구름 위에 뛰어올라서	跳上高雲,
놀라게 하는 외마디 울음 소리	驚人的一鳴;
죽은 뼈마디 떨어뜨리곤	落下屍骨,
영혼은 날개 돋아 올랐어라	羽化了靈魂.

이 시는 잡언체의 고시라 할 만큼 구식이 정제하고 율격이 갖추어져 있으며 운이 상통한다.

다음 제2기(1925~1926)는 창작의 성숙기에 해당하는데, 1924년 말부터 1926년 4월까지의 작품을 모은 『초망집(草莽集)』에 실린 작품을 두고 분류한 것이다. 이 시기의 주상의 작품은 신시 사상 가장 가치 있는 수확을 제시한 작품들이라고 평가받는다. 선충원은 「주상의 시를 논함(論朱湘的詩)」에서 극찬하기를,

『초망집』은 1927년에 나왔는데 이 시집은 대단히 불행하게도 당시의 주의를 끌었던 초국은의 「야곡」이나 갱우의 「새벽빛 앞」에는 미치지 못하였다. 『초망집』은 작자의 신시 방면에서의 성공을 대표할 수 있는 것으로 외형적인 완정함과 음조의 유화함에 있어 일반시인이 따를 수 없는 높은 위치에 도달한 것이다. 시의 최고의 힘이 그 형식과 음절을 조금도 소홀히 할

수 없는 것이라면 주샹은 『초망집』의 시들에서 그 모든 시험을 거쳐 이미 대단한 성공을 이루었다고 할 수 있다.[8]

라 하니, 이 말은 적절한 펑이다. 신시단에서 전통 중국시의 율격을 가장 엄격히 지켜서 신시에 삽입시키려고 한 노고를 인정하고 있다. 선충원은 이어서 같은 글에서 말하기를,

> 궈모뤄의 어느 한 부분의 시가는 말하자면 중국 옛 시의 공허한 과장과 호방을 지니고 있는데, 주샹의 시는 중국 옛 사의 운율과 절주의 혼을 지니고 있으면서 사의 고정적인 조직을 타파하면서도 그 조직의 미를 완전히 배제하지 않고 있으니 『초망집』의 시를 읽을 때면 유화적인 율조가 귀에 익어서 기이하다거나 생소한 점이 없는 것이다.[9]

라고 그 가치를 높이 평가하였다. 사실상 『초망집』에는 「비 오는 경치(雨景)」 시 외에는 전부가 격률시로 모아져 있다. 그의 「나를 장례 치르고(葬我)」는 3절로 구성되어 있는데, 그 제2절을 보면,

나를 자귀나무 아래에 장사지내고	葬我在馬纓花下	仄仄仄仄平平仄
길이 향기론 꿈을 꾸었지	永作着芬芳的夢	平仄仄平平仄平
	(冬韻)	
나를 태산 꼭대기에 장사지내고	葬我在泰山之巓	仄仄仄仄平平平
바람소리 슬피 울며 외론 솔 지나가지	風聲嗚咽過孤松	平平平仄仄平平
	(東韻)	

---

8) 「草莽集」出於一九二七年，這集子幸得很，在當時，使人注意處，尙不及焦菊隱的「夜哭」同于廬虞的「晨曦之前」。「草莽集」才能代表作者在新詩一方面成就，於外形的完整與言調的柔和上，達到一個爲一般詩人所不及的高點。詩的最高力，若果是不能完全疏忽了那形式同音節，則朱湘在「草莽集」各詩上，所有的試驗，是已經得到了非常成功的.

9) 若說郭沫若某一部分的詩歌，保留的是中國舊詩空泛的誇張與豪放，則朱湘的時，保留的是「中國舊詞音律節奏的靈魂」，破壞了詞的固定組織，却并不完全放置那組織的美，所以「草莽集」的詩，讀及時皆以柔和的調子入耳，無眩奇處，無生澁處.

이 시의 용운(用韻)이 당시 칠언절구의 수구불용운(首句不用韻)의 측기격 평성운(仄起格平聲韻, 첫 구에 운을 쓰지 않음)을 써서 2, 4구의 '夢'과 '松' 은 '東·冬'으로 통운(通韻)하고 있다. 1, 3구의 사측(四仄)은 삼평(三平)과 더불어 흔히 쓰이는 고절법(古絶法)이기도 하니 주샹의 이 시가 주는 의미 는 신시의 고시격률(古詩格律)의 적용을 강구하고자 한 데 있다. 또 「연꽃 을 따며(採蓮曲)」의 일단을 보면(제1절),

쪽배야 가벼이 날듯 달리고	少船呀輕飄,
버들아 바람 속에 하늘대고	揚柳呀風裏顚搖;
연꽃잎아 푸른 덮개 내밀고	荷葉呀翠蓋,
연꽃아 사람처럼 교태롭구나	荷花呀人樣嬌嬈.
해는 지고	日落,
찰랑대는 물결	微波,
금실 번득이며 냇물을 스치네	金絲閃動過小河
좌로 가고	左行,
우로 튕기고	右撐
연꽃 쪽배 위에서 노랫소리 울려나네	蓮舟上湘揚起歌聲.

이 시는 「남향자(南鄕子)」의 사조를 빌리고 있으니, 「남향자」가 5·7·7 ·2·7의 쌍조(雙調)이지만, 이 시는 단조로서 48자, 즉 사의 소령조(小令調) 에 맞추고 있다. 이 시가 5·7·5·7·2·2·7·2·2·7조로 되어 있음은 「남향자」의 조를 중첩하여 음운미의 효과를 높였으며, 용운은 삼운환(三韻 換)하여 '飄·搖·嬈'(下平蕭韻)와 '落'(入聲藥韻), '波, 河'(下平歌韻), 그리고 '行·撐·聲'(下平庚韻) 등과 같이 환운되어 시시의 용운을 신시에 정격으 로 활용하고 있음을 알 수 있다.

그리고 제3기(1927~1933)라면 창작상 한 변환기라 할 수 있으니, 그의 사후에 나온 『석문집(石門集)』(1934)과 『영언집(永言集)』(1936)에서 그 면모 를 찾을 수 있을 것이다. 주샹이 미국에 유학하여 기독교 사상을 섭렵하고 귀국한 후에는 구미의 시체와 사조를 그의 시에 도입하고 있음이 이 시기의 특징이다. 서양시체의 2행, 4행, 삼첩영(三疊令), 회환조(迴環調), 발라드(Ballade), 론도(Rondeau), 이탈리아와 영국의 14행시 등 다양하다. 운각(韻脚)도 엄격히 운용하였으니, 중국 신시의 서양 시체화를 시도한 최초의 사람이 된다. 거기에다 말년의 불우를 비감으로 표출한 정조는 더욱 시취를 일게 한다. 여기에서는 그의 「십사행의체 십오동상(十四行意體, 十五凍霜)」 일단을 음미하고자 한다.

만나본 지 10여 년 우리 다시 만났네	不見十多年了, 我們又重會,
이 끊을 수 없는 절친함 여전히 전과 같으니	這切膚的親熱還一似當先;
오로지 다른 것은 지금 나는 그리움을 알고서	不同的是, 如今我知道留戀
시든 속에 너의 품을 그리는 거네	在冷落中留戀着你的胸懷.
이 사이에 수다한 열정 벌써 높이 날아갔고	這期間, 有許多熱已經高飛;
수다한 희망도 벌써 웃는 얼굴 가리었네……	有許多希望已經遮起笑臉……

Ⅱ. 신구시의 조화 : 시어와 전고

주샹은 구시와 사의 체례를 중시하여 신시에 이동시키려 하였다. 그의 「지는 해(落日)」는 당대 왕유(王維)의 "큰 사막에 외로운 연기 곧게 오르고, 긴 강의 지는 해는 둥글다.(大漠孤烟直, 長河落日圓.)"과 한대 악부(樂府)의 "용맹한 기병은 싸우다가 죽고, 노한 말은 배회하며 운다.(梟騎格鬪死, 怒馬徘徊鳴.)", 그리고 잠삼(岑參)의 "윤대의 구월의 바람은 밤에 소리치니, 냇물의 부서진 돌이 됫박처럼 큰데, 바람 따라 땅 가득히 돌이 어지러이 구른다.(輪台九月風夜吼, 一川碎石大如斗, 隨風滿地石亂走.)" 구절에서 차입한 것이며, 그의 「열정(熱情)」에서 묘사한 것을 다음에 보면,

우리는 유성의 흰 깃 화살을 쏘아서	我們發出流星的白羽箭
추한 두꺼비와 악한 개를 쏘아 죽인다	射死醜的蟾蜍, 惡的天拘.
우리는 혜성의 빗자루를 잡고 청소하여	我們揮慧星的篠帚掃除,
남녘 키를 가져다가 모든 더러움 쓸어가리	拿南箕撮去一切的汚朽.
우리는 아홉의 태양을 모두 걸어서	我們把九個太陽都掛起,
하나는 가운데, 여덟 개는 팔방에 밝게 비추리	一個正中, 八個照亮八方;
우리는 세상에 다시는 한냉이 없게 하고	我們要世間不再有寒冷,
우리는 모든 흑암에 빛을 다시 맞게 하리	我們要一切節黑暗重光,
우리는 북두성을 가져다가 은하수 마시고	我們拿北斗酌天河的水,
우리 자신의 성공을 경하하리라	來慶賀我們自己的成功.
강물 다 마시고 나면	在河水酌飮完了的時候,
견우는 직녀랑 영원히 만나리라	牛郎同織女便永遠相逢.

(『草莽集』)

라고 한 이 부분은 『초사(楚辭)』 구가(九歌)의 「동군(東君)」에 나오는 "푸른 구름 저고리와 흰 무지개 치마 입고서 긴 화살을 들고서 천낭을 쏘는도다. 나의 활을 잡고 서방으로 내려가니, 북두를 끌어다가 계주를 마시도다.(靑雲衣兮白霓裳, 擧長矢兮射天狼, 操余弧兮反淪降, 援北斗兮酌桂將木)" 구 등에서 시상을 차입한 것을 알 수 있다. 그리고 중당대의 노동(盧仝)의 「월식시(月蝕詩)」에서[10] 시취와 시어의 혼용을 취한 점을 또한 간과할 수 없는 것이다. 한편 「환향(還鄕)」의 줄거리는 완전히 시경풍의 「동산(東山)」에서 참용한 것이니, 비교해보면, 어느 한 군인이 전쟁에서 돌아왔을 때 아버지는 죽고, 아내도 죽었으며, 어머니는 장님이 된 처참한 정경이 벌어진 상황을 노래한 것으로서, 먼저 주샹 시의 일단을 보면,

대문 밖의 하늘빛 참으로 몽롱한데	大門外的天光眞正朦朧;
대문 안의 사람도 참으로 조용하네	大門裏的人也眞正從容,
북탁, 북탁, 네가 누드리는 많은 메아리	剝啄, 剝啄, 住你敲的多響.

---

10) 盧仝의 「月蝕詩」는 全唐詩 第六函 第十册에 수록.

너의 음성 허공만을 두드리는 것이려니……   你的聲音只算敲進虛空……
애야? 네가 집 떠난 지 20여 년   兒嗎? 爾出門了二十多年,
산 사람은 세상에 살아 뭐 하리   哪裏還有活人存在世間?
아 알았다. 이 어미 너무도 고생하다 보니   哦, 知道了, 但娘窮苦的很,
너에게 종이돈 태워줄 힘이 어디 있겠니   哪有力量給你多燒紙錢?
애야, 너 군대에 가서 타향에서 죽은 후로   兒呀, 自你當兵死在他鄉,
너의 아버지, 처도 따라서 죽었단다   你的父親妻子跟着身亡;
애야, 너희 셋이 날 버려 이 고생을 하니   兒呀, 爾們三個拋得我苦,
이 세상에 나 홀로 남아 슬픔에 젖어왔지   留我一人在這世上悲傷!
내 손들어 너 좀 만져보자꾸나   讓我拿起手來摸你一摸
어째서 너의 얼굴 이리도 말랐더냐?   爲何你的臉上庚了許多?
애야, 너 들었지 밤바람 마른 풀을 스치는 것을   兒呀, 爾聽夜風吹過枯草,
아직 문에 들어와 거센 물결 잔잔케 해주지 않으렴

                                              還不走進門來歇下奔波?
사립문 밖의 날은 벌써 어두운데   紫門外的天氣已經昏沈,
하늘에는 달이며 별이 보이지 않고   天空裏面不見月與星亮,
오로지 몽롱한 빛만이 어른거리는데   只是在朦朧的光亮之內
보이나니 풀에 덮인 두 개의 거친 무덤이여   瞧見草兒掩着兩開荒墳.

                                                        (『草莽集』)

위의 구들은 「동산(東山)」 시의 다음과 의미가 상통함을 엿볼 수 있다.

동산에 끌려 나와   我徂東山
오래도록 돌아오지 못했는데   慆慆不歸
동쪽에서 돌아올 때는   我來自東
보슬비 내렸도다   零雨其濛
동쪽으로 돌아갈 날 생각하며   我東日歸
서쪽 생각에 나는 슬퍼라   我心西悲
저 평복으로 갈아입고서   制彼裳衣
다시는 군대에 종사하지 않겠노라……   勿士行枚……
동쪽에서 돌아올 때는   我來自東
보슬비 내렸도다   零雨其濛
개밋둑에선 황새가 울고   鸛鳴于垤

아내는 집에서 홀로 걱정하네	婦歎于室
쓸고 닦아 집안 깨끗이 치우고	洒掃穹室
출정한 내가 돌아왔었지	我征聿至
둥근 오이 씁쓸한 것이	有敦瓜苦
장작 더미 위에 매달려 있네	烝在栗薪
내가 보지 못한 지	自我不見
이제 3년이나 되도다	于今三年

이상의 작품은 전장에서의 귀환의 비애와 혐오를 짙게 풍겨주니, 주샹은 그 착상에서부터 시화하는 데 그 근거를 이 작품에 두고 있음을 본다.11) 그리고 주샹의 작품 중 가장 전고(典故)의 시작화에 성공한 것으로 장편시 「왕교(王嬌)」를 들 수 있다. 이 시는 통속소설의 하나인 『금고기관(今古奇觀)』 제35권 「왕교란의 백 년의 긴 원한(王嬌鸞百年長恨)」의 내용을 바탕으로 하여 시작한 것이다. 이 소설의 줄거리를 살펴보면, 왕교란이 주정장(周廷章)을 사랑하여 결혼을 약속하지만, 주정장은 "여자가 남자를 배신하면 벼락으로 죽고 남자가 여자를 배신하면 어지러운 화살에 죽는다(女若負男, 疾雷震死, 男若負女, 亂箭身亡)"라는 굳은 서약을 어기고 위씨녀(魏氏女)와 결혼한다. 배신당한 왕교는 절명시 32수, 장한가 1편을 남기고 목매달아 21세로 자살하고, 주정장은 고발되어 죽판(竹板)으로 맞아 죽게 된다는 비극이다. 그런데 주샹의 시에서는 모두 7장으로 나누어 왕교란의 고사를 절실하게 묘사하고 있다. 제1장에서는 상등절(上燈節)의 풍치를 그리면서 왕교란의 자태를 묘사하기를,

마침 그 앞에 서 있는	正站在他的面前
이가 사람인가 신선인가	這是凡人呀還是神仙?
한 묘령의 여인	是一個妙齡女子;

---

11) 蘇雪林의 「論朱湘的詩」 참조.

그녀 얼굴 둥근 달이 중천에 걸린 듯	她的臉像圓月掛中天.

라 하였으며, 제2장에서 성년이 되었는데도 혼사가 없는 데 대한 부모의
관심과 본인의 고뇌를 그리면서 노래한 대목을 보면,

딸도 야사의 시편을 보았듯이	女兒也看過些野史詩篇,
어디 박명한 젊은인들 못 만나리	無處不逢到薄命的紅顔;
아버지 늙으시고 너무도 외로워	何況爹老了, 又孤單的很,
나는 아버지 곁에 늘 있을 뿐이네	我只要常跟在爹的身邊.

라고 토로하고 있다. 그리고 제3장에서는 왕교가 한 남자를 만나서 정을
나누게 되는데 그 예구를 다음에 보면,

그녀는 서리의 모습을 보고서	她瞧見書吏的模樣,
불현듯 마음에 깜짝 놀랐네	不覺心中暗吃一驚,
이 마침 정월대보름날 저녁에	這正是燈節的晚上
그녀를 구한 젊은이	把她救了的少年人:
그녀는 의아하여 물었다 :	她遲疑的問道:
"존함은 무엇인지요?"	"尊姓大名?"
"나의 이름은 하문매요."	"我的名字是何文邁."
"이 발음은 그날 저녁과 정말 같네!"	"這口音與那晚正同!"
그녀는 하인이 방 밖을 나가는 걸 보고서는,	她見僕人走出房外,
어느새 뺨에 발그레한 홍조를 띄운다.	不覺腮中暈起微紅.

라고 하여 남녀의 연정을 느끼는 왕교의 환경적인 변화를 보여주고 있으
며, 제4장에서는 남녀의 깊은 정분을 나누며 제5장에서 장래를 약속하는
경지에까지 들어간다.

방 안에 단지 그들 둘만이	房中只剩他們兩個.
그녀 머리 숙여 몸을 창가에 기대었네	她垂下頭, 身倚窓橋;

그녀 가슴은 거의 불어터질 듯   她的胸膛幾乎漲破,
놀라움이 그녀 마음을 채웠다네   警慌充滿了她的心.
그가 정신 차리고 사방을 둘러보니   他定了神四下觀望,
촛불은 가물가물 불빛 남았을 뿐   瞧見蠟燭之剩殘輝,
잠자는 신발이 의자 위에 놓였고   瞧見睡鞋放在椅上,
드리워진 침상 커튼이 보인다네……   瞧見垂下了的床帷. ……
그가 창을 밀치니 쌍성이 하늘에 보이고   他推窗,見雙星在空;
문 닫고 만난 여인 곱고 수줍어하네   閉窗,對嬌羞的美人.
그녀는 다소곳 서서 꼼짝을 않는다   她依然站着,沒有動.
단지 그의 따스함을 느끼고 있을 뿐   但是覺到他的微溫

(제4장의 일단)

여인은 추운 거 두려워,   女郎怕冷,
그의 어깨에 비스듬히 기대니,   斜靠着他的肩,
열기와 정분이 그녀의 가슴에 차네.   溫熱與情在她的胸內,
눈은 아스라이 졸리운 듯   眼睛半開半閉的將睡,
꿈같은 사랑의 말 그의 귓전에 울리네.   如夢的情話響在他耳邊.

(제5장의 일단)

그러나 제6장에 이르러서 원작의 내용처럼 주생(周生)은 약속을 어기고 변심하여 왕교를 버리고, 왕교는 깊은 사랑의 결과로 마음의 상처와 임신이라는 감당할 수 없는 현실에 빠지고 만다. 기다려도 오지 않는 배신감과 삶의 허무를 제7장에서는 절명으로서 마감하고 나니, 이 시의 줄거리와 시의 의취가 위의 소설과 완전히 일치하고 있음을 알 수 있다. 그 예문을 보건대

아버지는 그녀가 애인이 있는 줄 모르신다. 父親不知道她已有情人,
그녀가 이미 수태한 것도 모르신다.   也不知道她已經懷了胎,
주 공자를 기다리다 끝내 보이지 않으니,   儘等周公子總是不見來,
이제 손호를 보내어 그를 찾도록 했으나   昨大派孫虎去侯府找他,
오늘 돌아올 수 있을지 모른다.   不知道今天可能够回家.

그가 핍박당하거나 변심했다면	萬一他被逼或是變了心,
그녀는 무슨 낯으로 아버지와 육친 볼 것인가?	
	她拿什麽見爹與六親?
	(6장의 일단)

"아내는 떠나고 딸도 음부로 돌아갔네.	妻子去了,女兒也已歸陰.
내 이 세상에 이제 외로운 몸,	我在人世上從此是孤零,
이렇게 살아서 무슨 재미있으랴?	這樣生活着有什麽滋味?
기다리게! 그대들과 같이 가리라."	等着罷,等我與你們同行!
그의 우는 소리에 화답은 오직 처량일 뿐.	回答他哭聲的只有淒淸.
판막 위에 한 줄기 파문이 일면서	靈幃上搖顫過一線波紋,
이어서 많은 낙엽이 창호지에 스친다.	接着許多落葉灑上窓紙,
나뭇가지 사이에 바람의 슬픈 신음이 인다.	樹枝間醒起了風的悲吟.
	(7장의 일단)

이 시는 전고를 바탕으로 한 비극적인 장편서사시로서 주상이 평소에
지니고 있던 비애적인 인생관을 엿보게 한다고 볼 수 있다.

Ⅲ. 시의 회화미와 기독 의식

소동파는 왕유시를 두고 "시 속에 그림이 있고 그림 속에 시가 있다(詩
中有畵, 畵中有詩)."(『東坡志林』)라고 평했다. 이는 시의 회화미를 예술적으로
승화시킨 특성을 단적으로 말하는 명언으로서, 그 이후에 시의 예술성을
다루는 기본 논리가 되고 있다. 그의 시에서는 왕유의 회화적 기법을 본받
았음을 엿볼 수 있다.[12] 쑨위스(孫玉石)는 주상의 시를 두고서 평하기를,

---

12) 王摩詰全集箋注卷末附錄河嶽英靈集引文.

그는 원래 상아탑의 유미주의적인 시인이 아니었다. 그는 시종 지치지 않고 신시의 예술미를 추구하였다. 이러한 미는 당연히 각 방면에 나타났다. 작품구상의 기교, 의상의 참신, 서정적 의미의 심원함 등은 그중에 드러난 특징이다.[13]

라고 하여 주상 시의 미적 표현의 특성을 간과하지 않고 있다. 사실, 그의 시를 회화의 선재(選材)적 기법에서 본다면, 시재(詩材)의 선정이 회화적인 측면과 연관하여 살펴볼 수 있다는 것이다. 명대의 동기창(董其昌)은 『화안(畵眼)』에서 서술하기를,

깊이 살펴보면 저절로 정신이 통해진다. 정신이 통하는 것은 속마음이 겉으로 나타남이니 겉모습과 마음이 서로 어울려 망아의 지경에 드는 것이 정신에의 기탁인 것이다.[14]

라고 하였는데 이러한 회화상의 관찰과 체회(體會)가 시에서도 표출된다는 면에서 그 시흥은 더욱 의미를 지닌다. 그 대표적인 예로서 왕유시를 먼저 보자면, 그는 시의 포착력과 그 나타난 형상이 자연의 경색이나 비경색의 작품에서 모두 구사되고 있다. 「변새에 이르러(使至塞上)」(『王摩詰全集箋注』 권9)의 일단을 보자.

| 큰 사막에 외줄기 연기 오르고 | 大漠孤烟直 |
| 긴 강에 지는 해 둥글도다 | 長河落日圓 |

여기에서 보면, 변방 밖의 경물에 대한 묘사가 마치 황량한 화면과 호방한 시적인 기식이 융화되어 츤영(襯映) 작용을 하고 있다. '孤烟直'의 세밀

---

13) 他從來不是象牙之塔裏唯美主義的詩人. 但他却始終不倦地追求新詩的藝術美. 這種美當然表現在各個方面. 講究構思的巧妙, 意象的新奇, 抒情意味的深遠, 就是其中突出的特點.(「朱湘傳略及其作品」)

14) 看得熟, 自然傳神, 傳神者心以形, 形與心乎, 相湊而相忘, 神之所託也.

한 관찰과 '落日圓'의 심묘한 체회는 곧 포착과 창조의 표징이다. 그리고 왕유의 「산에 살며 가을 저녁(山居秋暝)」(동권1)을 보자.

> 대나무 스치며 빨래하는 여인 놀아가고   竹喧歸浣女
> 연꽃 출렁이며 고깃배 지나가네   蓮動下漁舟

위의 구는 향거(鄕居) 생활의 동태를 관찰한 것이다. 그리고 「송별(送別)」(동권3)을 보면,

> 먼 나무에 길 가는 손 보이고   遠樹帶行客
> 외론 성엔 지는 노을 드리운다   孤城當落暉

위의 구에서 '帶'와 '當'자는 삼매경에서 체득된 연의(煉意)의 표현이기도 하다. 그리고 비경색 작품으로, 왕유의 「소년행(少年行)」(동권 14)의 제1수의 일단을 보면,

> 신풍의 단술 많기도 하고   新豊美酒斗十千
> 함양의 노니는 젊은이 많기도 하네   咸陽遊俠多少年
> 서로 뜻이 맞아 더불어 마실 적에   相逢意氣爲君飮
> 말 맨 높은 누대엔 수양버들 드리우네   繫馬高樓垂柳邊

여기서 제1구의 '美酒', 제2구의 '少年'을 제3구의 '意氣'와 유대시키어 미주와 소년을 자연스럽게 결합시키고 있다. '意氣'어는 제2구의 '遊俠'에서 비롯되고 있어서 전시의 틀이 갖추어지고 정의가 표달되어 있다. 그리하여 그 정의는 제4구에서 소년의 신태(神態)와 상합하여 화적인 상상과 체미(體味), 그리고 허실을 강구하여 동기창(董其昌)의 전신적(傳神的) 작용을 적절히 묘사해내고 있다. 이 작용은 하나님(上帝)의 임재를 간접적으로 암시한다. 주상의 시에서는 어떻게 표출되고 있는가? 그의 「가을(秋)」(『초

망집』)을 보면,

> 어쩌다 시든 단풍잎은 　　　　　　寧可死個楓葉的紅
> 찬란히 하늘에서 미친 듯 춤추다가 　燦爛的狂舞天空
> 남쪽으로 날아가는 기러기 따라서 　去追向南飛的鴻雁
> 만리 길 바람을 타고 있구나 　　　　駕着萬里的長風

제1구와 제3구에서 가을의 경색을 사실대로 관찰한 위에 제2, 4구에서 작
자의 느낀 체회를 가벼이 묘사하여 자연현상과 시심의 융화를 화폭에 담
은 듯이 그려 내놓았다. 시인은 자연현상을 단순히 계절적 의미에서 초월
하여 하나님의 조화로 본다. 단풍잎이 하늘에서 춤추는 광경을 신비적 신
앙관으로 접목시킨다. 그리고 「북쪽 땅에 아침 봄비 개고(北地早春雨霽)」
(『夏天集』)을 보면,

> 태양은 뭉게구름 위에 뜬 흰 쟁반일 뿐 　太陽只是灰雲上一個白盤罷了
> 그 광명은 맑고 밝은 공중에 스며들어서 　他的光明却浸透了淸朗的空中,
> 땅 위에 빗물 오목 고인 위에 되비춘다 　反映在地上雨水凹的上面.
> 검은 줄기 붉은 가지 버드나무 한가로이 서서 　黑幹赭條的柳樹安閑的立着,
> 그 무엇인가를 기다리고 있는 듯 　　防彿等候着什麼似的.
> 원근 사방에선 수없이 지저귀는 새소리 　遠近四處聽到無數爭喧的鳥聲,
> 강물도 괄괄 일렁인다 　　　　　　河水也活活起來了.

제1~4구에서는 비 오던 하늘이 개면서 태양이 뜨는데 의젓이 버드나무 한
그루가 서 있는 경치를 그리면서, 제5~7구에서는 시인의 체회를 가지고
무엇인가 기다리고 있는 외로우면서도 희망이 있는 환상적이며 종교적
인 신앙적 시심이 나타나 있다. 한편, 비경색작으로 「꿈에 답하며(答夢)」
(『草莽集』)의 일단을 보면,

마음은 세월 따라 더 뜨거워가고	情隨着時光增加熱度,
산의 고운 정취처럼 갈수록 더해간다	正如山的美隨遠增加;
종려나무 푸르름이 더욱 사랑스러운데	棕櫚的綠陰更爲可愛,
길 떠난 나그네 황사 모랫길 지나누나	當流浪人度過了黃沙;
사랑아 너 내 대신 말해다오	愛情呀, 你替我回話,
내 어찌 그녀를 놓아줄 수 있겠냐고	我怎麼能把她放下?

제1~4구는 세심한 감정으로 사물의 현상을 관찰하면서, 제5~6구에서 떨칠 수 없는 간절한 애정적 의향을 꿈속의 환상으로 재회시키면서 강렬한 정분을 묘사하고 있다. 말구를 낙점으로 하여 헤어질 수 없는 애정의 호소가 회화적으로 전신의 의표로써 나타나게 한 것이다. 이 시에서 종려나무는 예수의 사랑을 상징하고 '사랑이여'는 신앙적인 숭고한 이미지를 준다. 그리고 「꿈(夢)」의 일단을 보면(『草莽集』),

이 인생에 어이 꿈만이 공허하리?	這人生內豈惟夢是虛空?
인생이 꿈과 무엇이 다르리오?	人生比起夢來有何不同?
그대 보지! 부귀영화 거친 두덩에 묻힌 걸	你瞧富貴繁華入了荒塚;
꿈이여! 좋은 꿈꾸면 그 맛 또한 짜릿하지	夢罷, 作到了好夢呀味也深濃!

3구까지는 인생은 꿈과 같이 허무하다는 점을 관찰하면서 꿈일 수밖에 없는 인생이기에 꿈이나마 달게 누려보자는 체념과 자위의 체회를 표현하고 있어서 주샹 시의 회화적 착상의 면모를 엿볼 수 있다. 이 허무는 「전도서」에서 솔로몬이 기록한, 해 아래에서 수고하는 모든 수고가 전부 헛되다는 허무 의식과 통한다. 그것을 이 시인은 꿈같은 허상의 삶으로 설파한다. 덧없는 인간의 지혜를 추구하는 인생, 추구할수록 더 큰 공허감에 젖는다. 그러므로 인생 문제의 궁극적인 해결자인 하나님에 귀의하는 지혜와 용기가 요구됨을 확인케 된다.

다음으로 시어의 회화적 구사 능력이 주샹에게 강렬하게 나타난다. 왕

유에게서도 이 점은 예외가 아니다. 당대 은번(殷璠)은 이르기를,

　　왕유의 시는 시어가 빼어나고 음조가 온아하고 시의가 새롭고 이치에 맞아서 샘에서는 진주가 되고 벽에 걸면 그림이 되니 한 자 한 귀가 범상한 경지가 아니다.15)

라 하여 왕유 시어의 회화적 감각을 비평한 것인데, 특히 경색시 부분에서 사물에 대한 의경(意境)을 색채감각에 의해 묘사하고, 그 위에 성(聲), 광(光), 태(態)의 입체의식을 가미하여 시의 예술성을 보여주었다. 예컨대, 「사냥 구경(觀獵)」(동권 8)의 시구를 보면,

바람 세차게 활이 울리며	風勁角弓鳴
장군이 위성에서 사냥한다	將軍獵渭城

　　여기에서 '弓鳴'에서 '風勁'이 드러나서 수렵하는 기세를 묘사하였으며 장군이 수렵하는 자태를 가미해 바람과 활의 소리(聲)와 장군의 자태(態)를 표출하고 있다. 그리고 「망천별장(輞川別業)」(동권 10)의 일단을 보면,

빗속에 풀빛 짙푸르게 물들었고	雨中草色綠堪染
물 위엔 복사꽃 붉게 타오른다	水上桃花紅欲然

　　여기에서 밑줄 친 전후 석 자는 녹색과 홍색의 색, "물든다", "불탄다"의 태, 그리고 "불탄다"의 광 등이 혼합되어 있는 회화적인 기법의 극치라 할 것이다. 그러면 주상의 시에서는 어떻게 표출되어 있는지 보기로 한다. 주상은 입체감이 넘치는 살아 있는 한 폭의 그림 같은 시를 많이 짓고 있음을 본다. 예를 들어, 「봄(春)」(『夏天集』)을 보면,

---

15) 伍蠡甫, 『談藝錄』, 臺灣商務印書館, p.86.

화가여	畵師的
한 밤에 봄 여신이 가랑비의 붓을 가벼이 건드려	
	一夜裏春神輕拂雨絲的毛筆,
대지를 한 조각 푸른 비단으로 물들여놓았네	將大地染成了一片綠絹
비단 위에 한 폭의 그림 그려놓고	絹上畵了一幅彩畵;
바다, 붓을 씻어, 푸른 파도 일으켰네	海, 伊的筆洗, 也被伊攪起綠波了.

이 시는 글자 그대로 한 폭의 그림이며 회화적 의식을 가지고 봄을 노래한 시의 화폭이다. 시인은 자연의 조화를 신의 섭리로 인식한다. 그래서 그림 같은 봄의 경치를 추상성과 신성미와 결부시켜서 신의 위대성을 강조한다. 그리고 생동하는 그림 이상의 강렬한 표현을 구사한「폭죽(爆竹)」(『夏天集』)을 보면,

깜짝 놀랄 외마디 울음	警人的一鳴;
높은 구름으로 뛰어올랐다가	跳上高雲,
시체로 떨어져서	落下屍骨,
영혼으로 화하였구나	羽化了靈魂.

단지 18자의 시, 전2구의 성과 태에 어린 공중에서 터지는 불꽃 묘사, 후2구의 태만이 보이는 승화된 시심의 탈태는 시의 화화가 아니고서는 꾸며내기 쉽지 않다. 그러므로 시인은 단순한 폭죽 하나라도 승화된 의식으로 신의 상징을 표현하여 구름 위의 천상세계를 동경하고 인간의 정신적 영혼성을 추구하는 신적 욕구를 묘사한다.

주샹 시의 시어상의 회화기법은 거의 그 시의 일반성이다시피 보편적으로 쓰이고 있으며 경색, 비경색의 구분 없이 비유와 풍자적으로 다용되고 있음을 본다. 이런 기법은 자연색인 '白·靑·紅·黃' 등이 주로 색채화에 쓰이고 있어 그의 종교적 즉 기독교적 정신인 영혼이 휴식할 곳, 동경하는 세계를 추구하는 일면을 엿볼 수도 있다.16) 주샹은 짧지만 깊고 큰 삶을

영위하다가 떠난 시인인가 보다. 시 하나마다 구슬 같은 열매가 맺혀 있고 아름다운 색채가 영롱하게 스며나고 있다. 그런 한편에는 뤄녠성(羅念生)은 「주샹」 서에서 다음과 같이 서술하고 있다.

그는 강렬한 애국사상과 민족 자존심을 지니고 있었다. 그는 구사회의 흑암에 매우 분개하였고 군벌의 통치에 대해 비할 수 없으리 만큼 증오하였으며, 외세의 침략에 대해 결연히 반항하였다.[17]

위의 말처럼 세상사와 나라의 안위에 항상 강개심을 토로한 면도 간과할 수 없는 점이다. 그의 「손중산을 애도하며(哭孫中山)」의 일단을 본다. (『草莽集』)

울음을 그쳐라 다섯 민족 탄식을 그쳐라	但停住哭! 停住五族的歔歎!
들어라 황화강에서 슬픈 외침을 외쳐라	聽哪 : 黃花崗上揚起了悲啼!
죽은 자의 영령으로 죽은 자를 위로케 하고	讓死者的英靈去歌悼死者,
산 자의 음악일랑 싸움의 북을 울리게 하라	生人的音樂該是戰鼓征聲!
울음을 그쳐라 사백조의 북을 울리게 하라	停住哭! 停住四百兆的悲傷!
보아라 쓰러진 깃발은 이미 높이 펄럭인다	看哪 : 倒下的旗已經又高張!
보아라 구주 예수는 무덤에서 나오셨고	看哪 : 救主耶蘇走出了墳墓,
중국의 넋은 벌써 부활의 빛을 찾았도다	華夏之魂已到復活的辰光!

이 얼마나 절규 어린 애국심의 발로이며 그 속에 담긴 우국의 염려가 나타남인가! 주샹은 피압박, 피지배자의 대변자로서도 거침없는 독설과 동정을 토로한 것이다. 「환향(還鄕)」의 일단을 보면,

애야 네가 군대 가서 타향에서 죽은 뒤에   兒呀, 自你當兵死在他鄕,

---

16) 朱湘이 王維를 본받은 면을 趙景深은 「朱湘」 글에서 이미 밝히고 있다."中國文學硏究也有他的幾篇文章, 其中王維一篇所論尤精.""以前我說他的詩像王維" 등.

17) 他有强烈的愛國思想和民族自尊心. 他對舊社會的黑暗十分憤慨, 對軍閥的統治無比憎恨, 對外來的侵略決反抗.

너의 아버지와 아내는 따라서 떠나갔네　你的父親妻子跟着身亡;
애야 너희들 셋은 나에게 고통을 남기고　兒呀, 你們三個抛得我苦,
나 한사람 이 세상에서 슬픔에 잠기네　留我一人在這世上悲傷!

(『草莽集』)

　　전쟁의 참상과 민생의 고통을 동시에 적나라하게 그려놓고 있다. 이 점은 주샹의 시에서 또한 간과할 수 없는 부분이기에 여기에서 잠시 그 일면을 살펴본 것이다.

　　주샹은 신시 초기 시인이지만 고전시와 신시의 과도기적 시기에 전통시학의 맥락을 이어가면서 신시의 새로운 지평을 개척하고 신시에서도 서정성의 중요성을 직접 시를 통하여 길을 열어준 역할을 했다. 그의 시는 현당대 시단에 면면히 흘러와서 1980년대 몽롱시를 이어서 나온 제3세대 시인과 선봉시인들의 사표가 되었고 특히 요절한 하이즈(海子)나 뤄이허(駱一禾) 같은 천재시인들이 초탈적 의식의 상징을 본받아 그 뒤를 따라가는 태양과 같은 존재임을 덧붙여서 밝혀둔다. 시의 상징성이 종교와 결부되고 더구나 기독교적 의식이 가미되어 표현되면, 그만큼 시적 가치와 효과가 강렬한 점을 중시한다. 시인이 표면화시키지는 않았으나, 그 시의 내면에 응결되어 숨겨진 하나님의 섭리를 파악할 수 있는 관점이 주샹과 그 시를 진정 이해하는 또 하나의 분석방법임을 강조한다.

　　하나님이 그 기뻐하시는 자에게는 지혜와 지식과 희락을 주시나 죄인에게는 노고를 주시고 저로 모아 쌓게 하사 하나님을 기뻐하는 자에게 주게 하시나니 이것도 헛되어 바람을 잡으려는 것이다.　　(전도서 2 : 26)

원이둬(聞一多) 시집의 주제 의식

중국 신문학 시기(1910년 이후)의 시는 몇몇 작가에 의해서 문체의 백화화(白話化)와 사조(思潮)의 서양화(西洋化) 추세를 추구하면서 사명감을 가지고 바람직한 수준에 도달하는 작품을 창조해내지는 못하였지만 나름대로 초기문학의 신풍조를 일으킬 만한 역할을 하는 작가군(作家群)이 형성되어가고 있었다. 그중에 신시의 정착을 추구하는 서양문물을 익힌 작가 중의 하나가 원이둬(聞一多, 1899~1946)인데, 그의 역량과 위치는 자못 주목할 만한 대상이었으며 도외시할 수 없는 비중을 지니고 있었다. 그의 시는 활화산처럼 저절로 터져 나오는 주체할 수 없는 당위적인 창작열에 의해 만들어진 것이니, 그 자신이 말하기를

시인은 가슴속에 있는 감촉이 비록 발효할 때라 할지라도 가벼이 방출되지 않으니 반드시 뜨겁게 팽창하고 절로 폭발하여 흐르는 불이 돌에 솟고 돌을 일구고 비를 내리어 마치 화산 같아야 한다.[1]

라고 한바, 그의 시는 폭발적인 창작력을 바탕으로 낭만과 상징, 유미와

---

1) 詩人胸中底感觸, 雖則醱酵孝底時候, 也不可輕易放出, 必使他烈度膨脹, 自己暴裂, 流火噴石, 興石致雨, 如同火山一樣.(『淸華週刊』「評本學年週刊裡的新詩」, 1921年 6月)

현실을 조화시키는데 심혈을 기울인 것을 보게 된다. 역사는 증명하고 증명은 불멸의 가치를 낳는 것을 상기하면 원이둬는 분명히 범상하지 않으면서 결코 지울 수 없는 작가로 인각되어 있음을 알게 된다. 그래서 장비라이(張畢來)는 『신문학사강(新文學史綱)』에서 이르기를,

> 원이둬는 5·4시기에 정치감정상 열렬한 애국주의자이며 예술사상적으로는 극단적인 유미주의자였다.─유미주의는 예술을 위한 예술의 유파의 하나이다.[2]

라고 평가했으니 매우 적절한 표현이라 할 것이다. 신문학은 높은 이상과 원대한 실천력을 지닌 그 당시의 선험적(先驗的) 작가군에 의해 설정이 가능하고 태동이 있었다는 것은 중국문학 자체의 시대적 조류를 조화롭게 유도했음을 의미한다. 그리고 원이둬의 이러한 문학 창달의 근저에는 미국 유학 시절에 접한 기독교적인 문화사상이 잠재되어 있어서 그의 문학을 논하면서 기독사상을 논외로 할 수 없는 것이다. 본고에서는 그의 시집에서 나타나고 있는 서양문물의 핵심인 기독교적 의식도 점검하려 한다.

Ⅰ. 원이둬와 시가 창작정신

원이둬(聞一多)의 원명은 가화(家驊)이고, 자는 우삼(友三)으로서, 후베이(湖北)성 시수이현(浠水縣) 샤바허진(下巴河鎭) 천자링(陳家嶺) 사람이다. 청말 광서(光緒) 25년 11월(1899)에 태어나서 1946년 7월 15일 국민당에 의해

---

2) 聞一多五四時期在政治感情上是一個熱烈的愛國主義者, 在藝術思想上, 是一個極端的唯美主義者.─ 唯美主義是爲 『藝術而藝術』的流派之一.(『新文學史綱』, p.79 北京作家出版社 1955)

쿤밍(昆明)에서 47세를 일기로 암살당하였다. 그의 부친 문정정(聞廷政)은 만청의 수재였고 조부인 문자감(聞子澉)은 장서가로서 서방 면갈헌(綿葛軒)을 열어 손자교육을 맡기어서 원이둬는 어려서 이미 한서(漢書) 등을 배우면서 문학적 소양을 배양했다. 희수 지역의 전설에 의하면 문가(聞家)는 남송 문천상(文天祥)의 후대로 알려져 있다. 1912년 가을, 13세의 원이둬는 무창민국공교(武昌民國公校)에서 북경청화학교(北京淸華學校)에 합격하니 이는 칭화대학(淸華大學) 전신으로 미국 유학 예비학교 격이었다. 그는 여기서 1922년까지 10년간 학습생활을 하며 재능과 학식을 배양하고 문예에 대한 조예도 깊이 갖추게 된다. 첫째 그는 탁월한 편집 재능을 갖추었으니 칭화에 머무는 동안 『칭화주간(淸華週刊)』의 중문편집(1914), 『칭화학보(淸華學報)』의 학생부 편집(1919~1920) 등을 맡아서 문예활동을 주도하였다. 둘째로 그는 탁월한 희극예술 재능을 갖추었으니 재학 중 유예사(遊藝社)를 설립하고(1916), 1919년에는 유예사를 신극사(新劇社)로 개명하여 연출 책임을 맡기도 하였다. 셋째로 그는 탁월한 연설과 변론의 재능을 갖추어서 각종 변론반의 주석을 맡아서 활동하였다. 넷째로는 회화적 예술 재능을 지니고 있었으니 1919년 가을에 미술사(美術社)를 창립하여 회화능력을 기르면서 『칭화주간』(192기)에 「예술전문 동업자를 구하는 호소(徵求藝術專門同業者的呼聲)」(1920년 10월) 등 다양한 글을 발표하기도 하였다. 1922년 8월 원이둬는 시카고 미술학원으로 유학을 가서 이듬해에는 콜로라도대학 미술과로 전학하고 1924년에는 뉴욕미술학생연합회로 다시 전학하였다가 1925년 여름 귀국한다. 이 3년간 그는 미술학습을 하면서 시 창작에 몰두하면서 특히 중국 고시와 영국 근대시를 연찬하게 된다. 이 유학 시기에 원이둬는 미국 기독교 신앙생활과 그 사상을 깊이 이해하고 일면 신앙적으로 긍정적인 사상을 갖게 되고 서양문화의 근간이 기독교와 연관되며 그 가치가 중국문화에 비교하여 우수하다는 점을 인식한다. 반면 자국의 문화에 대한 새로운 가치와 중요성을 절감하면서 귀소본능적인 문학 성향을 토로한다. 그러나 그것은 시인에게는 현실과 이상의 거리가 큰 괴리감을 더욱 조성케 하여 시가에서 비유적으로 묘사된다. 두보와 이백, 육유(陸游), 셸리, 키츠 등 시인은 그에게 직접적인 영향을 준다. 1923년 9월 상하이에서 그의 시집 『홍촉(紅燭)』을 출판하는데 거기에 1920년부터 3년간의 작품을 수록하고 있다. 그의 시 「뜰안(園內)」은 그의 칭화 시절을 회고하고 활기찬 학원의 생기를 노래하고 있다.

일찍 일어난 소년이 가석산 위에 바로 서면　　早起的少年危立在假石山上,
붉은 연꽃이 그의 발아래 펼쳐지고　　　　　　紅荷招展在他脚底.
빛나는 해는 찬란히 그의 머리 위에 있는데　　旭日燦爛在他頭上,
일찍 일어난 소년이 갓 나온 태양을 대하고서　早起的少年對著新生的太陽,
그의 엄한 스승을 대하듯　　　　　　　　　　如同對著他的嚴師,
장자와 굴원의 큰 글을 외우고,　　　　　　　背誦莊周, 屈子底鴻文,
셰익스피어의 큰 작품을 외우고, ……　　　　　背誦沙翁, 彌氏的巨制, ……
그의 생명의 교과서를 외우고 있다3)　　　　　背誦著他的生命底課本.

　미국유학은 그에게 애국사상을 더욱 깊이 심어주었고 그것은 그의 시의 주요 사상이 되었다. 1925년 귀국 후에 베이징예술전과학교(北京藝術專科學校)의 교무장으로 부임하여 신시의 창작에 몰두하여 일련의 반제반봉건정신을 담은 시를 발표하게 된다. 그리하여 1928년 시집 『사수(死水)』을 출판하니 여기에는 자유체시보다는 격률체 시와 역시, 그리고 전기식의 산문 「두보(杜甫)」가 실려 있다. 그해 가을 난징을 떠나서 우한(武漢)으로 가서 우한대학 문학원장 겸 중문계 주임을 맡게 되면서 중국 고전문학 연구에 전념하는 전환점을 맞게 된다. 2년 후(1930)에는 다시 칭다오(靑島)대학 문학원장 겸 국문계 주임으로 갔다가 다시 2년 후(1932)에 베이징 칭화(淸華)

---

3) 『聞一多全集』Ⅰ, p.198 湖北人民出版社 1993)

대학 중문계 교수로 부임하여 1937년 소위 7·7사변까지 지내게 된다. 이러한 10년간의 학술연구 기간에 괄목할 만한 성취를 한다. 여기서 그는 『두소릉연보회전(杜少陵年譜會箋)』, 『잠가주계년고증(岑嘉州系年考證)』, 『광재설시(匡齋說詩)』, 『천문석천(天問釋天)』, 『신시대홍자서설(新詩臺鴻字說)』, 『이소해고(離騷解詁)』 등 일련의 중요 저작을 발표하여 학술적 지위를 얻게 된 것이다.

1937년 7·7사변으로 항일전쟁이 발발하자 칭화, 베이징, 난카이(南開) 등 대학들이 이듬해 쿤밍에서 서남연합대학(西南聯合大學)이란 이름으로 임시대학을 운영하니 원이둬는 여기서 그의 일생 중 가장 왕성한 연구업적을 남긴다. 주요 업적으로는 『초사교보(楚辭校補)』, 『악부시전(樂府詩箋)』, 『장자내편교석(莊子內篇校釋)』, 『종인수사신도용여도등(從人首蛇身到龍與圖騰)』,『당시잡론(唐詩雜論)』 등이 있다. 그는 고적(古籍)을 위시하여 당시(唐詩), 초사(楚辭), 장자(莊子), 시경(詩經), 주역(周易), 신화(神話)는 물론, 금석갑골문(金石甲骨文)까지 넓고 깊게 연구하였으니, 궈모뤄(郭沫若)는 『원이둬전집(聞一多全集)』 서문에서 "그의 안광의 예리함과 고찰의 해박함, 입설의 신선하고 박실함은 전에 고인에게도 없으며 아마도 후에도 올 자가 없을 것이다."[4]라고 언급한 바 있다. 1945년 8월 일본이 항복하고 국민당 정부는 날로 부패하니, 원이둬는 내전을 그치고 인민을 구하기 위해서는 민주주의를 주창하는 운동에 앞장을 서고 이로 인해 국민당 정부는 마침내 1945년 12월 1일 총격으로 쿤밍 학생을 참살하는 사건을 일으킨다. 원이둬는 분노하여, '인민이 죽음을 두려워 아니한데 어찌 죽기를 두려워하리오' 하면서 만사(輓辭)를 써서 희생된 네 명의 학생에게 바치고 아울러 「121운동시말기(運動始末記)」를 써서 장엄한 선언을 한다. 즉 "죽지 않은 전사로

---

4) 他那眼光的犀利, 考索的賅博, 立說的新穎而翔實, 不僅是前無古人, 恐怕還是後無來者的.

네 열사의 피의 흔적을 밟도록 하고 거대한 피의 흐름을 거두어서 그 면전에서 한 멍한 사람도 정신 차리고 한 나약한 사람도 용감히 일어나며, 한 지친 사람도 떨쳐 일어나며 한 반동자도 떨며 넘어지게 하리라!"5)라고 외친 것이다. 1946년 7월 15일 오후 5시 쿤밍에서 강연하고 귀가하는 도중에 국민당 특무암살자에 의해 저격을 당하여 희생되고 그 아들 원리허(聞立鶴)은 중상을 입는다.

원이둬의 시가는 동서양의 문물을 직접 접촉한 문인으로선 다양한 사상을 담기에 충분하다. 그는 중국고전문학에 정통하여 특히 당시연구는 개척자이면서 권위자로 평가되며 그 정통문학정신을 바탕으로 한 그의 시는 시기적으로 특성을 보여준다. 그 특성 중에는 미국유학시기의 경험으로 기독교에 대한 긍정적인 의식을 배제할 수 없다.

원이둬 시가의 형성 과정과 시가 창작의 특성을 보면, 대개 세 시기로 구분하여 논할 수 있다. 제1시기는 1922년 7월 미국 유학 이전 칭화학교 시기, 제2시기는 1922년 7월에서 1925년 5월 미국 유학 기간, 그리고 제3시기는 1925년 5월 미국에서 귀국 후이다. 1920년 7월 원이둬의 첫 시인 「서쪽 언덕(西岸)」이 발표되고 제1시기의 시들이 시집 『홍촉(紅燭)』과 『진아집(眞我集)』에 대부분 수록된다. 이 기간의 작품은 주로 생활체험, 애정, 화가를 지향한 시인으로서 예술지향, 인생론, 고향추억, 사회현실의 반영 등 다양하게 묘사된다. 이 시기에 시인의 동년(童年) 시절 순백한 심령과 청춘의 이상을 근거로 하여 창작을 시도하였으니, 그의 「청춘(靑春)」 일단을 보면,

---

5) 始末記의 일부 : "就讓未死的戰士們踏著四烈士的血跡, 再繼續前進, 並且不惜匯成更巨大的血流, 直至在它面前, 每一個糊塗的人都淸醒起來, 每一個怯懦的人都勇敢起來, 每一個疲乏的人都振作起來, 而每一個反動者都戰慄地倒下去!"

신비한 생명이,
파릇한 나무껍질에서 팽창하면서,
서둘러 칼집을 지니고서,
비취빛 싹을 내민다.

神秘的生命,
在綠嫩的樹皮裏膨脹着,
快要送出帶鞘子的,
翡翠的芽兒來了.

원이둬는 23세에 미국 유학을 떠나면서 조국과 신혼의 부인, 가족 등과
이별한다. 이 제2시기의 시가는 사향(思鄕)을 주제로 하는 창작성향을 보여
준다. 그리고 서양문물을 접하면서 동서양문화의 이질성을 체험하고 중화
문화와 민족주의 의식을 표출한다. 이 시기에 시인은 기독교에 대한 이해
와 그 요소의 창작 이입을 시도한다. 그래서 이 시기에 지은 시들에서 시
인의 기독의식을 찾아볼 수 있으며 그 가치성도 재조명할 필요가 있는 것
이다. '사향'의 주제는 대상에 대한 표현이라기보다는 자아감정의 표현이
다. 이런 감정력의 증대는 시어의 이미지가 시의 음조와 조화하여 더욱 강
렬하게 표현되니 시인의 시 「나는 중국인(我是中國人)」의 일단을 보자.

나는 중국인이고 나는 지나인이다,
나의 마음에는 요순의 마음이 있고,
나의 피는 형가가 섭정하던 피이다,
나는 신농 황제의 서자이다.

我是中國人, 我是支那人,
我的心裏有堯舜的心,
我的血是荊軻攝政的血,
我是神農皇帝的遺孽.

중국 고대의 위대한 인물들을 나열하여 현실의 나약한 중국민족을 비교
한다. 시인은 자신을 그 인물에 비유하면서 미국사회의 우수성과 대치시
키면서 자신의 굴욕적 심령의 반항의식, 고통, 그러면서 중국에 대한 불만
등을 토로한다. 그 이면에는 한편 강렬한 사향(思鄕)의 관념이 담겨 있다.
시인의 제3시기는 귀국 후에 창작 활동기인데 이 기간의 시에서는 극도
의 심미의식이 발로되고 있다. 앞의 두 시기의 과정을 넘으면서 삶의 초탈
과 관조적 의식이 태동한다. 현실과 이상의 괴리감이 짙어지니 그의 「너는

보라(你看)」의 일단에서 그것을 확인할 수 있다.

네 눈이 있으면 청산의 계곡을 다시 보라　你有眼睛請再看靑山的巒障,
하지만 저 산 밖에서 네 고향은 찾지 마라　但莫向那山外探望你的家鄕.
벗아 향수는 가장 무정한 악마이니　朋友, 鄕愁最是個無情的惡魔,
그는 네 눈앞 봄빛을 사막이 되게 할 거다　他能敎你眼前的春光變作沙漠.
아 네 고향을 찾을 것이 아니야 벗들아　呵, 不是探望你的家鄕, 朋友們,
고향은 도적 그는 네 맘을 훔쳐갈 수 있다　家鄕是個賊, 他能偷去你的心.

이 시에서 시인은 현실을 극복하면 다른 세계 즉 이상세계를 볼 수 있
다고 한다. 현실은 악마요 도둑이니 먼 세계, 즉 곧 종교적 개념으로는 천
당에는 기독교적 신앙의식이 내재되어 있다. 시인 자신은 기독교적 설파
를 하지 않지만 그의 내면에는 깊이 그 신심(信心)이 잠재되어 있다.

Ⅱ. 『진아집』의 자아의식

원이둬는 첫 시집 『진아집(眞我集)』6)을 내면서 1920년과 1921년 사이에
지은 시 15수를 수록했다. 그리고 1923년 9월에 출판한 『홍촉(紅燭)』에는
103수를 담았고, 1928년 1월에 출판한 『사수(死水)』에는 28수를 담았다. 그
리고 『집외시(集外詩)』라고 하여 후에 발견된 시 33수7)를 모아서 별도로

---

6) 시집의 15수 시제는 다음과 같다. 雨夜(1920.1.14), 月亮和人(1920.11.14), 讚沈尹
默小妹想起我的妹來了(1020.11.16), 雪片(1921.5.14), 奉眞(1921.5.14.), 朝日(1921.
5.12), 雪(1921.5.14), 忠告(1921.5.14), 志願(1921.5.17), 傷心(1921.5.17), 一個小囚犯
(1921.5.15), 黃昏(1921.5.22), 所見(1921.7), 南山詩(1921.7), 晩露見月(1921.7)
7) 시 33수의 제목은 다음과 같다. 漁陽曲(1925), 長城下之哀歌(1925), 我是中國人
(1925), 醒呀(1925), 七子之歌(1925), 愛國心(1925), 秦始皇帝(1925), 抱怨(1925), 欺
負著了(1926), 鳥語(1926), 比較(1926), 唱詞-紀念三月十八日的慘劇(1926), 答辯
(1928), 回來(1928), 園內(1923), 南海之神(中山先生頌)(1925), 敎授頌(1948년 발

시집으로 삼았으나 중요 시집이라면 위의 3종의 시집을 거론하게 된다. 그러므로 위의 3종 시집을 중심으로 그 주제와 사상을 살피려 한다.

『진아집』은 1920년부터 1921년 사이에 지은 시 15수를 수록한 시집으로서 사회의 암흑과 냉혹함을 토로하고 있다. 시인은 상징적 수법과 함축적인 필조로 자연계의 암흑을 묘사하여 구세계의 암흑을 기탁한다. 그 내용을 보면, 첫째로 사회의 기만과 간교를 지적한다. 사람과 일의 진실성을 노래하며 허위에 물들지 않은 인간의 영혼을 경모한다. 「달과 사람(月亮和人)」의 일단을 보면,

등불이 꺼졌다	燈光滅了, 月娥把銀潮放進窗子裡,
달 선녀 은물결을 창문에 들이밀어	燈光滅了, 月娥把銀潮放進窗子裡,
잠자는 사람의 양 보조개에 비친다	射到睡覺的人的雙靨上.
그 얼굴 감정의 표상을 모두 깨끗이 쓸고	
	把他臉上的感情的表象都掃淨了,
다만 그 고요한 환상의 천진함만이	只有那寂靜靈幻的天眞,
그 이목구비 분명치 않은 흰 얼굴 감싼다	
	籠罩在那連耳目口鼻也分不淸的素面上.

여기서 진실한 영혼의 철리성이 드러나 보인다. 그리고 암흑의 현실에 대해서는 다음 그의 「충고(忠告)」의 일단을 본다.

남이 말한다 :	人說 :
"달아, 너는 둥글기 탄환 같고	「月兒, 你圓似彈丸,
이질어짐이 활의 줄 같다;	缺似弓弦;
둥글 때는 아름답지만	圓時雖美
이지러지면 보기 어렵다."	缺的難看!」

표), 政治家(1948년 발표), 徵忐(1919), 愛底風波(1921), 蜜日著律詩底硏究稿脫賦感(1922), 進貢者(1922), 晚秋(1922), 笑(1923), 閨中曲(1925), 故鄕(1925), 回來了(1925), 叫賣歌(1925), 相遇已成過去(1925), 大暑(1924), 貢獻(1927), 奇蹟(1931)

내가 말한다 : 我說 :
"달아, 둥글고 이지러짐이 너의 일상 일이니 月兒, 圓缺是你的常事,
너는 곱고 미운 관념 지니지 마라 你別存美醜底觀念!
네가 이지러져 반원이 되든 你缺到半規,
이지러져 고운 눈썹이 되든 缺到娥眉,
나는 너의 그 맑은 빛의 찬란함을 사랑한다." 我還是愛那淸光燦爛.」

위에서 강조한 점은 '眞'자에 있다. 곧 진솔한 점이다. 여기서의 '眞'은 참된 자아뿐 아니라 사회에 대한 반항과 압박에 대한 반발, 그리고 기만에 대한 비판적인 민주의식의 발로인 것이다. 둘째로는 해방 추구의 외침을 들 수 있다. 「한 명의 작은 죄수(一個小囚犯)」는 시인의 반봉건적이며 해방을 요구하는 강렬한 사상 감정을 표현한다. 이 시는 가장에 의해 방에 갇혀서 나오기를 바라는 아이를 통하여 작가의 이러한 심경을 표현한다. 다음에 그 시의 일단을 보면,

나를 풀어다오 放我出來,
이 기약 없는 구금 這無期的幽禁,
내가 어찌 받아들일 수 있을까 我怎能受得了?
나를 풀어다오 放我出來,
그 썩은 잔재들을 일시에 쓸어버리게 把那腐朽渣滓, 一齊刮掉,
또 밝은 별 하나 還是一顆明星,
길이 네 어둔 밤 먼 길의 길잡이가 되어 永做你黑夜長途底嚮導,
나를 풀어주지 않고 不放我出來
나의 우울 뜸 들여져 待我鬱發了酵,
더 취해 혼몽해지길 기다리니 更醉得昏頭昏腦
내가 감옥을 쳐부수고 莫怪我撞破了監牢
이 세상에 마구 넘겨져도 이상타 말라 鬧得這個世界東顚西倒
나를 풀어다오 放我出來!

이 시는 1921년 5월 5·4운동 이후, 국내외 정세가 급박하게 변화하고

새로운 사조가 밀려들어오는 상황에서 시대의 요구에 따라 개성의 해방과 교육제도의 모순점을 지적하는 의미에서 지은 것이다. 그래서 감옥을 부수고 잔재를 제거하자고 시에서 호소하는 것이다. 시인은 이어서 쓰고 있다.

이후엔 나 매일 창가에 서서 외친다	從此以後, 我便天天站在窓口喊：
노래하는 사람아 우리 함께 나오라	唱歌的人兒, 我們倆一塊兒出來罷!
노래할 줄 모르는 사람 듣지 못한다	不曉得唱歌的人兒聽見沒有.

여기서 노래하는 사람이란 5·4운동의 반제반봉건적인 혁명가를 지칭한다. 매일 창가에서 외치는 소리는 시인의 절박한 사회개선의 긍정적인 요구인 것이며 새로운 세계를 추구하는 희망의 노래인 것이다. 셋째는 중국사회를 개조하려는 결심의 표현이다. 원이둬는 경물을 빌려서 감정을 서술하고 나아가서 낡은 사회를 개조하려는 심정을 지닌 것이다. 눈을 읊은 「눈조각(雪片)」은 세 가지 면으로 분석할 수 있으니, 첫째는 세상은 차고 어두운데 푸른 연기가 눈에 눌린 지붕을 뚫는 것을 묘사한다. 푸른 연기는 시인의 위로 향하는 영혼을 의미한다. 그것은 자신의 육신을 극복하고 개인의 생명을 포기하여 곧장 천당으로 향한다. 이 천당은 하늘에 있지 않고 지하에 있다. 둘째는 수풀 속에서 전투하는 중생이 갖은 풍상을 이기는 것을 묘사한다. 그리고 셋째는 인애의 봄을 통해 광명을 받아들인 것을 묘사한다.

아! 자연의 인애의 결정체	啊!自然底仁愛底結晶!
그의 발자취 닿는 곳 바로 광명이다	他底足跡所到, 就是光明.
세계의 모든 악이 그의 목욕재계를 거쳐	世界底百惡, 一經他底齋戒沐浴,
모두 하늘의 해를 다시 볼 수 있고	都可以重見天日, 再造生命!
다시 생명을 창조할 수 있다	再造生命!

시인은 위로 향한 한 줄기 푸른 연기로 화해서 춥고 어두운 사회를 쳐부수고 세상에 봄을 가져오고 겨울은 백기를 들고 투항하게 한다. 이것은 5·4운동 이후 제국주의와 봉건주의의 울타리를 부수고 중국사회를 개조하려는 청년들의 의지를 보인 것이다. 이러한 혁명적 결심을 인민에게 외치고 있다. 시인은 「아침해(朝日)」 시에서는 아침의 태양을 묘사한다.

몰래 창문 앞으로 가서	偷偷地走到各個窗子前來,
그 잠자는 교만한 아이 깨어 일하게 한다	喊他的睡覺的驕兒起來做工.
아! 이 고요히 환상적으로 잠자는 모습	啊!這樣的寂靈幻的睡容,
그가 어찌 놀라 일어나기나 할까	他那裡敢驚動呢?
그가 놀라 일어나지 못하니	他不敢驚動, 只望著他笑,
다만 그가 웃는 걸 바라볼 뿐이다	他不敢驚動, 只望著他笑,
하나 그의 웃음은 불타는 빛을 흩어낸다…	但他的笑散出熱炙的光芒…

시 중의 사상은 풍부하고 열렬하다. 아침 태양이 일하는 사람에 대해 사랑과 존경을 보내고 포용한다. 시는 시인의 아침 태양 같은 마음을 그려내고 일하는 사람을 동정하는 감정을 서술한다.

Ⅲ. 『홍촉』의 애정관

칭화에서 수학하던 원이둬의 창작활동은 문학사적으로 부정적인 평가를 받고 있는데 이러한 점은 객관성을 인정받기 어려울 것이다. 그것은 시집 『홍촉(紅燭)』이 이 시기에 지어진 시로 꾸며진 관계로 더욱 문제시된다. 먼저 한 현대문학사의 기록을 보기로 한다.

원이둬가 받은 것은 자산계급의 교육이므로 유미주의적인 영향을 받은

것이다. 그래서 칭화에서의 독서기간의 대부분 시들은 모두 정도가 다른 불건전한 정조를 드러낸다.8)

이러한 부정적 견해는 객관성이 부족하다. 사실상 이 시기에 원이둬는 혁명적 민주주의 사상과 인민을 위한 헌신적 정신이 충만했던 만큼 본고에서는『홍촉』의 주제사상도 건강하고 선진적인 경향을 지닌 것으로 평가하면서 그 주제를 보고자 한다. 그 사상의 내용을 다음 네 가지 면으로 살펴보기로 한다.

첫째는 생명과 청춘에 대한 애정과 광명전도에 대한 추구이다. 이 시집을 읽으면 흔히 삶의 고동을 느낀다. 그는 인도 시성 타고르의 시가 인생과 생활을 이탈하고 있다고 비판하면서, "타고르의 문예의 최대 결점은 현실을 포착하지 못한다는 것이다. 문학은 생명의 표현이며 형이상적인 시도 예외는 아니다. 보편성은 문학의 바탕이며 생활 속의 경험은 가장 보편적인 것이다. 그래서 문학의 궁전은 반드시 생명의 기초 위에 세워져야 한다."9)라고 하였다. 그리고 이어서 "인생은 타고르의 문예의 대상이 아니라 단지 그의 종교의 상징이다."10)라고 하여 타고르와 달리 시를 생명과 생활의 기초 위에 세워서 인생을 논하고 있는 것이 이 시집의 주된 의미이다. 그래서 그 서시(序詩)에서 "붉은 촛불아! 흘러라! 너는 어째서 흐르지 않니? 바라건대 너의 기름을 쉬지 않고 인간을 향해서 위로의 꽃을 배출하여, 쾌락의 과실을 맺어다오!"11)라고 하여 강렬한 진취심과 생명의 찬

---

8) 由聞一多接受的是資産階級的教育, 在藝術思想上又受到唯美主義的影響, 所以也在清華讀書期間的大部分詩作都程度不同地流露出不健康的情調.(江蘇人民出版社刊『中國現代文學史』, p.148, 1979)
9) 泰戈爾底文藝底最大的缺憾是沒有把捉到現實. 文學是生命底表現, 便是形而上的詩也不外此例. 普遍性是文學底要質而生活中的經驗是最普遍的東西, 所以文學底宮殿必須建在生命底基石上.(湖北版『聞一多全集』p.126)』
10) 人生也不是泰戈爾文藝底對象, 只是他的宗敎底象徵.(상동 p.127)
11) 紅燭! 流吧! 你怎麼不流呢? 請將你的脂膏, 不息地流向人間, 培出慰藉底花兒。 結

미, 그리고 혁신적 목적을 시에서 찾으려 하였다. 그의 「태평양 배에서 밝은 별을 본다(太平洋舟中見一明星)」에는 그가 삶의 진정한 가치를 어디에 두고 있는지를 알게 한다.

생활아 아득한 생활아	生活呀 滄茫的生活呀!
또 파도가 험한 큰 바다야	也是波濤險阻的大海啊!
정든 자 눈물의 파도이며	是情人底眼淚底波濤,
장사 피눈물의 파도이다	是壯士底血淚底波濤.
붉고 고운 별, 광명의 결정	鮮艶的星, 光明底結晶啊!
너도 나의 큰 꿈을 불러 깨웠다	你又喚醒了我的大夢
꿈 밖에서 한 가닥 꿈을 안는다	夢外包著的一層夢!
생활아 아득한 생활아	夢外包著的一層夢!
또 파도가 험한 큰 바다야	也是波濤險阻的大海啊!
정든 자 눈물의 파도이며	是情人底眼淚底波濤,
장사 피눈물의 파도이다	是壯士底血淚底波濤.
생명의 바다 속의 등대	生命之海中底燈塔!
나를 비추어라 나를 비추어라	照著我罷 照著我罷!
나 좌초에 부딪게 말라	不要讓我砸了礁灘!
나 항해선을 넘게 말라	不要許我越了航線;
나 혼자 한 주걱 더운 눈물을 가하여	我自要加進我的一 勺溫淚,
이 눈물의 바다를 더 짜게 하리	敎這淚海更鹹;
나 혼자 한 모금 뜨거운 피를 기우려	我自要傾出的一腔熱血,
이 피 어린 파도를 더 붉게 하리	敎這血濤更鮮!

이 시는 시인이 1922년 8월 미국 시카고에 유학 가서 지은 것이다. 광명한 미래를 향한 즐거운 인생에 대한 확신이 시구 속에 우미하고 감동적으로 표현된다. 마치 밤하늘의 혜성이 대해에 추락하듯이 의상(意象)이 기험하고 사상이 준일하다. 시인은 생활 목표를 정하여 생활이란 험한 대해에 투신한다.

成快樂的果子!(상동 1집 p.9)

둘째로 암흑사회에 대한 저주와 구식사회에 대한 비판을 가하고 있다. 여기서 더욱 그의 광명에 대한 열애와 추구를 표명한다. 현실사회로부터 사회제도와 문화에 이르기까지 총체적으로 구식사회에 대해서 부정적 태도를 취한다. 새로운 종교의식이 싹트고 주어진 현실의 생소감과 열광적인 삶의 율동을 직감하면서 시인은 기독교 교리에 큰 관심과 참여를 추구한다. 1922년 7월 원이둬는 미국 유학을 간다. 그는 거기서 미국의 물질문명을 부러워하기보다는 자본주의에 비평을 가하고 그의 순진성과 직감으로 오히려 생명과 미래에 대해 강한 집착을 한다. 그의 다음 「홍두편(紅豆篇)」 제35수는 그것을 노래한다.

밤 솔개가 외치며 짖는다	夜鷹號啕地叫著;
북풍이 문풍지 때리고	北風拍著門環,
창호지를 당기고 담벽을 치고	撕著窗紙, 撞著墻壁,
집기와를 들추고	掀著屋瓦,
틈새로 들어가지 않으면 안 된다	非闖進來不可.
붉은 촛불 쉬지 않고 피눈물을 흘리어	紅燭只不息地淌著血淚,
큰 붉은 석종유에 엉겨 있다	凝成大堆赤色的石鐘乳.
애인아 너 어디 있느냐	愛人啊! 你在那裡?
어서 검은 구름 같은 촛불꽃을 잘라내고	快來剪去那烏雲似的燭花,
어서 네 흰 손을 보듬어서	快窩著你的素手
이 떨리는 촛불꽃을 막아주게	遮護著這抖顫的燭焰!
애인아 너 어디에 있느냐?	愛人啊! 你在那裡?

시인은 또 "우리 약자는 물고기 살로서…… 예교의 탑 앞에 놓여 있다."(「홍두편」 25)라고 하니 이것은 구사회의 수많은 청년들이 암흑사회에 불만을 품고 광명한 혁명의 길을 찾지 못한 채 오직 개인의 세계에서 헤매고 있다는 말이다. 그래서 시인은 그 더러운 데서 벗어나 오염되지 않은 정신세계를 노래하려 한다. 그러면서 우국애민의 고뇌를 떨치지 못하고

헤맨다. 시인은 그러한 갈등 속에서 저항하고 비판한다.

셋째로 조국에 대한 열애와 고향에 대한 그리움이 시집에 담겨 있다. 이 시집의 일부는 미국에서 쓴 것이다. 리광톈(李廣田)은 『원이뒤선집(聞一多選集)』서(序)에서 이르기를 "그는 친구에 보낸 서신 중에서 말하기를, '현실의 생활은 시시각각 나를 시의 경지에서부터 먼지 즉 속된 경지로 잡아끈다.'라고 하였으니 당시에 소위 시경(詩境)과 진경(塵境)은 조화롭지 못한 것이며 극히 모순적인 것이다. 이 소위 현실생활 속의 진경에 가장 중요한 것은 민족에 대한 갈등이며 여기서 민족주의적 정서가 격동하고 자라서 그는 애국주의자로 변한 것이다."라고 하였다. 그가 이렇게 된 이유라면 오랜 중국문화와 고난의 중국대지를 그는 항상 그리워하였고 원초적 본능으로 동방의 색채를 그리워하고 거기서 절대미와 운율미를 찾고자 한 것이다. 그의 사랑은 중국 조국과 문화에 집중되어서 노래한다. 그의 「국화를 생각하며(憶菊)」에서는 국화를 동방의 꽃이며 중국의 꽃으로 승화시킨다. 겉으론 국화이지만 실제론 국화 같은 아름다운 조국과 그 역사와 풍속을 찬미한다.

너 여기 뜨거운 장미 같지 않고	你不像這裡的熱欲的薔薇,
그 미천한 자라란 너보다 훨씬 못하다	那微賤的紫羅蘭更比不上你.
너는 역사가 있고 풍속이 있는 꽃이다	你是有歷史, 有風俗的花.
아 4천 년의 귀족자제의 명화	啊! 四千年的華冑底名花呀!
너는 고초한 역사가 있고	你有高超的歷史,
너는 우아한 풍속이 있다	你有逸雅的風俗!
시인의 꽃아 나는 너를 생각한다	詩人底花呀! 我想起你,
나의 마음도 순간에 꽃을 펴서	我的心也開成頃刻之花,
찬란하게 너와 똑같이	燦爛得如同你的一樣;
너랑 난 고향이 같다 생각한다	我想起你同我的家鄉,
우리의 장엄하고 찬란한 조국	我們的莊嚴燦爛的祖國,
나의 희망의 꽃도 너처럼 핀다	我的希望之花又開得同你一樣.

솔솔 부는 가을바람아! 불고, 불어라　　　習習的秋風啊! 吹著, 吹著
나는 나의 조국의 꽃을 찬미하련다　　　我要讚美我祖國底花!
나는 나의 꽃 같은 조국을 찬미하련다　　我要讚美我如花的祖國!

　우리의 조국은 얼마나 아름다운가! 시구 하나 하나가 수정같이 빛나서
장엄하고 찬란한 조국의 형상이 광채가 나고 애국심이 넘쳐난다.

　넷째는 애정에 대한 심복(心服)과 봉건예교에 대한 반항이다. 시인의
이러한 의식은 5 · 4시대의 반봉건적 정신을 반영한 것이다. 시인이 1911
년 초 칭화의 미국 유학 예비학교에 입학하자 그의 이부(姨父) 고지(高志)
가 딸 가오전(高眞)을 배필로 맺어주어 1922년 봄 혼인을 한다. 스칭(史淸)
은 『원이둬의 길(聞一多的道路)』(생활서점, 1947)에서 이르기를, "두 사람은
일찍이 직접적인 왕래가 없었지만 서로의 열애는 전통적인 격리에 저지
받지 않았다. 그들 두 사람은 모두 혼인에 대해서 만족하고 있었다. 5 · 4
이후의 표준으로 말하면 이러한 혼인은 다소간 도박적 의미를 지니지만
원선생은 자신의 시대를 이해한 것이다. 그는 진심으로 한 사람을 열애하
고 남의 열애를 받았다."라고 하였다. 시인은 결혼 다섯 달 만에 유학을 떠
난다. 「홍두편(紅豆篇)」 42수 애정시는 그녀를 사랑하는 감정을 기초로 해
서 쓴 것이다. 「홍두편」 제7수를 본다.

나의 마음 방패 없는 텅 빈 성　　　　我的心是個沒設防的空城,
한밤에 문득 그리움에 습격되어　　　半夜裡忽被相思襲擊了,
내 마음의 깃발 조각 되어 넘어질 뿐　我的心旌 只是一片倒降;
나는 오직 바란다―　　　　　　　　我只盼望―
그는 멋대로 한바탕 태워버렸다　　　他恋情屠燒一回就去了;
뉘 알았나 그가 끝내 길이 점거하여　誰知他竟永遠佔據著,
궁궐 담을 건설할 줄을　　　　　　　建設宮牆來了呢?

　시인의 예술적 구사가 교묘하다. 애정의 영구성이 생동하게 체현되어

있다. 애정을 위해서 일체를 버리고 애정을 생명처럼 여기는 시인의 시심
이 다음에 보인다.

두 모양의 물건   有兩樣東西,
나는 항상 쳐서 열고 싶고   我總想撤開,
그래서 늘 버리지 못한다 : 나의 생명 卻又總捨不得 : 我的生命,
사랑하는 사람의 그리움과 같다 同爲了愛人兒的相思..(紅豆篇8)

생명과 애정은 하나로 결합되어 있다. 애정이란 애인의 영화로운 이별
을 고한다고 해서 진정 이별할 수 없으며 초췌한 얼굴이라고 해서 그 초
췌한 면만을 영상화시킬 수도 없다. 애정은 항상 양면성을 지닌다. 애증이
공존하고 이합이 동시에 가능하다. 애정은 무한한 가능성과 좌절감이 동
시에 충동된다. 애정은 항상 두 개가 상반적으로 평행한다. 원이되는 애정
시를 묘사함에 있어서 도덕성을 강조하고 건전성을 중시한다. 그는 「겨울
밤 평론(冬夜評論)」에서 "엄격히 말하자면, 남녀연애의 정감은 가장 뜨거운
정감이어서 가장 높고 참된 정감이라고 하겠다."라고 하였다.

Ⅳ. 『사수』의 비애감

시집 『사수(死水)』(1928년 1월)의 사상내용은 건강하고 선진적이다. 그러
나 「홍두(紅豆)」에 비하면 분명히 복잡하다. 이 시집은 새로운 시 율격을
제시한 것이다. 시에 있어 예술적인 면과 감성적인 면 모두 격조를 높인
시집이라 할 것이다.

이 시집의 중요한 주제사상으로는 첫째 조국인민의 고난을 호소한 점과
그에 대한 동정심을 들 수 있다. 시인은 그의 「문예와 애국-3월 18일을

기념하여(文藝與愛國-紀念三月十八日)」에서 "위대한 동정심은 예술의 참된 샘이다."라고 하고 인민의 고난에도 냉담한 태도를 비판하였다. 이 시집은 이러한 시적 감정을 가득 담아놓았다. 시인은 1926년 겨울 큰딸을 잃었다. 의약이 부족한 농촌에서 제대로 치료도 받지 못하고 요절한 것이다. 시인은 그 슬픔을 방성대곡하며 「그녀를 잊네(忘掉她)」라는 제목으로 다음과 같이 쓰고 있다.

그녀를 잊네 한 떨기 잊혀진 꽃처럼	忘掉她, 像一朵忘掉的花-
아침노을이 서리 낀 꽃받침에 있고	那朝霞在花瓣上,-
꽃 속 한 올의 향기	那花心的一縷香-
그녀를 잊네 한 떨기 잊혀진 꽃처럼	忘掉她, 像一朵忘掉的花!
그녀를 잊네 한 떨기 잊혀진 꽃처럼	忘掉她, 像一朵忘掉的花!
봄바람 속의 한 꿈처럼	像春風裏一出夢,
꿈속의 한 종소리처럼	像夢裏的一聲鐘
그녀를 잊네 한 떨기 잊혀진 꽃처럼	忘掉她, 像一朵忘掉的花!
그녀를 잊네 한 떨기 잊혀진 꽃처럼	忘掉她, 像一朵忘掉的花!
귀뚜라미 고운 노래를 들으며	聽蟋蟀唱得多好,
무덤의 풀이 높게 자란 걸 본다	看墓草長得多高;
그녀를 잊네 한 떨기 잊혀진 꽃처럼	忘掉她, 像一朵忘掉的花!
그녀를 잊네 한 떨기 잊혀진 꽃처럼	忘掉她, 像一朵忘掉的花!
그녀는 벌써 너를 잊었고	她已經忘記了你,
그녀는 아무것도 기억하지 못한다	她什么都記不起;
그녀를 잊네 한 떨기 잊혀진 꽃처럼	忘掉她, 像一朵忘掉的花!
그녀를 잊네 한 떨기 잊혀진 꽃처럼	忘掉她, 像一朵忘掉的花!
젊은 그 친구 참 좋고	年華那朋友眞好,
그는 내일이면 늙으리라	他明天就敎你老;
그녀를 잊네 한 떨기 잊혀진 꽃처럼	忘掉她, 像一朵忘掉的花!

여기서 '她'는 시인의 네 살 난 딸 원리잉(聞立瑛)으로서 1926년 병으로 죽었다. 시인은 이 시에서 세 가지 의미를 찾고자 한다. 하나는 다시 살아

올 수 없는 인간 소실을 제시하면서 자연 순리 현상으로 자위한다. 기독교에서 생사화복의 원리를 하나님의 섭리로 수용하면서 오히려 감사의 조건으로 안위하는데 그 개념과 상통한다. 다른 하나는 죽은 딸의 심리를 설정하여 이 세상을 고별하고 내세 즉 천당을 상상한다. 그리고 또 다른 하나를 시인은 나름대로 상상한다. 인생의 장단은 시간의 개념에 불과하다. 딸을 잃은 부정(父情)은 숙명적인 비극의식을 시간의 단순적 이해로 해소하려 한다. 이 의식은 곧 기독교적 현실 고통의 탈출법과 상통한다. 넓은 개념으로 보면, 이 시는 개인의 불행한 애가(哀歌)만이 아니라, 조국인민의 고난에 대한 호소의 일부분이다. 사랑하는 딸의 요절은 전통적인 남아 중시의 악습과 구가정의 무지, 그리고 농촌의 빈궁과 낙후 때문에 생긴 일이므로 시인은 정신적으로 커다란 충격을 받은 것이다.

시집의 두 번째 중요한 주제사상으로 암흑사회에 대한 저주와 군벌매국노에 대한 반항을 들어야 한다. 그의 시 「구공(口供)」(죄를 기록한 서류라는 뜻)을 들어본다.

나는 너를 속인다 나는 무슨 시인이 아니다	我不騙你, 我不是甚麼詩人,
내가 사랑하는 건 차돌의 단단함이지만	縱然我愛的是白石的堅貞,
청송과 대해 까마귀 등에 석양을 태우고	青松和大海, 鴉背馱著夕陽,
황혼에 박쥐의 날개를 채운다	黃昏裡織滿了蝙蝠的翅膀.
넌 알지 내가 영웅도 높은 산도 사랑한다	你知道我愛英雄, 還愛高山,
난 국기가 바람에 나부끼는 걸 사랑하고	我愛一幅國旗在風中抬展,
노란색 고동색의 국화꽃을 사랑한다	自從鵝黃到古銅色的菊花.
기억하지 내 양식이 한 잔의 쓴 차인 걸	記著我的糧食是一壺苦茶!
그러나 나 하나를 너는 두렵니?	可是還有一個我, 你怕不怕? ─
파리 같은 사상, 쓰레기통으로 기어간다	蒼蠅似的思想, 垃圾桶裡爬.

시인은 암흑사회를 부정하고 자신의 어두운 사상을 해부하여 자신의 모순된 감정을 드러낸다. 조국에 대한 사랑이 충만하지만, 절망 중에 고통을

겪는다. 이 시는 그 의식을 토로한 것이다. 이 시는 내심의 감정을 물질적으로 보여주면서 추상적으로는 함축적 의미를 보여준다. 푸른 소나무와 석양 그리고 파리와 쓰레기통 등은 구체적 형상인데 그것을 통하여 어두운 일면을 상징하려 한다. 주어진 사회에 대한 부정적 표현인 동시에 자기 모순적 갈등이 어려 있다.

세 번째 주제사상은 열렬한 애국사상이다. 이것은 둘째 사상과 연결된다. 민족에 대한 연정을 다음 「기도(祈禱)」에서 보기로 한다.

누가 중국인인지 나에게 말하라	請告訴我誰是中國人,
나에게 계시하라 어떻게 기억을 지니고 있나	啓示我, 如何把記憶抱緊;
나에게 이 민족의 위대함을 말하라	請告訴我這民族的偉大,
살며시 나에게 말하라 떠들지 말라	輕輕地告訴我, 不要喧嘩!
나에게 누가 중국인인지 말하라	請告訴我誰是中國人,
누구 마음에 요순의 마음이 있고	誰的心裏有堯舜的心,
누구 피가 형가와 섭정의 피이며	誰的血是荊軻, 聶政的血,
누가 신농과 황제의 후손인가	誰是神農黃帝的遺孽?
나에게 그 지혜가 기특하다고 말하라	告訴我那智慧來得離奇,
하마가 바치는 예물이라고 말하네	說是河馬獻來的饋禮
또 나에게 이 노래 소리의 절주를 말하라	還告訴我這歌聲的節奏,
본래 아홉 겹 봉황의 전수인 것이다	原是九苞鳳凰的傳授.
누가 나에게 고비의 침묵	誰告訴我戈壁的沈黙,
그리고 오악의 장엄을 말해주나	和五岳的莊嚴?
태산의 돌 물방울이 인내에 젖어들고,	又告訴我泰山的石霤還滴著忍耐,
큰 강 황하도 화평을 흘리는 말해주나	大江黃河又流著和諧?
다시 나에게 말하라 저 한 방울 맑은 눈물은	再告訴我, 那一滴淸淚
공자가 죽은 기린을 애도하는 슬픔인가	是孔子弔唱死麟的傷悲?
저 미친 웃음도 나에게 말해줘야 되네	那狂笑也得告訴我才好, —
장주와 순우곤 동방삭의 웃음	莊周, 淳于髡, 東方朔的笑.
나에게 누가 중국인인지 말해주오	請告訴找誰是中國人,
나에게 계시하라 어떻게 기억을 지니고 있나	啓示我, 如何把記憶抱緊;

나에게 이 민족의 위대함을 말하라　　　　告訴我這民族的偉大.
살며시 나에게 말하라 떠들지 말라　　　　輕輕地告訴我, 不要喧嘩!

　이 시는 세 가지 면으로 그 내용을 이해할 수 있다. 첫째는 애국주의적
인 시심(詩心)이다. 이 시에서 시인은 요순(堯舜)과 신농(神農), 그리고 황제
(黃帝)와 같은 애민적 심상을 강조하고, 아울러 형가(荊軻) 같은 폭정에 반
항하는 정신도 강조하면서 중국의 유구한 역사를 사랑하는 의식을 상징하
려 하였다. 중국문화를 찬양하면서 동시에 주어진 현실주의적인 고뇌를
토로한 것이다. 둘째는 민족문화부흥을 호소하는 침통한 현실감수 의식이
다. 그가 말하는 중국인은 국적에 국한하지 않는 모든 인류를 상징한다.
미국 유학 중에 시인은 중국문화만이 아니라 세계문화를 의식했다. 서양
문화는 기독사상이 주도한다. 시인은 우물 안의 중국적인 의식에서 세계
화 나아가서 유도불(儒道佛) 삼교적(三敎的) 관념을 벗어나서 기독교적 사조
를 더 중시하자는 의도이다. 그것이 세계문명을 주도하는 반면 중국은 현
실적으로 낙후성을 면치 못하고 있기 때문이다. 이런 방랑적 민족역사를
이스라엘 민족에 연관시켜 기독정신에 의거하여 비유적으로 묘사한 것이
다. 셋째는 시인은 비관적 의식 속에서 의혹을 탈피하고 절망을 극복하려
는 탐색정신을 추구한다. '기도(祈禱)'란 기독교 종교술어이다. 중국어로 원
래 '기도(祈禱)'는 '기고(禱告)'라 풀이한다. 시인은 순수한 기독교의 기도
(pray)라는 개념으로 이 시를 짓고 있다. 그 바탕에 기독교 정신이 있는 것
이다. 시인은 세계화를 추구하는데도 항상 기틀을 중국인이라는 데 두고
그 안에서 모든 것을 영위해야 한다는 철저한 민족의식을 지니고 있는 것
이다. 그래서 시인은 하나의 중국인이 되는 것은 하나의 문예가가 되는 것
보다 더 중요하다고 주장하곤 한다.[12]

---

12) 聞一多, 「論文藝的民主問題」 : 「做一個中國人比做一個文藝家更重要.」(『聞一多全集』

원이둬의 시집들 즉 『진아집(眞我集)』, 『사수(死水)』, 『홍촉(紅燭)』 등에 실린 다양한 소재의 시에서 그의 내면에 흐르는 주제사상을 개관하였다. 엘리트 교육과정을 밟고 엄격한 가정교육을 통하여 형성된 시인의 문학사상은 전통적인 중국문화와 사상, 문학작품에 대한 고찰 등이 그 근간을 이룬 한편, 미국 유학을 통한 서양문물에 대한 자각과 동서양의 문화 비교의식, 그리고 부인 가오전에 대한 애정 등이 조화되어 시인 개성의 문예관을 형성하였다. 그중에 서양문물 중에서 기독교 사상에 대한 경험과 그 실용성이 시 중에 융화되어 토로되고 있음을 간과해선 안 된다. 그럼에도 원이둬 시가에서 그 점을 소홀하게 본 것은 재론되어야 할 과제로 생각한다. 본고에서 확실한 근거 제시를 못한 상황에서 부분적으로나마 거론할 수 있었던 점은 다행스럽다고 본다. 원이둬는 위대한 현대 시인으로서 그를 논외로 하고서 중국 현대문학을 정확하게 평가할 수 없다. 그런 점에서 그의 시에서 기독교 사조의 일면을 엿볼 수 있도록 시도한 것이다. 중국 문인으로서 해외에 유학 다녀온 시인들이 다소간에 기독교적 문예의식을 그들의 작품 속에 담았다는 사실은 필연적인 의식적 발로라고 본다. 서양문물은 기독교를 배제해선 이해할 수 없기 때문이다.

내가 확신하노니 사망이나 생명이나 천사들이나 권세자들이나 현재 일이나 장래 일이나 능력이나 높음이나 깊음이나 다른 아무 피조물이라도 우리를 우리 주 그리스도 예수 안에 있는 하나님의 사랑에서 끊을 수 없으리라 (로마서 8 : 38~39)

---

3 開明版)

궈모뤄(郭沫若)의 문학과 종교관

    중국 현대문학이 청말(淸末) 황준셴(黃遵憲), 량치차오(梁啓超) 등에 의해 문언체(文言體)인 소위 고문(古文) 즉 한문(漢文)으로 사상 감정을 표현하던 관습에서 탈피하여 어문일치(語文一致)를 표방하는 구어체(口語體)의 문장을 주창하면서, 1911년 10월 10일 신해혁명(辛亥革命)으로 청조가 멸망하고 쑨원(孫文)을 초대 총통(總統)으로 하는 중화민국(中華民國)이 건국된 후, 문학혁명이 활발히 전개되었다. 이로 인해서 1919년 5월 4일 문학운동을 기점으로 해서, 신문학개혁이 본격화되면서 현대문학은 생기 있는 삶의 문학으로 탄생되었다. 그 문학정신은 단순히 어문일치만으로 그친 것이 아니라 중국민족의 문화 자체를 혁신시켰으니, 그중에 가장 중요한 변화는 구습(舊習)에 물든 민족의식에 대한 비판과 개혁이며, 이를 주도한 세력이 곧 문인들이다. 특히 일본 유학파인 루쉰(魯迅, 1884~1936)은 중국민족의 타성을 문학작품을 통하여 통렬하게 비판하고 계도하는 역할을 하였으며 그 뒤를 이어서 역시 일본 유학파인 궈모뤄(郭沫若, 1892~1978)가 중국문화의 현대화과정을 이어나간 인물이 된 것이다.

    궈모뤄는 신문학 초기부터 문학활동을 전개한 의사이며 마오쩌둥(毛澤東 1890~1976)의 중공(中共) 정부에서도 부주석(副主席)까지 오를 만큼 인생의 폭이 컸으므로 그 문학적인 소재 또한 다양하다. 그의 논저가 수백 종에 달하는 것도 그의 생애와 함께 금세기의 중국을 이해하는데 지나칠 수 없는 대상인 것이다. 그 인생의 전부를 다룰 수 없는 만큼, 그의 문학을 형성한 초기사상을 고찰하고 아울러 시와 산문, 그리고 소설에 대한 시기별 특성을 음미하고자 한다. 시에는 「여신(女神)」을 그리고 소설에는 「기로(岐路)」를 중심적으로 분석하는데, 그 바탕에는 다분히 기독정신이 깃들어 있다는 점을 지적하고자 한다. 궈모뤄는 개화된 가정에서 성장하여 서양문물을 깊이 이해하여 일본유학을 통하여 셰익스피어, 괴테, 그리고 톨스토이 등에 깊이 심취했던 문학 의식의 소유자이므로 서구문학의 근저에 담긴 기독교적 정신을 흠모하여 해외유학을 자청한 인물이다. 그래서 여기에 먼저 궈모뤄에 대한 이해를 돕고자 관직을 중심으로 그의 생애를 다음과 같이 개관하고자 한다.

1892년 12월 16일 쓰촨성(四川省) 러산현(樂山縣)에서 중등지주의 아들로 출생. 모친은 두탁장(杜琢璋)의 딸.[1]

1907년 자딩중학(嘉定中學) 입학.

1909년 구교육제도에 반발하여 퇴학당함. 청두분설중학(成都分設中學)으로 전학.

1913년 분설중학을 졸업하고 톈진군의학교(天津軍醫學校)에 관비로 입학. 같은 해 일본으로 유학하여 규슈제국대학 의과(九州帝國大學醫科)에 입학.

1918년 위의 의대를 졸업하고 일본인 사토 후미코(佐籐富子)와 결혼.

1920년 귀국하여 공산당에 입당. 1차로 이탈. 일본의 후쿠오카(福岡)에서 중국 유학생 조직인 하사(夏社)에 참가하여 문학활동을 시작. 『상하이 시사신보(上海時事新報)』 부간(副刊)인 『학등(學燈)』에 「죽음의 유혹(死的誘惑)」(처녀작)과 「화로의 석탄(爐中煤)」(처녀시)를 발표.

1921년 위다푸(郁達夫) 등과 창조사(創造社)를 조직하여 낭만주의 성향을 추구하여 루쉰(魯迅)과 대조를 보임. 이 시기를 전후하여 상하이태동서국(上海泰東書局) 총편집(總編輯), 학예대학(學藝大學) 문과주임, 광둥대학(廣東大學) 문학원장을 맡음.

---

1) 『中共人名錄』(國立政治大學國際關係研究所, 1978)에는 출생년을 1891년생으로 기재하고 아편을 파는 金臉大王이란 惡稱의 祖父를 두었다고 함.

1926년 저우언라이(周恩來)의 소개로 덩옌다(鄧演達)가 주도하는 국민혁명 총정치
　　　　부 선전과장에 임명됨.

1927년 7월에 총정치부 부주임, 총정치부 주장판사처(駐贛辦事處) 주임을 맡음. 8
　　　　월 난창(南昌) 폭동에 참가했다가 실패 후에 홍콩으로 감.

1928년 상하이로 귀환하여 창조사를 재건하고 『여신(女神)』집을 출판. 프로문학을
　　　　고취하여 일본으로 감. 중국 고대사, 고대사회 및 고문자학 연구.

1932년 『창조십년』, 『중국고대사회연구』 등을 출판.

1937년 항일전쟁 후에 귀국하여 정치부 제3청장 및 문화공작위원회 주임.

1945년 소련의 과학원 220주년 기념대회에 참가 후 귀국하여 『소련유기(蘇聯遊
　　　　記)』를 씀.

1949년 5월 정치협상회의비회의에 참가. 7월 중화전국사회과학공작자대표회담 부
　　　　주석. 9월 정치협상회의 제1회 전국위원회 부주석. 10월 중공정권 수립 후
　　　　에 정무원부총리, 문화교육위원회 주임, 과학원원장을 맡음.

1953년 중국문학예술계연합회전국위원회 주석. 중국작가협회 이사.

1954년 중국과학원 철학사회과학학부 주임.

1956년 세계10대문화인기념회주비위원회 주석. 한어병음방안심정위원회 주임.

1958년 중국과학기술대학 교장. 중국문학학술계연합회 주석.

1959년 5·4 40주년기념주비위원회 주임위원.

1960년 중국문학학술계연합회 주석.

1961년 정치협상회의전국위원회 기념신해혁명주비위원회 부주임위원 및 노신탄
　　　　신기념회주석단 성원. 몽고인민공화국과학원원사.

1964년 제삼계전국인대회대표(쓰촨).

1965년 제삼계전국인대회상무위원회 부위원장. 기념손중산선생백년탄신주비위원
　　　　회 부주임.

1967년 문혁으로 직위를 박탈당함. 이후 각종 회의에 참가.

1969년 당구계중앙위원.

1970년 중일우호협회대표단장으로 일본사회당과 공산성명에 서명.

1973년 당십계중앙위원.

1975년 사계전국인민대표대회상무위원 부위원장.

1977년 당십일계중앙위원. 오계전국인대회대표(쓰촨).

1978년 정협오계전국위원회. 오계전국인대회상무위원회 부위원장, 정협오계전국
　　　　위원회 부주석, 중국과학원장 재임 중 6월 12일에 사망.

Ⅰ. 초기의 사상 형성

귀모뤄의 생활관을 위시한 사상의 형성 분기를 보면, 1924년에 나온 「사회조직과 사회혁명(社會組織與社會革命)」을 기점으로 소위 그의 공산사상 형성기로 보는 면과 1930년 전후에 발표된 「문학혁명의 회고(文學革命之回顧)」, 「문예의 불후성에 관하여(關于文藝的不朽性)」 등의 글을 발표한 후에 마르크스 사상을 추종하게 된 면으로 본다.2) 그의 순수한 의식세계의 시기는 실지로 늦게 잡아도 1930년대 초까지 끝나고 그 이후는 시간과 함께 공산사상에 점차 빠져들게 되었다 하겠으니, 그의 저작시기가 그나마 1949년까지로 연장될 수 있어도 사실은 1930년대 초의 사상 변화기까지로 그의 문학적 진실은 소실되었다고 말할 수 있고, 그 이후로는 하나의 당원으로 공산주의자로서 처세했다고 하겠다. 이러한 사상의 변화와 형성에 있어 몇 가지 유의할 점을 지적할 수 있다. 그의 초기사상은 진실하고 현실고백이란 정신세계를 지키는 문인으로서의 본분을 지키고 있다. 그의 「일본을 떠나며(留別日本)」(『孤軍』 八・九期合刊, 1922년)의 일단을 보면,

사랑스럽구나 사마대의 형제여	可憐呀, 邪馬台的兄弟,
내 고향산 가시덤불로 덮였어도	我的故山雖然是荊棘滿途,
그곳은 청결한 산차가 끓고 있고	可是那兒有淸潔的山茶可煎,
그곳은 새 날아가는 푸른 하늘이 있고	那兒有任鳥飛的靑空,
그곳은 물고기 노니는 강과 호수가 있다	那兒有任魚游的江湖.

여기에는 하나의 계급을 의식한 변질사상의 요소가 없다. 다만 다소 자극적인 어구가 있으나 비교적 순진성을 표출하고 있다. 그의 사상의 변화

---

2) 陳永志의 「郭沫若前期思想發展硏究中的幾個問題」 중의 (一) 참고. 이러한 分期 는 1922년, 1924년, 1925년, 1926년, 1930년설 등 부분함.

는 일본을 여행하면서부터 급변하게 되어 「사회조직과 사회혁명」(社會組織與社會革命)의 번역을 통하여 마르크스주의를 배우는 한편 성경을 직접 열독하면서 정착되었다. 그는 청팡우(成仿吾)에게 준 서신에서 자신의 사상변화를 토로하면서 마르크스에의 깊은 심취와 문예의 현실생활화를 묘사하고 있다.[3] 이러한 그의 사상 배경은 문예적인 면과 철학적인 면으로 살펴볼 수 있다.

1. 문예적 측면

궈모뤄는 정서란 문예의 세포이며 문예의 본질이라고 주장하면서 문학의 본질은 감정에서 시작되고 감정에서 끝난다라는 명제를 제시하였다. 그는 "문학의 본질은 절주가 있는 정서의 세계"(文學本質是節奏的情緖的世界)라느니, "감정에 계절의 연장을 가미한 것이 정서"(感情加上時序的延長便爲情緖)라 하여[4] 정서와 감정을 동의어로 설정하였다. 천융즈(陳永志)는 이를 두고 유심론(唯心論)에 입각한 것이라고 하지만[5] 그것은 어디까지나 편향적인 견해라 할 것이다. 이제 초기의 대표문집인 『여신(女神)』(1921)에 표출된 그의 의식을 통해 사상형성의 근거를 찾도록 하겠다.

먼저 『여신』에서 그는 구세대에 대한 반항감이 있었으니, 이것은 소년기의 일반적 개성의 표출인 것이다.[6] 이 문집의 「산앵도나무꽃(棠棣之花)」

---

3) "沫若文集』 第十卷의 「孤鴻―致成仿吾的一封信」: 「馬克思主義在我們所處的這個時代是唯一的寶筏. 物質是精神之母」 「科學的社會主義所告訴我們的各盡所能, 各取所需的時代, 我相信終久能够到來」 「文藝是生活的反映, 應診是只有這一種是眞實的」
4) 『沫若文集』의 「文學的本質」
5) 陳永志의 「前期思想發展研究中的幾個問題」: 「像文學的本質是始于感情而終于感情的這種情況－按流行的見解看是唯心論, 而其實却是唯心論」
6) 『郭沫若文集』 自序: "這改革社會的要求, 在初自然是不分質的, 只是朦朧地反抗舊社會, 想建立一個新社會."

에서 니체의 초인철학과 무정부 관념을 내세우고, 「여신의 재생(女神之再生)」에서는 농민의 노래를, 「밤(夜)」에서는 빈부와 현명함과 우둔함의 일체화를, 「눈 오는 아침(雪朝)」에서는 칼라일의 영웅심을 각각 강조하여 일종의 현실사회에 대한 초일성(超逸性) 내지는 정치현실에 대한 비감을 표출하였다고 할 것이다. 이들 의식의 근저에는 서양문물과 기독사상이 내면에 잠재되어 있기에 가능한 것이다. 1921년 4월에 일본에서 귀국한 그 이튿날에 썼다고 하는 「상하이인상(上海印象)」의 글귀를 보면,

난 꿈에서 놀라 깨었네	我從夢中驚醒了!
환멸의 비애여	Disillusion的悲哀啊!
노니는 시체	游閑的屍,
음탕한 육신	淫囂的肉,
긴 남자 저고리	長的男袍,
짧은 여자 옷소매	短的女袖,
보이는 건 온통 메마른 뼈	滿目都是骷髏,
길가엔 온통 영구	滿街都是靈柩.

이것은 상하이에서 본 모국에 대한 저주라기보다는 일종의 연민의 정이라고 하겠다. 사회현상에 대한 부정의식이 해외생활에서 싹트고 그것이 그가 정치노선에 관심을 둔 계기가 되었을 것이다. 다음으로 문학 자체에서 궈모뤄가 작품의 진정한 실감을 강구하고자 했음을 알게 된다. 「논시삼찰(論詩三札)」에서,

나는 우리의 시가 단지 우리 마음의 시의와 시경의 순수한 표현이며 생명원천에서 흘러나오는 스트레인이며, 심금에서 튀어나오는 멜로디이며, 삶의 진동이며, 영적인 고함일 뿐이라고 생각한다. 그것은 참 시이며, 좋은 시이며, 곧 우리 인류환락의 원천이며, 취하는 맛좋은 술이며 위안의 천국이다.[7]

---

7) 我想我們的詩只要是我們心中的詩意詩境之純眞的表現, 生命源泉中流出夷的Strain,

라고 하였으니, 이것은 중국의 전통적인 신운적(神韻的) 시정(詩情)을 본받고 있으면서 기독교적인 천국과 지옥의 갈래를 의식하며 자신의 현실적 위치를 상정하여 작가 사상을 정립하는 과정으로 삼았음을 보여준다. 여기서 신운적 시정이란 송대 엄우(嚴羽)가 『창랑시화(滄浪詩話)』에서 거론한 시론으로서 '이선논시(以禪論詩)' 즉 시를 논하는 것은 불교의 참선적(參禪的) 몰아(沒我)에서만이 가능하다는 논리인데 현실적으로 궈모뤄가 제기한 비유적 표현은 기독교적 신앙관에 입각한 문학사조로 해석된다. 시의 오묘함은 흥취를 으뜸(第一義)에 두고(『창랑시화』의 논리), 성당(盛唐)대 이백(李白, 700~760)·두보(杜甫, 712~770)와 왕유(王維, 701~761)·맹호연(孟浩然, 689~740)의 시취(詩趣)를 추종하고 있는 것이다. 적어도 그의 문학에 있어, 초기의 주관은 자연유로를 향한 순수하고 건강한 면모를 지녔다고 하겠다.8) 그러면서도 그는 시체의 구어화(口語化)를 주장한 것은 5·4문학운동의 참여자로서의 동조이며, 후에 논자는 혁명이라는 말로 표현했지만9) 이는 단지 궈모뤄의 당시 입장에서 볼 때, 신문학조류에 대한 일치된 소감이라고 하겠다.

2. 철학적 측면

구중(顧炯)의 「여신과 범신론(女神與泛神論)」(『문학평론』, 1979년 1기)에 보면,

心琴上彈出來的Melody, 生之顫動, 靈的喊叫. 那便是眞詩, 好詩, 便是我們人類歡樂的源泉, 陶醉的美釀, 慰安的天國.)
8) 『女神』 중에서 「Venus」 「司健康的女神」 「死」 등을 예로 들 수 있음.
9) 「論詩三札」에서 '古人用他們的言辭表示他們的情懷, 已成爲古詩, 今人用我們的言辭表示我們的生趣, 便是新詩'라 하고, 卜廣華는 『郭沫若評傳』(p.30)에서 '在詩體革命的問題上'이란 용어를 쓰고, "使他的某些詩歌存在着單調, 駁雜的缺點"이란 표현을 함.

궈모뤄가 범신론의 영향을 받은 것은 1914년에서 1919년까지의 일본 유학 기간이다. 아울러 문학영역에서 시작된 것이다. 그는 먼저 1914년에 타고르의 시를 읽으며 울렁대면서도 고요한 슬픈 가락과 열반적이며 쾌락적인 시행에 2, 3년 도취해 있었다. 1916년부터 괴테·하이네의 작품을 접하고 스피노자의 철학저서를 열독하였다. 그가 휘트먼의 초엽집을 읽은 것은 1919년 9월이었다. 궈모뤄가 범신론의 영향을 받은 과정은 마침 세계의 무산계급혁명이 팽창한 시대이다.[10)

　　궈모뤄는 일본 유학 시기, 즉 1914년부터 1919년 사이를 전후하여 타고르와 스피노자의 사상에서 직접적 영향을 받고, 괴테·하이네 그리고 휘트먼 등의 문인으로부터 문학사상의 원류를 받은 것으로 밝히고 있다. 다만 이 범신론적 의식이 궈모뤄에게 무산계급적인 공산의식을 초기에 주입시켰는지에 대해서는 회의적이다. 궈모뤄는 이미 서양 사조를 접촉하면서 기독교적인 서양문예의식이 강렬하게 내면에 소용돌이치고 그것이 중국 전통사상과 연관되어서 범신론이란 개념을 정립하게 된 것이다. 그래서 궈모뤄는 타고르의 범신사상에 대해 심취했던 면과 중국 고대의 주진(周秦)대에게도 이 사상이 실재했음을 다음과 같이 피력하고 있다.

　　이런 사상은 인도, 인도의 타고르뿐 아니라 우리 중국 주진대와 송대의 일부 학자와 서구의 고대와 중세기의 일부 사상가에게도 있었다. 다른 것은 단지 옷, 글자뿐이다. [11)

---

10) 郭沫若接受泛神論的影響，主要是在一九一四年至一九一九年留日學習，期間. 而且是從文學領域開始的. 他首先生一九　四年讀到泰戈爾的詩，并在那蕩漾着怡靜的悲調和涅槃的快樂的詩行裏陶醉過二三年.一九一六年開始又接觸了歌德，海涅的作品，由此又接近了荷蘭的斯賓諾莎，幾手閱讀過他的全部哲學著作. 他讀到惠特曼的草葉集已經是一九一九年九月. 郭沫若接收泛神論影響的過程，正是世界無産階級革命高漲的年代.

11) 這種思想不獨印度有，印度的泰戈爾有，便是我們中國周秦代之際和末時的一部分學者，西歌的古代和中世紀的一部分思想家部有. 不同的只是衣裳，只是字面罷了.
『創造週報』 23호, 1923

궈모뤄는 이 사상이 중국에도 이미 있다고 하여 국수적인 경향을 보였다. 이 경향이란 장자(莊子)를 지칭하는 것으로서 그의 「장자와 루쉰(莊子與魯迅)」(『沫若文集』卷十二)에서 "그의 글을 좋아하며 그의 사상에 매료된다."(不但喜歡他的文辭, 竝且還迷戀過他的思想.)라거나 "진한 이래의 일부 중국 문학사는 대개 그의 영향하에 발전되었다."(秦漢以來的一部中國文學史差不多大半是在他的影響下之發展.)라고 떠받들고 있다. 그의 장자사상에 대한 견해를 다음 몇 단의 문장 속에서 밝힐 수 있으니(「莊子與魯迅」),

> 그는 생각하기를 우주만물의 모든 형상은 초감관의 잔재에서 나오니 곧 도의 연변이다. 도는 만물의 본체이니, 그것은 듣고 먹고, 숨쉴 수 있는 소위 신이 아니며, 순수추상의 이념도 아니며 단지 만상의 배후에 있는 보지도 듣지도 만지지도 못하는 직각으로 오는 실재로 있는 것일 뿐이다. 보지도 듣지도 만지지도 못하기 때문에 편의상 때때로 '무'라고 하지만 '참된 무'는 아니다. 시간으로 감쌀 수 없고 공간으로도 감쌀 수 없는 그것은 끝도 시작도 없고 다하거나 끝이 없어서 사방팔방을 두루 다니며 변화무쌍하니 이것이 그의 본체론의 개략이다.[12]

궈모뤄는 모든 현상이 물외(物外)의 신에 의한 창조가 아니고, 본체의 표상이므로 본체가 곧 신이며 이 표상들은 모두가 지닌 고유한 본체의 반영이라고 보았고, 자연과 자아가 바로 신이어서 천제와 인군의 지배를 받지 않는다고 장자를 풀이하였다. 궈모뤄의 이러한 해석이 소위 범신론이란 점과 근접했기 때문에 범신론 사상에 대해 큰 매력을 느꼈음을 짐작할 수 있다. 그는 장자의 사상을 서양의 범신론에 대비하여 장자의 입장을 서양에 원용하므로 그의 문학사상의 근저를 다음 글에서 밝히고 있다.

---

12) 他是認爲宇宙萬物. 一切種種的形象都是出于一個超感官的眞宰, 卽是道的演變. 道是萬物的本體, 它固然不是能聽, 食, 息的所謂神, 也不是純粹抽象的理念, 而只在萬象背後的看不見, 聽不到, 摩不着, 却下以直覺到的實有. 因爲看不見, 聽不到, 摩不着, 故在便宜上有時稱之爲無, 但幷不是眞無, 時間也不能範圍它, 空間也不能範圍它, 它是無終無始, 無窮無際, 周流八極, 變化不居, 這是他的本體論的梗槪.

나는 우리나라의 장자를 사랑한다. 내가 그의 범신론을 사랑하기 때문이다. 세 개의 범신론을 논하는 자 나는 장자를 좋아하고 또 타고르를 가까이하기 때문에 범신론에 대한 사상은 커다란 견인력이 있다. 따라서 나는 유럽의 대철학자 스피노자의 저작과 독일 시인 괴테의 시에 접근해 있다.[13]

상기에 밝혔듯이 서양의 스피노자와 괴테 문학사상이 기독교적 종교사상을 근거로 한 것인데 궈모뤄가 장자를 통해서 문학과 사상의 기반이 다져진 위에 서구문학의 작품과 연계하여 그의 초기 작품에서 자연주의적인 낭만성을 지닌 면을 보여주는 이유를 알게 된다. 그러나 궈모뤄가 말한 바, 범신론을 가지고 단지 유물주의와 연관시키는 것은 신중해야 할 것이다. 그는 단지 서양철학자들에 출입하면서 장자에 연관시켰으리라 보고 그 자신은 어디까지나 중국 전통사상의 테두리 안에서 볼뿐이다.

Ⅱ. 장르별로 본 문학정신

궈모뤄의 문학은 양과 질에서 독보적인 위치를 점하였고 그를 현대문학에서의 대가라고 지칭하는 데에 누구나 이의가 없다. 그의 모든 분야를 깊이 이해하기 위해서 무엇보다 먼저 신문학운동의 시대적 맥락과 그의 문학형성에 좋은 관계가 있는 문학단체인 '창조사(創造社)'의 이념을 살펴야 할 것이다. 신문학운동의 과정을 분기별로 5등분하여 보면, 제1시기는 5・4운동기(五四運動期)인 1917년부터 1921년까지가 되겠다. 중국의 내외적 형

---

13) 我愛我國的莊子. 因爲我愛他的Pantheism. -「論三個泛神論者」 我因爲喜歡莊子, 又因爲接近了泰戈爾, 對于泛神論的思想愛着莫大的牽引. 因此我便和歐洲的大哲學家斯賓諾莎的著作, 德國大詩人歌德的詩接近了. -「我的作詩經過」:『沫若文集』卷11

세가 급변하면서 전통적인 구제도에 대한 반항과 새로운 구조의 긍정과 기대가 요구되면서 문학형성의 정립이 산생되기 시작하였다. 제2시기는 1921년부터 1927년까지의 신문학운동 전개 및 심입기로서 문학연구회(文學研究會)와 창조사가 성립되어 사실주의와 낭만주의의 문풍(文風)이 되어 루쉰의 활동이 활발하였으며 항일 기미도 있었다. 이어서 제4시기는 1937년에서 1945년까지의 항일전쟁기이니, 항일역량을 위해 중화전국문예계항적협회(中華全局文藝界抗敵協會)(약칭 全國文協)를 결성하였다. 제5시기는 1945년에서 1949년의 대륙에 있어 혁명전쟁의 공산화 시기인데, 이는 사회 및 소위 현실주의 문학이 대두하고 마오쩌둥(毛澤東)의 연안문예좌담회(延安文藝座談會)상의 강화를 통하여 그들의 방향이 구체화되어 농공을 주제로 한 창작이 등장하여 딩링(丁玲)의 "태양은 상건하 위에 비춘다(太陽照在桑乾河上)", 저우리퍼(周立波)의 "폭풍의 소나기(暴風驟雨)", 리지(李季)의 "왕귀와 이향향(王貴與李香香)" 등은 그 점을 반영하고 있다. 그들은 신문학운동이 공산사상과 사회 및 현실주의 표출이라고 하지만[4] 사실은 전통문학에서 대중화와 감성의 진실표현이 그 주된 의식이라 볼 것이다. 여기서 궈모뤄 문학의 근원은 제2기인 1920년대의 활동지인 창조사와의 관계를 간과할 수 없다.

창조사는 세 가지 면에서 그 주장하는 의미를 생각할 수 있다. 첫째, 낭만주의와 현실주의는 대치관계라기보다는 낭만주의가 적극적인 흐름으로 작용할 때 정신적으로 현실주의와 상통한다는 주장이다. 둘째, 창조사는 예술의 자체는 목적이 없으나 시대적 사명을 지니며, '미(美)'와 '전(全)'을 추구하는 동시에 예술의 사회적 의의를 주장하였다. 그들은 경우에 따라서 현실도피의 사상을 토로하면서 불합리한 현실은 절대 배격하였

---

14) 劉綬松, 『中國新文學史初稿』, 緒論.

으며, 셋째로 그들 멤버 구성상 후에 공산화의 요소가 많은 작용을 한 소위 대륙의 혁명문학의 주된 단체로 보는 점이다. 궈모뤄가 청팡우(成仿吾)·위다푸 등과 활동하면서 이 단체에서 자신의 기본적인 노선을 정립하기 시작한 것으로 본다. 창조사 전기의 중요한 논술로 궈모뤄의 「우리의 문학신운동(我們的文學新運動)」「문예의 사회적 사명(文藝之社會的使命)」「신문학의 사명(新文學之使命)」「예술의 사회적 의의(藝術之社會的意義)」「사실주의와 세속주의(寫實主義與庸俗主義)」 그리고 위다푸의 「예술과 국가(藝術與國家)」「문학상의 계급투쟁(文學上的階級鬪爭)」 등은 궈모뤄의 문학이론 형성에 상관성을 지닌다. 궈모뤄의 「문예의 사회적 사명(文藝之社會的使命)」(上海文學의 講演, 1923년 5월)을 보면,

> 문예는 봄날의 화초처럼 예술가의 내심에 있는 지혜의 표현이다. 시인의 시 한 편, 음악가의 곡조 한 곡, 화가의 그림 한 폭 모두가 그들 천재적인 자연스러운 표현이다. 한바탕 봄바람이 불어 연못에 잔물결이 일 듯 소위 목적이란 없다.[15]

라 하고, 청팡우도 「신문학의 사명(新文學之使命)」에서,

> 문학상의 창작은 본래 내심으로부터의 요구일 뿐, 어떤 예정된 목적이 있을 리 없다.[16]

라 하였으며, 위다푸는 「예술과 국가(藝術與國家)」 중에서 기록하기를,

> 나는 유미주의자와 같은 지론의 편견에는 동의하지 않지만, 미의 추구가

---

15) 文藝也如春日的花草, 乃藝術家內心之智慧的表現. 詩人寫出一篇詩, 音樂家譜出一個曲, 畵家繪成一幅畵, 都是他們天才的自然流露; 如一陣春風吹過池面所生的微波, 是沒有所謂目的.
16) 文學上創作, 本來只要出自內心的要求, 原不必有什麽豫定的目的.

예술의 핵심인 것은 인정한다. 자연의 미, 인체의 미, 인격의 미, 정감의 미 때론 추상적인 비장의 미, 웅대의 미 및 기타 모든 미적 요소가 예술의 주요 성분인 것이다.[17]

라 하였으니 이러한 설법을 통해서 궈모뤄가 초기에 예술과 문학의 동질을 강조하고 있음을 알 수 있다. 궈모뤄의 문학관은 후기에 들면서 사회문제에 관심을 두게 되고 현실에 대한 강렬한 의지로 반항적인 자세를 취하게 되니, 전기와는 매우 대조적인 다음의 글에서 확인하게 된다.

　　우리는 위의 몇몇 파생된 문학상의 정취에 반항한다. 우리는 그런 정취에 찬 노예근성의 문학에 반항한다. 우리의 운동은 문학 속에서 무산계급의 정신과 적나라한 인성을 표현하는 데 있다. 우리의 목적은 생명의 폭탄으로써 이 독용의 마귀궁전을 쳐부수려는 데 있다.[18]

여기서 그의 공산화된 사상적 일면을 읽을 수 있다. 이것이 1949년 중공의 등장과 함께 궈모뤄가 중국학술원원장과 소위 중화전국문학예술공작자(中華全國文學藝術工作者) 대표대회의 총주석이 되면서 고착되어 그 이후의 창작은 중단되고 한 당인으로서의 정치생활을 하게 되니 궈모뤄의 후반생은 문학과는 무관하다고 하겠다. 따라서 궈모뤄의 문학세계는 전반생의 의식세계에 국한될 수밖에 없는 것이다.

1. 시-「여신」 중심으로

궈모뤄는 『비갱집(沸羹集)』의 「나의 시의 서문(序我的詩)」에서 시를 논하

---

17) 我雖不同唯美主義者那樣持論的偏激，但我却承認美的追求是藝術的核心. 自然的美, 人體的美, 人格的美, 情感的美, 或是抽象的悲莊的美, 雄大的美, 及其他一切美的情素, 便是藝術的主要成分.
18) 「我們的新文學運動」, 『創造週報』 第3期, 1923.

여 "성정은 반드시 진실해야 한다(性情必眞)"라고 하였으니 1922년 12월 15
일자로 동생에게 보낸 한 서신에서 작시의 원칙을 다음과 같이 기록하고
있어서 후에 시대와 여건의 변화로 인해 궈모뤄의 작시관이 달라지지만,
초기의 이러한 논시법이 그의 시학을 평가하는 기준이 되었다고 본다.

1. 순진한 감촉이 있으며 정이 그 가운데에서 움직여 절로 쓰지 않을 수 없
   게 한다. 공백지에 의거하여 짓지 말라. 제목에 두어 시를 지을 것이 아
   니라 시가 되어진 후에 제목이 따를 것이다.
2. 표현은 힘써 진실함을 구하되 한 털이라도 부스러뜨려서는 안 된다.
3. 자신의 언사를 쓰되, 진부한 어투와 성어를 남용해서는 안 된다.
4. 압운에 얽매이지 말고 항상 자연스럽게 할 것이며 전체가 모두 운이 되
   게 한다.
5. 시 한 수를 쓸 때, 전무후무할 만한 자의 심리를 지녀야 한다. 자기의 시
   의 생명이 신선한 산물이어서 영원히 불후한 것이 되도록 해야 한다. 이
   러한 것이 곧 창조이다.
6. ……서정적인 문자는 가장 자연적인 것만이 가장 심원한 것이다. 정감과
   사물과의 관계는 가장 신기하고 불가사의한 천기이기 때문이다.
7. 여운이 있고 함축이 있어야 한다.[19]

궈모뤄의 근본사상은 참된 성정에 의한 체회를 하는 중에 창출되는 데
서 그 요체를 구하고 있는데, 시대와 지위에 따라 다양하게 외표하는 형상
이 다르게 나타난다. 그러나 그 흐르는 내면은 일관되고 있다고 할 것이다.
궈모뤄의 시에 대한 분기는 앞서 서술한 제2, 3, 4시기의 신문학시대에서
많이 나타나고 있다. 제2시기에 나온 시가로는 『여신(女神)』, 『별의 하늘(星

---

19) 一. 要有純眞的感觸, 情動于中令自己不「能」. 不寫不要憑空白地去「做」, 所以不
    是限題做詩, 是詩成後才有題. 二. 表現要力求眞切, 不許有一毫走碾. 我們到底是要
    作奴隷, 還是依然主人. 三. 要用自己所有的言詞, 不宜濫用陳套和成語. 四. 不要拘
    于押韻 總要自然. 要全體都是韻. 五. 作一詩時, 須要有個前無古人後無來者的心理.
    要使自家的詩之生命是 個新鮮的産物, 具有永恒的不朽性. 這麼便是 「創造」. 六.
    ……抒情文字惟最自然者爲最深邃, 因爲情之爲物最是神奇不可思議的天機 七.
    要有餘韻, 有含蓄.

空)』,『병(瓶)』,『앞띠풀(前茅)』등 시집을 냈다.『여신』과『별의 하늘』은 궈모뭐 초기의 용맹하고 거칠며 반항적인 정신과 대자연에 대한 열정이 표현되었고『병(瓶)』은 애정을,『앞띠풀(前茅)』는 현실반항 의식을 각각 표출하고 있다.

『여신』에 대해서 이 시기에 있어 궈모뭐를 대표하는 불후의 작품이기 때문에 별도로 기술하고자 한다. 궈모뭐는 자신의 시에 대해 "시는 짓는 것이 아니고, 써내는 것이다(詩不是做出來的, 是寫出來的)."라고 단정하면서, 시의 순진한 의경을 강조하였는데(『三葉集』의 「作我的詩」) 궈모뭐의 이 사상이 그 문학의 가치가 되는 것이다.『여신』의 서시(序詩)에서 폭발적인 감정과 지혜의 유출을 제시하였고 「여신의 재생(女神之再生)」에서는 "좀 새로운 광명을 창조한다(要去創造些新的光明)", "좀 새로운 열기를 창조한다(要去創造些新的溫熱)", "신선한 태양을 창조한다(要去創造個新鮮的太陽)"라고 하여 그의『여신』이 순진하고 생동하면서 열정적인 세계를 중시했음을 강조하고 있다.『별의 하늘(星空)』중의 시가는 궈모뭐가 인생의 고생을 맛본 후 다시 도일하는 시기에 나와서 전반적으로『여신』과는 달리 철저하면서 초탈적인 비애(「夜初」에서)와 담백한 태고에의 귀의(「南風」에서)를 표출하고 있다. 「홍수시대(洪水時代)」를 보면,

너 위대한 개척자여　　　　　你偉大的開拓者喲,
너 길이 인류의 큰 빛　　　　你永遠是人類的誇耀,
너 미래의 개척자여　　　　　你未來的開拓者喲,
지금은 제2차의 홍수 시대이다　如今是第二次的洪水時代.

라 하여 하대의 우왕(禹王)을 찬미하고 있다.『앞띠풀(前茅)』은 궈모뭐 사상과 예술에 한 범신론적 입장에서 유물론적인 면으로 방향을 잡는 경향을 보이고 있다. 즉 현실에의 도전으로 표현되고 있으니, 그 문집 중의

「일본을 떠나며(留別日本)」를 보면

3억 2천 만의 낫이 있어	有三億二千萬的鎌刀,
우리 하루아침에 폭발이 일어나	我們有一朝爆發了起來,
이 세계의 철장을 때려 부수리	不離把這座世界的鐵牢打倒.

그리고 「우리는 붉은 빛 속에서 본다(我們在赤光之中相見)」의 일단을 보면,

쿵쿵 하는 용수레 소리	轟轟的龍車之音,
이미 여명을 떠난 지 멀지 않네	已離黎明不遠.
태양이여 우리의 스승이여	太陽喲, 我們的師喲.
우리 붉은 빛 속에서 만나리	我們在赤光之中相見.

라 하여 열정과 자신에 넘치는 적극적인 행동의지를 토로하고 있다.

이런 중에 제3시기에 들면서 신월파(新月派)와 현대파(現代派)의 시가 등장하여 전자는 형식주의에 입각한 절주와 운격을 중시하여 형식의 완전미를 추구하고 후자는 그 모든 격식을 떠나서 현대 생활 중에서 느낀 정서와 현대의 사조(詞藻)로써 시형(詩形)을 배열하기를 주장하니 그 조류에서 궈모뤄는 『앞띠풀(前茅)』의 색채를 가지고 실제의 행동하는 시인으로 모습을 나타내기 시작한 것이다. 이 시기에 발표한 대표작 「회복(恢復)」은 좌절과 병고에서 쓴 것으로 작품 속에는 오히려 낙관과 신심이 충만해 있다. 「달을 대하고(對月)」의 일단을 보면,

| 내가 바라는 건 사나운 음악 | 我所希望的是狂暴的音樂, |
| 탕탕 북소리 하늘을 떠들썩한다 | 猶如鞺鞳的鼕鼓聲浪喧天. |

라고 하여 사람을 고무하고 분발하게 하는 음성을 내고 있다. 자극적이고

선동적인 면까지 보임은 당시의 중진으로서 영향력이 크다고 하겠다. 그의 「피의 환영(血之幻影)」은 매우 투쟁적인 정신으로 일관되어 있어 전기의 견해와 너무 대조적임을 알 수 있다. 그 작품의 일단을 보면,

맹수와 맞서서 어찌 잠시라도 참을 건가	對於猛獸那還容得着片刻的容忍,
우리 빨리 우리의 횃불 들어 숲 태우자	我們快擧我們的炬火消滅山林!
우리 모든 치욕·인순·회의·고민을	把我們一切的恥辱·因循·懷
	疑·苦悶……
그 불 속에 던지리니	投向那火中,
아니면 우리 영원히 다시 살 수 없다	不然, 我們是永遠不能再生.

라고 하여 자아표현의 설법을 폭발적인 방법으로 표현하였다. 이를 놓고 펑나이차오(馮乃超)는 궈모뤄의 시를 평가하기를[20]

궈모뤄 선생은 중국 신시의 창작에 있어서, 성취가 가장 높고 공헌이 가장 큰 사람이다. 30년대 이후의 청년학생은 모두 그의 독자이니, 그는 밝고 신선한 시구를 써서, 한 위대한 교사처럼 젊은 한 세대를 이끌고 있다.[21]

라고 한 것을 보면 궈모뤄의 시는 「여신」에서 「회복」까지의 흐름에서 상당히 변화하고 있음을 알 수 있다.

항일기인 제4시기에 들어서 일본에서 귀국한 그는 문학활동을 게을리하지 않고 고무적인 작품을 발표하여 이들을 모아 항전 초기 시집인 『전성집(戰聲集)』으로 남겼다. 그의 「전쟁 소리(戰聲)」 시를 보면,

전성이 긴박하면 모두 쾌락을 느끼고	戰聲緊張大家都覺得快心,

---

20) 馮乃超가 1942년 重慶文藝界에서 沫若創作生活 25주년에 쓴 「發歸震聲的雷霆」(『抗戰文藝』 七卷六期)에서 인용.
21) 郭沫若先生在中國新詩的勞作上, 是成就最高, 貢獻最大的人. 三十年代以降的青年學生, 都是他底讀者, 他用琳琅新穎的詩句, 有如一偉大的教師, 薰陶着年青的一代.

전성에 이완되면 모두 소침해진다　　戰聲弛緩大家都覺得消沈.
전쟁의 긴박과 이완 민족 운명에 관계되니　戰爭的一弛一張關於民族的命運,
일어나라 만 분의 일의 요행 다시 없도다　站起來啊, 莫再存萬分之一的徼倖,
구차하게 살기 바라는 삶 참된 삶이 아니다　委曲求全的苟活決不是眞正的生.
평화 추구는 본래 우리 민족의 천성인데　追求和平, 本來是我們民族的天性,
허나 평화의 모체며 친구는 전성이구나　然而和平的母體呢, 朋友, 却是
　　　　　　　　　　　　　　　　　戰聲.

　여기서 항전에 대한 강한 결심과 나라를 위한 소망이 절실하게 표현되어 있다. 『전성집(戰聲集)』이 주는 이미지는 분방과 호매(豪邁)의 기세 및 풍격인데 인간의 강인한 의지와 신뢰를 불어넣어주며 정의감을 풍기고 있다. 같은 시기에 나온 『조당집(蜩螗集)』은 분노와 견책을 나타내며 그 당시의 부패상을 묘사하고 있다. 이 중 「죄악의 금자탑(罪惡的金子塔)」을 보면,

그대 아는가　　　　　　　你們知道嗎?
분노뿐 비애는 없고　　　　祇有憤怒, 沒有悲哀,
불뿐 물은 없네　　　　　　祇有火, 沒有水.
장강과 가릉강도 불의 홍수로 변했네　連長江和嘉陵都變成了火的洪流,
불로 죄악이 쌓은 금자탑을 태울 수 없을까　這火 難道不會燒毁那罪惡砌成
　　　　　　　　　　　　的金子塔麼?

　여기서 시인의 격앙된 포효를 듣는 듯하다. 항일 시기에는 많은 작품을 남기지 않았으나, 현실과 역사의 현상을 통해서 강렬한 부정과 불의에 대한 거부와 타파의 정신을 발휘하였다고 본다.
　궈모뤄의 시기별 특성을 개관한 위에서 그의 시가에서 가장 대표작이라 할 수 있는 『여신』에 대한 분석을 통해서 그의 시론을 밝힐 수 있으리라 본다. 『여신』은 3집으로 분류하여 모두 57편의 작품을 수록하고 있는데 일부는 5·4운동 이전의 것이고 나머지는 그 이후 1921년 5월까지의 작품이다. 『여신』의 주제에 대해서는 남성이 독립 자립한 반면 전제독재의 유폐

가 있지만 여성은 자애관서(自愛寬恕)와 민주화평을 상징하기 때문에 남성을 여성에 종속하게 함으로써 자애와 평화를 추구하는 데 있다고 궈모뤄 자신이 서술하였다.22) 『여신』이 담고 있는 공통적인 시적 정신이 무엇인지 생각하지 않을 수 없다. 먼저 전통적으로 전래되어온 봉건주의에 대한 혁명의식이라는 면에서 살필 수 있다. 『여신』은 외국 시가의 영향을 많이 받아서 타고르·하이네·휘트먼·셸리의 시상이 그 한 요인이 되었으니, 그의 「작시의 경과(我的作詩的經過)」에서 "휘트먼의 그러한 모든 구태를 깨끗이 벗어버린 시풍이 5·4시대의 돌풍적인 정신과 잘 어우러져, 나는 철저히 그의 웅혼한 율조에 의해 충동되었었다."23)라고 한 표현에서 확인할 수 있으며, 또 한 요인으로는 그 수용하는 관점이 소위 암흑사회에 대한 반항이나 광명한 이상에의 추구, 그리고 구습에서 탈피하려는 어조의 활용을 택하면서도, 한편 외인과 내인을 구분하여 중국 언어의 선율과 음절을 견지하는 주체성이 깃들어 있다. 이러한 문학적 요인이 사회사상적인 반항심과 결부될 때 그 농도는 더욱 짙어진다고 하겠다. 그 위의 궈모뤄의 범심론적 사상과 개성 해방 의식이 반봉건의 무기가 되었으리라는 점을 용이하게 규명할 수 있다. 예컨대 「나는 우상숭배자(我是個偶像崇拜者)」를 보면,

나 태양, 산, 바다를 숭배한다	我崇拜太陽, 崇拜山岳, 崇拜海洋
나 물, 불, 화산을 숭배한다.	我崇拜水, 崇拜火 崇拜火山
위대한 강을 숭배한다	崇拜偉大的江河
나 삶과 죽음을 숭배한다	我崇拜生, 崇拜死
광명과 검은 밤을 숭배한다	崇拜光明, 崇拜黑夜

22) 郭沫若,「浮士德簡論」에서 '大體上男性的象徵可以認爲是獨立自立, 其流弊是專制獨裁; 女性的象徵是慈愛寬恕, 其極致是民主和平. 以男性從屬于女性卽是以慈愛寬恕爲存心的獨立, 反專制獨裁的民主和平'.
23) 惠特曼的那種把一切的舊套擺脫乾淨詩風. 和五四時代暴風突進的精神十分合拍, 我是徹切地爲他那渾雄豪放的宏郎的調子所動蕩了.

라 하여 자연계와 세상의 규율을 숭배하는 내심이 표현되어 있어서, 인위적 규제인 봉건에 대한 반감을 더욱 자극했다고 본다. 5·4운동의 여건을 타고 궈모뤄는 「여신」에서 그 내면의 고루한 중국역사에 대한 불만을 그려 토로하기를,

오백 년 눈물 폭포처럼 쏟아지고	五百年來的眼淚傾瀉如瀑,
오백 년 눈물 촛불처럼 흐르네	五百年來的眼淚淋漓如燭.
마르지 않는 눈물	流不盡的眼淚,
씻기지 않는 더러움	洗不盡的汚濁,
식지 않는 정염	澆不息的情炎,
떨칠 수 없는 치욕	蕩不去的羞辱,
우리 여기 유랑하는 뜬 인생	我們這縹緲的浮生,
끝내 어디에 머물 것인가	到底要向哪兒安宿?

라고 하였고, 봉건에서 벗어날 때 환락과 희망이 넘치는 천지를 볼 수 있다고 다음과 같이 「빛의 바다(光海)」에서 외친다.

도처에 생명의 빛 물결	到處都是生命的光波,
도처에 신선한 정감	到處都是新鮮的情調,
도처에 시	到處都是詩,
도처에 웃음	到處都是笑,
바다도 웃고 있고	海也在笑,
산도 웃고 있고	山也在笑,
태양도 웃고 있고	太陽也在笑,
지구도 웃고 있다	地球也在笑.

이 시와 같은 내용의 시로는 「일출(日出)」「바다에 목욕하고(浴海)」「밤에 십 리 길 솔언덕을 걸으며(夜步十里松原)」 등을 들 수 있다. 이것이 공산사상과 영합하여 그의 시는 애국사상이라는 미명하에 무산계급을 강조하고 농공 대중을 고양하는 방향의 시를 짓고 그로 인해 자신도 정치에 간

여하는 계기를 만든 것이다.24)

다음으로 궈모뤄의 여신에게서 과학정신을 기리는 면을 찾을 수 있다. 원이둬(聞一多)가 「여신의 시대정신(女神之時代精神)」이란 글에서 "20세기는 움직이는 세기이다. 이러한 움직이는 정신이 여신 중에 비치는 것이 매우 분명하다. 「필립산 머리에서 바라본다」가 가장 좋은 예가 된다."25)라고 지적했듯이 궈모뤄는 독특하게 문학 속의 과학의식을 보여준다. 「필립산 머리에서 바라본다(筆立山頭展望)」을 보기로 한다.

대도시의 맥박	大都會的脈搏呀!
삶의 고동	生的鼓動呀!
때리고 있고, 불고 있고, 외치고 있고	打着在, 吹着在, 叫着在,
뿜고 있고, 날고 있고, 뛰고 있고	噴着在, 飛着在, 跳着在,
사방의 하늘가에는 연막이 덮혔네	四面的天郊煙幕朦朧了!
우리의 심장 빨리 뛰어 나오라	我的心臟呀, 快要跳出來了!
아! 산의 파도, 지붕의 파도	哦哦, 山岳的波濤, 瓦屋的波濤,
용솟고 용솟고 용솟고 용솟고 있네	湧着在, 湧着在, 湧着在, 湧着在呀!
온갖 소리가 공명하는 심포니	萬籟共鳴的Symphony,
자연과 인생의 혼례	自然與人生的婚禮呀!
굽은 해안은 큐피드의 화살 같네	彎的海岸好像Cupid的弓弩呀!
생명 곧 화살이 해상에서 쏘네	人的生命便是箭正在海上放射呀!
어둔 해안 멈춘 기선 나가는 기선	黑沈沈的海灣, 停泊着的輪船, 進行着的輪船,
수많은 기선	數不盡的輪船,
한 가닥 연통에 검은 모란이 피었네	一枝枝煙筒都開着了朵黑色的牧丹呀!
아! 이십 세기의 명화	哦哦, 二十世紀的名花!
근대문명의 어머니여	近代文明的嚴母呀!

---

24) 공산사상에 의한 농공자를 위한 예시로 「匪徒頌」·「巨浦教訓」·「輟了課的第一點鍾」 등을 들 수 있다.

25) 二十世紀是個動的世紀. 這種動的精神, 映射于女神中極爲明顯. 筆立山頭展望最是一個好例.

시제가 '필립산 머리에서 바라보다(在筆立山頭展望)'이냐, '필립이 산머리에서 바라보다(筆立在山頭展望)'이냐 하는 의미가 어떠하든 모두 높은 산 위에 서서 아래의 형상을 내려다보는 감흥을 준다. 20세기의 대도회를 보며 근대 물질문명에 대한 열망과 인류과학의 창조를 특수한 절주언어를 가지고 신기한 의경으로 표출시켰다. 궈모뤄는 '윤선'이란 문명이기와 '모란'이라는 자연물을 기묘하게 조화시키고 있는 기교를 발휘하고 있다.

작시의 기법에 또 특이한 작품으로 「신생(新生)」을 보면,

기차가 크게 웃는다	火車 高笑
…향하여…향하여	向……向……
…향하여…향하여	向……向……
황……를 향하여	向着黃……
황……를 향하여	向着黃……
황금의 태양을 향하여	向着黃金的太陽
날다…… 날다…… 날다……	飛……飛……飛……
날 듯 달린다	飛跑.
날 듯 달린다	飛跑.
날 듯 달린다	飛跑.
좋다! 좋다! 좋다!	好! 好! 好!

이 시의 절주는 기차가 전진하는 속도와 소리를 보고 듣듯이 실감 있게 묘사하였다. 『여신』 시집이 가지는 가치가 낭만성에 있다는 평범한 의미 이외에 바로 반봉건적 애국관과 과학적 문화의식이 보다 궈모뤄에게서 특성으로 부각될 수 있으리라 본다.

2. 산문

궈모뤄의 산문 중에는 『감람집(橄欖集)』(1926.9)을 우수작으로 본다. 이

산문집에는「길가의 장미(路畔的薔薇)」등 24편이 수록되어 있는데, 상하이 창조사 출판부에서 초판 이후, 1928년 5월까지 6판이 나오고 다시 상하이 현대서국에 의해 6판이 나오는 기록을 보아서 그 독자의 선호도를 짐작할 수 있다. 그 가운데에 산문과 소설의 중간물(예 :「기로(岐路)」. 본고에서는 소설에 넣음)이 있으며「길가의 장미(路畔的薔薇)」의 6편의 문장, 즉「저녁 (夕暮)」,「수묵화(水墨畵)」「산차(山茶)」「무덤(墓)」「백발(白髮)」등은 미려하 고 청신한 산문시라 할 수 있으니「저녁(夕暮)」은 작가 개인의 쓸쓸하고 고요한 감회에 대해서,「백발(白髮)」은 가버린 청춘의 연정에 대해서,「수 묵화(水墨畵)」는 그림 같은 대자연의 정취에 대해서, 각각 환락의 음파를 타는 듯이 묘사하고 있다. 그리고『수평선 아래(水平線下)』(1928.5)라는[26] 산문집은 중시할 만한 수작으로서, 궈모뤄가 오주(五洲)운동 전후에 쓴 그 로서는 사상의 좌경화를 즈음한 문집이기 때문이다. 이 문집의 수록 작품 을 보면, 제1부 수평선 아래(水平線下)에「의흥으로 가서(到宜興去)」「상 유마을(尙儒村)」「백합과 가지(百合與蕃茄)」「정자 사이에서(亭子間中)」 「후회(後悔)」「호심정(湖心亭)」「모순의 조화(矛盾的調和)」가, 제2부 맹장 염(盲腸炎)에「맹장염(盲腸炎)」「한 위대한 교훈(一大偉大的敎訓)」「오주의 반향(五州的反響)」「궁한 사나이의 궁한 이야기(窮漢的窮談)」「한 소리 첩 운(隻聲疊韻)」「마르크스의 문묘(馬克思進文廟)」「독서 않고 더 이해를 구 하다(不讀書好求甚解)」「매음부의 다변(賣淫婦的饒舌)」「자유왕국을 향한 비 약(向自由王國的飛躍)」등이 수록되어 있다. 궈모뤄의 서인(序引)의 일단 (1928.2.4)을 보면 본 문집의 주제를 밝히 알 수 있다.

---

26)「水平線下」란 題下의 集文은『創造社叢書』제26종으로 上海創造社出版部에서 초간되어「到宜興去」등 7편만이 실려 있는데,「水平線下全集」이란 題下로 상 기의 초판에 이어서 1930년 4월 上海聯合書店에서 재간되면서 제1부에「盲腸 炎」등 9편이 실려 있으니, 본문의「水平線下」는 후자임을 명기한다.

이것은 오주를 분수령으로 한다. 제1부 수평선 아래는 오주 이전 1924년과 1925년 사이의 내 개인 생활과 사회의 나에 대한 가볍고도 매우 통쾌한 반응이다. 제2부 맹장염은 대개 오주 이후의 사회사상에 관한 논쟁이다. 이 책에는 구체적으로 한 인텔리겐챠가 사회변혁시기에 처하여 그가 나아가야 할 길을 제시해 주었다. 이것은 한 개인의 적나라한 방향전환이다. 그러나 우리는 이 한 개인의 변혁에서 그의 처한 사회적 변혁을 간과해서는 안 될 것이다.[27]

낙관과 믿음이 충일하고 있음을 알 수 있는데, 『우서집(羽書集)』(1941)과 『포검집(蒲劍集)』(1942) 및 『금석집(今昔集)』(1943)에 대개 수록하였다. 『우서집』에는 일본에서 귀국하여 쓴 자신이 넘치는 기상을 담았으니, 「항전의 각오(抗戰的覺悟)」「살아 있는 규범(活的規範)」「문화인의 희망에 대하여(對于文化人的希望)」 등은 정신과 지식의 고양이 승전의 길임을 강조하였고, 『포검집』에는 주로 예술과 문학에 관한 단문들이 실려 있어 「중국미술의 전망(中國美術的展望)」・「굴원고(屈原考)」・「장자와 루쉰(莊子與魯迅)」 등이 그 예가 된다. 『금석집』은 사상적으로 공산화의 의식이 개재된 작품이 많아, 「미리 웃는 것은, 재앙인가(笑早者, 禍哉)」 글은 러시아를 고취시켜 주는 내용이며 「하나면 좋고, 둘이길 바라지 않는다(深幸有一, 不望有二)」는 위기에 처한 민족의 회생을 원하는 내용으로서, 그중에 "나는 중국이 망하고 민족이 망하리라고는 절대로 믿지 않는다. 따라서 나도 예언할 수 있으니 나는 결코 굴원처럼 물에 뛰어들어 자살하지 않겠다."[28]라 하여 절망에서 재기하려는 굳은 열망을 담고 있다. 이들 이외에 1947년에 출간되었

---

27) 這兒是以五州爲分水嶺. 第一部的水平線下是五州以前一九二四年與一九二五年之交的我的私人生活及社會對於我的種輕淡的, 但很痛快的反應, …… 第二部的盲腸炎便大多是五州以後的關於社會思想的論爭. …… 在這部書裏面具體地指示了一個 intellegentia 處在社會變革的時候, 他應該走的路. 這是一個私人的赤裸裸的方向轉換. 但我們從這一個私人變革應該可以看出他所處的社會的變革.

28) 我是決不相信中國會亡, 中國的民族會滅的, 因而我也就可以自行預言, 我斷不會和屈原那樣跳水自殺.

지만, 1940년 이후의 작품이 같이 실린 「비갱집(沸羹集)」에는 역시 전투정신이 깃들어 있고 「노새, 돼지, 노루, 말(驢猪鹿馬)」(1942년)는 조고류(趙高流)의 인물에 대한 풍자를, 「문예의 본질(文藝的本質)」(1942년)은 파시즘적 문예론의 반박을, 「인류의 전위(人類的前衛)」(1945년)는 강한 민족의식을 각각 토로하였다. 다분히 연설적인 형식과 선동적인 내용으로 보아 문학 자체의 가치는 특이하지 못하다고 하겠다.

1945년 이후에 나온 「천지현황(天地玄黃)」(1947년 상하이 문학출판공사 초판)은 마오둔(茅盾)의 「소련 잡담(雜談蘇聯)」과 펑쉐펑(馮雪峰)의 「뛰어넘는 세월(跨的日子)」와 함께 당시의 대작으로 지칭할 만하다. 「천지현황」의 문장은 전반이 후반일부, 후반일부가 학술논문인데, 투쟁적인 표현물로서 고난의 호소를 주제로 하고 있다. 이것은 "파시스 세균들은 자신이 생사존망의 관두에 있는 것을 알고 있으니, 그래서 그들은 죽기로 발버둥치고 있다."29)(聯合三日刊發刊詞, 1945년)라 한 것처럼 장제스(蔣介石)의 국민당정부에 대한 정치적 대항이니, 궈모뤄가 정치인으로 확고한 지위를 열망하고 있었음을 1930년 이후의 작품에서도 읽을 수 있으며 이것도 그 한 예에 불과하다. 궈모뤄가 중화전국문학예술공작자대표대회(中華全國文學藝術工作者代表大會)(1949년 7월)에서 주임으로서 발표한 담화문은 더욱 정치의식이 강하게 노출되어 있으니, 이제 그 일단을 보면,

　이 대회는 인민해방군이 전면 승리하는 위대한 시기에 소집되니, 중국문학 예술의 종사자에게 역사적 의미가 큰 회의이다.30)

라 하여 문인으로서의 문인신분을 떠나서 하나의 권력에 접근하는 당인이

---

29) 法西斯細菌們也知道他們自己到了生死存亡的關頭, 所以他們在死命地掙扎.
30) 這次大會在人民解放軍卽將獲得全面勝利的偉大時期中召開,　這在中國文學藝術工作者, 是富有歷史意識的空前盛大的會議.

되어서 만년의 행색이 순수하지 않아 따라서 1949년 이후에는 이미 서술한 바와 같이 문집이 전무한 것을 알게 된다. 그의 노후는 정치인의 행세로 일관한 것이다.

3. 소설 – 「기로」 중심으로

1920년대에 소설을 창작하는 일을 주로 문학연구회의 왕퉁자오(王統照)와 황뤼인(黃廬隱), 그리고 궈모뤄·위다푸, 그리고 장광츠(蔣光慈)가 주도하였다. 궈모뤄의 소설은 다른 작가보다는 시인적 기질이 있어서 냉정하고 세밀한 사회생활을 묘사하는 능력은 부족하지만, 열정적인 자백으로 그 결점을 보완할 수 있었다. 그 작품의 주인공은 항상 작가 본인이며 행복을 유기당한 수인(囚人)의 불만과 불평을 구사회에 공격하는 태도를 보였으니(대표적인 예로 「기로(岐路)」) 그의 소설의 정신은 적극적이며 반항적이면서도 파괴적인 데에 있다. 이 1920년대의 소설집으로는 『탑(塔)』(1926)·『올리브(橄欖)』(1926)·『낙엽(落葉)』(1926)을 들 수 있는데, 『낙엽』은 서간체의 소설로 한 가련한 여인이 애인에게 보내는 42통의 열정적인 서신이다. 이 소설은 일본에서의 작가가 일본 애인과의 고난과 애정을 기록한 것이라 할 것이니 홍스우(洪師武)라는 작중 인물을 빌려 토로하기를,

> 나는 중국으로 돌아가도 별 의미가 없고 단지 한 믿을 만한 벗에게 부탁하여 대신 내 애인의 생명을 길이 남기도록 하고 싶다. 비록 단테처럼 내 자신이 내 애인을 영생케 할 수 없어도 난 만족할 것이다.[31]

---

31) 我回到中國來竝沒有什麼意思, 只是想拜托一位可信仰的友人替我把我愛人的生命永遠留傳下去. 我雖然不能如像但丁一樣, 由我自己來使我愛人永生, 但我也心滿意足了.

라고 하여 반봉건적인 저항을 강렬히 발산하였다. 주인공인 쥐즈(菊子)도 완강한 여성으로 가족을 버리고 전락(顚落)의 길로 빠져들면서 말하기를,

> 나는 역시 부모를 등지고 내 자신이 갈 길을 가지 않을 수 없다. 내 집에 돌아가면 내 인생 가장 편안하다는 것 손바닥 보듯 아는 일인 줄 알면서 도.[32]

라 하여 현실 환경에 대한 반항과 탈피를 기도하는 묘사로 일관하고 있으니 이것이 바로 궈모뤄의 도덕정신을 살필 수 있는 근거이기도 하다. 그리고 『탑』에는 일곱 편의 단편소설이 실렸는데 그 제명을 보면 「로베니치의 탑(Lobenich的塔)」 「메추리(鶴雛)」 「함곡관(函谷關)」 「예루오티의 무덤(葉羅提之墓)」 「만인(萬引)」 「양춘별(陽春別)」 「도나 카르멜라(Donna Karmela)」인데 이들은 유미적이며 낭만적인 소극성을 표출하고 있어 궈모뤄의 초기사상이 짙은 편이다. 그중에서 「만인」은 가난한 지식인의 고통을 묘사하고 「양춘별」은 두 국적이 다른 지식인이 중국사회에 안주하기 어려운 상황을 묘사하고 있어서 현실에 대한 풍자물로 분류할 수 있다.

『올리브(橄欖)』는 「표류삼부곡(漂流三部曲)」이라 하여 「기로(岐路)」 「연옥(煉獄)」 「십자가(十字架)」 등 세 편의 소설로 구성되어 있고 또 「행로난(行路難)」이 있는데, 이들은 공통적으로 당시의 빈곤과 표류생활을 묘사하였다. 여기서 「기로」를 살펴보고자 한다.

「기로」의 줄거리는 다음과 같다. 일본 유학의 의학도인 '타(他)'와 30세 미만의 일본인 목사의 딸인 부인, 그리고 세 아이들이 상하이의 회산마두(滙山馬頭)에서 '타'를 남겨놓고 일본으로 돌아가며 이별한다. 7년 전에 자유 결혼하여 6년 만에 일본에서 상하이로 귀향하면서 부인은 남편의 고국

---

32) 我依然還是不能不背棄父母走我自己所走的路. 我如回家, 我的一生是最安全的, 這是瞭如指掌的事情.

에서 빈고를 떨칠 수 있기를 확신한다. 그러나 상하이의 현실은 냉혹하고 '타'의 의식은 오직 문학 활동에만 전념하여 병원개업을 권하는 우인의 뜻도 자신에 차지 않으며 쓰촨(四川)의 C성에서 적십자회병원의 원장으로 초청해도 거절하는 형편에서 가정을 유지하기 어려운 처지를 극복할 수 없었다. 부부의 불화는 깊어지고 삶의 묘안은 없으며 인간의 고결을 보장받을 수 없는 여건을 이기기 위해서 이들은 이별을 강행한 것이다. 송별하고 돌아온 타는 냉방에서 그녀를 베아트리체와 비유하면서 결광(潔光, 결백성)에의 집념 속에 희미한 정신 상태에 빠져들고 있었다. 전체의 흐름이 현실에의 부적과 도피, 그리고 방황과 좌절의 연속이라 하겠다. 이제 상기한 내용과 맞춰 작품에서의 실지의 묘사를 예로 든다면, 소설의 머리에서부터,

일종의 슬픈 감정이 온통 그의 머리를 차지하고 있었다. 그는 맥없이 거처로 돌아와서 문에 이를 때면 평소의 발걸음이 유난히 빠른 편인데, 오늘 아침은 오히려 전혀 기운이 없었다.[33]

라 하여 방랑객의 행동을 제시하면서, 이어서 계속하기를

정안사 길옆의 가로수는 이미 마른 잎이 다 지고 병색을 띤 햇빛이 창백하게 숫돌 같은 반질한 길에 쏘이고, 우뚝한 지붕 위에도 쏘인다. 그는 모자를 벗어 손에 들고 잎 진 나무 아래서 서성댄다. 한바탕 북녘에서 부는 찬 바람이 그의 왼편 머리를 때리니 부스스 흩어진 머리는 동남으로 불린다. 그의 충혈된 눈은 앞을 응시하고 있다. 그러나 그가 보는 것은 길가의 번화가가 아니고 울긋불긋한 빌딩도 아니다. 이것들은 그에게 평소에는 흐르는 피를 보고 마음을 더 아프게 하지만 오늘은 전혀 그러한 기색이 없었다. 그는 앞을 직시하면서 오직 한 조각 희미한 허무만 볼 뿐이다.[34]

---

33) 一種憎惱的情緖整據在他的心頭. 他沒精打采地走回寓所來, 將要到門的時候, 平堂的步武本是要分外的急馳, 在今朝却是十分無力.
34) 靜安寺路旁的街樹已經早把枯葉脫盡, 帶着病客的陽光慘白白地酒在平明如砥的馬

라 하여 낭인의 심정을 대변하듯 하는 자연의 현상들과 허무하게 보이는 시각을 클로즈업시켰다. 돈을 많이 벌 수 있는 의사이지만 빈민을 착취하기보다는 차라리 굶어 죽겠다는 괴리감을 노출시키면서 사회의 인정 소멸을 고발하는 것이다. 그는 그녀와의 언쟁에서 말하기를,

> 의학이 무엇인가! 내가 돈 있는 자를 고쳐준다는 것은 그들로 몇천의 빈민을 착취하게 해주는 것이다. 내가 빈민의 병을 고쳐준다는 것은 오직 그들로 더 많이 부자의 착취를 당하게 하는 것이다. 의학이 무엇인가! 무엇인가! 나로 이 같은 하늘의 이치를 속이면서 돈놀이를 하게 하는 것. 난 차라리 굶어 죽고 싶다.35)

라 하니 그의 편견이 자멸의 길로 걸어가게 하고 있다. 이 의식이 일본으로 가족을 보내는 결과를 낳았으니, 살기 위해 이별하는 것이다.

> 그의 부인은 할 수 없이 상하이에서 1년 가까이 살았지만, 결국 생활의 압박에 고생하다가 세 아이를 끌고 일본으로 되돌아가지 않을 수 없었다.36)

이 소설은 현실을 고발하면서도 문장의 묘사는 유려하고 섬세하여 황포탄(黃浦灘)으로 가는 광경을 다음에 화폭처럼 그리고 있다.

> 떠날 때 가로등이 아직 꺼지지 않았고, 상하이시의 번잡은 아직 혼몽한

路上, 酒在參差競止的華屋上. 他把帽子脫了拿在手中, 在脫葉樹下屬走. 一陣陣自北吹來的寒風打着他的左鬢, 把他蓬蓬的亂髮吹向東南, 他的一雙充着血的眼睛凝視着前面. 但他所看的不是馬路上的繁華, 也不是些磚紅堊白的大廈. 這些東西在他平常會看成一道血的宏流, 增漲他的心痛的, 今天却也沒有呈現在他的眼底了. 他直視着前面, 只看見一片混茫茫的虛無.

35) 醫學有甚麼! 我把有錢的人醫好了, 只使他們更多搾取幾千貧民. 我把貧民的病醫了, 只使他們更多受幾天福我們的搾取. 醫學有甚麼! 有甚麼! 敎我這樣欺天滅理地去弄錢, 我寧肯餓死.

36) 他的女人沒法, 在上海又和他住了將近一年, 但是終竟苦於生活的壓迫, 到頭不得不帶着三個兒子依然折回日本去了.

꿈속에 자고 있었다. 수레가 황포탄에 이르자 동쪽 하늘에 금빛 서광이 일어났고, 무정한 태양이 떠나는 이의 눈물을 돌아보지도 않는다.[37]

자신의 처지와 같은 절박감을 그린 존 데이비슨(John Davidson)의 시를 인용하여 비유한 방법은 당시의 외래사조를 닮으려는 단면을 보는 듯하고 자신의 번뇌를 시화한 부분은 이것이 소설시가 아닌가 하고 비교해볼 수 있다. 소설이 마지막에 가까워질수록 전개방법이 처절하고 고독해지니 최후의 체면과 명분을 '결광(潔光)'이라는 독백으로 구하려 했다.

그는 묵도하면서 붓을 탁자에 던졌다. 아이! 오늘 내 정신 일 못하겠군! 그는 겉옷을 던져버리고 머리 박고 침상에 자려고 들었다. …… 말발굽이 닥닥 하는 소리, 기적 소리, 기선 떠나는 소리, 귀에 맴도는 듯하다. 예수의 성모를 안고, 아이와 조개껍질, 둥지 잃은 새, 베아트리체, 솜옷, 결광(깨끗한 빛), 결광, 결광도 안고서, 쓸쓸한 찬 빛이 텅 빈 방에 스며들고 있는데, 이틀간의 피곤한 정신은 점점 그 기능을 잃어가고 있었다.[38]

이 소설에서 기독교적 의식으로 인간의 희망과 실의, 낭만과 감상, 그리고 고발과 자위가 고르게 표출되어 있어서 궈모뤄 소설의 백미라 하겠다. 궈모뤄는 탁월한 문학흥취를 발휘하여 신문학의 항일기에도 『지하의 웃음소리(地下的笑聲)』 속에 「달빛 아래(月光下)」(1941) 「물결(波)」(1942) 「금강언덕 아래(金剛坡下)」(1945)를 발표하였다. 「달빛 아래」는 당시의 문예공작자가 정치·경제·문화면에서 어려운 생활을 겪는 것을 묘사하였는데 주

---

37) 起程時, 街燈還未熄滅, 上海市的繁囂還睡在朦的夢裏. 車到黃浦灘的時候, 東方的天上已漸漸起了金黃色的曙光, 無情的太陽不顧離人的眼淚.
38) 他一面黙禱着, 一面把筆擲在卓上. 唉唉, 今天我的腦精間直是不能成事的了! 他脫夫了身上的大衣, 一納頭便倒在一張床上睡我. …… 馬蹄的得得聲, 汽笛賣, 輪船起聲, 好像還在耳裏. 捕着耶穌的聖母, 抱着破瓶的幼婦, 金蚌穀, 失了巢的甚雀, Beatrice, 棉布衣裳, 潔光, 潔光, 潔光, …… 淒寂寂寒光浸洗着空洞的樓房, 兩日來疲倦了的一個精神已漸漸失却了他的作用了.

인공 이오우(逸鷗)의 '결벽'을 기린 소설로서 바탕은 그리스도의 의로운 삶을 사모하는 심정을 담고 있으며, 「물결」은 청년 부부의 불행을 통하여 일본 침략의 비행을 마치 예수의 수난에 비유하여 호소하였다. 「금강 언덕 아래」는 사기꾼(騙子)에게 수난을 당한 두 여성을 묘사하면서 신약 시대의 최초의 순교자 스데반을 연상하면서 분노의 항전을 고양한 소설이다. 이러한 소설은 궈모뤄의 관점에서 볼 때, 예술의 진실을 지니면서 중국민의 반일투쟁을 묘사한 것으로 볼 수 있다. 궈모뤄의 문학은 한 마디로 말해서 위대하다고 하겠으니 넓고 깊어서 그 범위를 정리하기도 매우 어렵다.

궈모뤄의 문학은 '성정은 반드시 참되다(生情必眞)'라는 말을 바탕으로 전개되었는데, 그 참됨이 바로 그리스도의 진리를 의미하고 그 위에서 그의 문학의 가치를 창조해나간 것이다. 그러나 공산사회에서 다른 각도에서 평가함은 진실을 왜곡하는 반사회적 반인륜적 현실을 대변해주는 현상이라 하겠다. 그러므로 공산사회에서는 진정한 종교와 진정한 삶의 가치를 상실한 경우만이 존재한다. 궈모뤄는 다른 인간이 환경의 지배와 유혹을 받는 것처럼, 그도 연만할수록 작품의 변이를 토로하고 있음을 부인할 수 없다. 그러나 참된 문학의 요소는 고금에 불변하니 그도 「여신」에서 참가치를 인정받고 있으며 「기로」에서 그 인생의 진실을 공감케 하고 있으니 원천적으로 기독정신을 실현한 작품성에서 가능한 것이었다.

> 오직 의롭게 행하는 자, 정직히 말하는 자, 토색한 재물을 가증히 여기는 자, 손을 흔들어 뇌물을 받지 아니하는 자, 귀를 막아 꾀를 듣지 아니한 자, 눈을 감아 악을 보지 아니하는 자, 그는 높은 곳에 거하리니 견고한 바위가 그 보장이 되며 그 양식은 공급되고 그 물은 끊이지 아니하리라 하셨느니라.　　　　　　　　　　　　　　　　　　　　　　　(이사야 33 : 15~16)

아이칭(艾靑) 시의 고난 묘사

중국의 저명한 시인이며 화가인 아이칭(艾靑, 1910~1996)은 1932년 전후에 프랑스에 유학했던 만큼 서양문물에 적응된 의식과 가치관을 지닌 작가이므로 그의 시에는 중국 전통적인 문예관을 바탕으로 한 서양의 여러 사상을 포용한 풍격을 찾아볼 수 있다. 따라서 그의 시에는 다소간의 기독교적 의식을 담은 작품과 그 내용을 간과할 수 없기에 본문에서 10여 편의 시를 통하여 아이칭이 지녔던 기독교 의식을 살피고자 한다.

중국문학에서 기독교 사상을 찾아보기란 용이치 않은데 그 이유는 중국 나름의 전통 종교사상인 유교와 도교, 그리고 전래된 불교가 서로 융화하여 소위 삼교혼융(三敎混融)의 풍토 속에서 서양종교의 이입은 힘들고 특히 문학적 관념으로 보아서 보수적이며 배타적인 우월적 민족관을 지닌 중국 문학에의 접목은 거의 불가능하다고 할 것이다. 더구나 현재 사회주의 체제하에서의 기독교 정착은 조직적 불화라는 걸림돌마저 추가되어 있어서 더 어려운 풍토라고 하겠다. 그러면서도 아이칭은 동서를 화합하려는 시 사상을 시도한 것을 볼 수 있으니, 그의 『시론(詩論)』에서 보면, "시인은 자신의 느낌에 충실해야 한다. 느낌이란 객관세계에 대한 반영이다. 시가 모두 자기 자신을 묘사하는 건 결코 아니다. 그러나 모는 시는 시인으로부터 쓰여진, 즉 자신의 마음속을 거쳐 쓰여지는 것이다."라고 하여 시의 생명력은 시인의 감수성을 어떻게 여과하여 표출하였는지에 달려 있음을 강조하였다.

아이칭은 시의 세계를 가장 참된 마음의 표현에서 찾지 않으면 안 되는 것으로 간주하였다. 아이칭에게서는 상당히 공평성 있는 문학관을 추구하려 함을 보게 된다. 그것은 시가 지닌 진실성을 강조함이다. 중국의 당시(唐詩)가 높이 평가되는 이유도 바로 시의 정적인 진실이 그 어느 시대보다 강하기 때문인 것처럼 아이칭은 시란 그 자체가 곧 시심(詩心) 그대로인 것으로 보았다. 그는 시인이기 이전에 화가라는 점에서 시의 자화상을 늘 염두에 둔 것이다. 그래서 그는 이르기를 "시인은 거울과 같은 신속하고도 정확한 감각능력이 있어야 하며, 화가처럼 자신의 감정을 그대로 스며들게 하여 표현하는 구도를 가지고 있어야 한다."라 하고 또 이르기를 "시 짓는데 무슨 비결이 있겠는가?-정직하고 천진스런 눈으로 세상을 보면서 당신이 이해하는 것 느낀 것을 소박한 형상의 언어로 표현해내라."라고 솔직한 작시의 자세를 토로하였다. 삶 자체가 하나의 드라마와 같이 기복과 곡선의 폭이 큰 시인이 아이칭이다.

1958년부터 약 20년간 숙청되어 감금된 생활 속에서 지은 그의 시는 거의 발표되지 못한 상태였다. 그것은 어쩌면 만인평등의 인권의식 즉 기독교적 사랑이 저절로 잠재된 상태가 스스로 고초를 자초케 한 것으로도 볼 수 있다. 이런 시각에서 본고를 서술하면서 먼저 아이칭의 문학세계를 이해하기 위하여 그의 초년과 만년의 시세계를 살피면서 시의 기독관계를 다루려고 한다.

Ⅰ. 아이칭의 시 세계

1. 초년의 우수와 반항 의식 - 옥중시 중심으로

아이칭의 초기시 중에서는 옥중시 25수를 대표작으로 본다. 1932년부터 1935년 사이에 중국좌익미술작가연맹에 가입하였다는 죄명으로 옥중생활을 하는 속에서 주로 쓰여진 그의 대표적인 초기작으로 진심 어린 대언자적인 작품이다. 이 옥중시에 대해 저우훙싱(周紅興)의 「아이칭의 옥중시」 등 논평이 나와 있으나, 여기에서는 아이칭의 삶 자체를 기반으로 하여 그의 시심을 이 옥중시에서 집약한다.

(1) 삶의 좌절에서 오는 시련

아이칭은 마르세유에서 미술수업을 하다가 1932년 봄에 귀국한다. 그해 5월 좌익미술가연맹에 가담하고 장펑(江豊)·리양(力揚) 등과 함께 춘지(春地)미술연구소를 창설하고서 미술평론을 쓰고 춘지화전을 개최하는 등의 활동을 하다가 동년 7월 12일 동인 12명과 함께 체포되면서부터 아이칭의 세계는 미술에서 시로의 전환을 시도한다. 그는 「어미 오리는 왜 오리알을 낳는가」(『인물』 제3기 1980)라는 글에서,

> 나는 회화에서 시로 전환하기로 결정하여 암탉이 오리알을 낳도록 한 관건을 만들었으니 이는 곧 감옥생활에서이다. 나는 시를 빌려서 사고하고, 호소하고, 항의한다.……시는 나의 신념을, 나의 고무하는 힘을, 나의 세계관의 솔직한 메아리를 일게 하였다.

라고 하였다. 이로써 그의 시작활동이 이 옥중생활에서 본격화되었음을 알 수 있다. 이제 옥중시의 특징을 보면서 아이칭의 창작원류를 파악하고

그의 삶의 의지를 엿볼 수 있을 것이다. 구습에 빠져 있는 민예(民藝)의 의식을 선도하려는 사명감 속에서 예술을 통한 의식개혁을 시도하고 사상적으로 계급과 봉건의식에서의 탈피를 갈구하던 아이칭이 1932년 파리로부터 귀국하는 직후에 옥살이라는 상상 밖의 일을 낳하면서 급진히는 지신의 신세에 대한 갈등을 감내하기 어려웠던 것이다. 그는 감방에서 깊은 사색과 번뇌를 하게 되었고 그의 회의적인 삶의 길을 「감방의 밤(監房的夜)」1)에서 다음과 같이 토로하고 있다.

옛날 나는 그 노래 속에 누워	昔日我曾寢臥在它的歌唱裏,
철근과 철골을 갖추고	具有一副鋼筋鐵骨,
창조자의 영광도 갖추었다	而且也具有創造者的光榮.
오늘 밤 그 노래는 나를 야유하는 듯	今宵它的歌像有意向我揶揄,
…사랑하는 사람 나를 버리고 멀리 가듯	…如愛者棄我遠去,
적의 품속에 탐닉하고 있다	沈溺的浸淫在敵人的懷中.

(1934.3)

이러한 아이칭의 감회는 난파선을 탄 마음의 동요와 회한의 표현이며 실의적인 심적 갈등인 것이다. 그리고 「경청(聆聽)」에서는,

콸콸 콸콸	馳蕩呀, 馳蕩呀,
프랑스 남부 수력발전소의 포효	法南水電廠的吼聲.
밤새 울고 있고, 밤은 감방 속에 깊어	徹叫着 : 夜, 沈在監獄的房裏,
진동하는	震搖的,
난우의 코고는 소리에 섞여	夾着難友的鼾聲呀.
큰 기선처럼	像大航輪般,
파아란 해양에서	在深藍的海洋上,
전속력으로 물결을 가르며	以速力鉊開了水波.
밤은 전진하고 있다……	夜, 它前進着……

---

1) 『艾靑詩全編』 상권, p.47. 이하 시들은 모두 같은 시집이 출처이다.

이처럼 아이칭은 상상의 날개를 펴고 갇힌 울안에서 더욱 거센 반항의 외침을 토해내고 현실에 대한 조명으로 그에 대한 삶의 끝을 정의하려고 시도하였다. 이 끝이란 결말이 주는 삶의 단절은 삶에 대한 더한 갈망을 불러일으켜 주는 것이다. 그의 「외침(叫喊)」을 보면,

밤새 소리에	在徹響聲裏,
태양은 횃불 눈을 뜨고	太陽張開了炬光的眼,
밤새 소리에	在徹響聲裏,
바람은 부드러운 팔을 뻗어	風伸出溫柔的臂,
밤새 소리에 도시는 깨어난다……	在徹響聲裏, 城市醒來……
이것은 봄 이것은 봄의 오전 (중략)	這是春, 這是春的上午 (중략)
나는 어두운 곳에서	我從陰暗處,
구슬프게 바라본다 하얗게 밝은	悵望着, 白的亮的,
파도처럼 도약하는 우주를	波濤般跳躍着的宇宙,
그것은 생활의 절규하는 바다	那是生活的叫喊着的海啊! (1933.3)

"그것은 생활의 절규하는 바다"라고 한 아이칭의 마음은 단순한 외침만은 아니었다. 흑에서 백을 바라보는 심정으로 슬픔에 맺혀 생명의 소중함을 우짖는 절규인 것이다. 살아 있는 명(命)이 살 수 없게 하는 피동의 사(死)에로 향하는 노정에 섰을 때 아무도 삶에 대한 애착을 떨칠 수 없는 것이다. 아이칭은 바로 그 마음을 여기서 토로하고 있는 것이다. 단순한 좌절이 아니라 회생에의 기대를 건 것이다. 이 속에 오히려 애틋한 추억과 회고와 함께 낭만과 애상이 깃들여 있는 것이다. 「다옌허(大堰河)」는 추억과 낭만이 깃들인 삶에의 자서(自序)라 하겠다. 그 일부를 보기로 한다.

(전략)	
다옌허 오늘 당신의 젖먹이는 옥에 갇혀서	大堰河, 今天, 你的乳兒是在獄裏,
당신께 느리는 찬미시 한 수를 써서	寫着一首呈給你的讚美詩,
황토 아래 누운 보랏빛 영혼에 드립니다	呈給你黃土下紫色的靈魂,

당신이 나를 안았던 벌린 손에 드립니다	呈給你擁抱過我的直伸着的手.
당신이 나를 입맞췄던 입술에 드립니다	呈給你吻過我的脣,
당신의 검고 온유한 얼굴에 드립니다	呈給你泥黑的溫柔的臉顏,
당신이 나를 기른 젖가슴에 드립니다	呈給你養育了我的乳房,
당신의 아이들 나의 형제들에게 드립니다	呈給你的兒子們, 我的兄弟們,
대지 위에 모든 것에 드립니다	呈給大地上一切的,
다옌허 같은 유모와 그녀들의 아이에게도	我的大堰河般的保姆和她們的 兒子,
날 사랑하길 자신의 아이 사랑하듯 한	呈給愛我如愛她自己的兒子般
다옌허에게 드립니다	的大堰河.
다옌허	大堰河,
나는 당신의 젖을 먹고 자라난	我是吃了你的奶而長大了的,
당신의 아이	你的兒子,
나는 당신을 존경하며 당신을 사랑합니다	我敬你, 愛你!」(1933.1)

지난날을 생각할 때 가장 고맙고 그리웠던 은인을 상기하면서 자기의 유모인 '다옌허'를 그리면서 노래하고 있다. 단순한 노래가 아니라 하나의 위기에서 오는 귀소의식과 엄마의 품과 같은 안식처를 희구하고 있다. 옥중에서 그리움에 찬 평화의 품을 노래하던 시인은 평생을 두고 그 품을 찾아다녔으나 결국은 찾지 못하고 1996년 5월 영원한 안식처로 떠난다.

(2) 현실의 모순을 고발

어느 문인에게나 처해진 사실에 대해 역의적(逆意的)인 관념으로 보려는 성향이 있음을 부인할 수 없다. 아이칭도 이에서 예외라고 볼 수 없다. 그는 이에 대한 그 무엇보다 강한 의지가 투옥의 계기가 되었는지도 모른다. 다음 「투명한 밤(透明的夜)」을 보면 깊은 잠에 빠진 들판과 마음을 몰려다니는 술꾼, 부랑자들의 작태를 묘사하면서 불행한 자들의 방랑, 걱정을 초월한 생활의식을 부각하여 저항적인 힘의 과시를 보이고 있다. 그 후반부를 보기로 한다.

술, 술, 술	酒, 酒, 酒
마셔 보자	我們要喝.
등잔불은 들불처럼	油燈像野火一樣,
소의 피 피 묻은 백정의 팔뚝	映出牛的血,
핏자국 맺힌	血染的屠夫的手臂,
백정의 이마를 비춘다	濺有血點的屠夫的頭額
등잔불은 들불처럼	油燈像野火一樣,
우리 불같은 살갗 그리고 그 속에	映出我們火一般的肌肉,
고통과 분노, 원한의 힘을 비춘다	以及一那裏面的一痛苦,　憤怒和
	仇恨的力.
등잔불은 들불처럼	油燈像野火一樣,
구석마다의─밤의 깨어 있는 자들	映出─從各個角落來的─夜的醒者
주정꾼 방랑자	醉漢 浪客
길 지나가는 도둑	過路的盜
소도둑을 비춘다	偷牛的賊
술, 술, 술	酒, 酒, 酒
마셔 보자	我們要喝.

참으로 아랑곳하지 않고 거침없는 표현이다. 현실의 불만을 대변하는 한 무리의 한밤중의 데모는 바로 아이칭 자신의 데모인 것이며 지성인들의 심적 갈등을 대신하는 처절한 호소이다. 이것을 은유적이며 풍자적으로 묘사한 것이다. 이 시에 대해서 후펑(胡風)은 평하기를,

> 가장 이채로운 것은 「투명한 밤」이다. 이것은 한 폭의 그림이며 한 곡의 노래이다. 그는 명랑한 곡조로 신선한 힘을 노래하여 낙관적이며 야심적인 인생으로 차서 넘친다. 비록 여기에서 우리는 직접적으로 작자와의 정서와 접촉하기 쉽지 않고 의욕의 원대한 방향을 내다볼 수 없지만 작자의 또 다른 시각과 정신의 건재를 예고해주었다.(『文學』 제8권 제1기, 1937.1)

라고 한 것을 보아도 이 시에서 시사하는 바가 현실생활에 불민을 가진 자의 절규가 아닐 수 없다. 그리고 그와 같은 묘법으로 비록 시대를 달리

하지만 진시황 시절의 진승(陳勝)과 오광(吳廣)이 일으킨 농민봉기를 간접적으로 현실에 비유하면서 노래한 『구백 사람(九百個人)』은 장편서사시로서 수난받는 민중의 노래라고 할 수 있다. 모두 7장 중에서 제6장의 일부를 여기에 보기로 한다.

오늘 구백 명의 생명이	今天, 九百個的生命
그들은 영원한 음락 누리기 위해	他們爲了維持他們永久的淫佚,
우리—구백 사람의 생명은	我們—九百個的生命
베이기를 기다리는 잡초처럼	像野草等待刈割
군법의 희생자가 되리라	將成了他們軍法的犧牲!
형제들이여	兄弟們啊!
대지 위에 살면서	在大地生
우리에겐 행복이 없었다	我們從來沒有幸福,
허나 하늘이 너와 나를 낳으시니	但天生了你我
그들과 다를 바가 뭐 있을까	有甚麼和他們兩樣?
구백 사람	九百個
물 붓듯 빗줄기 속에	在傾盆的雨聲裏
일제히 고함친다 :	一齊地喊着 :
어양 가는 거 반대한다	反對到漁陽!
진시황제를 타도하자	打倒秦皇!

이것은 단순한 고발이나 폭로를 넘어서서 추방과 철퇴를 주장하는 저돌성을 보인다. 아이칭은 화가이며 시인이므로 잔잔한 심태이지만 갇힌 현실에서 분노와 복수심이 없을 수 없다.

(3) 자유 갈구의 옥살이

무엇이 아이칭을 철창 속의 인생으로 만들었든 간에 쓸쓸한 감방에서 그의 시계는 오히려 차원을 높이는 역작용을 한다. 하나의 초점으로 온 힘이 모아질 때 레이저 광선처럼 관통의 한계는 상상을 초월할 수 있다. 자유라는 목표를 향하여 내뱉는 시의 분출은 시 세계에 있어서는 하나의 절정이며 경계에 든 것이다. 거친 의미의 극치이든 고운 맛의 클라이맥스든 간에 절실한 내심의 변이 있기에 아이칭 시의 가치를 고양시킬 수 있다. 그는 유럽 생활에서 참된 자유의 맛을 실감하고 모국에서도 그것을 찾기를 희구하였다. 물질적으로는 빈곤하였지만 정신적으로는 자유를 구가할 수 있는 유학 시기를 배제할 수 없었던 것이다. 아이칭은 그의 「나는 어째서 시를 쓰는가」라는 글에서 다음과 같이 회상하고 있다.

> 나는 매우 고독하였다. 그러나 나의 마음은 오히려 더욱 풍부한 세계에 의해 깨어났다. 나는 생활에 대해, 세상에 대해서도 강하게 생각하고 나의 사고에 따라서 나는 나의 그림과 속기록에 나의 생활의 경구를 기록하였다. ─이런 경구는 하나의 순진한 영혼이 세상에 대해 비난을 제기할 때 가장 순진한 시적 언어가 되어야 할 것이다.(『學習生活』 9・10期 合刊, 1941)

이렇듯 아이칭은 자유가 있는 의식세계에서만 참된 창작의 절정을 느낄 수 있었던 것이다. 그래서 희망을 가지고 자유를 찾으려는 발돋움을 시에서 찾아볼 수 있다. 다음 「오렌지(Orange)」의 일단을 보기로 한다.

나에게 상기시킨다	我的這Orange般的地球
그 또 다른 면	和它的另一面的
나의 그 오렌지처럼 즐거운 소녀	我的那Orange般快樂的姑娘
우리는 이별의 날이 가까웠을 때	我們曾在靠近離別的日子
하나를 나누어 먹었다	分吃過一個
둥글게─타오르는	圓圓的─燃燒着的
오렌지	Orange
오렌지는─내 마음의 비유	Orange─是我心的比喻

(1933.7.17)

시인은 조그만 오렌지를 통해 태양, 소녀, 노래, 아름다운 세계를 그려놓고 있다. 시인은 오렌지를 자신의 마음에 비유하여 타오르는 태양처럼 둥근 유리창을 밝히고자 자유와 희망을 갈망하였다. 따라서 「철창에서(鐵窓裏)」에서는 절망에서 생명의 약동을 느끼는 고귀한 작가정신을 읽을 수 있다. 그 끝 부분을 보기로 한다.

이 하나만의 창을 통해	只能通過這唯一的窗,
나는 환상의 추파를 보낼 수 있다	我才能擧起仰視的幻想的眼波,
모든 새로운 바람을 맞이하고	在迎迓一切新的希冀 —
황혼 속에 흰 달과 뭇별을 바라고	在黃昏裏希冀皓月與繁星,
깊은 밤 새벽을 바라며	在深夜希冀着黎明,
뜨거운 여름 서늘한 가을 바라며	在炎夏希冀凉秋,
엄동에 신춘을 바란다	在嚴冬又希冀新春,
이 끝없는 바람에	這不斷的希冀啊,
세상의 존재를 실감했고	使我感觸到世界的存在;
나에게 많은 생명의 힘을 주었다	帶給我多量的生命的力.
이렇게 나는 지날 수 있었다	這樣, 我才能跨過 —
이 새벽과 황혼, 황혼과 여명	這黎明黃昏, 黃昏黎明,
춘하추동, 가을·겨울·봄·여름의	春夏秋冬, 秋冬春夏的
망망한 시간의 대해	茫茫的時間的大海啊

(1934.12.1)

시인은 하나뿐인 창문에서 새로운 희망을 그렸고 그 희망, 즉 자유에의 갈망을 자연의 여러 현상처럼 자연스러운 구속 없는 꿈으로 승화시키려 하였다. 좁은 감방과 넓은 세상, 갇힌 불행과 지난날의 아름다운 사념, 그리고 미래에의 동경을 하나뿐인 창으로 연결하여 불의에 굽히지 않고 암흑에 좌절하지 않으려는 강한 자기와의 투쟁의 역사를 예비하고 있는 듯하다. 그의 작시의 궁극적 목표는 불행에서 이겨낼 수 있는 신념과 열망을 불어넣고자 하는 데 있었다고 강조할 수 있다. 그의 시는 패배 같지만 승리를, 좌절 같지만 극복을 지시하는 흐름을 타고 항해하고 있었다. 그리고 시 「아듀(Adieu)」는 투옥된 시인의 이유 없는 번뇌 속에서 처절한 심정과 자유에의 갈망을 표현하고 있다, 그 전반 일단을 보기로 한다.

까닭 모를 번뇌를 버리고	除開無端緒的煩惱,
걸어가는 모든 것	一切在走着的東西
모두 정해진 방향이 있다	都有它一定的方向—
가랑비는 달팽이 다리를 적시고	細雨沾着蝸牛的腿,
잿빛 보도를 잡아당긴다	拉長了灰的人行道
눈은 저 멀리 전신주 위로부터	眼從遠處的燈柱上,
나지막한 음절을 끌어낸다	撩起了低沈的音節;
오동나무 높은 담 옆에 있고	梧桐樹, 在高牆邊旁,
새벽안개 허리를 지나	晨霧從它腰際, 卸去
되바라진 비단 반바지	輕薄的, 縐紗的短褲;
축축한 꿈, 권태와 어우러져	濡濕的夢, 和着倦意
나귀의 귀를 축 늘어뜨리고	壓垂了驢子的耳朶.
떨어져 나온 날	隔離着出來的日子,
세월이 내 세 쪽 하얀 원고지를	年月, 在這裏已帶走
여기서 가져가버렸다. ……	我三頁虛白的稿紙(1934.7)

이 시는 부제를 '나의 R의 먼 여행을 전송하며'라고 붙였듯이 떠나가는 벗에 대한 정을 가지고 쓴 것이다. 그러나 그 내면에는 상징적인 수법으로 비유와 상상을 가지고 작자 자신의 현실과 강렬한 현실로부터의 탈피, 그리고 희망을 그려놓은 것이다. 아이칭의 옥중시는 의식의 흐름을 중시하면서도 회화적인 기법을 강구하여 추상적인 개념을 구체적으로 형상화하고 있는 점이 또한 시적 가치를 더하여준다. 저우홍싱은 아이칭의 이런 면을 두고서,

아이칭은 그의 시 창작과 시의 미학 속에 형상의 사유 문제를 대단히 중시하였다 그는 말하기를 "형상의 사유가 곧 시이며 모든 문학예술 창작의 기본 방법이다. 시가가 사람을 감동시켜 형상에 맡겨 표현되는데 형상의 사

유를 떠난다면 시를 얘기할 도리가 없는 것이다." 시에 형상의 사유가 없고 형상이 없다면 딱딱한 시체에 불과하듯이 아이칭이 감옥에서 쓴 20여 편의 시는 예술형상을 운용하여 정감의 미학을 추구한다. (「아이칭의 옥중시」)

라고 분석한 것은 적절한 표현이라 할 것이다. 아이칭은 필자에게 보낸 글에서도 시를 쓰는 이유와 목적이 오로지 인류의 심령 속에 자유에의 갈망을 심기 위해서라고 일관된 시심을 토로하고 있다. 아이칭의 옥중시 25수는 그의 출세작이기도 하지만 시의 미학적 가치와 시의 사상적 근거를 일생을 통해 확고히 한 작품이라는 점에서 높이 평가할 수 있다.

2. 만년의 낭만과 평화, 그리고 초탈 의식 – 1977년 해방 이후

중국 현대문단에 길이 그 이름이 남을 아이칭! 인류의 심령 속에 자유에 대한 갈망과 신념의 씨앗을 뿌리기 위하여 한평생을 오직 고난의 역경만을 겪다가 간 아이칭. 한결같이 시인의 외길을 살다가 간 아이칭은 1932년에 첫 작품 「회합(會合)」을 시발점으로 해서 50여 년 동안 감옥에서나 황무지로의 숙청과 감금의 시련에서도 시심(詩心)만은 잠시라도 식혀본 적이 없었다. 아이칭은 1988년 봄에 필자가 번역한 『구백 사람』 한국어판의 서문 편지에서,

나의 인생은 역경의 길이었습니다. 그러나 나의 신념은 전혀 흔들린 적이 없습니다. 나는 시종일관 인민과 함께해왔습니다. 인류의 심령 속에 자유에 대한 갈망과 신념의 씨앗을 뿌리기 위하여 노래할 것입니다.

라고 하였으니, 1958년부터 20년간의 타의에 의한 절필 시기를 포함해서 1930년대 초 상하이(上海)에서의 미술전람회 사건으로 좌익으로 몰려서 3년 동안 옥고를 치른 후부터 그의 평생은 하루도 편안한 날이 없었던 것

이다. 아이칭은 오직 무저항의 곧은 마음으로 자유를 향한 시의 깃발을 높이 세우고 거칠 것 없이 고통 어린 인생항로를 '자유가 있는 곳이라면 어디든 가리라'고 외치면서 뇌종양 수술로 인한 후유증으로 1996년 5월에 이 세상을 떠날 때까지 아주 멋있게, 그리고 사나이답게 살다가 갔다. 1993년 7월 21일 오후 3시 반에 필자가 베이징의 그의 집을 방문하였을 때에 그의 부인 가오잉(高瑛)의 부축을 받으며 응접실에 나타난 그 의연한 자태는 영원히 잊을 수 없다. 그간에 필자가 국내에서 번역한 세 권의 아이칭 시집을 받아들고서 필자의 손을 잡으며 마치 독백 같은 말을 이어나갔다.

베이다황(北大荒)에 갇혀 있던 1958년부터 20년간에 쓴 시가 수백 수도 더 되지요. 모두 뺏겨서 지금은 한 수도 남아 있지 않아요. 마음에 드는 시가 많았는데요.

그러니까 아이칭의 시는 초년작과 만년작만 남아 있고 중년작 특히 1960년대의 작품은 거의 없다고 해야 할 것이다. 1985년 이후 매년 9월만 되면 노벨문학상 발표에 대비하여 미리 녹화하려는 각 방송사의 요구에 응하느라고 분주했던 시절이 새삼 생각난다. 그러나 아이칭은 이미 고인이 되었으며 그의 의연한 모습을 다시는 볼 수 없게 되었다. 요즈음에 중국에 대한 관심이 고조됨에 따라서 중국문학의 세계에도 적지 않은 궁금증이 나리라고 보아서, 중국의 현대시단에서 살아 있는 역사처럼 오래 살며 시대적 격동과 함께 파란만장한 길을 걸어온 아이칭의 만년시대의 시세계를 적게나마 알리는 기회를 갖게 되어서 기쁘다. 그의 만년작이라면 아무래도 소위 문화대혁명(文化大革命)이 끝나는 1976년 이후 형식적이나 미 자유인의 몸이 된 시기부터 발표된 시를 가지고 보는 것이 타당할 것이다. 그러니까 그의 「붉은 깃발(紅旗)」(1978)에서부터 「경례·프랑스(敬禮

·法蘭西)」(1984) 등에 이르기까지의 시들을 중심으로 그의 시 의식을 살펴보아야 할 것이다. 안타깝게도 아이칭은 1988년 뇌종양 수술을 받았기 때문에 그 전후의 시는 발표된 것이 없다.

(1) 1978년에 복권된 아이칭

20년간의 절필은 아이칭에게는 가장 고난의 시기였다. 시인에게 시가 없으니 산들 산다고 할 수 없기 때문이다. 1958년부터 1961년까지 우파분자(右派分子)로 몰려서 헤이룽장성(黑龍江省)의 베이다황(北大荒)과 신장성(新疆省) 위구르 자치구에서 은둔생활을 하였으며, 1967년부터 1976년까지 사인방(四人幇)이 물러나고 덩샤오핑(鄧少平)이 등장할 때까지 문화대혁명이라는 지식인의 숙청과 문화말살 운동으로 또다시 노동생활을 영위하였다. 아이칭은 1958년 4월 당시의 농간부(農墾部) 부장 왕전(王震)의 배려로 우파분자로서 헤이룽장성 미산현(密山縣)의 825농장의 임장(林場)의 부장장 직분을 맡아서 배속된다. 아이칭은 여기서 1959년 11월까지 지냈는데 이때를 전후하여 그는 다시 신장성으로의 긴 고난의 여행을 시작한다. 그는 농촌 출신이면서 의외의 강제적인 농촌생활로의 회귀를 강행한 것이다. 그는 이 시기의 심정을 「개척자의 노래(墾荒者之歌)」(1958) 일단에서 다음과 같이 묘사하고 있다.

나의 집은 첸탕강가인데
거긴 살기 좋은 마을
동지여 말 좀 해주오
뭐 "서쪽으로 양관(陽關)을 나서니
친구는 안 보인다"는 말대로
옛 전우 모두 국영농장에 있구나─
뉘는 난니만에서 오고
뉘는 베이다황에서 오고

我的家在錢塘江上,
那兒是魚米之鄉;
同志, 請你告訴我 : ……
說甚麼 "西出陽關無故人",

老戰友都在國營農場─
有的來自南泥灣,
有的來自北大荒.

아이칭은 강압된 농장생활 속에서도 조국애와 농민에 대한 동정을 피력하고 있다. 그리고 농촌에 대한 정경을 보다 긍정적이면서 적극적으로 노래하기도 한다. 그의 「들판에 불을 놓아(燒荒)」(1958년)을 보면,

작디작은 성냥 한 개비	小小的一根火柴,
새 세계를 열었네	劃開了一個新的境界—
얼마나 큰불인가	好大的火啊,
황량한 들이 불바다로	荒原成了火海!
불꽃 날아 춤추며 빙빙 돌아	火花飛舞着, 旋轉着,
불기둥 하늘 높이 구름 위로 치솟네	火柱直冲到九霄雲外!
불꽃은 금빛 노루인 양	火焰像金色的鹿,
바람보다 더 빨리 달리네	奔跑得比風還快!
햇빛 속에 솟는 연기	騰起的烟在陽光裏,
현란한 층층구름인 양	像層層絢麗的雲彩!
불꽃은 미친 듯 웃으면서 치달아	火焰狂笑着, 奔跑着,
가시덤불 쳐내니 얼마나 통쾌한가	披荊斬棘, 多麽痛快!
불의 행렬 대진군하니	火的隊伍大進軍,
이리, 늑대, 여우, 토끼 다 번뜩 날뛰네	豺狼狐兎齊閃開!
들불은 끝없이 타오르고	野草不燒盡,
볏모는 일어서지 못하네	禾苗起不來!
우리들의 쟁기 어서 다듬어,	快磨亮我們的犁刀,
새로운 시대를 갈아 보자꾸나	犁開一個新的時代!

풍부한 상상력과 교묘한 비유, 그리고 현란한 색채감을 가지고 불 놓은 봄 들판의 장관을 묘사하고 있다. 제2의 행선지인 신장성 수창푸공작(蘇長福工作)의 2영(營) 3련(連)에 도착한 것은 1960년 봄이다. 그는 여기서 1년여의 생활 속에서 황무지의 개척자적 의식을 지니게 되고 그에 대한 강한 애착을 토로한다. 「젊은 성(年輕的城)」(1958)을 보기로 한다.

내가 가본 많은 곳에서	我到過的許多地方

이 도시가 가장 젊다오	數這個城市最年輕
그건 정말 아름다운데	它是這樣漂亮
바다의 신기루는 아니고	不是瀚海蜃樓
봉래산의 선경도 아니니	不是蓬萊仙境
풀 하나 나무 하나도	它的一草一木
모두 피와 땀이 맺혀 있다	都由血汗凝成
너는 그 도시에	你說它是城市
오히려 전원 경치 있다고 했지	却有田園風光
너는 그 시골에	你說它是鄉村
오히려 많은 공장 있다고 했지	却有許多工廠

황량한 서북방의 벌판이지만 조국의 땅이기에, 그리고 자신이 가꾼 터이기에 애정 어린 마음이 깃들어 있다. 1961년에 베이징에 돌아왔으나 그의 창작활동은 여의치 않았다. 1967년 5월 19일 아이칭 일가는 대우파(大右派)로 다시 낙인이 찍히면서 소시베리아의 144단(團) 2영(營) 8연(連)에 배속되어 노동과 모욕의 나날을 보낸다. 1972년 11월에는 오른쪽 눈이 실명되며 1973년에는 치료받으려 베이징에 돌아온다. 압박받는 중에 그의 제수 원쥐안(雯娟)에게 보낸 다음 편지로 아이칭이 숙청생활 중 망향(望鄉)의 정이 넘치는 것을 알 수 있다.

귀향하여 친한 사람 만나는 것이 나의 여러 해의 소망입니다. 다만 지금 실현할 수 없으니 여러 친구들에게 밤낮 그리워한다고 하며 부담을 주어서 마음에 실로 미안하게 생각하고 있습니다. 그러나 나는 믿기를, 조만간에 반드시 기회를 내어 더불어 함께 보낼 날을 가지게 될 것입니다.

아이칭은 1975년에 왼쪽 눈마저 시력이 감퇴되어 동년 5월 5일 다시 베이징에 들어가서 치료를 받게 됨에 따라 복권될 때까지 베이징에 체류한다. 1976년 10월 6일 사인방이 심판대에 오르면서 아이칭은 제2차 해방을 맞게 된다. 해방과 더불어 쓴 첫 작품이 「그녀의 노래가 좋아서(我愛他的歌

聲)」(1977.5.1)이다. 이 시는 당시의 가수인 궈란잉(郭蘭英)을 위해 쓴 것이지만 예술가의 비참한 삶을 깊이 이해하면서 해방의 승리감을 가지고 자신의 당시의 심정을 토로하고 있다. 이 시의 후반부를 보기로 한다.

이 노랫소리 백성에게서 나온다	這歌聲來自民間
갓 쟁기질한 진흙의 숨결을 지니고	有剛犁開的泥土的氣息
뜨거운 불처럼 불타면서	好像烈火一樣熾熱
고난과 항쟁을 노래했다	唱出了苦難和抗爭
사인방을 타도하고	自從打倒了四人幇
갇힌 데서 해방된 노랫소리를	解放了被禁錮的歌聲
그녀는 진정 기뻐서 노래하였다	她唱出了由衷的高興
징과 북 날나리에 맞추어서	鑼鼓和嗩吶伴奏着
환희를 푸른 하늘에 잔뜩 뿌리며	把歡欣撒滿藍天
팔억 인민의 마음을 노래했다	唱出了八億人民的心

아이칭은 20년이란 긴 압박에서 실명하면서도 죽지 않고 살아 있다는 데에 대해서 자신도 의아해하면서 마치 자화상 같은 「물소(水牛)」(1980)라는 시를 써놓고 있다.

자네 성질 참 좋기도 해	你的脾氣眞好 —
물을 무서워 않고	不怕水,
진흙탕도 무서워 않고	不怕爛泥
조용히 발걸음 내디뎌서	從容地邁着步子
고개 숙이고 대지를 갈고 있으니	低着頭耕犁大地
보이는 건 늘 진흙탕	看見的老是爛泥
등 위에는 늘 채찍 잡은 사람인데	背上老是挨鞭子
살면서 고생만 하고	活着爲了吃苦
고생하면서도 화 한번 안 내니	再苦也不吭氣……

아이칭은 물소처럼 묵묵히 고난을 이기며 자기의 목적을 추구해왔다고

스스로 토로한 것이다. 그가 프랑스 파리에서 미술 공부하다가 귀국 직후에 겪은 젊은 날의 필화사건(1933)으로 3년간 옥고를 치렀고 만년에는 숙청생활로 얼룩진 삶을 돌아보면서 아이칭은 복수라도 하듯이 복권 후에도 끊임없는 창작활동을 지속한다. 그의 내면세계에는 너무도 긴 타의에 의한 창작활동의 제한이란 침묵의 시간에 대한 무한한 아쉬움이 깊게 스미어 있다. 이렇게 마지막 삶을 통해 그의 일관된 신념을 가지고 싶었던 것이다. 현실을 인정해야 하면서도 자기가 바라던 현실은 지나갔고 이미 노년의 경지에 든 아이칭에게는 현실로부터의 초탈을 지향하기 시작한다. 그는 우선 현실을 떠나보고 싶은 것이다. 미국·홍콩·싱가포르·이탈리아·독일 등 1983년까지 해외여행의 길을 택하면서 맺힌 앙금과 신천지에 대한 마음의 감흥을 토로하게 된다. 특히 1980년 이후의 작품들이 여행에서의 심상을 노래한 시들이 주류를 이루고 있는 것은 우연한 현상만이 아니다. 자신의 현실도피 의식과 나아가서는 초탈적 심성의 일면이 내재되어 있는 것이다. 사회적 투사(시로서 본분을 지킴)이기 위해서는 재충전의 기력이 필요한 것이며, 노년에서 삶을 관조하는 초월적 관념이 또한 깃들여 있는 것이다.

(2) 정감 속의 함축미

진정한 시는 심령을 노래해야 한다. 20년의 침묵 후에 아이칭은 재생의 시심(詩心)을 불태운다. 빛의 찬가를 부르고 태양의 노래를 부르기 시작한다.[2] 그의 「붉은 깃발(紅旗)」(1978)의 일단을 보기로 한다.

---

3) 아이칭은 복권 후에 희망과 열정을 상징하는 '光'을 소재로 하는 작품들을 쓰고 있는데, 「電」「東方是怎樣紅起來的」「光的讚歌」(1978) 「光榮的冠冕」(1979), 「北京的早晨」「尼斯的早晨」(1980), 「美的展覽」(1981) 등이 그것이다.

불은 붉다 피는 붉다	火是紅的, 血是紅的,
산수유는 붉다	山丹丹是紅的,
막 떠오르는 태양은 붉다	初升的太陽是紅的;
전진하며 바람에 휘날리는 붉은 깃발	在前進中迎風飄揚的紅旗!
가장 아름답구나	最美的是
붉은 깃발	紅旗
추위와 기근이 교차 속에 탄생하고	從飢寒交迫中誕生,
천년의 조롱에서 탄생하고	從千年的牢籠裏誕生,
그건 진리를 위해 싸우고	它爲眞理而鬪爭,
금빛의 낫 금빛의 망치	金色的鎌刀, 金色的錘子,
노동의 영광을	宣告勞動的光榮,
농공 단결의 승리를 선언한다	工農團結的勝利.

현실은 어쩔 수 없기에 그 속에서 복권의 기쁨을 외친다. 자신이 공산주의자라는 것을 인정하며 또 그럴 수밖에 없었을 것이다. 그리고 인민의 고통을 더욱 깊이 연민하게 된다. 그의 초지일관된 집념은 단순하고도 집중적으로 표출된다. 아이칭은 『시론(詩論)』 미학 12조에서 이르기를

단순이란 사상에 대한 시인의 태도의 긍정이며, 관찰의 정확성이며, 사상의 전체에서 얻어질 수 있는 통일된 표현이다. 그것은 독자를 포만된 느낌과 집약된 이해에 도달하게끔 인도한다.

아이칭은 사상의 단순성을 통하여 자신의 시 세계를 일관되게 추구할 수 있으며 이것이 시에서는 정감적이고 낭만적인 섬세한 시정성을 풍겨준다. 하나의 실체를 가지고 구체적인 미감(美感)을 표출하고, 희열과 희망이 담긴 함축적인 의표(意表)를 그려놓은 것이다. 「눈같이 흰 연꽃(雪蓮)」(1980)을 보면,

| 봄바람 여기에 불지 않고 | 春風吹不到這兒, |
| 제비도 오지 않는다 | 燕子也不會來 ─ |

낭애에서 떨어질까 두려워 않아야	不怕從懸崖摔下來,
너의 광채를 볼 수 있지	才能看見你的光彩;
얼음과 눈의 화신	冰與雪的化身 —
희고 곱고 의젓함	潔白, 美麗, 大方;
너를 향한 강렬한 사랑이 없으면	沒有對你强烈的愛,
너의 향기를 맡을 수 없지	聞不到你的芬芳.

시인은 단순한 소재를 가지고 속 깊은 의경(意境)을 그리고 있다. 앞단에서는 용기와 집착(執着)에서 빛나는 모습을 암시해주고, 후단에서는 연꽃의 외양에서 풍기는 인상을 통하여 새로운 과업을 추진해나가야 함을 계시해주고 있다. 하나의 화초에서 세밀한 생활의식을 느끼고, 그것이 마치 자기 표상의 전부인 양, 큰 대상으로 부각(浮刻)시켜놓은 상태에서, 그 효용성과 자기감성의 응집으로 승화시켜서 균형과 조화의 미(美)를 창출해낸다. 이러한 기법은 아이칭의 초기 시에는 찾아보기가 쉽지 않다. 의식의 직설적인 표현물로서의 시였기 때문이다. 평생을 자유다운 자유를 구가해보지 못한 시인의 내면세계에서는 진정한 자유의 맛을 늦게나마 만끽하고 싶은 것이다. 만년의 정신세계는 구속과 억압이 곧 삶을 의미한다고도 간주했을 것이다. 한 송이의 설연이지만 그것이 얼마나 고결하고 겉과 속이 같은 사물인지 솔직하게 묘사하고 있다. 자신뿐만이 아니라, 중국인민, 아니 세계인류가 모두 겉과 속이 같은 참사람(眞人)의 모습을 지니기를 희망하는 것이다. 사실 그대로를 보이고 싶은 참 자유가 만년의 아이칭에게는 가장 소중한 것이다. 이제는 두렵고 무서운 것이란 없다. 그는 자유의 가치에 대해서 『시론(詩論)』 시의 정신(詩的精神) 11조에서 말하기를,

시는 자유의 사자로서, 인류에게 영원히 충직하게 위안과 격려를 주고 있으며, 인류의 마음속에 자유에 대한 갈망과 굳은 신념의 씨앗을 뿌린다. 시의 소리는 곧 자유의 소리며 시의 미소는 곧 자유의 미소이다.

라고 밝히고 있다. 은폐된 어려운 시기를 거치면서 자유의 참 가치를 깊이 음미한 것이다. 한편, 아이칭의 만년작에는 시의 내용에 있어서 명랑성과 심각성이 동시에 함축되어서 나타나고 있는데, 이 두 양면성이 하나의 핵으로 '집중'되어서 시적 효과가 극대화된다. 그 자신이 양면성의 함축미인 집중력에 대해서,

혼돈과 몽롱을 함축이라고 할 수 없다. 함축은 일종의 포만된 지향물이며, 총대 속에 장전된 채 침묵하고 있는 총알이다.(『시론』, 시학 10조)

라고 정의를 내리고 있듯이 이 속에서 아이칭은 시적 예술성을 더욱 자유로이 표현할 수 있었다. 서독을 방문하여 동서독의 장벽을 보고서 쓴 「담장(牆)」(1979)의 일단을 보기로 한다.

담은 한 자루 칼인 양	一堵牆, 像一把刀
도시 하나를 두 동강 내었으니	把一個城市切成兩片
한편은 동쪽 한편은 서쪽	一半在東方 一半在西方
담은 얼마나 높은 것일까	牆有多高?
얼마나 두꺼울까 얼마나 길까	有多厚? 有多長?
더 높고 더 두껍고 더 길어도	再高, 再厚, 再長
중국의 장성에 비할 수 없다	也不可能比中國的長城
더 높고 더 두껍고 더 길어도	更高, 更厚, 更長
그건 단지 역사 자취	它也只是歷史的陳跡
민족의 상처일 뿐이다	民族的創傷
누구도 이 담을 좋아하지 않으니	誰也不喜歡這樣的牆
3미터 높이로 뭘 한다는 건가	三米高算得了甚麼
45킬로 길이로 뭘 한다는 건가	四十五公里長算得了甚麼
50리 길이로 뭘 한다는 건가	五十厘米厚算得了甚麼
천 배 더 높이, 천 배 더 두껍게	再高一千倍 再厚一千倍
천 배 더 길게 한다 해도	再長一千倍

여기서 '담'이라는 기본 형상을 통하여 여덟 가지의 구체적인 사물을 집약시켜놓고 있는데, 물, 공기, 바람, 구름, 햇빛, 날아가는 새 날개와 노랫소리 등은 시인의 감정에 한 뭉치로 응결되어 세밀한 표현으로 승화되어 있다. 특히 시의 말미에서 세 가지의 비유법(比喩法)을 써서 독일 국민의 통일에의 소원을 집중시키고 시인의 동정과 분노심을 강렬하게 반영시키고 있다. 이런 집중화의 시가 예술은 구체적인 데서 추상성을 찾아서 주제의 부각을 시도하고, 또 추상적이면서 실질적인 표현이 가능케 하는 작법(作法)을 보여준다. 형상사유(形象思惟)의 방법이란 추상과 구상(具象)의 사이에서 상호 보충해주는 방법을 말하는 것인데, '시론·형상'에서 시인이 말한 바, "구체적일수록 더욱 형상적이며 추상적일수록 더욱 개념적이다."라든가, "형상을 만들어 조작해나가는 과정은 곧 시인이 현실을 인식하는 과정이다."라는 의미와 상통한다. 시인은 희망이라는 추상적 관념으로 동적인 그림을 그리고 또 정적인 사고를 유발시켜서 그림과 사고를 한 데로 결합하여 결국은 희망이라는 정점에까지 끌어올리고 있다. 그 비유와 기탁이 극히 조화를 이룬다. 자연의 여러 현상에서 우리의 집약된 꿈을 뽑아낼 수 있는 시인의 힘이 만년의 완숙한 시적 예술미를 더해준다.

(3) 간결미 넘치는 시어

아이칭의 시는 일반적으로 시어와 시구의 활용에 있어서 소박하면서도 평이하다고 본다. 시라고 하기보다는 하나의 산문이요, 독백 어린 민가(民歌)와도 같이 보인다. 그러나 정결하고 친숙한 맛이 배어 있는 것이다. 저항적인 시이든, 낭만이 깃들여 있든 간에 기괴한 말을 찾아볼 수가 없다. 동요 같기도 하며, 때로는 기도문같이 간절한 내적 호소력이 강렬하게 스며 나오기도 한다. 우울을 노래하는 데도 그 맛은 역시 밝은 면이 담겨 있는 것이다. 진솔하고 가식이 없기에 감동을 주며 그 시가 주는 의취(意趣)

가 맑고 밝다. 「해수와 눈물(海水和淚)」(1979)을 보기로 한다.

바닷물은 짜고 눈물도 짜지	海水是鹹的 淚也是鹹的
바닷물이 눈물이 되었나	是海水變成淚?
눈물이 바닷물이 되었나	是淚流成海水?
억만년 눈물 모여 바닷물이 되었지	億萬年的淚 匯聚成海水
언젠가는 바닷물 눈물이 다 달 거지	終有一天 海水和淚都是恬的

이 시는 자연의 경물을 가지고 인간의 심리 현상에 맞추어서 쓴 작품이다. 절박한 시어에는 침통한 감개가 깃들여 있어서 그 시대의 상황을 엿보게 한다. 마지막 시구에서는 강렬한 반사회주의적인 의지를 비쳐주고 있다. 아이칭은 그의 『시론(언어)』 10조에서, "시의 말에는 사상과 감정이 있어야 하며, 언어는 암시성과 계시성을 풍부히 지녀야 한다."라고 하였으며 같은 16조에서는,

시인은 모름지기 언어를 감별하는 능력이 있어야 한다. ……해학적인 것, 반발적인 것, 넌지시 가리키는 것, 솔직한 것, 그리고 선의적인 것과 악의적인 것에 이르기까지…… 마치 화가가 제각기 다른 느낌을 자아내는 색채를 감별하여 부르는 것과도 같이…… 언어가 풍부한 시인은 정확하고 잘 배합된 색채를 사용하여 생활을 그대로 그려낼 수 있다.

라고 강조하면서 시어의 구사력을 배양하고 시어의 예술적 감각을 중시해야 함을 기술한다. 따라서 그의 시는 후기로 갈수록 시의 색감과 미적인 의상(意象)이 돋보인다. 「백조의 호수(天鵝湖)」(1980년)를 보면,

날개의 떨림은	羽毛的振動
포착키 어려운 경쾌함	難于捕捉的輕盈
견백이 도약은	潔白的跳躍
숲 사이로 빛이 나는 듯하네	如光在林間飛奔

사랑스레 뒤쫓고	愛情的追逐
수줍은 듯 도망치고	羞澀的逃逸
환희의 전율	歡愉的顫抖
깊은 정이 이끄네	深情的牽引

여기에서 회화적(繪畫的)인 색감의식(色感意識)을 교묘히 구사하여 빛과 소리의 조화를 구성하고 백조의 자태와 그에 대한 사랑의 감정을 경쾌하고도 생기 있게 묘사한다. 아이칭의 후기시는 인생을 달관한 면을 보여준다. 그는 현실과의 먼 경계를 직접 찾아가려는 듯 해외여행 속에서 탈속(脫俗)의 의식, 그리고 만족과 포만의 심성을 보여주며, 더구나 낭만적인 서정성을 추구하고 있다. 이것은 삶을 머지않아 마감할 늙은 시인의 심정이기도 하지만 자연으로 돌아갈 수밖에 없는 미약한 인간의 종말적 심리현상이라고도 볼 수 있는 것이다.

Ⅱ. 아이칭 시의 기독교적 의식

아이칭은 기독교인이 아니다. 필자는 1993년 7월 베이징의 아이칭 자택을 방문한 적이 있었다. 그때에 직접 아이칭에게 기독교관에 관하여 질문할 기회가 있었는바, 그는 자신이 불교신자라는 점과 기독교를 긍정적으로 이해한다는 점을 밝혔다. 그런 그의 400여 편의 시 가운데 기독교적 성격의 시제를 택한 것이 5편이 있으니 그 시제를 열거하자면, 「한 나사렛인의 죽음(一個拿撒勒人的死)」(1933) 「말구유(馬槽)」(1936) 「새로운 에덴집(新的伊甸集)」(1940) 「사람과 하나님(人和上帝)」(1980) 「하나님은 어디 계신가(上帝在哪)」(1988) 등이다. 그리고 기독교적 내용을 담고 있는 것이 5편 있으니 그 시제를 열거하면, 「병감(病監)」(1933) 「그는 그 다음에 죽다(他死在第二次)」(1939) 「미사도 없이(沒有彌撒)」(1940) 「횃불(火把)」(1940) 「씨 뿌리는 사람(播種者)」(1940) 「고로마의 대투기장(古羅馬的大鬪技場)」(1979) 등이다. 위의 작품들을 거론하면서 단편적이나마 그의 시 속에 스며들어 있는 기독사상을 엿보면서 중국문학 속의 서양 종교관을 살피려 한다.

1. 성서 소재로 직접 비유

아이칭은 기독교인은 아니지만 서양문물을 접한 자이므로 그의 시에는 성서의 말씀을 시의 소재로 삼아서 그 자신의 입장을 상징화한 작품들을 볼 수 있다. 먼저 장편시 「한 나사렛인의 죽음(一個拿撒勒人的死)」을 보자.

예루살렘 향해	朝向耶路撒冷
"호산나 호산나" 외치는 소리	"和散那! 和散那!"的呼聲
둥지로 돌아가는 까마귀처럼	像歸巢的群鴉般聒叫着
외치는 수백 수천의 군중들	成百成千的群衆
나귀 등의 나사렛인을 둘러싸고	擁着那騎在驢背上的拿撒勒人
웅장한 성문 바라보며 나아간다	望宏偉的城門 前進着……
나사렛인은	拿撒勒人
야윈 얼굴에	在淸癯的臉上
인자한 웃음을 띠고 있다	露着仁慈的笑容.
미소 속에 그는 기억하고 있다	那微笑裏 他記憶起
어제 베다니의 잔치에서	昨天在伯大尼的宴席上
마리아가	當瑪利亞
나드 향유 그의 발에 부었을 때	倒了哪噠香膏在他脚背上的時候,
같이 있던 가룻 유다의 말이	同席的加略猶大的言語:
"어찌 향유를 삼백 데나리온에 팔아	"這香膏 爲甚麼不賣三十兩銀子
가난한 자에게 주지 아니하느냐"	周濟周濟窮人呢?"
─그들 말엔 교활한 탐욕의 빛─	─他說時, 露着狡猾的貪婪的光─
	(중략)

근심 말고 슬퍼 말라!	不要懊喪, 不要悲哀!
캄캄한 밤을 지나	穿過黑色之夜
그는 열한 제자들과	他和他的十一個門徒
기드온 시내를 건너	經了汲淪溪
늘 모이던 동산에 들어갔을 때	進入那慣常聚集的果園裏時
그는 보았노라	看到了
작은 길 저편에서	從小徑的那邊
등불과 횃불을 밝히고	閃着燈籠和火把的光
병사 제사장 바리새인의 하인들	兵士, 祭司長, 法利賽人的差役
가룻 유다를 따라서	隨着那加略人猶大
그리로 오는 것이……	向這邊走來……
"나사렛인은 어디 있는가"	"拿撒勒人 在哪裏?"
(중략)	
희롱하여 가로되 :	大笑的喊着 :
"나사렛인아 축하하네!"	"拿撒勒人 恭禧你呵!"
골고다 산으로 가는 길에서	在到哥爾哥察山的道上
군병들 십자가로 그 어깨 짓누르니	兵士們把十字架壓在他的肩上
-그 상처 입은 어깨를-	-那是創傷了的肩膀-
다그쳐 짊어진 고통 속에	苦苦的强迫他背負起來
쓸개 탄 포도주마저 맛보게 했다	用苦膽調和的酒 要他去嚐.
그의 뒤에 뒤따르는 군중들	在他的後面 跟着一大陣的群衆
반은 호기심 어려서	一半是懷着好奇
반은 동정심을 갖고서	一半是帶着同情
그를 믿는 여인들	有些信他的婦女
그를 위해 소리쳐 통곡하니	爲他而號啕痛哭
그가 고개를 돌려	于是他回過頭來
이을 듯 말 듯 일렀노라	斷斷續續地說 :
"예루살렘 딸들아 울지를 말라"	"耶路撒冷的衆女子啊 請不要爲我哭泣…"
골고다에 이르렀다	髑髏地到了!
그는 병사들에게 십자가 달리우고	他被兵士們按到十字架上
그의 손바닥과 발등에	從他的手掌和脚背
네 개의 긴 못을 박고……	敲進了四枚長大的釘子……
십자가를 언덕 위에 우뚝 세웠다	再把十字架在山坡上竪立起.
그의 홍포 벌써 네 갈래 찢기었고	他的袍子已被撕成四分

병사들 그것을 제비뽑아 나눴다	兵士們用它來拈鬮：
사람들이 멀리서 바라보면서	衆人站在遠處觀望着
어떤 이는 그를 성자라 하고	有的說他是聖者
어떤 이는 그를 황당하다 비웃고	有的笑他荒唐
어떤 이는 고개 흔들며 냉소한다	有的搖首冷嘲
"구원자 스스로도 구원할 수 없다"	"要救人的 如今却不能救自己了."
지는 해 험한 언덕 비치고	落日照着崎嶇的山坡
땅은 말없이 고요하고	大地無言的黙着,
오직 들판 저 멀리서	只有原野的遠處
태풍의 거센 소리만 들려오고	傳來颶風的吼叫,
온 하늘에 무서운 구름 노을 지네	整個的蒼穹下 聚集着恐怖的雲霞…
태양이여, 지려는가!	白日呵, 將要去了!
최후의 순간에 지평선 저곳에서	在這最後的瞬間 從地平線的彼方
한 줄기 거대한 빛 쏘아 나오고	射出一道巨光
이 거대한 빛 속에 비추이는	這巨光裏映出
세 개의 검은 십자가의 세 시체	三個黑暗的十字架上的 三具尸身－
두 도적이 대하고 있는 중에	二個盜匪相伴着 中間的那個
머리엔 죄 패를 못 박고 그 위에	頭上釘着一塊牌子 那上面
세 마디의 죄목을 써놓았다	寫着三種文字的罪狀：
"예수, 유대인의 왕"	"耶蘇, 猶太人的王."

이 시는 1933년 6월 16일 시인이 옥중에서 병중에 지은 150행의 서사시
이다. 시의 내용이 신약성서 마태, 마가, 누가 그리고 요한 등 복음서의 예
수 죽음을 소재로 한 서술인데 이 중에 가롯 유다가 말한 향유 삼백 데나
리온 문구는 「요한복음」 12장 5절을 인용한 것이고 시 말미에서 유대인의
왕이란 구절도 「마가복음」 16장 26절을 인용한 것이다. 이 시는 한 편의
성서의 말씀을 재조직해놓은 감을 줄 만큼 성시(聖詩)적 격조를 지닌다. 중
국의 시에서 고금을 통해 이처럼 솔직한 성서적 표현은 없었다고 본다. 이
것은 아이칭이 피압박자로서의 예수의 생애를 빌려서 자신의 불우와 감옥
생활, 그리고 숙청 등으로 점철된 청년작가의 심경을 풍유하고자 한 것이

다.3) 그러므로 이 시는 시인 자신의 자기상황의 대언이라 할 것이다. 시인은 후에 이 시를 거론하면서 옥중에서 병중에 유서로 쓴 것이라고 피력한 바가 있다.4) 아이칭은 자신의 고통을 마치 순교자적인 위치에서 그리스도의 사랑의 희생을 노래하면서 자위하려 하였다. 그래서 아이칭은 예수의 고초를 상기하면서 자신도 희생적인 옥중생활의 의미를 부여하려 하였다. 아이칭은 이 시의 서두에서 "한 알의 밀이 땅에 떨어져 죽지 않으면 한 알 그대로 있고 죽으면 많은 열매를 맺느니라."라는 구절을 인용하였으니, 이것은 이 시의 주요한 골자이다. 종교적인 내재율(內在律)과 순교자의 죽음을 가지고 부조리의 모순과 포악을 완곡하게 비유한 것이다. 아이칭은 이같이 옥중의 고통을 자긍과 재생의 요소로 삼고, 불타는 작가적 역량을 배양하는 긍적적인 도장으로 활용한 것이다. 그것이 아이칭의 남다른 세계이며 추구하여 이른바 오득(悟得)하는 시정(詩情)을 진솔하게 읊었다. 청대 왕사정(王士禎)이 『당현삼매집(唐賢三昧集)』 서(序)에서 중국시의 영적인 경계를 강조하기를,

> 시의 의취가 확연하면서 찬란히 빛나는 듯하나 잡히지 않는다. ……시어는 다 표현하였으되 시의는 끝이 없도다.

라고 말한 것이라든가 또 왕궈웨이(王國維)가 『인간사화(人間詞話)』에서,

> 시의 무아의 세계는 오직 정적인 정신세계에서 터득되고 유아의 세계는 동적인 데서 오는 정적인 상태에서 터득된다.

라고 부연한 점이 아이칭의 시정이 그 자신의 독창적인 돌출물이 아니라

---

3) 周洪興, 『艾靑的跋涉』, 文化藝術出版社, 1988, p.61.
4) 『靑年詩壇』, 艾靑談敍事詩, 1983, 제1기.

전통적인 맥류(脈流)에 근거하고 있음을 입증한다고 본다.

다음으로 예수의 탄생을 소재로 한 「말구유(馬槽)」 시도 역시 모욕받고 피해당하는 자에 대한 시인의 연민과 찬양의 심정을 토로한 것이다.

왜 또 눈이 내리는가?	爲甚麼又下雪呢?
목책 위에 참새 하늘을 보고	木柵上的麻雀看着天
하늘은 이처럼 어두워	天是這麼陰暗
누군가 말구유를 지나고	有人走過馬槽
말구유 여인의 흐느낌은 밤새 간 듯	馬槽裏有女性的哭泣 似乎已一夜了
네가 치욕의 눈물을 다 흘려도	任你流盡恥辱的淚
겨울 메마른 토지를 적실 수 없다	也不能潤濕冬的枯乾的土地呀
누군가 구유를 지나자	有人走過馬槽
말구유에서 들리는 가슴 찢는 외침	馬槽裏傳出了裂心的哀叫
아, 수많은 손가락으로	噫, 用無數手指
사람들 부정한 여인을 가리키며	衆人指着不貞的少婦
말똥처럼 더러운 년이라 욕하고	叱罵她就像馬尿一樣汚穢
대야 하나 갖다 주거나	沒有肯給她拿一咫血盆
따뜻한 물 한 통 부어주는 이 없다	或是倒一桶溫水的.
바람은 토담의 구멍으로	風從泥牆的破孔
차가운 조소를 드러내고	發出寒冷的嘲笑
그녀는 몸부림 몸부림 몸부림친다	她掙扎掙扎掙扎
머리를 목책에 드린다. 보아라	把頭抵住了木柵 看,
그 흐트러진 산발 사이로	那蓬鬆的散髮間的
미친 듯 빛나는 두 눈을	兩顆閃着瘋狂的光輝的眼
베들레헴에서 버려진 여인	這伯利恒被棄的女子
도덕적인 오만은 있다	遂有了道德上的傲慢
경멸하는 무리에게 분노의 반항으로	給輕蔑她的人群以憤恨的反抗
온몸이 땀에 젖었다	周身都被汗浸濕了
바람, 다시 세차게 불어라	風, 再吹得潑剌些吧
왜 고요해졌는가	爲甚麼又靜寂了呢
들어라, 연약한 소리 아래서 나온다	聽, 嫩弱的尖音從下面發出了
흘러내리는 임산부의 피	産婦的血
길이 꽃 못 피는 말구유에서	在永不開花的馬槽裏

가장 화려한 꽃떨기를 뿌렸다　　　　散下了最艷麗的花朶
그 작은 생명은　　　　　　　　　　那小生命
어머니의 남은 힘을 잇고　　　　　　延續了母親的餘力
볏짚 더미에서 사지를 펴다　　　　　在稻草堆裏伸動着四肢
말구유 지나는 사람　　　　　　　　有人走過馬槽
경멸의 눈빛을 던지고　　　　　　　擲來了斜視的眼光
말구유 지나는 사람　　　　　　　　有人走過馬槽
코를 틀어막고　　　　　　　　　　捏着鼻子
말구유 지나는 사람　　　　　　　　有人走過馬槽
차가운 냉소를 보낸다　　　　　　　發出冰冷的笑
갓 태어난 아기　　　　　　　　　　初生的嬰孩
두려워서 울며　　　　　　　　　　帶着惶恐的哭叫
이 낯선 세상을 알아간다　　　　　　來認識這陌生的世界了
정신 혼미해진　　　　　　　　　　昏暈過去的
마리아 다시 깨어나　　　　　　　　瑪利亞重新淸醒過來
창백한 얼굴을 내려다보고　　　　　俯下了蒼白的臉
그녀의 말은 눈물과 함께　　　　　　她的話伴着眼淚
간헐적으로 흘러내린다　　　　　　斷續的滾下
"아가 베들레헴에서　　　　　　　　"孩子呀　在伯利恒
우리는 추방될 거야　　　　　　　　我們將要被逐的
우리 가자　　　　　　　　　　　　我們去
유랑하며 너를 키울 거다　　　　　　流浪會把你養大
오늘부터　　　　　　　　　　　　今天起
넌 기억하라 구유 속에서　　　　　　你記住自己是　馬槽裏
한 버림받은 여인의 아들인 것을　　一個被棄的女子的兒子
고통과 박해가 너를 낳았으니　　　　痛苦與迫害誕生了你
네가 능력이 있거든　　　　　　　　等你有能力了
모름지기 자신의 눈물로　　　　　　須要用自己的眼淚
민중의 죄악을 씻어야 한다"　　　　洗去衆人的罪惡"
그녀는 힘겹게 일어나　　　　　　　她困苦的起來
갓난아이를 품에 안고　　　　　　　把新生的裹進懷裏
슬픔을 지니고 말구유를 떠나　　　　帶着悲傷離開了馬槽
눈송이 흩어진 그 머리에 날리는데　　雪花飄上她的散髮
소리 없이 그녀는 떠났다　　　　　　無聲地　她去了

이 시는 1936년 성탄절에 지은 것인데 그 소재가 정절을 잃은 한 여인
이라고 군중의 질책을 받는 가운데 한랭하고 어두운 밤에 말구유에서 아
이를 낳는 부분에 한정되어 있다. 이 여인은 실제로는 중국의 가련한 민중
이며 여성을 의식하면서 반항적 의식을 담아서 풍유한 것이다. 아이칭이
기독교적 사실을 성경으로부터 빌려서 자신과 민중의 문제로 삼은 것은
매우 이례적인 경우에 해당된다.

그리고 다음 「새로운 에덴집(新的伊甸集)」5)은 에덴동산에서 아담과 하와
를 추방하는 여호와 하나님의 말씀을 가지고 러시아의 농촌현실을 풍자한
시이다. 이 시는 '새로운 에덴', '인조비', '둥근 쟁기', '새로운 경전' 등의
소제목으로 나뉘어 창작된 바, 그중에 「새로운 에덴(新的伊甸)」을 제시하여
시인의 심정을 유추하고자 한다.

"그 근본인 토지를 갈게 하시니"	"耕種他所自出之土",
자신의 굳은 의지의 쟁기를 쓴다	用自己的堅固的意志之犁.
신과 악마의 질시하에	在神與惡魔的妬視之下,
10년 20년	十年, 廿年,
일하여 검은 흙 위에 꽃이 핀다	勞動在黑土上開花.
온 땅이 황금과실과 자유의 웃음이다	遍地是金果與自由的笑!
"생명나무" 천상에 있지 않고	"生命的樹" 不在天上,
그건 이미 그 근본인 토지에 무성하고	它已繁茂在人所自出之土,
열린 에덴을 지키기 위해서	爲了把守開創的伊甸,
시조가 이미 사방에 놓인 불검을 안다	人的始祖已知道在四周安設火劍 —
곧 신과 악마는 투기의 불에 의해 타죽어	不久, 神與惡魔將被妬忌之火燒死,
온 천하에 에덴의 노래가 충만하리라	普天下將充溢伊甸之歌.

5) 『艾青詩全編』 上卷, p.440.

이 시는 구약 창세기 3장 23~24절 말씀에 의거하여 지은 것으로 아이칭은 이 시의 서두에 그 성경말씀 "여호와 하나님이 에덴동산에서 그 사람을 내어 보내어 그의 근본된 토지를 갈게 하시니라. 이같이 하나님이 그 사람을 쫓아내시고"을 인용하고 있다. 1940년 11월 러시아의 농업전람회를 관람하고서 농촌의 피폐된 현상을 풍유한 것이다. 그것은 중국의 농촌을 비유하기도 한 것이다.

2. 성서적 관점으로 간접 비유

아이칭의 시에서는 직접 성서적 내용은 다루지 않으나 간접적인 인용방법을 통하여 시의 의취를 표출하는 경우를 볼 수 있으니, 이것은 역시 시의 기독교적 잠재의식이라 할 것이다. 그 예로서 루쉰의 서거 4주년을 기념하여 쓴「씨 뿌리는 사람(播種者)」의 일단을 보기로 한다. 아이칭은 문호 루쉰(魯迅, 1881~1936)을 존경하였고 그의 영향을 깊이 받았음을 알 수 있다. 현실에 대한 반항과 구습으로부터 탈피하려는 의식은 유럽에서의 회화 수업을 통하여 더욱 굳어졌고 서양사조에 의해 중국 본래의 기질을 수정하고픈 의지를 불태웠다.

수십 년을 하루같이　　　　　　幾十年如一日,
너는 농민의 소박함으로　　　　你以一個農民的朴直
이 땅을 사랑한다　　　　　　　愛護這片土地
강인한 손으로　　　　　　　　頑强的手也曾劈擊過
만년 암석과 천년 형극을 쳐냈다　萬年的巖石和千年的荊棘;
핏방울 엉킨 손가락으로　　　　又以凝聚着血滿的手指
비애의 전율을 지니고서　　　　帶着悲哀的顫栗,
너 몸소 가꾸어오고　　　　　　扶理過你親手所培植的
폭풍우에 맞아 잘리어진　　　　被暴風雨的打擊所摧折的
가녀린 새싹을 도닥거린다　　　稚嫩的新苗. (1940.12)

라고 하여 루쉰의 애민정신을 자신의 것에서도 찾으려 하였다. 아이칭으로서는 루쉰이 의학에서 문예활동으로 진로를 바꾼 이유를 모를 리 없었고 그 이유가 중국인의 정신개조를 위한 것임을 흠모하며 자기의 투옥생활도 그 개선을 위한 인고의 과정이라고 인정하였던 것이다. 그래서 그의 작품은 특히 옥중시에서 민생의 불만과 모순을 대언하는 데 주저하지 않았다. 그는 『시론(詩論)』 35장에서,

시인과 혁명가는 하나같이 때를 슬퍼하며 만민을 불쌍히 여기는 사람이며 그들은 또 이런 생각을 똑같이 행동으로 옮기는 사람들이다. ―큰 시대가 도래할 때마다 이들 두 사람은 반드시 형제처럼 손을 마주잡는다.

라고 하여 사명감 있는 시인과 혁명가적인 시인이 참된 의미의 시인의 자세임을 밝혔고 나아가서는 시를 창조하는 목적까지도 여기에서 연유해야 함을 역설하기를,

시인이 시를 창조함은 인류의 제반생활에 대해 깊은 관찰과 비판, 권유, 경계, 고무, 찬양을 보내는 것이다.(「시인론」 창조2)

라고 말한 데서 아이칭의 작시의식을 엿볼 수 있다. 그 의미가 강인하고 도전적이기까지 하다. 이어서 「병감(病監)」의 일단을 보기로 한다.

나 폐결핵의 따뜻한 꽃집	我肺結核的暖花房呀.
붕대는 부용꽃	繃紗布爲芙蓉花.
취객의 내음	而蘊有醉人的氣息;
사신은 날개를 떨치고 너를 쫓고	死神震翼的逡巡着你,
꿀벌처럼 붕붕 소리는 목모의 미사	蜜蜂般嗡嗡的是牧姆的彌撒.
맑은 새벽 이슬방울은	清晨的露珠,
죽은 자 이마 위의 성수	遂充做亡人額上的聖水.
철책은 교목 숲처럼 웅장하고	鐵柵如喬木的林子般叢簇,

철책은 우리와 인간 세상의 분계선	鐵柵是我們和人世的界線.
말할 거다 :	人將說 :
'우리 모두 우리의 고통을 짊어진	'我們都是擁抱着
그리스도를 껴안고 있다'	我們的痛苦的基督.'
우리는 붉은 두 입술을 내밀어	我們伸着兩片紅脣,
우리 마음속에 흐르는 피농을 빤다	吮吻我們心中流出的膿血.(1934. 5)

아이칭이 옥중에서 폐병에 걸려 중병죄수를 위한 병동에 수감되어 쓴 시이다. 성실한 기독교인이 자신의 신앙에 충실하듯이 그는 죽음에 직면한 신세에서도 강렬한 욕구와 낙관적인 심정을 표현하였으며 애국청년을 탄압하는 비열한 당국의 행패를 고발하고 있다.

아이칭은 1996년 5월에 베이징의 집에서 역경 어린 긴 생애를 마쳤다. 복권된 후의 아이칭은 중국문예작가협회 부주석이란 직함으로 정부로부터 보상이라도 받는 양 그의 만년을 그런대로 평강하게 휴식하면서 보냈다. 필자가 방문했을 때, 부인 가오잉의 보살핌 속에 철저한 노후의 섭생을 하고 있었지만 젊어서 겪은 심신의 고통이 결국은 실명과 뇌종양이란 후유증을 낳은 것이다. 아이칭의 연구자인 저우홍싱 교수는 그의 저서 『아이칭의 발자취(艾青的跋涉)』(1989)를 통하여 아이칭의 전 생애를 정리하였으며 특히 1987년까지의 아이칭의 주변과 그의 문학 의식을 소개하고 정리하려고 하였다. 저우홍싱 교수는 아이칭을 두고 '정직한 사람(正直的人)', '반드시 참된 말만 한다(必須說眞話)'라고 최종적인 평가를 내리고 있다. 그리고 아이칭은 시에 대한 집념이 죽는 순간까지도 불타고 있었다는 사실을 입증이라도 하듯이 자신의 사작(寫作) 심정을 다음과 같이 피력하고 있다.

나는 영원히 창작을 갈구한다. 매일 나는 농부처럼 새벽에 일어나서, 나의 시속의 인물과 내가 써야 할 언어를 생각해 본다.…… 휴식하면서도 나의 미래는 시를 위해 움직이고 있다. 밥 먹을 때나, 길을 갈 때에도.(「승리를 위

아이칭의 노년은 그의 시적인 가치가 더해가면서 더욱 존중되고 다양한 문학적 평가를 높이 받았다고 본다. 중국의 작가가 성경의 말씀을 바탕으로 자신과 중국민족을 연민하고 암울한 현실로부터 이상향을 추구하며 소망하는 근거로 기독교적 소재를 사용한 것은 매우 드문 일로서 향후 중국 작가의 의식세계에 신경지를 제시한 것으로 평가할 수 있다.

내가 그리스도와 함께 십자가에 못박혔나니 그런즉 이제는 내가 산 것이 아니요 오직 네 안에 그리스도께서 사신 것이라 이제 내가 육체 가운데 사는 것은 나를 사랑하사 나를 위하여 자기 몸을 버리신 하나님의 아들을 믿는 믿음 안에서 사는 것이라.   (갈라디아서 2 : 20)

리잉(李瑛) 시의 자연미와 우국심

마오쩌둥(毛澤東)이 공산정권을 수립하고서 초기 10년간(1949~1958)은 그의 「문예강화(文藝講話)」(1942)에 의한 문예정책을 확정하고서 문예노선을 선도한 시기이다. 중국 공산당이 지향하는 중국 문예운동의 기본방침이 된 이 정책은 모든 문예방향을 농공과 혁명의 동맹을 위한 인생관과 방법론이 되도록 해야 한다는 것이다. 일체의 문예는 일정한 계급, 일정한 정치노선에 구속당하고 예술을 위한 예술은 구두선에 지나지 않게 되었다. 1940~50년대의 현대문학은 여하튼 숙청이라는 일방적인 억압수단 때문에 인위적으로 정하여진 노선을 지켜야 하며 거기서 탈피하기란 심히 어려웠다. 문학과 정치의 상호 굴레적인 역학관계를 강요하는 시점이었던 것이다. 이 시기의 시단은 1949년을 전후한 10년간에 다음 세 가지 개성을 보여준다. 첫째는 국민당 정권을 무너뜨린 해방전쟁의 승리와 신중국의 탄생을 애국적인 감정으로 토로하였으며, 둘째는 낭만과 거리가 먼 현실생활과 밀접한 창작생활을 지향해야 한다는 것이었고, 셋째는 다양한 시체의 형식이 발달했다고 볼 수 있다. 그 비근한 예로 허징즈(賀敬之)의 「우레의 노래」의 일단을 보면

    그대 나이는 스물두 살   你的年紀 二十二歲

나의 젊은 아우여	是我年輕的弟弟啊
그대의 생명은 이처럼 빛나리	你的生命這樣光輝
또한 나의 비할 수 없이 높고 큰	却是我無比高大的
형님이여!	長兄!

이 시구는 단순한 우레의 노래이지만 무산계급의 전사를 주제로 한 영웅시의 하나이다. 모든 시제의 대상은 정치권력에의 치하와 격려로 결론지어져야 했다. 그리고 사회의 건설에 역점을 두어야 했다. 이러한 관념의 생활은 시가 창작의 원천이라는 기본의식에서 도출되었기 때문이다. 허치팡(何其芳)이

생활의 강렬한 힘만이 우리의 심령을 뛰게 하여 시가의 날개를 펼 수 있으며 시가의 피리에서 황홀한 곡조를 낼 수 있다.[1]

라고 강조한 것은 마오쩌둥의 성실한 추종자인 허치팡만의 편견은 아니었다. 궈모뤄(郭沫若)가 말한 바,

신민가의 장점은 국한성에 있으며, 작자는 국한 속에서 장점을 표현하는 데 오묘함이 있다.[2]

라고 한 것이라든가 저우양(周揚)이 말한 바,

5·4 이래의 신시는 구시의 격률의 쇠고랑을 부수고 신체의 대해방을 실현시켜서 많은 우수한 혁명시인을 산출시켰다.[3]

라고 역설한 것은 모두 일맥상통하는 그 당시의 문예창작의 지침이라 하

---

1) 『詩歌欣賞』, 人民文學出版社, 1978.
2) 「就當前詩歌中的主要問題答」, 『詩刊』 社問, 『詩刊』 1959年 1月號.
3) 「新民歌開拓了詩歌的新道路」, 『紅旗』 1958年 創刊號.

겠다. 따라서 순수문예적 입장에서 평가한다면 시단의 암흑기라 할 수 있으며, 또 실지로 가치 있는 시단의 활동이 미약하였다고도 볼 수 있다. 그러나 1950년대에서 1960년대 초반에는 그 이전에 비해 사상적으로 시의 표현이 깊어지고 기법도 은유법이 다양하게 구사되었음을 간과할 수 없다. 1966년부터 시작된 문화혁명은 마오쩌둥의 사회주의 체제가 극한 상황으로 달리고 결국은 문화의 암흑 시기를 낳아서 문예는 일시적으로 정지된다. 이런 시점에 종교의 자유도 더욱 괴멸되고 서양에서 온 기독교 사상은 최악의 저주 대상이 되고 만다.

이 시기에 등장한 리잉(李瑛, 1926~)[4]은 그 당시의 일반 시인들처럼 전투 생활을 반영한 대표작가라고 평하는 면도 있지만,[5] 그의 시에 흐르는 생동하는 삶의 원기를 무엇보다 우선 살펴보는 자세가 필요하다. 리잉의 시적 안목이 다양한 시어를 구사하여 그의 시대적인 감성을 적절히 표출하고 있으며, 그의 생활의식이나 조국애를 묘사하고 있지만, 그의 시에서 특히 중요한 점은 시가 섬세하면서도 운치가 넘치는 기법상의 장점과 기운찬 시정(詩情)의 표현이라 할 수 있다.[6] 다시 말하면 리잉은 생활 속에서 풍부한 시의(詩意)의 형상(形象)을 포착하여 상상력을 대담하게 가미시켜서 미적인 의경(意境)을 창조해낸 것이다. 이러한 리잉의 신시에서 서정적인 면이 자연스럽게 표현되고 그 이면에는 기독교적인 포용과 애정이 잠재되어 있었다. 그 당시의 시정이 낭만적인 서정을 중시하지 않았으나, 시가

---

4) 河北省 豊潤人. 詩集『野戰詩集』, 『戰場上的範日』, 『天安文四的紅燈』, 『友誼的花束』, 『時代紀事』, 『寄自海防前線的詩』, 『靜靜的哨所』, 『紅花滿山』, 『北疆紅似火』, 『早農』, 『花的原野』, 『紅柳集』, 『棗林村集』, 『獻給火的年代』, 『站起來的人民』, 『難忘的一九七六』, 『進軍集』, 長詩『頌歌』 등이 있음.

5) 『中國當代文學史』(二), P.312, 「反映部隊戰鬪生活的, 以李瑛的詩作爲代表. 他的『戰鬪的喜報』, 『我們的村莊』, 『瞭望』, 『出港』, 『茫茫雪線上』 等以滿腔激情, 從各個角度, 抒發了革命戰士的豪情, 表達了戰士們的心聲(福建人民出版社, 1981) 李瑛에 관한 자료가 극소함.

6) 「李瑛的詩細膩精致」, 『中國當代文學史』(二), P.350.

갖는 흥취는 중국시의 전통적인 시경(詩境)인 만큼 리잉의 시에서도 이 점을 간과해서는 안 될 것이다. 따라서 그의 서정적이고 내적인 기독교 사상 면을 시에 보이는 다음과 같은 몇 가지 측면을 통해서 살펴보고자 한다.

Ⅰ. 자연 속의 교훈

시에서의 자연미는 중국의 산수전원의 소재에서 나오는 전통적인 풍격이다. 위진(魏晉)의 산수 전원시나 성당(盛唐)의 은일 낭만시가 시단의 제일 의(第一義)[7]가 된다는 시론상의 의미는 바로 이 자연미의 토로에 있기 때문이다. 이 제일의 시는 남송대(南宋代)의 엄우(嚴羽)의 시의 묘오론(妙悟論)에서 기인한다. 이 묘오는 시의 자연미가 배제되어서는 터득될 수가 없는 것이다.

> 선가류에는 대소의 승이 있고 남북의 종이 있으며 정사의 도가 있으니 학습자는 모름지기 최상의 승을 따라 바른 법안을 갖추어 제1의를 깨달아야 한다. 소승선이라면 성문승과 벽지승 따위인데 모두 바르지 않다. 시를 논함은 선을 논함과 같으니 한위진과 성당의 시가 바로 제일의이다. ……대개 선도는 묘오에 있으니 시도 또한 묘오에 있는 것이다. 또한 맹호연의 학력이 한유보다 매우 떨어지지만 그 시만은 퇴지 위에 빼어난 것은 오직 묘오를 맛보기 때문이다. 오직 悟는 곧 마땅히 갈 길이요 본색이 되는 것이다. (嚴羽,『滄浪詩話』, 詩辨)

이와 같은 논리는 시의 논리성보다는 자연성 즉 인간이 갖는 성정의 자체를 더욱 강조한 것이라 하겠다. 리잉의 시에서 자연의 현상을 소재로 한

---

7) 嚴羽의『滄浪詩話』, 詩辨.

것이 적은 편이지만 계절미에 대한 묘사에서 시인 자신의 숨겨진 의식이
강렬하게 부각된다. 먼저 「뻐꾸기의 이야기(播谷鳥的故事)」를 본다.

뻐꾸기 – 바쁘게 노래를 하며	播谷 – 忙着唱,
씨앗 뿌리라 재촉한다	忙着催人播種吧.
황폐한 토지 일구는 이 없고	荒蕪的土地沒人收拾,
굶주림의 시대는 너마저 짓밟는다	飢餓的時代將你踐躪,
뻐꾸긴 눈물 머금고 들녘에 서성대며	播谷喚着淚, 佇立在田野,
외치고 있다 외치고 있다	呼喚着, 呼喚着.
빽빽한 숲 오솔길에서	叢林的小徑,
밭갈이 나무수레 잃어버렸다	失却耕耘的木車 :
난 다신 둥지 찾는 마음 품지 않는다	我不願再懷求栖之心.
뻐꾸기 눈물 떨어뜨려도	播谷鳥滴落淚了,
아직 씨앗 뿌릴 사람 없다	仍沒有人來撒下種籽.
쓰디쓴 눈물, 마르고 마른 토지에	辛酸的淚, 枯槁的土地,
(뻐꾸기는 무덤가에서 지쳐 죽다)	(播谷鳥竭死在墓旁)
여름이 가고 나면	夏將老去 –
나방이 날고 누리도 날 거고	蟓虫在飛, 蝗蟲也在飛,
우리의 베개 머리에서	我們的枕畔,
주린 꿈 하나를 펼쳐본다	鋪一個饑荒的夢…(1943)

이 시는 단순한 뻐꾸기의 노래를 통하여 근면과 현실에 대한 불만을 담
고자 하였다. 진솔하고 가식 없는 시의를 토로하려고 하였으며 시인 자신
의 안타까운 현실 상황에 대한 문제점을 훈계하고자 상징적으로 비유하고
있다. 그리고 씨앗 뿌릴 사람이란 희생과 봉사의 의미를 지니고 있어서 그
리스도의 정신을 대변한다. 그러면 「봄의 교훈(春的告誡)」을 보고자 한다.

무릇 진부한 자태랑은 모두 버리고	凡是陳舊的姿態都該改變,
압력을 못 이기는 것 빨리 돌파하여	凡是不堪積壓的都急速突破,
산 자의 강인한 폭발로 땅 개척하고	讓生者倔强的爆裂開土地,
죽은 자 묻어 그 공간을 채워라	讓死者埋下去塡補他的空位.

아 저 빛과 열을 갈구하는 이들	呵, 那些渴求着光和熱的,
나 그대에게 젊은 시간을 주리라	我給你們年輕的時間,
지나간 시간 다시 오지 않는다	過時不再!
지나간 시간 다시 오지 않는다	過時不再!
소리 낼 수 있는 건 다 한없이 내고	所有能發聲音的都發到無限,
빛바랜 건 다 새로이 광채를 내라	所有褪失顔色的都重新閃光,
모든 건 벌거벗은 생활 속에 있나니	一切都在赤裸的生活中,
지혜는 일의 편, 일에 복종하리라	智慧屬于工作, 向它服從.
아 저 빛과 일을 갈구하는 이들	呵, 那些渴求着光和熱的,
나 그대에게 젊은 시간을 주리라	我給你們年輕的時間,
지나간 시간 다시 오지 않는다	過時不再!
지나간 시간 다시 오지 않는다	過時不再!(1947)

　시인은 다시 맞는 봄을 가지고 청춘에 비교하면서 무정한 세월의 흐름을 경계하고 있다. 시간을 다지기 위해 복종하는 근면성을 강조하고 잠시 머물다가 가는 여관인 '역여(逆旅)'와 같은 세상에서 『구약성서』「전도서」에 나오는 솔로몬의 독백인 '헛되고 헛되고 헛된' 인간의 삶, 허무한 삶을 인식하면서 희망을 줌으로 해서 나름의 영원성이란 시간의 가치를 깊이 인식하고자 하였다.

　「봄(春天)」을 보면, 봄을 느끼는 시심이 전쟁터에서 우러나게 소재를 모았다. 사망의 전쟁과 결부된 상황하에서 새 생명의 소생을 의미하는 봄이 주는 상징성은 삶에 대한 소중함을 인식케 해주는 동시에 기독교의 인내와 시련극복의 의지를 제시한다.

　이건 조선이 겪은 전쟁이었다.
　전선에서 창에 새겨진 건 모두 녹슨 쇠, 뜨거운 포화
　무서운 폐허와 포탄의 흔적
　그러나 우리 사단 지휘소 안
　창 밖에는 아름다운 꽃병이 놓여 있었다.
　그건 녹색 탄피,

여기 꽂힌 꽃이 빨갛게 피어 있었다.
우리가 탄피에 씨를 뿌렸더니,
봄꽃이 여기에 피었구나.
사단장은 항상 전투 휴식시간에
이런 일을 전사들에게 들려주었다.
이건 나라를 떠난 후에 터진 최초의 포탄
대지에 여명을 가져온 것이다.
당시 무수한 침략자들이 쳐들어와
우리도 총칼을 든 것이다.
내게 미련 있는 게 아니다.
이 위대한 시대에 내 마음은 항상
끓어올랐고 몇 개월 주야로 고전한 뒤에
어느 날 새벽, 홀연히 깨어보니,
내 옆에 한 송이 야생화가 아주
붉게 피어 있었다.
희생된 동료 옆에 피어 있어 노기가 풀렸고,
그때야 이것이 얼마나 여명인가를 알았다.
이제 봄도 영웅의 땅에 강림하고 있으니
이 꽃은 불후의 상징인 것 같다.
인류가 짊어질 책임 내 마음의 감각도 과거와 달라졌다.
지금 이 꽃병 앞에 서니 저 포화가 발밑에서 쾅쾅거리는 듯
평화를 위해 우린 목숨 바쳐 침략자를 무찔러
생명이 다시 이 폐허 속에서 소생토록 하리라.(1953)[8]

　전쟁은 무섭지만 탄피에 뿌린 씨가 꽃이 될 줄은 상상할 수 있었을까.
강인한 생명력은 봄이라는 계절만이 가능케 한다. 한국전쟁에서 얻어진
시인의 산 경험이며 자신의 생명에 대한 경건을 재인식시키는 계기가 된
것이다. 탄피에 핀 빨간 꽃에서 시인은 성쇠의 묘리를 터득했을 것이며 윤
회의 생성론을 음미해보았을 것이다. 리잉의 시에서 현실의 반영은 곧 내
심의 갈등과 확신의 표현이기도 하다. 봄을 단순한 봄이 아니라 봄에 의한

---

8)　이 시의 원문은 생략.

현실의 난관 극복을 암시하는 것에 더욱 초점을 맞추고 있다. 자연의 섭리 즉 처지를 창조한 하나님의 섭리는 인간에게 무한한 가능성을 계시해주며 역경을 극복하는 매체로서 시인을 이해하고 있다. 봄이 왔기에 탄피의 씨가 꽃을 피울 수 있듯이 삶의 순리도 고난 속이지만 봄과 같은 희망을 지녔기에 승리의 창조력을 발휘할 수 있다는 것이다. 리잉의 자연소재는 의지와 심성의 의식화된 표현으로 인위화(人爲化)시키는 단계로 끌어려져 있다. 이 인위화는 다분히 기독사상이란 그의 종교의식에서 연유한다. 단순한 자연 자체의 묘사에서 한정하지 않고 삶의 심적 세계로 내입시키고 있는 데에, 순수성이 결여된다고 보겠지만 '이(理)'와 '정(情)'의 조화, 좀 더 보편적으로 보자면, '정경교융(情景交融, 시인의 정감과 자연의 경물이 조화를 이루어 시로 표현되는 현상)'이란 서정적 기법을 감지할 수 있다.

Ⅱ. 영물에 의한 내심의 풍자

영물(詠物)은 내심(內心)의 뜻을 사물을 차용하여 표현하는 기탁의 풍자라고 할 수 있다. 중국의 시에서는 『시경(詩經)』 이래로 일반화되어 있는 가장 다용되는 작시법이다. 이것이 곧 비(比)요, 흥(興)과 상통되는 것이다. 영물시 자체는 연원상으로 시경까지 소급하면서 실체화되기는 부체(賦體)에서 시의 제재가 확대되어 진송(晋宋) 간의 산수시를 계승한 것인데9) 유협(劉勰)은 『문심조룡(文心雕龍)』의 「물색편(物色篇)」에서 영물의 흥취를 말하기를,

---

9) 紀庸의 「唐詩之因革」.

마음에 느낀 바를 읊으면 생각이 깊고 넓어지고 사물을 몸소 느껴 깊은 데로 나가며 그 드러나는 성취는 은근한 기탁에 두고 있다.[10]

라고 하여 영물의 특성을 백묘(白描)가 아니라 숨겨서 나타내는 은근하고 풍유적인 데에 두고자 함을 알 수 있다. 그리고 명대 위경지(魏慶之)는 영물시의 묘미를 더욱 분명히 밝혀서,

영물시는 확실히 다 드러내지 않고 모습을 비슷하게 묘사만하여 그 가장 깊은 면을 드러낼 뿐이다.[11]

라고 설명하고 있다. 그러면 리잉의 시에 있어서 영물의 기흥은 어떤 것인가? 한마디로 강렬한 열정이 넘치는 기탁이다.「꽃, 과실, 종자(花, 果實, 種子)」를 보기로 한다.

제1의 군중
식물이 자라고 있을 때   在一棵植物的生長中,
우린 의례 과실을 찬미 안 할 수 없다   我們不能不歌頌果實,
다음은 종자를 또 다음은 꽃떨기이다   其次便是種子, 其次是花朵.
나뭇가지에 달린 사과가 점차 붉어져   因爲當一枝苹果在樹梢轉紅
땅에 떨어지기까지는   而跌落草地的時候,
비바람과 고통을 겪고 나야   曾經過多少風雨和苦痛,
탐스러운 종자를 갖게 되나니   它携帶着孕育飽滿的種子,
살기 위해 죽는 걸 너무 잘 안다   更淸楚地了解爲生而死.
우리는 생활과 투쟁을 노래하며   我們歌唱生活和鬪爭,
우리는 과실도 노래를 한다   我們便歌唱果實.

제2의 군중
또 우린 먼저 종자를 찬미하니   而我們, 我們首先要歌頌種子,

---

10) 吟詠所發, 志唯深遠, 體物爲妙, 功在密附.
11) 詠物詩不待分明說盡, 兄彷彿刑容, 便見妙處.(『詩人玉屑』卷九)

다만 그 강인한 성장이 있기에
꽃과 과실을 맺을 수 있다
한 톨의 종자가 수많은 씨앗을 맺어
종자마다 무한한 생기를 품고 있도다
우리는 찬란한 햇빛에 감사하고
애쓰는 빗물, 질박한 토지에 감사하고
세상의 열쇠라 해도 지나치지 않다
우리는 생명과 희망을 노래하며
우리는 종자도 노래를 한다.

因爲只有它倔强的生長,
才會帶來花朶和果實;
一粒種子能結許多籽實,
每顆都孕育了無限生機;
并且我們感謝燦爛的陽光,
感謝勤勞的雨水和質朴的土地,
我們說它是世界的鑰匙并不過分.
我們歌唱生命和希望,
我們便歌唱種子.

제3의 군중
처녀보다 나는 어머니를 찬미하고
종자보다 나는 꽃을 찬미한다
나는 꽃의 알몸과 지혜를 찬미하고
그의 고민과 용감을 찬미한다
그것은 기쁘게 가슴을 드러내고서
벌나비와 풍우의 잔혹을 견디어낸다
그의 영광은 그 어느 자산보다 풍부하고
내일의 과실을 위해 유쾌히 열어 놓는다
우리는 신념과 내일을 노래하며
우리는 꽃도 노래를 한다

比較處女, 我歌頌母親,
比較種子, 我歌頌花朶;
我歌頌它的赤裸和智慧,
歌頌它的苦心和勇敢,
它多麽喜悅地袒露着胸膛,
忍受蜂蝶和風雨的摧殘;
它的光榮比任何資産都富有,
爲了明天的果實而愉快地開放.
我們歌唱信念和明天,
我們便歌唱花朶.(1947)

시인은 자연의 식물을 대상으로 자신의 삶의 한 모퉁이에 몰아놓고 절규한다. 아이칭(艾青)이 『시론』(제7장)에서

시 속에 존재하는 미(美)는 시인의 정감을 거쳐 표출된 것으로, 인류의 상승하고자 하는 정신의 섬광과도 같은 것이다. 이 섬광은 암흑 속에서 날아오르는 불꽃과 같고 끌과 도끼로 암석을 쪼을 때 일어나는 스파크와도 같다.

라고 하였듯이 섬광 같은 시의 성신이 살아 넘지는 박농감이 있다. '제1군중'에서는 영물하면서 그에 대한 찬미를, '제2군중'에서는 생물의 생장과

정의 인내와 투지를 찬미하며, '제3군중'에서는 과정을 거치고 나서의 결실을 찬미한다. 세 가지 생물을 대상으로 삶의 과정에 기탁하는 기법을 쓰고 있다. 이것은 아이칭(艾靑)이 『시론』(기술) 17장에서 말한 바,

> 그가 묘사한 사물이 주는 뚜렷한 윤곽 외에, 어떤 유의 색깔과 소리가 그 작품과 더불어 어쩔 수 없이 함께 융합되어 있음을 느낄 수 있게 될 때, 많은 작품들이 분명하게 볼 수 있는 색깔을 가지고 있고, 들을 수 있는 소리도 가지고 있음을 우린 안다.

라고 한 내용의 한 예증이 되며, 성경(신명기 11장)에서 여호와의 명령을 순종한 여호수아에게 강성함과 젖과 꿀이 흐르는 땅과 장구한 날을 준 그 축복의 계시를 바탕으로 하고 있다. 그리고 '창(窓)'을 소재로 한 다음의 작품은 모두 9장으로 된 장시인데 그중에서 몇 개의 장을 보도록 한다.

(3)

창 - 생각난다 저 감옥에 갇혀	窗－使我想起了那囚禁在監獄裏的,
미친 듯이 쇠 난간을 흔들던	瘋狂的搖撼着鐵欄杆的,
두 개골이 깨진 죄수.	撞破了頭骨的囚徒;
생각난다 저 높다란 담벽	使我想起了那高高的牆壁,
수용소에 병든 채 갇혀 있던 포로들	集中營裏病着的俘虜;
우리가 창을 통해 얻은 계시.	我們, 爲窗而得的啓示.
그들은 처음 지붕의 쇠창가에서	當他們第一次, 從屋頂的鐵窗口,
한 마리 푸른 매의 푸덕거림 보았다	看見一枝蒼鷹的風箏在飛
찬란한 태양	好亮的太陽呵!
푸르른 하늘	好藍的天空呵!
자유로운 구름	好自由的雲呵!
이에 그들은 용감해졌고	于是他們勇敢起來了,
불의 행렬이 흘러나올 때	在一個火的行列流來的時候,
그들은 수갑을 부숴버리고	他們敲開了鐐銬,
그들은 감옥을 넘었다	他們越獄了.
참으로 용감하다 그대들	好勇敢! 你們,

참으로 아름답다 그대들   好美麗! 你們,
참으로 장렬하다 그대들   好壯烈! 你們,
우리는 환영회를 열리라   讓我們開一個歡迎會!

(6)
창- 생각난다   窗-使我想起了:
저 아이 막 몸을 일으켜서   那剛會站起身來的孩子,
어두운 창문틀 잡으려다   扶着黑黑的窗框,
손바닥으로 구명을 냈지   小手掌扑破
어머니가 새로 바른 창호지에.   母親新糊的窗紙;
이에 찢어진 구멍으로   于是, 從破洞,
첨 본 건 뜰 안에서 울던 수탉 他第一次看見了, 庭院裏唱着的雄鷄,
지붕 용마루보다 높은 풀 더미. 比房脊都高的草垛;
또 본 건 나이보다 어린 나무 看見了: 比他的生命還年輕的樹,
저 뽕나무 저 잣나무   那家桑, 那扁柏;
그도 모르게 놀라서   他無知的感到驚奇,
서로의 이름을 부르지 못하였다 喚不出來各各的名字.

(8)
아, 친구여 나 정말 저 창 좋아하는데 唉, 朋友: 我眞愛那些窗,
나 저 보잘것없는 걸 좋아하는 게 我也愛那些寒傖的,
남을 분노케 하는 일이다   使人忿怒的故事.
이를 갈며 눈물 흘리게 하고   那使人咬着牙齒流淚的,
기뻐서 눈물 나게 하는 일이다 和使人歡笑得流淚的故事呵.
태양이 너무 좋아서 너에게 감사하며 陽光太好了, 感謝你,
방의 벽을 두드려 열었다   敲開了屋子的墻壁.

(9)
깃발 만들고 돌보루 세운다   制一面旗. 建一座碉堡.
성냥을 긋는다   劃一根火柴.
잠시 나 자신을 생각한다   想一會兒自己.
잠시 내 친구를 생각한다   想一會兒自己的朋友.
잠시 내 조국을 생각한다   想一會兒自己的祖國
조국이여 조국이여 그러나 지금 祖國呵! 祖國呵! 但. 現在;

이런 어두운 방 등불이 없이	這麼黑的屋子, 沒有燈,
또 차갑고 음산하다	又冷, 又陰濕;
우리 창문을 열어보세	讓我們開一面窗吧!
사람이 살고 있으니	因爲人活着,
열을 받자 빛을 받자	需要熱! 需要光!(1947)

이 시에서 '창'에 대한 영물이 단순한 조영물(照影物)로서의 영물이 아니고 창을 매체로 하여 처음엔 고난의 조국에게 빛이 드는 희망의 대상으로 창을 조명하였다. 위의 (3)에서는 자유를 잃은 무리에게 자유와 광명을 의미하는 것으로 묘사하였으며, (6)에서는 창을 통하여 회억(回憶)의 매개로서 열락(悅樂)의 소년시절을 그리며 현실의 고통을 안위하였고, (8)에서는 태양을 향한 고통을 씻어줄 수 있는 돌파구로서 창을 그렸으며, (9)에서는 차갑고 음산한 등불 없는 비애의 방에 있지만 열과 빛을 받을 수 있는 창문을 찾아서 열어야 한다는 기독교적인 하나의 개혁적인 의상을 은유적으로 토로하고 있다. 창의 의미는 시인에게는 희망과 희열의 이미지이며 미래에의 지향을 계시해주는 것이다.

다음의 「태양(太陽)」에서는 의인화(擬人化)한 수법으로 시인의 의식을 태양을 상대로 하여 토로하는 형식을 취하고 있다.

(1)

태양 오 태양이여	太陽, 啊! 太陽,
내게 숲과 바다를 주오	給我森林和海吧,
내게 자유의 공기와 빛을 주오	給我自由的空氣和光吧!
내 이 감옥에 갇힌 지	因爲我在這牢籠裏,
너무나 너무 오래 오래되어	是太久太久了,
내 이미 인류에의 권리를 잊었소	我已經忘却了屬于人類的權利.
내 이미 잊었소	我已經忘却了:
하얀 날개 비둘기인들 어찌 날며	白羽的鴿子是怎樣飛起的,
꽃인들 어찌 봉오리를 터뜨리며	花是怎樣掙扎着開放,

과일인들 어찌 붉게 익으며	果子是怎樣變紅而成熟,
총총한 별 어디에서 나타나겠소	繁星從哪裏出現.
내 이미 잊었소	我已經忘却了:
지구 둥글다고 말한 이가 누구인지	說地球是圓形的人是誰,
내 이미 잊었소 :	我已經忘却了:
누가 처음으로 성냥불을 켰는지…	是誰燃起了第一根火柴…

(1948)

리잉의 시는 구구절절 호소와 애절이 넘치며 예수의 희생정신과 구원의 선구적인 자세가 깃들어 있다. 시에서 희망을 위해서 지난 일일랑 떨치고 새 세계를 향해 자유를 구가하고 하였으며, 절규하는 자유의 희구가 당신 곧 태양이 있으므로 가능한 것인데 그 가능성이 하나의 이상과 허구가 되어서는 안 된다는 의지가 깃들어 있다. 그리고 「장난감(玩具)」을 보면,

내가 완구점에 갈 때 개구쟁이를 본다
엄마 무릎을 따라가려 하지 않으니
쌓아놓은 나무 사서 지붕 올리려 한다
작은 자동차를 사주면 가죽공을 더 사달라 하니
그들은 갓난애들과 친구가 되고 싶어한다
아이들의 마음 그리 사랑스럽고 아름답고 또 그리 따뜻하다
장난감을 보면 내 생각나는 것은
공포의 감옥이 검은빛으로 다가온다
여러 완구가 쌓여 있어 옆엔 교수대 분시로총이 진열돼 있다
작은 수레바퀴가 얼마나 많은 숲길 지나갔나 안다
차곡 쌓인 나무 가지고 얼마나 많은 빌딩 지었는지 본다
어린 아이의 입술이 어느새 더러워졌고
나팔 거죽이 어느새 마모되어버렸다
완구 주인은 이토록 조롱을 받으면서
마음으론 늘 완구를 생각하고 있었다
어린애들은 이 세상을 의심한 적 없고
세상엔 온화만 있고 추악은 없다 여긴다
뉘 알리오 무서운 일이 일찍 도사리고 있는 줄

그들이 오자 독기가 냉큼 그 생명을 앗아갔다
모든 세상은 암흑에 빠졌고
완구들은 그들의 손에서 빠져나갔다
이제 완구가 여기 진열되니 과거를 회상하는 것 같다
완구는 세상 사람들에게 묻고 있다
친구여, 왜 돌아오지 않냐고
늘 내 완구점에 들를 때면
저 감옥이 내 마음을 짓누른다
저 애들이 예처럼 기뻐하고 웃고 뛰며 상점에서 완구 사서
뛰어나오는 걸 보는 듯하다(1954)[12]

이 시는 다른 시와는 달리 직설적이며 사실적인 표현을 하고 있다. 장난감을 보면 친근감이 가기도 하는가 하면 두렵기도 하며, 한편으로 가식이 없는 천진함, 이런 것들이 어린아이의 벗이 되는 요소가 된다. 시인은 고난의 와중에서도 장난감을 가지고 놀던 어린의 세계, 지나간 시대, 다시 갈 수 없는 시대, 그 시대를 회상하며 맑고 고운 인간의 심성을 장난감에서 조명해보고자 시도한다. 이미 순수함을 빼앗긴 시인의 시각에서 어린아이 같은 마음 곧 예수가 강조한 정결한 순수성으로 회귀하고픈 강한 의지를 토로한다. 리잉의 시에서 사물의 묘사가 심성의 풍자적인 표출이라는 데에 그 근거를 두고 있는 것이다.

Ⅲ. 애국우국심의 표현

리잉은 전장에서 전쟁의 참상을 직접 목도하고 국가의 안위에 무엇이 필요한 것인지를 깊이 인식하고 있었다. 그러므로 그의 시는 아름답지만

---

12) 이 시의 원문은 생략.

그 드러내는 의미는 강렬하고 굳세다. 이러한 예는 당대의 두목(杜牧, 803~852)에게서 이미 보인 전통적인 기법이다. 두목은 그 자신이 시를 쓰는 데 있어서

고결함을 찾아야 하며 기이하고 화려함을 힘쓰지 말며 속된 습성을 따르지 말라.[13]

라고 한바, 두목은 만당의 유미주의적인 시풍을 구사하여 류다제(劉大杰)는 두목을 색정문학이라고까지 혹평하였지만, 그의 시의 이면에는 호방하고 건전한 우국적인 풍격을 제시했다.[14] 지금에 와서 리잉을 보자면 종군시인이나 변새시인이라고 해야 할 것 같다. 절절히 넘쳐 나오는 교훈적인 애국우국의 이념이 강하게 부각되어 있기 때문이다. 이것은 모세가 애굽에서 민족을 인도하던 사명과 예수 당시에 로마에 통치 받던 이스라엘 민족을 신앙적으로 구원하여 자유를 추구하던 희생정신과 일맥상통한다. 「산보하던 밤(散步的夜)」을 보면,

십이월이 위엄 있는 가슴 드러내니	十二月袒着威嚴的胸脯,
난폭한 사자 툭 튀어 나온다	露出殘暴的肢體;
밤에 신음과 흐릿한 초조감을 지니고	夜, 携着呻吟和數不淸的焦慮,
굶주린 이와 그 가족의 찬 시체 이끌고	携着飢餓的人和他們家族冰冷的屍體,
낙엽 얼어붙은 빙하 위로 산보한다	散步在凍結了落葉的氷河上.
냉혹한 빙하 경사면엔	冷酷的氷河的傾斜面,
몰락한 황성의 밤이 떠 있다	浮游着沒落的荒城夜;
창백히 굳어버린 황성의 밤은	僵落了慘白的荒城夜,
안개 바다에 유령 그림자 가물댄다	霧之海, 點點幽靈的影子;

13) 本求高絕, 不務奇麗, 不涉習俗. 「獻詩啓」, 『樊川文集』 卷十六.
14) 高棅은 『唐時品彙』에서 "杜牧之之豪健"이라 하고 楊愼은 『升菴詩話』(卷五)에서 "宋人評其詩豪而艶, 宕而麗……"라 함.

밤 낙엽 얼어붙은 빙하로 산보한다 夜 散步在凍結了落葉的氷河上.
바람 세차게 불어대는 소리 風, 吹着尖厲的口哨,
처량한 산야의 울부짖음 那是凄厲的山野的嗥叫;
굶주린 난민이 유랑을 시작한다 飢餓的難民開始流離了,
비분, 반항을 품고 살길을 찾으면서 懷着悲憤, 反抗和尋找;
밤 낙엽 얼어붙은 빙하로 산보한다 夜 散步在凍結了落葉的氷河上.
이름 없는 시체 나뭇가지에 걸려있고 無名的屍身掛在樹枝間,
무수한 시체 끊긴 다리 밑에 뒹굴어 있다 無數的屍體橫在斷橋下;
냉혹한 밤은 잔인한 일을 끝내고 冷酷的夜完成殘忍的工作,
소름치게 웃으며 내일을 바라보고 있다 獰笑的望着明天
(그는 내일 어떻게 될지 모른다) (他不知明天是什麽樣子)
밤 낙엽 얼어붙은 빙하로 산보한다 夜 散步在凍結了落葉的氷河上…

(1944)

아무도 없는 황폐한 폐허에서 찾을 수 있는 의미는 무엇이겠는가. 비분과 냉혹만이 깃들이고 극복해야 할 의무와 책임마저 가누기 힘들다. 다시 걷고 싶지 않은 산야이기를 은근히 기대해본다. 위의 시는 당산(唐山)에서 항일전쟁 말기의 참상을 보며 그린 시이다. 당산에서 지은 연관된 「옛 장성(古長城)」을 보면 그 당시는 리잉이 우국의 깊은 시름을 떨칠 수 없는 우수의 시기였음을 알 수 있다.

석양이 어두운 상념을 펼치면 夕陽鋪起了暗淡的思緖,
마른 풀에서 옛날 애기를 뒤적인다 向枯草探詢昔日的故事;
성루 아래 백골이 애원하니 城堡下有白骨訴說哀怨,
담벼락엔 퇴색한 기억으로 얼룩진다 墻堞間涂滿褪色的記憶.
피와 눈물은 역사의 페이지를 쌓아가고 血和淚疊着歷史的册頁,
벽돌담 위엔 고난의 그림이 찍혀 있다 磚垣上印着苦楚的圖案;
달 지자 호마의 구슬픈 소리 들려오니 聆一陣月落胡馬的悲嘶,
내일은 처량한 비바람 몰아칠 건가 怕明天會有凄楚的風雨.(1944)

여기서 전쟁의 참담한 모습으로 "백골이 애원하니"라든가 "피와 눈물은 역사의 페이지"이며 "고난의 그림" 등의 표현은 시인의 도피적 의식이 아닌 적극적인 삶의 자세이며, 구국을 갈구하는 절규라 할 수 있다. 리잉의 정신은 모세와 예수의 경우를 인식한 상태에서 도출될 수 있었던 것이다.

다음 시 「조선 전쟁터의 어느 저녁(朝鮮戰場的一個晚上)」은 시인이 한국 전쟁에 중공군의 일원으로 직접 참전하여 지은 것으로 평화를 희구하고 희생자에 대한 애도를 노래하고 있다.

> 나 영원히 잊을 수 없는 것은
> 조선 전쟁터의 어느 날 저녁
> 윙윙 바람은 포화를 번뜩 움직이고 있고
> 눈송이는 철조망을 잡은 채 걸려 있었다
>
> 우리가 앞으로 추격하면서 이곳을 거쳤을 땐
> 이곳은 이미 묘지로 변해버렸다
> 칠흑 같은 어둠 속에 나 문득 본 것은
> 폐허 속에 번뜩이는 불빛이었다
>
> 불더미 옆으로 여아 넷이 붙어 있었다
> 몸을 움츠리고 떨며 걸친 건 얇은 홑옷뿐
> 눈물이 맺혀 있지만 울진 않았고
> 고개 들어 엄준한 눈빛을 쏘아대고 있었다
>
> 아! 밤이 이토록 짙고
> 대지는 이토록 아득하거늘
> 뉘 어린 소녀들이 이곳에 살아 있는 걸 알리오
>
> 황급히 이곳을 빠져나오며
> 어린 소녀의 어깨를 따뜻하게 어루만져주었고
> 주머니를 샅샅이 뒤졌거늘
> 우리에겐 건빵 한 톨도 없었다
> 그대는 알리라, 이 어린 것들 앞에서
> 우리가 얼마나 큰 고통을 느꼈는지

여러 해 동안 포화 속에 단련된 어린 친구들
지금은 얼마나 처량하게 변했을까

이 쎄허글 기익하고 기익하면서
우린 꼭 이곳으로 돌아와야 한다
누군가 말했다. 돌아와야 한다
우린 반드시 돌아와야 한다! 이 어린 것을 찾으러

우린 꼭 돌아와서 반드시 그곳에 광명이 깃들게 해야 한다
돌아와 꼭 사방에 연기 피어나는 마을 만들어야 한다
이곳은 내 조국 아니나 우리에겐 사랑하는 고향과 다름없다(1952)[15]

이 시의 말구처럼 고향 땅은 아니지만 고향과 다름없는 조선 땅에서 처지를 체험하면서 광명이 깃들게 할 수 있는 길을 모색해야 하는 화평의 터전이 오기를 노래한다. 기독교인이며 평화주의자요, 정감이 넘치는 선량한 한 시인의 섬세한 의식을 거침없이 묘술하고 있다. 비록 남의 나라에 원정한 신세이지만 자국의 젊은이가 죽어가고 정의의 투쟁이 아닌 탐욕자의 희생물이 되는 것이 못마땅했기에 그는 무모한 전쟁에 대한 혐오감을 토로하고 있다. 그러나 리잉은 영토 보존과 내침에 대한 방위정신이 충일한 시인이다. 그 일면을 그의 「소등나팔(熄燈號)」에 적절히 표현하고 있다.

하늘의 별들 나올수록	天空的星越出越密,
알알이 바다 위에 떠 있고	一顆顆, 浮滿海面;
나 산상에서 나팔 부니	我在山巔把軍號吹響,
조국과 내가 하루를 또 넘긴다	祖國和我一起又度完一天.
조국이여 잠드소서	祖國呵, 請你睡眠,
당신 하루 바삐 보내어 벌써 지치겠다	你忙碌了一天, 已經疲倦;
나팔 소린 전우들 잠자라 하는 게 아니고	我的號聲不是催戰友去睡,
당신에게 국경의 평안을 알리는 거다	是向你報告國境的平安.

---

15) 이 시의 원문은 생략.

저녁 잘 지내요 동쪽 바다 어선이여 ─晚安, 東方海裏的漁船!
저녁 잘 지내요 북쪽 푸른 설산이여 ─晚安, 北方藍色的雪山!
저녁 잘 지내요 서쪽 소란한 초지여 ─晚安, 西方喧騰的草地!
남해섬 전사가 당신께 문안한다 南海島上的戰士向你問安.
아, 우리 아름답고 영광스런 북경이여 呵, 我們美麗尊榮的北京,
당신도 홀가분히 눈을 붙이시오 也請你輕輕地, 輕輕地闔眼;
남해섬 전사가 소등나팔 불 때면 當你聽見海島戰士熄燈的號聲,
저녁에 금빛 구리나팔 볼 수 있다 也定會看見傍晚這銅號的金光
　　　　　　　　　　　　　　　　　一閃.

우리 오늘의 일기 벌써 썼으니 我們今天的日記, 已經寫完,
조국의 성장에 또 표점을 찍은 거다 祖國的成長又打下一個標點;
나팔 소리 또 한 페이지 넘기라 하니 號聲催我們又翻過一頁,
내일 더 힘차게 전진하게 될 거다 明天, 我們將更奮發地跨步向前.
소등나팔 소리 그처 별들 다 뜨고 熄燈號吹過, 星斗出全,
막사 용마루 위엔 달빛 한 조각 營房的屋脊上, 月光一片;
잡시다 잡시다 친애하는 동지여 吧, 睡吧, 親愛的同志,
자더라도 칼과 탄환은 깨워둬야 한다 睡呀, 却要醒着刺刀和子彈!

(1956)

　이 시는 호국의 염(念)이 넘치는 작품이다. 애국심이 넘치는 시이다.
"조국과 나", "조국의 평강", "조국의 성장" 등이 구절마다 스며 있다.
자더라도 방위의 태세를 갖추어야 한다고 이 시를 끝맺는다. 이 모두가
우국의 시정을 바탕으로 삼고 있다. 조국해방에서 중공정권의 수립과 안
정의 과도기에 서론에 언급했듯이 이같은 조국과 민족에 대한 의식적이든,
적극적이든 회념하는 창작활동을 해야 하며, 그 주어진 여건이 자발적으
로 하고픈 의욕에서 산출된 우국시는 리잉에게 있어서도 주어진 입지와
시명의 유지에 이데올로기적인 상념하에서는 다소간 도움이 되었으리라
유추하게 된다. 종교의 탄압 속에서 리잉 당시의 사회상에 거역할 만한 용
기기 있다 하여도 시인은 한 국민으로서 사회의 안정과 발전을 위해 처해
진 현실에 순응한다고 볼 수 있다. 그러나 아이칭이 말한 바,

시인의 영역 안에서 모든 사물의 가치는 인류의 숭고한 정조를 향상시킬
수 있나 없나를 그 표준으로 삼는 것이다.[16]

라는 내용을 음미해볼 때 긴종 억압 속에서 특히 기독교에 대한 맹목적인
금지와 탄압하에서 리잉이란 순수하고 종교적인 시인으로서 초연해야 하
는 심정을 이해하면서도 연민을 떨칠 수 없다. 리잉은 혼란과 안정의 중간
선에 있던 과도기적인 시인이다. 조직화된 체제를 탈피할 수 없으며, 그
자신이 응하여 그 속박에 맞는 창작활동을 영위하였다. 따라서 그 시대의
시인 중에는 이렇다 할 가치 있는 창작이 드문 것도 우연이 아니다. 기독
교 정신을 흠모하고 구국의식이 투철한 리잉은 속박의 테두리에 살면서도
다른 시인보다는 다양한 시가를 남기고 있는 것이다. 그의 시에는 자연시
가 있으며 영물의 기탁도 해보고 노동계급을 고무하는 시만이 아니라 진
정한 애국애족과 인류애의 정신을 담은 시들도 적지 않다는 것을 소중하
게 여겨야 할 것이다. 중국 현대 문단에 참된 순수작가를 찾을 수 없음은
사회주의 기틀에서 삶을 영위하는 풍토 때문이라는 것을 재삼 거론할 필
요가 없다. 그러나 리잉은 그런 체제를 극복하고 시 자체의 생명을 위해
나름대로 노력한 면들을 엿볼 수 있다. 따라서 리잉의 시를 두고 총체적으
로 설명하기를,

리잉의 시는 섬세하고 정밀하다. 그러나 웅대하고 장려한 건설 장면을 재
현한 것이 부족하다.[17]

라고 한 평가는 리잉 시에 대한 재인식을 요구하는 대목이라 할 것이다.
리잉은 현실을 긍정하면서도 성정위주(性情爲主)의 낭만을 추구한 종교적

---

16) 艾青, 「詩人論」 19章.
17) 李瑛的詩細膩精致, 但再現宏偉壯麗的建設場景不夠, 『中國當代文學史』 II, p.350.

인 의식의 서정시인이다.

선한 사람은 마음의 쌓은 선에서 선을 내고 학한 자는 그 쌓은 악에서
악을 내나니 이는 마음의 가득한 것을 입으로 말함이니라

(누가복음 6 : 45)

하이즈(海子)의 죽음과 시의 유토피아

25세의 젊은 나이에 철로 위에서 성경을 껴안고 스스로 죽음을 택한, 중국 당대(當代)문학[1])의 천재시인 하이즈(海子, 1964~1989)를 생각하면 참된 삶의 의미와 가치가 무엇인지를 깊이 되새기게 된다. 1980년대 중국시단이 몽롱(朦朧) 시대를 거치고 소위 선봉(先鋒)시대 즉 제3세대의 사조를 형성하던 길목에 서 있을 때에 현실적이고 사실을 추구하는 시 흐름과는 상반된 초월적 의식세계를 추구하는 베이징(北京)대학 삼검객(三劍客)이라고 불리던 젊은 시인들-시촨(西川), 뤄이허(駱一禾)와 함께 자연과 환상의식 등 역류하는 시의 소재를 즐겨 쓰는 핵심에 서 있던 하이즈의 시와 그의 종교적 색채 즉 기독교적 의식을 주목할 필요가 있는 것이다. 기이한 삶을 짧게 살다가 스스로 '태양의 아들'이라 부르며 그 태양을 따라서 홀연히 떠나간 하이즈는 우리에게 많은 것을 돌아보게 한다. 이제 그의 삶과 시의 세계, 그리고 죽음과 종교의 관계를 살펴보고자 한다.

---

1) 중국문학의 시대구분에서 辛亥革命(1910) 이후 中華民國 시기까지(1949) '現代文學', 중국공산당 건국(1949) 이후 문학시기를 소위 '當代文學'으로 구분하고 있다. 그러나 '白話文' 문학시기를 총괄하여 '現代文學'이라 할 것이다.

I. 그의 생애와 죽음의 갈등

1. 삶의 길

하이즈의 원레 이름은 차하이성(查海生), 1964년 5월 안후이(安徽)성 화이
닝(懷寧)현 가오허차(高河査)에서 태어났으며 어린 시절을 농촌에서 보냈다.
이해를 돕기 위해서 하이즈의 삶을 전기(1964~1979)와 후기(1979~1989)로
나누어 서술하려 한다.

(1) 삶의 전기(1964~1979)

하이즈는 문화대혁명'(1966~1976)이 일어나기 바로 직전인 1964년에 태
어났는데 이 시기의 농촌생활은 매우 빈곤하였고 부친은 무학인 재봉사였
으며, 모친은 초등학교 5년까지 다닌 적이 있는 다소 배움이 있는 농촌 여
자였다. 집안이 가난해서 두 누나를 일찍 여의고 집안의 맏아들로서 더욱
귀히 여겨 그의 부모는 아들이 하늘이 그들에게 부여한 타고난 복이라 여
겼다. 그 당시의 생활이 매우 어려웠지만 그의 부모는 근검절약하며 최선
을 다해서 아들 양육에 심혈을 기울였다. 그의 모친은 한가한 시간을 이용
하여 오래되고 허름한 신문들을 주워서 천성적으로 타고난 하이즈의 지혜
와 지식 탐구 욕망에 맞추어 항상 매우 빠르게 신문의 문장을 읽고 내용
의 단문을 하나하나 엮어서 아들에게 들려주었다. 비록 어린 아들이 엄마
의 이야기의 뜻을 이해할 수 없었지만 이것이 항상 보고 듣고 습관이 되
어서 후천적으로 그에게는 나름의 문화 계몽으로 받아들이게 된 셈이었다.
이렇게 어머니가 말과 행동으로 가르친 교육은 은연중에 훗날 하이즈에게
문장을 이해하는 능력에 비범성을 갖추는 데 큰 영향을 주었다고 할 것이
다. 또한 네 살 때 그 지역에서 마오쩌둥(毛澤東) 어록(語錄)을 외우는 대회

가 있었는데 하이즈는 그때 1등을 하였고 사람들은 그를 신동이라 불렀다.

하이즈가 유년 시절을 보낸 안칭(安慶) 농촌은 끝없이 펼쳐지는 높은 산, 강물뿐이며 도시에 있는 것과 같은 미끄럼틀이나 그네 등의 놀이기구는 찾아볼 수가 없고 눈에 보이는 것은 논과 채소밭, 그리고 숲뿐이었디. 어린 시절 그는 그곳에서 고기잡이와 전쟁놀이를 하며 놀았다. 이러한 놀이를 한 그는 소꿉친구들을 거느리고 산과 강을 오르내리며 그 아이들 무리에서 우두머리 노릇을 하였다. 하이즈는 어릴 적에 총명하여 고향 사람들의 칭찬을 받았으며 같은 나이 또래에서 공부 잘하는 것은 물론이고 상급생을 능가하는 천재성과 자신감을 키워나갔다.

훗날 하이즈는 자신의 시에서 여러 번 나오는 '王'이라는 글자에 매혹되어 있었는데, 이것은 천하를 가슴에 품은 왕자(王者)의 패기와 관용적인 심리상태와 그에게 형성된 정신적 기질이 그 요인이 되는 것이다. 하이즈의 의식에 잠재되어 있는 왕자적 성격의 일면을 다음 「가을(秋)」 시의 일단에서 확인할 수 있다.

> 가을이 깊은데 왕이 시 쓴다 　　　　秋天深了, 王在寫詩.
> 이 세계에 가을이 깊었다 　　　　　這世界秋天深了.
> 얻어야 할 것은 아직 얻지 못하고 　該得到的尙未得到,
> 잃어야 할 것은 벌써 잃었다 　　　該喪失的早已喪失.(1987)[1]

농촌에서 자라난 하이즈는 토지, 대자연에 대한 순박한 정감을 작품 속에 표현하였다. 산, 강물, 푸른 풀밭의 숨결, 하늘에 붙어 있는 대자연의 요소들이 모두 하이즈의 기억 속에서의 깊은 뿌리가 되어 그의 일생에서 지울 수 없는 고향의 정감이 되었다. 하이즈는 대지의 사랑은 사심이 없으

---

1) 『海子詩全編』(著者; 海子. 編著; 西川 生活. 讀書. 新知 上海三聯書店, 1997.2) 374쪽

며 넓고 큰 관용을 가진 영원한 삶의 터전이란 사실을 절실히 느낀 것이다. 그는 아름답고 다정한 환경과, 아버지의 질박하고 착한 품성 그리고 정직하고 너그럽고 후한 사랑 속에서 자라났다. 이러한 기억들은 시간이 흐른 후에 그의 시 창작에서 끊을 수 없는 정서의 원천으로 변하여 시의 개성을 갖추는 동기가 된 것이다.

(2) 삶의 후기(1979~1989)

이 시기는 하이즈가 베이징(北京)대학에 입학하면서부터 시작된다. 하이즈는 15세에 베이징대학 법률계(法律系)에 입학하게 되는데 그 자신은 문학을 공부하고 싶었지만 부모님은 이공계에서 공부하기를 원하였다. 15세에 우수한 성적으로 대학에 입학한 하이즈는 자신이 자란 농촌생활과 공부의 환경이 완전히 다른 것을 접하게 된다. 그는 그곳에서 정신적 기질과 시의 이상을 형성하는 기회를 갖는다. 그는 총명하고 지혜롭기 때문에 부지런히 자기의 전공을 공부하는 것 외에 기타 서적을 통해 미술, 문학, 철학 등에도 통달했고 특히 문학과 철학은 그가 가장 심취했던 공부이다. 철학적인 방면에서 하이즈는 헤겔, 소크라테스, 하이데거 등의 서양철학계의 저작을 섭렵했고 특히 니체, 칼 야스퍼스, 하이데거 세 사람의 존재주의 철학은 그의 세계관과 시가 이상에 절대적인 영향을 끼쳤다. 이때 누적된 지식은 뒷날 그의 시 창작에 풍부하고 두터운 이론적 기초와 지식이 되었다. 대학에 입학한 후에 깊고 두터운 지식의 축적은 학문을 배양하는 근원이 되었으며, "자기의 생명을 예술화"하여 이상을 추구하는 근거를 심어주었다.

하이즈에 있어 15세 전의 생활 경험은 그의 착하고 순박한 성격을 형성하고, 자기를 강하게 만들고 자신을 믿는 품성을 배양하였고, 성인이 되어서는 경건하고 진지하게 세계와 인생의 포부를 대하고, 인류에 대한 뜨거운 사랑, 어린아이와 같은 마음을 형성하는 기반이 된 것이다. 대학에서의 공부와 교육은 그에게 견고한 지식 기반을 다졌고, 어린아이 같은 정서 위에서 형성된 사명감으로 시의 이상을 만들어낸 그의 작품을 보면 "생명의 존재는 그 자신에게 관심을 가지는 것"에서부터 출발함을 보여준다. 또한 그는 대학에서 훗날 깊은 인연이 되어주는 뤄이허와 시촨을 만나게 되는 데 이들이 곧 베이징대의 삼검객이다. 이 두 사람은 하이즈가 죽은 후에 그가 남긴 작품을 정리해 출판을 해주는데, 시촨은 처음 하이즈를 만났을 때를 이렇게 기억한다.

> 하이즈가 들어왔다. 작은 키, 둥근 얼굴에 커다란 안경을 쓰고 있었는데 완전한 아이의 모습이었다(수염은 후에 기른 것이다). 그때 겨우 19세였는데 곧 졸업을 할 때가 되었다. 그때 어떠한 내용의 말을 하였는지 지금은 기억이 잘 나지 않지만 그가 '하이데거' 이야기를 꺼낸 것으로 기억하며 나로 하여금 맹목적으로 존경하는 마음이 우러나도록 하였다. ……졸업 후에 그는 정법대학으로 발령을 받았으며 처음에는 학교의 간행물 펴내는 곳에서 일을 했고 훗날 철학과 연구실로 옮겨서 학생들에게 공제론, 계통론과 미학 과정을 개설하였다.[2]

하이즈는 1983년부터 시 창작을 하게 되는데 그가 쓴 첫 시는 「동방산맥(東方山脈)」과 「농경민족(農耕民族)」이며 1984년에는 「역사(歷史)」 「용(龍)」 「중국악기(中國樂器)」 「아주동(亞州銅)」 등을 지었다. 이 시기는 이미 습작 시기를 넘어서 창작시기 단계로 접어들었다고 볼 수 있다. 그 후 7년 동안 그가 남긴 작품은 200만 자 이상이 된다. 그러나 그의 시가 시단에 발표된 것은 스촨(四川) 지역의 민간시간, 국가 간행물, 뤄이허가 편집을 맡고 있는 『십월(十月)』 『산서문학(山西文學)』, 내몽고의 『초원(草原)』 『시선간(詩選刊)』에서 겨우 발간했을 뿐이며 안후이의 『시가보(詩歌報)』와 베이징의 『시

---

2) 西川, 「懷念」(代序二), 『海子詩全編』, pp.9~10.

간(詩刊)』 등에 실린 겨우 20수에 불과하다.[3] 하이즈는 베이징의 작가협회 회원도 아니었고 자신이 쓴 시를 마음껏 발표할 수 있는 공간도 없었다. 하이즈는 생활 면에서도 어려움을 겪게 되는데 그의 창핑(昌平)에서의 생활은 상당히 폐쇄적이고 매우 적막하였다. 적은 월급으로 본인의 기본생활비 외에 책 사고 시 원고를 복사하고 농촌 부모님에게 비료비, 종자비(씨앗)를 드리고 동생의 학비를 보내주곤 하였다. 그는 창핑에 거주하면서 창작활동을 치열하게 전개하였는데, 이 기간은 그가 고독과 빈곤, 그리고 초탈적 현실의식에 심취한 시기였다. 다음 「창핑에서의 고독(在昌平的孤獨)」 시는 그의 창핑에서의 생활 단면을 이해하는 예시가 된다.

고독은 물고기 광주리이고	孤獨是一隻魚筐
물고기 광주리 속의 샘물이다	是魚筐中的泉水
샘물 속에 놓여 있다	放在泉水中
고독은 샘물에서 잠자는 노루왕	孤獨是泉水中睡着的鹿王
꿈에 본 노루 사냥꾼은	夢見的獵鹿人
그 물고기 광주리로 물을 뜨는 사람	就是那用魚筐提水的人……
언덕 위로 끌어내는 건 물고기 광주리	拉到岸上還是一隻魚筐
고독은 말할 수 없다	孤獨不可言說

(『海子詩全編』, 107쪽, 1986)

이렇게 경제적인 면에서의 빈곤과 인간관계에서 겪는 적막과 고독은 하이즈가 죽음을 맞기까지 그와 함께한다. 다음은 하이즈의 가장 가까운 친구 뤄이허가 하이즈가 죽은 직후 1989년 5월 16일에 추모하는 마음으로 남긴 글로서 많은 것을 이해하는 자료가 되리라 본다.

하이즈는 하나의 사건이며 일종의 비극이어서 마치 술과 양식과의 관계와 같고, 이런 비극은 사건을 정화한다 하이즈는 일종의 비극이며 하나의

---

3) 燎原, 『海子評傳』, 8쪽(時代文藝出版社, 2006.1)

정신적 분위기이어서, 그와 연구하고 논쟁을 한 사람은 모두 기억하기를 마치 새로운 땅에서 농밀하여 분별하기 어려움과 맹렬한 집중, 질량의 방대, 기세 등등을 상기시키는 것 같다. 그래서 그의 작품을 읽은 사람은 마치 이런 뷰위기가 필요로 하는 사유적 속도와 시간을 이해할 것 같은 느낌이 든다. 오늘, 하이즈가 세상을 떠난 후, 우리는 그를 인식하고 어렴풋이 한 변화에서 여전히 솟구쳐서 올라 마치 비트겐슈타인이 말한 바; "단지 정신이 먼지 땅을 덮는다"와 같다. 하이즈는 7년 중 즉 1984~1989년의 5년 중, 200여 수 높은 수준의 서정시와 7부 장시를 써서 그는 이 장시를 『태양(太陽)』에 넣으려 했다. 전서가 완성되지 않았으나 7부의 작품은 주관성이 있어서 『태양칠부서(太陽七部書)』라 부를 수 있고 그의 생과 사는 모두 『태양칠부서』와 관련이 있다. 이 점에서 그의 생애는 아서왕 전기 중 가장 휘황찬란하게 성스런 잔을 취하는 젊은 기사와 같다. 이 젊은이는 오직 성스런 잔을 얻기 위하여 갑자기 나타나는데 오직 그 청춘의 손이 성스런 잔을 내려놓자 갑자기 죽어 일생은 완결을 고한다. ……하이즈는 서정시 영역에서 금세기를 향해 도전적으로 홀로 낭만주의 기치를 올려서 남에 의해 태양신의 아들이라 호칭된다.[4]

2. 죽음의 콤플렉스

하이즈 시의 존재가치는 그의 죽음 때문이며 그의 죽음과 시가는 서로 깊은 연관이 있다. 하이즈의 단시는 단순하고, 예민하며, 창조성이 풍부하며 동시에 조급하고 상처를 쉽게 받으며 황량한 진흙에 빠지는 이미지를 준다. 심리적인 면에서 보면, 하이즈 신상의 강렬한 죽음의식은 그 자신의 선명한 '아니마(阿尼瑪)' 기질(예컨대, 제3대 여성시인 이레이(伊蕾), 루이민(陸憶敏), 하이난(海男) 등이 자각적 혹은 자발적 죽음의식이 있음)에서 근원한다. 그의 죽음태도는 '심미화 죽음태도', '해탈과 귀의를 추구하는 죽음태도', '이상을 위해 헌신하는 죽음태도'로 구분된다.

4) 「海子生涯」, 『海子詩全編』, 1989.5.16, pp.1-2.

(1) 심미식 죽음태도

죽음태도는 하이즈의 서정시에서 주로 표현된다. 심미식(審美式)의 죽음태도는 그의 미에 대한 정신적 가치의 일관된 추구에서 기원하는데 낭만주의 시인이 현실과 생존을 미화하기를 좋아하는 천성의 하나이다. 비극적인 죽음태도는 그에게 정신상의 긴장과 초조를 가져다주고 따라서 심리상태의 완화와 안정을 가질 필요가 있는데 이것은 그의 죽음의 잔혹한 진상에 대한 회피와 엄폐심리를 반영하는 것이다. 심미적 태도는 그의 죽음에 대한 공포정서를 없애주고 더하여 죽음의 은밀과 희열에 대한 추세를 유발한다. 그는 "죽음은 음악과 같고 그것은 달고 부드러운 갈구이다."라고 한 것이다. 하이즈의 의식은 죽음에 대해 매우 짙은 감상과 찬성을 가지고 공포의 죽음현장도 인위적인 미적 빛으로 덮으려 하고 있으니 예컨대 그의 「모차르트는 진혼곡에서 말한다(莫扎特在安魂曲中說)」의 일단에서 정결한 소녀에게 다음과 같은 죽음의 청구를 한다.

보리밭에서	請在麥地之中
나의 뼈를 잘 정리해주오	請理好我的骨頭
한 다발 갈대꽃 같은 뼈	如一束蘆花的骨頭
그걸 거문고 상자에 담아 가져와주오	把它裝在琴箱裏帶回……
나의 그 어지러운 뼈 잘 정리해주오	請整理好我那零亂的骨頭
그 암홍색 작은 나무상자에 넣어서	放入那暗紅色的小木櫃,
그걸 가지고 돌아와주오	帶回它
너희 부유한 혼수품 가지고 돌아오듯이	像帶回你們富裕的嫁妝

(상동 149쪽)[5]

하이즈는 갈대꽃과 부유한 혼수품 같은 의상(意象)으로 죽음의 은유를 표현하고 죽음의 공포색채를 없애고 죽음을 고도로 심미화하였다.

---

5) 이하 시집명을 생략하고 쪽수만 기재

(2) 해탈식 죽음태도

하이즈는 생명과 생활에 대한 순진하고 치열한 이상을 이상논리에 의해 진행하고 때론 시인의 낭만적인 정감논리를 조롱하여 시인의 취약한 심령이 부단한 상처를 받게 되며 이상과 현실의 오랜 대치로 인해 일종의 권태심태를 낳게 하니 이런 권태심태가 염세적 심리를 이끌어낸 것이다. 하이즈의 절필작 「봄, 열 명의 하이즈(春天, 十個海子)」 중에서 그는 이런 곤혹과 당황의 자문을 한다 : "너의 이 오랜 숙면은 결국 어째서인가?" 시 중의 '숙면(沈睡)'은 생명의 죽음상태이다. 이런 죽음에 대한 거역할 수 없는 곤혹과 당황은 깊은 심리층면에서 무정한 현실을 보는 시인에 대한 심리적 상처 정도를 토로하는 것이다. 사랑이 결핍된 현실은 하이즈 심령의 수난의 주요 근원이 된다. 그래서 시인은 다음 「나는 바란다 : 비(我請求 : 雨)」 일단에서와 같은 죽음 청구를 할 수 있는 것이다 :

나는 불 끄기를 바란다	我請求熄滅
생철의 빛 애인의 빛과 햇빛	生鐵的光, 愛人的光和陽光
나는 비 오기를 바란다	我請求下雨
나는 바란다	我請求
밤에 죽기를	在夜裏死去(72쪽)

이런 청구는 하이즈가 순결하고 고상함을 추구하는 정신생활과 생명 중에서 최고 가치로 보는 사상이 서로 깊이 연관된다. 사랑이 결핍하면 고통과 고난이 심령의 현실 앞에 쌓이니 하이즈는 죽음을 청구하고 차고 무정한 현실로부터 해탈하기를 청구하는 것이다.

(3) 회귀식 죽음태도

이런 죽음태도는 앞에 언급한 해탈과 관계가 밀접하다. 해탈은 회귀(回

歸)의 전제이며 원인으로서, 회귀는 해탈의 목표이며 필연적인 결과이다. 여기서 말하는 회귀는 대지로 회귀함을 가리킨다. 대지는 이미 인류의 탄생이며 생존의 처소이며, 인류생명의 최종 귀착지이다. 하이즈는 죽음의식을 '대지의 속박력'이라 부른다. 하이즈로서는 온 심신이 대지에의 회귀를 추구함은 그가 심령의 위로와 정신적 기탁을 찾고 자유와 행복의 마지막 가장 믿을 만한 보증을 찾음을 의미한다. 그에게는 '가향(家鄕)', '가원(家園)', '촌장(村莊)' 등 어휘 이미지가 대지의 의미와 상통하므로 그것들이 일체를 수용하는 모성의 흉금과 모성의 정감을 대표한다. 「고향에서(在家鄕)」 시 말미에서 "위험한 들판에서 시체를 떨어뜨리는 곳 거기는 고향이다. 나의 자유의 시체는 산 위에서 나를 가리고 꽃떨기의 수집은 향기를 풍긴다."라고 묘사한 데서 시체를 떨어뜨리는 곳이 가향이라 한다. 이 표현은 귀소의식이며 회귀본능에서 발로된 시어로서 하이즈는 출생과 사망의 장소를 동일시하려 하고 있다. '대지(大地)'에 대해서 하이즈는 죽음을 달콤한 '침수(沈睡, 깊은 잠)'로 보았고 강한 위로감과 행복감으로 충만되어 있었다. 그러나 하이즈의 회귀는 일종의 성취감을 지니고 있어서, 이런 성취감은 그 스스로 창조적 활동을 통해 인류의 생존에 의미를 부여한다는 의식을 표현한다. 그래서 만족감과 긍지를 표현한다.

(4) 순도식(殉道式) 죽음태도

하이즈에게서 최고의 도는 그의 '애(愛)의 이상'이다(박애, 세속적 의미의 애가 아님). '애의 이상'은 하이즈의 개체 생명에 있어 행복가치의 중요 내용을 구성하며 그는 시종 '애'를 생명 중 가장 진귀하고 풀기 어려운 것으로 본 것이니, 그의 장시 「태양 시극(太陽·詩劇)」 일단에서 담백하게 묘사하고 있다.

나는 인류의 끝에 왔다	我走到人類的盡頭
인류의 기미가 있다-	也有人類的氣味-
나는 사랑한다	我還愛着.
인류의 끝 낭떠러지에서 그 첫마디 말	在人類盡頭的懸崖上那第一句
	話是 :
일체 모두가 애정에 근원한다	一切都源于愛情.(772쪽)

하이즈의 '애'에 대한 집착과 추구는 강렬한 죽음충동을 낳게 하였고 자각적 죽음의식을 낳게 하였다. 사랑과 죽음이 자연적인 관계가 있고 사랑의 감정이 생명의 깊은 곳에 이를 때 오직 죽음만이 그것을 이겨낼 수 있다. 하이즈는 죽음 성질의 애를 숭상하는데 그가 숭배하고 추구하는 애는 고도로 여성화하였으니 그의 애의 대상은 여성이며 정감도 완전 여성화하였다.

(5) 부활의 신념

죽음 속에서 '생(生)'을 바라는 항쟁은 하이즈로 하여금 부활을 생각케 한다. 육체는 소실되지 않고 재생할 수 있다. 이 재생은 우리가 보면 정신상의 불후이나, 하이즈가 보면 육체가 무덤에서 거듭 새로이 서는 것이다. 광명과 흑암(黑暗)이 격렬하게 싸우는 시각에 하이즈는 황혼에 죽었으나 그는 여명에 부활하기를 갈망한다. 그가 죽기 전에 쓴 시에서 태양과 흑암은 여명, 서광이다. 나와 가자, 머리를 던지고 뜨거운 피에 다 씻는다. 여명의 새로운 하루가 다가온다. 그가 자살할 때 몸에 지닌 네 권 책 중의 하나는 성경이다. 그는 응당 예수의 수난과 부활의 장을 읽으면서 철도에 누웠을 것이다. 그가 눈을 감는 순간, 그는 새벽빛이 사방에 드리우고 태양의 아들로 탄생하는 것을 자아의식하려 한 것이다. 다음에 「여명 : 한 수의 작은 시(黎明 : 一首小詩)」를 본다.

여명	黎明
나는 애써 벗어난다	我挣脱
도자기통	一隻陶罐
혹은 대지의 언저리를	或大地的邊緣
나의 두 손은 강물 향해 날아간다	我的雙手 向着河流飛翔
나는 보리이삭이 새긴 도자기통을	我挣脱一隻刻劃麥穗的陶罐
애써 벗어난다 태양	太陽
나는 자신의 얼굴을 본다 화염	我看見自己的面容 火焰
여명의 바람 속에 가라앉지 않는다	在黎明的風中飄忽不定
나는 자신의 얼굴을 본다	我看見自己的面容
화염	火焰
한 조각 하늘로 올라가는 대해처럼	像一片升上天空的大海
조용한 천마처럼	像靜靜的天馬
강물을 향해 날아간다	向着河流飛翔(288쪽, 1987)

신이 되고, 태양이 되고, 소녀들의 애인이 되는 것이 그의 자살이란 혁명의 목표이어서 그는 자신의 두개골을 열어놓는 것을 아까워하지 않았다. 대지는 영웅의 숙소이며 희망이니, 그래서 대지여, 너는 나를 매장했다. 오늘도 나를 부활하게 한다라고 한 것이다.

(6) 생사환상의 분열

하이즈 최후의 시는 폭력경향을 드러내니 가장 온난하고 고운 복사꽃도 그의 붓에는 비할 수 없이 폭발적이다. 다음에 「복사꽃(桃花)」의 일단을 보면서 생각하기로 한다.

복사꽃이 핀다	桃花開放
나무우리에 선혈이 흐르는 것처럼	像一座囚籠流盡了鮮血
두 도끼에 선혈이 흐르는 것처럼	像兩隻刀斧流盡了鮮血
사형집행인의 고향에	像刀斧手的家園
선혈이 흐르는 것처럼	流盡了鮮血

꽃이 왜 이렇게 붉은가	花兒爲甚麼這樣紅
설산이 장려하게 불타는 것처럼	像一座雪山壯麗燃燒
나의 나무우리에 불이 인다	我的囚籠起火
나의 감옥이 무너지다	我的牢屛抖塌
쇠사슬과 쇠꼬챙이에 불이 붙는다	一根根鎖鏈和鐵條 戴着火
사방의 어두운 고원 향해 던진다	投向四周黑暗的高原

(448쪽, 1988)

복사꽃이 피 흘리는 항쟁의 형상이 된다. "나무우리, 도끼, 쇠사슬" 등은 분명히 하이즈의 의상과 현실상황은 일종의 분열을 드러내니 그의 상상은 사물본성에 어긋나서 이것은 그의 내심의 상황이 이미 환각상태에 진입했음을 반영한다. 자살 10일 전에 쓴「봄, 열 명의 하이즈(春天, 十個海子)」시는 그의 부활의 희망과 의심이 분열된 글이다.

봄 열 명 하이즈가 전부 부활한다	春天, 十個海子全部復活
광명한 경치 속에	在光明的景色中
야만적이며 슬픈 하이즈를 비웃는다	嘲笑這一個野蠻而悲傷的海子
너의 오랜 숙면은 결국 어째서인가	你這麼長久地沈睡究竟爲了甚麼?
봄 열 명 하이즈가 낮게 노해 외친다	春天, 十個海子低低地怒吼
너와 나를 에워싸고 춤추며 노래한다	圍着你和我跳舞, 唱歌
너의 검은 머리칼을 멋대로 잡고	扯亂你的黑頭髮,
너를 말에 태우고 달리며 먼지 날린다	騎上你飛奔而去, 塵土飛揚
너의 쪼개진 아픔 대지에 가득 찬다	你被劈開的疼痛在大地彌漫
봄에 야만적이며 슬픈 하이즈	在春天, 野蠻而悲傷的海子
이 하나를 남기고 최후 한 개	就剩下這一個, 最後一個
이건 검은 밤의 아이	這是一個黑夜的海子,
겨울에 잠기어 죽음에 마음 둔다	沈浸于冬天, 傾心死亡
스스로 버릴 수 없어	不能自拔,
공허하고 추운 시골 뜨겁게 사랑한다	熱愛着空虛而寒冷的鄕村
저 곡물 높이 쌓아서 창문을 덮었다	那裏的穀物高高堆起, 遮住了窓戶
반을 여섯 가족 입 먹고 위에 쓰고	他們把一半用于一家六口人的嘴, 吃和胃

반을 농업 그들 자신의 번식에 쓴다　一半用于農業, 他們自己的繁殖
센 바람 동쪽에서 서쪽으로 불고　大風從東刮到西,
북쪽에서 남쪽으로 불어서　從北刮到南,
검은 밤과 여명을 보지 못한다　無視黑夜和黎明
네가 말하는 서광 결국 무슨 의미인가　你所說的曙光究竟是甚麼意思
(470쪽, 1989.3.14 새벽 3시~4시)

광명한 경색 중에 노래하고 춤추는 하이즈와 야만적이고 슬퍼하며 깊이
잠자는 하이즈는 정신 단열의 양단으로 오랜 잠은 현실에 빠진 고난의 생
활이며 "겨울, 사망, 공허, 한랭"한 향촌과 곡물은 하이즈의 생존현상을 암
시한다. 그의 농촌생활은 지울 수 없는 기억이니, 그건 서광을 배척하고,
여명을 거부한다. 긴 잠은 비상하는 영혼이 일어날 수 없는 침중한 대지이
며 멍한 흑야이다.

3. 자살의 원인

하이즈의 시우 시촨은 「사망 후기(死亡後記)」에서 그 나름의 인식과 추
측에 의해서 하이즈가 자살한 원인에 대해서 다음과 같이 일곱 가지로 분
류하여 그 의견을 제시하고 있는데 다음에 그 내용을 요약해서 적는다.

1) 자살 콤플렉스 : 하이즈가 1986년 써놓은 한 편의 일기는 그가 첫 번
째 자살을 실패한 직후의 글이다. 그리고 시속에서 자살에 대하여 써놓은
것도 많으니 예를 들어 『10월』 1기와 2기에 실렸던 「태양 시극(太陽. 詩劇)」
과 「태양 단두편(太陽. 斷頭篇)」 등에서 하이즈 자살의 정신적인 실마리를
찾아낼 수 있다. 그는 시 속에서 구체적으로 죽음에 대하여 반복하여 이야
기하고 있으니, "죽음과 농업, 죽음과 신흙, 죽음과 전당, 내지 붉은 피, 두
개골, 시체" 등의 시어를 찾아 볼 수 있는 것이다. 하이즈의 사망에 대한

이야기는 그가 쓴 작품 속에서만 있는 것이 아니다. 그가 죽은 후에 친구들은 그가 생전에 했던 말들을 기억해보면서 그때 그의 말을 유의하지 않은 것을 깊이 후회한다. 하이즈가 창핑에 있을 때 그는 한 친구에게 자살의 방식을 이야기했다고 한다. 하이즈는 비행기에서 떨어져 자살하는 것, 철로에서 자살하는 것 등 여러 가지 자살 방식 중에서 철로에서 죽는 것을 택하게 되는데, 이 방법은 가장 편리하고, 가장 깨끗하고, 가장 존엄한 방식이라고 생각하게 된 것이다. 하이즈는 그 자신의 죽음을 암시하는 의식이 있으니 즉 "천재는 단명한다"는 것이다. 작가와, 예술가의 창작과 천명의 신비한 관계를 재분석한 후에 하이즈는 하나의 결론을 얻어냈다. 그는 그 단명한 천재들을 존칭하여 "빛나고 정결한 왕자"로 불렀다. 때로는 하이즈는 그들과 더불어 심리와 창작에서 동일한 인식을 가지고 있었다. 그리하여 단명은 그의 생명과 창작방식에 커다란 압력을 준 것이다.

하이즈의 죽음을 형이상학적으로 이해해본다면 그것은 바로 "도가(道家) 폭력"이다. 하이즈는 도(道)를 머리 위에 걸어놓은 날카로운 도끼로 형상화시켜서 1987년 이후에 그의 시에서 모성과 수질에 대한 사랑을 버리고 부성으로, 사나운 불길과 같은 복수로 전향하였다. 그는 복수의 도끼, 도의 그 도끼를 휘둘렀는데 하늘의 매서운 "아버님"처럼 휘두르기 시작했다. 그러나 그는 그 예리한 도끼를 다른 사람을 향해 휘두르지 않고 자기를 향해 휘둘렀으며 먼저 자기를 향한 복수를 시작한 것이다. 하이즈는 "자기를 용서하는" 서정시를 멸시하였다.

2) 하이즈의 성격은 순결하고, 단순하고, 편집(偏執)스럽고, 고집스럽고, 민감하며, 깨끗함을 좋아하고, 아름답고 보배로운 여자를 좋아했으며 때로는 비애에 잠기고 때로는 고통 속에 잠기어 스스로 벗어나지 못하였다. 그는 다른 사람을 대할 때 양처럼 온순하였다. 그의 성격의 후천적인 요인으

로는 자연과 그 농업환경을 가리킬 수 있다. 하이즈는 농민의 아들로서 흙에 대한 연민, 그리고 시대의 발전에 따라 사라져 가는 것들에 슬픔을 간직하고 있었다.

3) 하이즈의 생활방식을 보면 상당히 폐쇄적이었다라고 볼 수 있는데, 그는 마치 폐쇄적 생활방식을 바꾸기를 원하지 않는 것 같았다. 1988년 말 뤼이허와 시촨이 결혼을 했다. 하이즈는 그 당시 창핑의 문화관에서 일하던 여자와 교제를 하던 중이었다. 그 여자는 하이즈와 결혼을 원했지만 거절했을뿐더러 오히려 두 친구에게도 결혼하지 말 것을 권유하였다. 그의 그러한 태도로 인하여 그의 여자는 떠난 것이다. 어느 날 그는 창핑의 어느 식당에 들어가 주인에게 말한다.

> "내가 모두에게 나의 시를 낭독해주겠소. 당신들은 나에게 술을 줄 수 있습니까" 식당 주인은 니체와 같은 낭만이 없었으므로 그가 말하기를 "당신에게 술을 주겠소. 그러나 시 낭독을 하지 마시오."[6]

세상 사람들의 무미건조함이 낭만적인 하이즈와는 잘 융합되지 않았던 것이다. 그 때문에 폐쇄적이고 무미건조한 생활이 그를 죽게 한 것이라고 본다. 비록 가족들 간의 관계가 좋았다고 할지라도 그의 가족 또한 그 사상과 그의 작품을 이해하지 못했다. 농부인 그의 아버지조차 그와 이야기하는 것을 주저하였는데 그것은 그가 대학의 선생님이었기 때문이었다. 하이즈의 죽음은 사람들의 생활방식에 대하여 많은 느낌을 갖도록 한다. 때로는 누구든지 하나의 그물 안에 같이 엎어지게 되는데 이 그물은 바로 사회관계의 그물인 것이다. 그 그물은 사람들로 하여금 생활의 순결성을 박탈하고, 사람들은 그 그물 속에서 바삐 뛰어나녀 지쳤지만 마음을 안정

---

6) 『海子詩全編』, 西川 「死亡後記」, 925쪽

시키기는 어렵다. 혈연관계를 막론하고 결혼관계, 사회관계는 모두 한 손에 꼭 쥔 것처럼 사람들의 어깨를 붙잡는다. 사람들이 비록 떠나려 해도 쉽지 않은데 왜냐하면 이런 손들이 사람들로 하여금 확실히 안주할 수 있도록 한다. 그러나 하이즈의 자살에서 드러나는 것은 분명히 그의 어깨를 힘껏 눌러주는 손이 없었다는 점이다.

4) 명예 문제이다. 하이즈는 두 가지 방면의 저항을 받고 있었는데 사회가 시인들에 대한 불신임과 권력에 같이 동조하여 구문학을 지키고 선봉문학에 대한 저항이다. 한편으로는 억압받는 선봉문학 내부에서 서로를 불신하고, 서로를 이해하지 않고, 서로를 배척하였다. 하이즈는 생전에 깊은 마음의 상처를 입었다고 볼 수 있다. 몇 친구들은 하이즈의 재능과 작품의 가치를 알았지만 사실상 1989년 이전 대부분의 청년 시인들은 하이즈의 시를 보존하는 것을 견제하는 태도였다. 어떤 시인들은 하이즈의 시를 "과장이 너무 심하다"라고 비평하는 편지를 보냈으며, 베이징의 "행존자(幸存者)"라 부르는 시가단체의 구성원들은 하이즈의 장시에 지탄을 가하며 그가 쓴 장시는 시대성의 착오를 범하였다고 비난하였다. 하이즈가 남에게 상처를 받은 일화 두 편을 보도록 한다. 1987년 하이즈는 남쪽으로 여행을 한번 다녀왔다. 베이징에 돌아온 후 뤄이허에게 말하기를 "시인 JK는 아주 훌륭하다. 우리들이 베이징에서 그를 도와야 한다." 그러나 시간이 얼마 되지 않아 하이즈는 민간 시 간행물에서 JK가 올린 한 편의 글을 읽게 된다.

북방에서 온 아픔의 시인이 가방 안에서 많은 시 원고 뭉치를 꺼냈다…… 이어서 "인류에게는 단테 한 사람이면 충분하다. 하이즈는 지금은 나의 친구이지만 아마 미래에는 나의 적이 될 것이다."[7]

하이즈는 이 글을 읽고 크게 상심했다. 다른 일화는 베이징의 작가협회가 베이징의 시산(西山)에서 창작회의를 열었는데 놀랍게도 하이즈에게 "신낭만주의(新浪漫主義)"를 내세우고 장시를 썼다는 두 개의 죄명을 열거하였다. 하이즈는 작가협회 회원이 아니라서 당연히 그 회의에 참가할 수 없었기 때문에 그 견해에 대하여 반론을 제기할 수 없었다. 하이즈는 생전에 작품 발표가 결코 순조롭지 않았다. 그래서 그는 잘 써진 시를 인쇄해서 각지에 있는 친구들에게 보내는 것을 좋아했는데 그 당시 유명한 시인 LMN이 모두 표절하였으며 더 나아가서 하이즈 시를 시 잡지에 발표까지 한 것이다.

5) 기공(氣功)의 문제인데 기공 연습을 하는 시인이나 화가는 그들의 창작에 비범한 느낌을 주어 도움이 된다고 말을 하는 사람도 있었다. 하이즈가 기공에 사로잡혔던 때에 그는 기공을 연습하는 동안 무엇을 얻은 것 같다면서 자기는 이미 작은 하늘을 열었다고 한 적이 있다. 그는 환청을 듣기 시작했는데 늘 어떤 사람이 그의 귓가에서 속삭이기 때문에 글을 쓸 방법이 없다는 것이다. 하이즈가 글을 쓸 방법이 없다는 것은 철저히 그의 생활을 잃어버린다는 것이다. 또한 하이즈는 자기의 몸에 약간의 환각이 생겨나서 이미 폐가 썩어서 못쓰게 되었다고 느꼈다는 것이다. 그는 세 차례에 걸쳐 유서를 쓰게 되는데 그중 그의 부모에게 남긴 유서가 가장 혼란스러웠다. 어떤 사람이 자기를 죽이려 하니 부모에게 복수해줄 것을 말하였다. 그러나 그가 죽던 날 몸에 지녔던 세 번째 유서에서는 "나의 죽음은 누구와도 관계없다."라 하였다. 그가 죽은 후에 의사는 사망진단서를 "정신분열증"이라 하였다. 그가 있던 학교에서는 의사의 사망진단서에 의

---

7) 西川「死亡後記」, 926쪽(『海子詩全編』)

거하여 그의 자살 사건을 처리하였다.

6) 애정 문제인데 사랑은 어쩌면 가장 중요할 것이다. 자살하기 전 금요일에 하이즈는 초련의 여자 친구를 만났다. 그 여자는 1987년 중국 정법대학을 졸업했는데 학생시절에 그는 하이즈의 시를 사랑하였다. 그녀는 이미 세상을 떠난 내몽골 시인 쉐징쩌(薛景澤)와 친척 관계인 것이다. 하이즈의 초기시 대부분은 내몽골의 정기간행물에 실렸는데 아마도 그녀와 관계가 있을 것이다. 그녀는 하이즈가 일생 동안 깊이 사랑한 여인이다. 하이즈는 그녀를 위해 많은 애정시를 썼으니 예를 들어 「반 잘린 시(半截的詩)」와 「육체(肉體)」 등의 80여 수가 있다. 광기가 발동하기 시작하면 한 통의 연애편지를 거의 2만 자 이상 썼다. 하이즈가 최후로 그녀를 만났을 때 그녀는 이미 선전(深圳)에서 가정을 이루었으며 그녀의 태도 또한 아주 냉담하였다. 그날 밤 하이즈는 그의 동료와 많은 술을 마시고 당시 그녀 사이에 있었던 많은 일을 이야기한 것이다.

7) 하이즈의 글쓰기 방법과 글쓰기의 이상(理想) 문제인데, 글쓰기는 마치 하나의 검은 동굴과 같다고 말하는데 하이즈는 이런 각도에 대하여 완전히 동의하였다. 하이즈는 글쓰기에 몸을 바쳤으며 그의 생활은 글쓰기와 하나가 되었다. 하이즈는 이 어두운 동굴에 의하여 빨려 들어갔다. 그는 하룻밤에 수백 줄의 시를 쓰기도 하였다. 시인들의 습작 방법은 모두 다르지만 하이즈의 글 「여호와여 나의 영혼이 주를 우러러 보나이다」(시편 25 : 1) 글쓰기는 바로 청춘의 열정을 태우는 것으로 독일문학의 문구 "광풍돌진(狂飈突進)"을 생각나게 한다. 그러나 하이즈 몽상 속에서 진정으로 우러러보고 사모하는 대상은 괴테이다. 때문에 여기에서 하나의 모순을 가지고 있다. 괴테의 『파우스트』는 60년을 썼으며 결코 단번에 이

루어진 것이 아닌데 하이즈는 오히려 격정적인 방식으로 그의 「태양」을 완성하였다. 그는 낭만주의적 입장에서 고전주의의 괴테를 뛰어넘어 의외로 그는 낭만주의와 고전주의의 사이에 끼어 있는 프리드리히 횔덜린의 몸 위에 떨어졌다. 하이즈가 쓴 마지막 한 편의 시학문장인 「내가 열애하는 시인-횔덜린(我所熱愛的詩人-荷而德林)」은 횔덜린에 대한 경의가 담겨 있는데 횔덜린은 결국 미쳤으며 하이즈도 자살로써 자기의 명을 마쳤다. 그 속에 어떤 우연히 일치하는 운명이 있는지 모르겠다. 그의 습작의 방법과 습작의 목표 간에는 거의 뛰어넘을 수 없는 한계가 옆으로 길게 누워 있다.

Ⅱ. 하이즈의 시관과 시의 초탈적 낭만정신

1. 시가 개념

하이즈 시가 관념은 생명 관념과 일치한다. 철학적 영향은 니체, 야스퍼스, 하이데거 등 존재주의 철학가로부터 크다. 생명기질과 언설(言說) 풍격으로 보면 하이즈는 니체와 흡사하다. 니체의 저술에 항상 미친 사람(瘋子)의 비유가 등장하는데 하이즈에게도 이 미친 사람(瘋子)이 내심에 잠재한다. 니체는 죽음을 희원하면서 "나의 벗이여, 나는 나의 죽음으로 해서 너로 하여금 더욱 대지를 사랑하게 한다; 나는 흙으로 돌아가서 나를 낳은 토지에서 안식할 것이다… 이것은 자유로운 죽음이니, 내가 그것을 필요할 때 그것은 나에게로 온다."(니체 「자유의 죽음을 논함」, 『존재철학』)라고 하였는데, 하이즈는 행동으로 이러한 의식을 실천한다. 니체가 하나님에 대한 부정으로 자기 내심의 신성이상을 파괴하였는데 그는 세계에 대한 신성체험을 가지고 격정과 환상을 더욱 충만시키고 죽음을 향한 용기를 내게 한다.

시학 관념으로 하이즈는 야스퍼스의 관념과 궤를 같이한다. 야스퍼스는 위대한 예술가의 생존은 특정 상황 중의 생존이라는 관점으로 휠덜린, 반 고흐, 다빈치를 추숭한 바, 이들은 인격과 예술을 통일화한 사람들이기 때문이다. 하이즈는 위대한 시란 인간의 원시적인 힘 속에서 체득한 강렬한 생명력을 표현해야 한다는 의식 속에 역시 반 고흐, 도스토옙스키, 휠덜린, 예세닌 등을 추숭한 것이다. 그는 자신의 정신결구와 창작으로 야스퍼스의 관점을 증명하려 한다. 그가 생전에 가장 집착한 사람은 반 고흐와 휠덜린인데 정신분열적 환각상태에서 그림을 그린 화가를 '마른 형(瘦哥哥)'이라 하면서 생명을 창작의 결과를 생각 안 하는(不計後果) 방식으로 시에 이입시키고, 휠덜린에 대해서는 「내가 열애하는 시인—휠덜린」에서 미친 휠덜린, 자살한 휠덜린을 추구하며 동일한 운명으로 의식화한다. 야스퍼스적 각도에서 보면, 그는 생명기질과 심령결구상 반 고흐와 휠덜린과 똑같은 사람인 것이다. 내심의 체험방식, 감수방식, 생명의 신성귀속 등에서 보면, 그는 하이데거와 가깝다. 하이즈와 하이데거의 공통점은 이미 세계에 소실된 신성한 광채의 탐구라는 것이다. 하이데거는 빈천한 시대에 여러 신이 이 세계를 떠났고 하나님도 결석이라고 하였다. 그러나 제신(諸神)의 사라짐은 종적을 남기지 않았다는 것이 아닌 만큼 시인의 사명은 그 종적을 찾아야 한다는 것이다. 그래서 그는 신성의 통로를 찾으려 하고 그것을 원시적 존재인 자연현상에서 모색한다. 그는 초범오성(超凡悟性)과 신화어의(神話語義)적인 창작으로 시대의 시 경지를 제고시킨다. 그의 시는 질박한 서정 역량을 지니고 있는 동시에 풍부한 잡다성이나 기이, 골계, 폭발, 맹렬로 충만하여 일종의 잔향(殘響)식의 우렁찬 소리 효과가 있다. 이런 시가 언어와 상상에 대한 소모성과 창조성 사용은 신시(新詩) 사상 매우 보기 드문 일이다. 1980년대 시가의 배경에서 이런 형식의 창조성은 고립적

이 아닐 뿐 아니라 오히려 1980년대 시가의 전체 이상과 내재적으로 일치하고 있다. 1980년대 시가는 과도한 실험적 시가로서 시인들은 현대 시가는 언어와의 투쟁이며 언어가능성을 추구하는 모험이라고 인식하기 시작했다. 하이즈의 시가성취는 바로 이 점에서 체현한다. 서정이란 자발적 행위인데 근본적으로는 수사, 기교에 대한 반동이니 하이즈도 다음과 같이 말한다 : "시가는 한바탕 뜨거운 불이고 수사연습이 아니다." 그러나 문학적 구성으로 말하면 서정과 수사 사이에는 결코 진정한 대립은 존재하지 않는다. 그의 일부 단시는 비록 단순하고, 질박하며, 사람의 마음을 직설하는 힘이 있어도, 그것들이 시가의 기예를 포기한 것이라고 할 수 없고 오히려 많은 작품에서 조탁이 세밀하고 대담한 실험이 충만하여 언어적 측면에서 시가의 가능성을 개척하였다. 풍격상 말처럼 평범하고 순백하여 시인의 서정적 독백일 따름인데도 극대화된 감염력을 지니고 있다. 그의 시는 언어 특성상 특수한 민감을 보여주고 이 민감을 창조성으로 전환시킨 것이다. 시의 표제에서 시제목이 일반적으로 '대속(大俗)'이라는 평범한 의미를 주지만 기이한 감수성을 지니고 있어 독자로 하여금 면전에 한 짝의 창문을 밀쳐 열면 따뜻한 광명의 세계가 나타나는 것 같은 감흥을 준다.

하이즈의 시는 '신계(神啓)', '대지', '사망' 등 세 개 모티프로 개관한다. '신계'는 세계로 향한 열림을 상징하고 세계에 대한 인지할 수 있는 능력과 그 파악을 상징하며, '대지'는 존재와 생명격정의 원천을 상징하고 서정과 언설(言說)의 대상을 상징하며 신의 처소와 그와 대화하는 어경(語境)을 상징하며 자신의 최종적인 모체, 안식의 귀소를 상징한다. '사망'은 존재의 주동적 체험의 자각과 용기를 상징한다. 하이데거가 말하는 "존재란 미리 와 있는 사망이다."의 의미로 보면 하이스에게 사망은 그의 신화세계로 나가는 필연적인 길을 의미한다고 본다. 여기서 '신계'에 대해 좀 더 거론한다면, '신계'는 일종의 추상적 설법이며 실질적으로 초월 경험 방식과 사유과정의 직각상태를 말한다. 정상인의 사유습관의 허구성과 차폐성(遮蔽性)에서 인류의 원시경험을 볼 수 없게 하고 분열증 환자로 하여금 반논리적 직각과 위장, 처리, 가공, 판단을 거치지 않은 원시경험을 다시 접근케 한다. 하이즈는 이런 원시경험 상태에서 창작한 것이다. 「가을(秋)」 시에서 솔개의 출현은 직각의 상징과 비유이다. 그의 다음 「하이즈 소야곡(海子小夜曲)」에서 하이즈의 이런 일반 독자의 세속 경험으로는 감지할 수 없는 초월 경험과 논리의 감지방식을 증명할 수 있을 것 같다.

지난밤에 우린 조용히 앉아 있었다	以前的夜裏我們靜靜地坐着
우리는 두 무릎이 나무 같다	我們雙膝如木
우리는 귀를 세웠다	我們支起了耳朵
우리는 평원의 물과 시가를 듣는다	我們聽得見平原上的水和詩歌
이건 우리 자신의 평원, 밤과 시가	這是我們自己的平原, 夜晚和詩歌
지금 다만 나 하나만 남았다	如今只剩下我一個
다만 나 하나만 두 무릎이 나무 같다	只有我一個雙膝如木
다만 나 하나만 귀를 세웠다	只有我一個支起了耳朵
다만 나 하나만 평원의 물과	只有我一個聽得見平原上的水
시가 중의 물을 듣는다	詩歌中的水
이 비 오는 밤에	在這個下雨的夜晚
지금 다만 나 하나만 남았다	如今只剩下我一個
너를 위해 시가를 쓰고 있다	爲你寫着詩歌
이것은 우리 공동의 평원과 물이다	這是我們共同的平原和詩歌
이것은 우리 공동의 밤과 시가이다	這是我們共同的夜晚和詩歌
누가 이렇게 바닷물을 말했는가	是誰這麼說過 海水
가려 한다 도처에서 보려 한다	要走了 要到處看看
우리는 벌써 여기에 앉았다	我們曾在這兒坐過(157쪽, 1986.8)

'신계'는 일체사물이 하이즈의 시에서는 다 '신령'의 성이 번쩍이는 것을 표현한다. 이것은 스피노자의 범신론과 같다. 그러나 '신령'은 하이즈에서는 상징과 비유가 아니라 본체이며 신의 세계의 살아 있는 부분이다. 다음에 「산풀명자나무(山楂樹)」를 보면 천재적 상상력을 보여준다.

오늘 밤 나는 너를 볼 수 없다	今夜我不會遇見你
오늘 밤 나는 세상의 모든 걸 보았다	今夜我遇見了世上的一切
그러나 너를 볼 수 없다	但不會遇見你

한 그루 여름의 마지막	一棵夏季最後
불같이 붉은 산풀명자나무	火紅的山楂樹
마치 높고 큰 여신의 자전거 같고	像一輛高大女神的自行車
여아가 산 무섭고 두려워함 같다	像一個女孩 畏懼群山
멍하니 문 입구에 서고	呆呆站在門口
그녀는 나를 향해	她不會向我
달려오지 못한다	跑來

나는 황혼을 지나간다	我走過黃昏
바람이 먼 곳 평원에 부는 것 같다	像風吹向遠處的平原
난 저녁에 고독한 나무줄기를 안는다	我將在暮色中抱住一棵孤獨的樹幹
번쩍하고 지나간다 산풀명자나무를	一閃而過 山楂樹
아! 산풀명자	啊! 山楂

난 너 붉은 유방에 동 틀 때까지 앉는다	我要在你火紅的乳房坐到天亮.
작고 아름다운 산풀명자의 유방이	又小又美麗的山楂的乳房
높고 큰 여신의 자전거 위에 있다	在高大女神的自行車上
농촌 노예의 손 위에 있다	在農奴的手上
밤에는 불을 끄려 한다	在夜晚就要熄滅

(422쪽, 1988. 6.8~ 10)

신계의 영성이 없다면 어찌 산풀명자나무를 가지고 이러한 감동적이며 미려한 표현이 가능할까! 시에서 시어(詩語)의 신성색채는 하이즈 시의 신계 의미의 내재원인을 풍부하게 한다. 어사가 신성한 오경(悟境)에서는 원래의 의미 이상의 마력을 나타낸다. 신령은 어사를 마력 있게 하는 마법사이다. 하이즈 시는 신화의 오경(悟境)에 들어가서 신령이 출입하는 장소를 만들었고 특정한 마법 같은 흡인력을 형성한다.

2. 시의 탈속적 로망

낭만정신은 하이즈에 있어 가장 분명하고 특출한 정신과 기질로서 그의 시가 본문을 통해서 강하게 드러난다. 낭만정신이 그의 시가창작을 위해 강한 내구력과 다하지 않는 에너지를 제공했고 하이즈 창작활력의 왕성함을 보증하고 하이즈 시가의 심미가치의 생성과 창조를 추진시켰다. 그의 낭만정신은 서정시 중에서 더욱 전형적이면서 충분한 표현이다. 행복의 동경은 서양 낭만주의 시인 전부의 정신적 추구의 출발점이며 목적지이고 그들이 창작에서 일관되게 유지하는 시가의 모티브이다.

(1) 개체생명의 행복 추구

낭만파 사상의 아버지로 존경받는 피히테가 제시한 순수자아 학설과 독일 낭만파 시인이 개인의 무한한 중요성을 주장한 기독교 신학관념의 신앙은 모두 독일 낭만파 시인이 열렬히 개체 생명존재의 행복가치를 추구하여 강력한 사상과 정신적 지지를 제공했다. 20세기 말 중국시단에 등장한 낭만주의 서정시인 하이즈는 먼 시공간의 거리가 있지만, 19세기 독일 낭만파 시인과 강렬한 정신적 공감을 일으켰으니, 이런 상황은 어느 면에서 하이즈의 기질과 부합되지만 더 중요하고 내재적인 원인은 하이즈가 기독교 문화정신에 심취한 것이다. 독일 시인 프리드리히 휠덜린이란 신의 자취를 추구하는 신성 시인에 대한 그의 열애와 무한한 흠모가 하나의 분명한 예증이다.

하이즈의 개인주의적 창작 입장은 깊은 인본주의 사상에서 근원하니, 일체의 허위적인 의식 형태의 정신 속박에서 벗어나려 했다. 그의 서정시가 강렬한 자아표현(自我表現) 색채를 지니지만 그 선배 시인 몽롱(朦朧) 작품의 자아 표현과는 질적 차이가 있다. 왜냐하면 몽롱 시인의 작품에서는 1인칭 '나'를 민족을 대변하는 대아(大我)의 형상과 관련시키지만 하이즈와 같은 순수개인화된 문화와 정신의 입장이 결핍되어 있다. 하이즈는 생명존재의 인본주의 입장에서 출발하여 개체생명의 행복을 강렬하게 추구한다. 그의 관점에 의하면 오직 '사랑(愛)'만이 개체생명에 주는 최대의 행복이다. 그의 모든 서정시에서 '애(愛)'를 주제로 한 작품이 많으니 「애정시집(愛情詩集)」, 「애정 이야기(愛情故事)」 등이 있다. 하이즈의 '애'의 대상은 여성이 많아서 '少女, 愛人, 新娘, 姐姐, 妹妹, 未婚妻, 母親, 女兒' 등은 신분이 다른 인물의상을 표시한다. 그의 여성에 대한 열애태도에는 여성 숭배적 심리경향이 나타난다. 그러나 그의 애심을 생명 본능적 '애'로만 이해한다면, 그가 숭상하는 '애'의 성질을 왜곡하고 그의 '애'의 이상적인 의미와 가치를 저상시키는 것이다. 그가 흠모하는 최고의 '애'는 기독교적 '애'ー'박애'이다. 그는 「햇빛이 지상에 쪼인다(歌 : 陽光打在地上)」 시 후반 일단에서 이런 위대한 '애'의 감성체험이 표현된다.

이 지상에	這地上
소녀들이 많은 것이 마치	小女們多得好像
내가 진정 많은 딸 가진 것 같다	我眞有這麽多女兒
정말 벌써 이러한 행복은	眞的曾經這樣幸福
국자를 써서	用一根水勺子
작은 콩, 시금치, 유채를 써서	用小豆, 菠菜, 油菜
그것들을 잘 기른다	把它們養大
햇빛이 땅에 때린다	陽光打在地上(106쪽)

여기서 하이즈가 추구하는 '애(愛)'는 "나, 오늘 밤 나는 인류에 관심이 있는 것이 아니라 나는 오직 당신만을 생각한다."(「日記」)라는 순수한 애정 독백처럼 깊은 박애의식을 사출(射出)하니 이것은 플라토닉 색채를 지닌 것이라 본다. 정신적 '애'는 물질과 육체의 '애'를 멀리하여 세속적 색채를 배제한 초자연적이며, 정결하고 신성한 '애'인 것이다. 하이즈의 이런 '애'적 이상은 제3세대 시인의 세속적 '애'의 관념과 충돌 관계가 있다. '애(愛)'의 이상이 하이즈의 개체생명의 행복가치의 요소이며 다른 중요한 요소는 '미(美)'의 이상이다. 그의 시에서 '미', '미려' 등 의미 상통하는 시어와 이미지가 허다한데 이것은 낭만주의 시인이 지니는 전형적인 심태를 반영한다. '미'는 외계사물의 속성이고 객관적 가치이며 시인의 주체심령의 발현과 조명을 필요로 한다. '애'는 주관적 가치이며 매우 활동적인 심리능력이다. 미화현실의 경향은 낭만주의 시인의 이상사물과 행복경계에 대한 열광적인 추구를 반영한다. 하이즈 시에 나타나는 '미'의 이상도 같은 심리특징을 지닌다. 그러나 그의 '미'에는 특수한 의미가 내포되어 있으니 순수한 감관 의미상의 시각적 효과가 아니라, 순결과 성결 등 기독교적 도덕과 정감의 의미를 내포한다. 그는 '애'의 이상과 '미'의 이상을 상당히 하나로 결합한 것이다. 시에서 구체적으로 보면, '애'로 '미'를 올려세우고 '미'로 '애'를 충실하게 하고 있으니, 「사포에게(給薩福)」8) 시의 전반부를 보기로 한다.

아름답기 화원의 여시인들 같다　　美麗如同花園的女詩人們
서로 열애하여 곡창에 앉아서　　　相互熱愛, 坐在穀倉中
입술로 다른 입술을 딴다　　　　　用一隻嘴脣的摘取另一隻嘴脣

난 청년에게 때론 말을 듣는다 : 사포 我聽見靑年中時時傳言道 : 薩福

---

8) 사포 : 그리스 여류시인(6세기)

한 마리 떼를 잃은	一隻失群的
열쇠 아래의 푸른 앵무새와	鑰匙下的綠鵝
같은 이름. 덮었다	一樣的名字. 盖住
나의 술잔을	我的杯子
토스카의 아름다운 여인	托斯伊爾的美麗的女兒
초약과 여명의 여인	草藥和黎明的女兒
술잔을 잡은 자의 여인	執杯者的女兒
너 들꽃의 이름	你野花 的名字
마치 남색 얼음덩이 위의	就像藍色的冰塊上
옅은 남색 맑은 물 흘러나는 것 같다	淡藍色水淸的溢出
사포 사포	薩福薩福
붉은색 구름이 머리 위에 감돈다	紅色的雲纏在頭上
입술이 날아간 새를 붉게 물들었다	嘴唇染紅了每一片飛過的鳥兒
너의 몸에 향내를 뿌린	你散着身體香味的
구두끈이 바람에 의해 끊어졌다	鞋帶被風吹斷
진흙에서	在泥土裏(138쪽)

위의 시에서 "붉은색 구름이 머리 위에 감돈다"라 하여 용모가 아름다
운 고대 그리스의 여시인에 대해 "서로 열애하여 곡창에 앉아서 입술로
다른 입술을 딴다"라는 열정의 애정적 행위까지 표현하는데 여기서 '사포'
는 '애'와 '미'의 이중적 화신이며 하이즈의 생명이상을 표현한다.

(2) 현실도피의 충동

하이즈는 '애'와 '미'의 이상에 대해 삶의 행복인 유토피아를 가실하였
으나 잔혹한 현실이 그의 취약한 정신적 유토피아 보루에 침입하여 깊은
정신적 타격을 주곤 한다. 그는 삶의 행복을 추구하면서 오는 허망함을 의
식하여, "행복은 등불이 아니다./행복은 대지를 밝게 비출 수 없다(幸福不是
燈火/幸福不能照亮大地)."(「麥地或遙遠」)라고 한다. 이 이상과 현실의 충돌과

대립은 그에게 강렬한 도피 충동을 일으켜준다.

첫째, 도피충동은·현실생존에서 오는 불만, 부정, 내지는 현실에 대한 항의적 성격으로, 최고의 정신적 가치로서의 '애'를 중시하면서 예이 없이 현실의 조롱과 타격을 받고 '애'가 결핍된 데서 오는 고독의 고통을 토로하고(「在昌平的孤獨」 시의 경우), 정신적인 지음인 반 고흐를 끌어내어 이해와 동정을 받으려 한다(「阿爾的太陽」 시의 경우). 이것은 하이즈의 인도주의적 이상을 표출한 것이다. 그는 「나는 초원의 하늘을 두루 날아다닌다 (我飛遍草原的天空)」 시의 후반 일단에서 사망과 죄악의 초원에 대해 격렬한 호소를 한다.

초원의 귀신을 용서할 수 없다	不可饒恕草原上的鬼魂
살인의 칼과 총을 용서할 수 없다	不可饒恕殺人的刀槍
사람 묻는 돌을 용서할 수 없다	不可饒恕埋人的石頭
더욱 하늘을 용서할 수 없다	更不可饒恕 天空
나는 대해에서 지는 해의 정중앙까지	我從大海來到落日的正中央
하늘을 두루 날며 발붙일 곳 못 찾는다	飛遍了天空找不到一塊落脚之地
오늘 양식이 있어서 굶주림이 없다	今日有糧食却沒有饑餓
오늘의 양식이 하늘을 두루 날아다닌다	今天的糧食飛遍了天空
굶주리는 배를 찾지 못한다	找不到一隻饑餓的腹部
굶주림을 양식으로 돌본다	饑餓用糧食喂養
더욱 굶주려서 숨이 넘어갈 듯하다	更加饑餓, 奄奄一息
초원의 하늘은 막을 수 없다	草原的天空不可阻擋
오늘 집 있는 사람은 집에 돌아가야 한다	今天有家的 必須回家
오늘 책 있는 사람은 독서해야 한다	今天有書的 必須讀書
오늘 칼 있는 사람은 살인해야 한다	今天有刀的 必須殺人
초원의 하늘은 막을 수 없다	草原的天空不可阻擋

(1988.8.13 라사)

둘째, 하이즈의 도피 충동은 자연적이며 강렬한 내재적 수요로 나타난다. 낭만주의 시인은 모두 현실생존의 단조로움, 궁핍함에 불만을 품고 신비와 미지의 사물을 추구하여 정신적 풍성함을 구하려 한다. 하이즈는 "먼 곳의 충성스런 아들"과 "물질의 짧은 애인"(「祖國－或以夢爲馬」시)이 되어서 그가 자유와 희망, 행복, 그리고 정신적으로 무한 가능한 이상주의적 인생태도를 추구하려 한다. 「홑날개새(單翅鳥)」「들비둘기(野鴿子)」「검은 날개 새(黑翅鳥)」「백조(天鵝)」 등의 일련의 시에서 날개와 비상의 이미지를 표현하여 평소 현실생존 상황에 대한 강렬한 불만심리를 토로한다. 그는 심지어 「여명 : 한 수의 작은 시(黎明 : 一首小詩)」에서 이 정신상의 강렬한 도망충동을 반영하고 있고, 그의 「일기(日記)」에서 말하기를,

> 나는 이처럼 흑암을 중시하여 나는 흑야를 시제로 삼는다. 이것은 진정 위대한 시, 위대한 시이어야 한다. 흑야에서 나는 날아가는 과거의 밤, 야행하는 화물차와 열차, 여정의 피로와 불안한 이동, 불안한 광야로의 치달림 같은 혼란한 마음을 회고하며, 밤의 집 없는 상태를 갈망한다.[9]

라고 한 것이다. 따라서 '검은 밤(黑夜)'을 표제로 하는 하이즈의 일련의 시에는 '흑야'가 가져오는 '흑암(黑暗), 황량(荒凉), 공허(空虛)' 상태에서 전혀 질식감이 없고 오히려 이상한 위로와 행복을 느끼게 하는 것이다. 그의 흑야벽(黑夜癖)은 현실도피의 심리 향이며 현실 생존의 의미가 결핍되는 데서 오는 하이즈의 심태의 굴곡과 상실감을 보여준다.

셋째, 하이즈의 도피 충동은 그 자신의 이성 인식, 이해 그리고 선택 태도를 언급해준다. 인성은 '수성(獸性)'과 '신성(神性)'으로 양분되는데 '수성'은 인류 생명의 육체 욕망을 대표하며 '신성'은 인류 생명의 정신적 갈망을 대표한다. 기독교 문화정신의 영향을 깊이 받은 하이즈의 생명 존재에

---

9) 『海子詩全編』, p.884.

대한 욕망화, 육체화 상황을 배척하고 생명의 승화와 정신 생존에 대해서 긍정과 추구의 태도를 견지한 것이다. 그의 생명 이상과 생명 본능의 충동은 항상 모순적 충돌을 야기시켜서 심지어는 영육(靈肉) 분리의 첨예한 대항 상태에 이르러서 그로서는 영육 충돌로 해서 생기는 절망적 정서를 느낀 것이니, 「여명(黎明 之一)」에서 그 면을 생동감 있게 묘사하고 있다. 그러나 그는 인성의 타락을 용인하지 않고 의지의 힘으로 육체의 굴레를 벗어나서 인성과 정신의 이중승화에 도달한 것이다. 「죽음의 시(死亡之詩 : 之二, 采摘葵花)」는 영육 분열을 해결하려는 자살우언시라 하겠다.

비 오는 밤에 소도둑이	雨夜偷牛的人
나의 창문으로 기어 들어와서	爬進了我的窓戶
나의 꿈꾸는 몸 위에서	在我做夢的身子上
해바라기를 딴다	采摘葵花
나는 여전히 깊이 잠자고 있는데	我仍在沈睡
나의 꿈꾸고 있는 몸 위에서	在我睡夢的身子上
채색의 해바라기가 피었다	開放了彩色的葵花
그 두 개의 따는 손은	那雙采摘的手
여전히 해바라기 밭에 있는	仍像葵花田中
아름다우면서 우둔한 오리 같다	美麗笨拙的鴆子
비 오는 밤에 소도둑이	雨夜偷牛的人
나를 인류의	把我從人類
몸으로부터 훔쳐간다	身體上偷走
나는 여전히 깊이 잠자고 있다	我仍在沈睡
나는 신체 밖으로 끌려간다	我被帶到身體之外
해바라기 밖 나는 세상에	葵花之外, 我是世界上
첫 번째 어미 소(죽음의 황후)이다	第一頭母牛(死的皇后)
내가 느끼는 자신은 너무 예쁘다	我覺得自己很美
나는 여전히 깊이 잠자고 있다	我仍在沈睡

비 오는 밤에 소도둑이	雨夜偸牛的人
이에 너무 좋아한다	于是非常高興
절로 다른 채색 어미소로 변하였다	自己變成了另外的彩色母牛
나의 신체에서	在我的身體中
강렬하게 뛰어 달린다	興高彩烈地奔跑(134쪽)

이 자살과정의 묘사는 하이즈의 자아분열 의식을 시 속에서 상상적인 해결방식으로 표현하여, 그의 고상한 생명 이상을 보호하려는 의지를 보여준다.

(3) 전원회귀의 정서

하이즈의 '애'와 '미'의 이상은 현실 생활에서 역경에 처하게 되고 도피 충동으로 이어져서 심령의 피로로 축적되므로 영혼의 귀소를 찾기 어렵다. 그렇다고 그 의지를 포기할 수 없으므로 그 귀착점이 '전원(鄕村)'이라는 귀의처로 결정된 것이다. 전원이란 향촌생활을 가리키며 전체 자연계를 가리킨다. 그래서 전원 정서는 현대 도시공업화 현상이 침투되지 않은 향촌 정감과 자연 정감을 가리킨다. 이것은 하이즈가 안후이 화이닝현의 농가에서 15년간 성장하면서 형성된 농촌의 다양한 풍토가 각인되어 나타난 시적 의식이다. 그의 마음에는 향촌이 영혼과 정감의 기탁소가 되고 그의 정신적 고향이 된다. 그리고 도시는 그의 영혼의 냉혹한 추방지이며 타향이 된 것이다. 그가 러시아 시인 예세닌을 흠모한 것도 주어진 환경에 동반자적 동질성을 느꼈기 때문이다. 시촨이 하이즈의 전원 정감에 대해 말하기를,

하이즈는 농민의 아들로서 그는 진흙을 사랑하고 시대에 따라서 발전하고 사라지는 것에 대해서 자연히 마음에 아파한 것이다.(「死亡後記」)

라고 하였다. 하이즈는 보리밭(麥地)에서 심령의 교감과 영혼의 기탁을 찾았다. 보리밭은 농경민족의 공통된 생명의 배경이지만 그의 관점에서는 보리밭에 실질적 물질(양식)이 있고 상징적 심령의 정신이 있다. 양식과 진실 생존에 대한 중시는 하이즈로 하여금 보리밭에서 원수와 악수하며 화해하게 하고, 정신에 대한 무한한 추구는 그로 하여금 보리밭에서 여러 형제를 위해 중국 시사를 읊어주게 한다. 다음에 「5월의 보리밭(五月的麥地)」을 보자.

전 세계의 형제들	全世界的兄弟們
보리밭에서 포옹한다	要在麥地裏擁抱
동방, 남방, 북방과 서방	東方, 南方, 北方和西方
보리밭의 네 형제 좋은 형제	麥地裏的四兄弟, 好兄弟
옛날을 회고하고	回憶昔日之事
각자의 시가를 외우며	背誦各者的詩歌
보리밭에서 포옹한다	要在麥地裏擁抱
때론 난 고독히 혼자 앉아서	有時我孤獨一人坐下
5월의 보리밭에서	在五月的麥地
여러 형제를 꿈에 생각한다	夢想衆兄弟
고향의 자갈 강에 굴러가는 걸 본다	看到家鄉的卵石滾滿了河灘
황혼이 늘 활 모양의 하늘에 남아서	黃昏常存弧形的天空
대지의 슬픈 마을을 가득 채우게 한다	讓大地布滿哀傷的村莊
때론 난 고독히 혼자 보리밭에 앉아서	有時我孤獨一人坐在麥地
여러 형제 위해 중국 시가를 외운다	爲衆兄弟背誦中國詩歌
눈이 없고 입술도 없다	沒有了眼睛也沒有了嘴唇

(353쪽, 1987.5)

여기서 보리밭과 시가는 지극히 성결하고 아름다운 정감을 상징한다. 하이즈는 정신의미상의 보리밭을 더 중시한다. 보리밭의 온난함과 미려함이 뿌려주는 정신적 빛은 그의 취약한 심령에 깊은 위로를 가져다주고 그로 하여금 대지의 모성의 온난함과 돌봄을 맛보게 하며 그의 현실생존의 고독과 고통의 처지를 잊게 한다. 하이즈에 있어서, 전원은 전통적으로 중국 문인(시인)이 추구하고 숭상하는 안락과 우아한 향촌생활 환경을 지칭하는 것이 아니라, 풍부하고 정감 어린 객체적 대상인 것이다. 하이즈의 전원은 가난과 황량, 정적이라는 특성을 보여주는데 이런 점은 질식할 정도로 결함이 큰 전원풍경이 되지만, 하이즈에 있어서는 오히려 열렬한 정감 반응을 격발시키며 강렬한 이정(移情)작용을 통해서 그의 심령을 풍성하게 하고 행복과 위안을 맛보게 하는 것이다.

Ⅲ. 시의 유토피아 추구─죽음 후의 천국 갈망

물질과 정신의 비극적 대항의 주제는 하이즈의 시가 생애를 시종 관통하고 있다. 하이즈의 내심이 격렬하여 보통 속도를 넘어서 마을 유토피아, 시가 유토피아, 보리 유토피아, 유토피아 환멸(幻滅) 등 네 단계 심리 시기로 들어갔다. 하이즈는 이 과정을 거치면서 처절한 절망적 비극에 이르게 된다. 하이즈는 그 비극을 기다린다는 관념으로 유토피아를 추구하고 천국을 희망한 것이다. 그는 철도에 몸을 누이고 자살할 때에 가슴에 성경을 안고 있었다. 성경 속의 선지자와 예수를 그리면서 속세를 가벼이 버릴 수 있었고 생명을 주저하지 않고 끊을 수 있었던 것이다. 하이즈의 「예수(耶蘇)」 시를 보면,

로마에서 산속으로 돌아간다　　　　從羅馬回到山中
구리 입술이 고기 입술로 변한다　　銅嘴唇變成肉嘴唇
나의 몸 위에　　　　　　　　　　在我的身上

청동의 입술이 날아간다   靑銅的嘴脣飛走
나의 몸 위에   在我的身上
어린 양의 입술이 소생한다 羊羔的嘴脣蘇醒
도시에서 산속으로 돌아가다 從城市回到山中
산속의 양떼 옆으로 돌아간다 回到山中羊群旁的
슬픔 가득 앉은 한 무리 양떼 같다 悲傷 像坐滿了的一地羊群

(1987. 12. 28 밤)

라고 하여 목자로서의 예수의 역할을 노래한다. 그리고 「7월은 멀지 않다
(七月不遠)」를 보면,

7월은 멀지 않다 성별의 탄생은 멀지 않다
애정은 멀지 않다…
말 코 아래 호수는 소금을 머금는다
그래서 청해호는 멀지 않다 호반에서 벌통을 묶는다
나로 하여금 서글프게 하고 푸른 풀에 생화가 만발하다
청해호에서 나의 고독은 천당의 말처럼(천당의 말은 멀지 않다)
나는 그 다정다감한 사람 : 시에서 노래하는 들꽃
천당의 말배에 유일하게 독을 품은 들꽃
(청해호, 나의 애정을 꺼다오!)
들꽃 푸른 줄기는 멀지 않다,
의료상자 안의 낡은 성씨는 멀지 않다
(다른 방랑자는 질병 잘 고쳐 이미 원적을 회복하니, 나는 여기서
너희들을 보고 싶다)
그래서 산에 오르고 물을 건너 죽음이 멀지 않다
골격이 내 온몸에 걸려 있어 마치 남색 물 위의 나뭇가지 같다
아! 청해호, 황혼의 아득한 수면 일체가 눈앞에 있는 것 같다!
오직 5월 생명의 새 떼가 벌써 날아갔다
오직 나의 보석을 마시는 첫째 새가 벌써 날아갔다
오직 청해호에 남은 것은, 이 보석의 시체 황혼의 아득한 수면(1986)[10]

---

10) 이 시의 원문은 생략한다.

위의 시에서 "나의 고독은 천당의 말처럼(천당의 말은 멀지 않다)"라는 구절에서 자신이 세상을 등지고 천국 즉 파라다이스를 희구하고 있음을 알 수 있다. 그가 추구하던 이상세계 곧 유토피아 의식이 시에서 어떻게 표현되어 있는지를 다음에 살펴본다.

1. 마을 유토피아

이것은 하이즈 시가의 제1심리 시기이며 시인의 가장 완미한 경지이다. 이 경지에서 시인은 보리와 시가, 물질과 정신을 마을과 강물에 통일시키려고 시도한다—이것은 하이즈 시가의 제3류의상이며 시가와 보리의 거주지이다. 공간과 시간개념을 내포하는 지칭물로 삼아서 그것들은 시인의 기대와 인내심을 보여주었다.—시인은 다시 마을에서 보리와 시가가 함께 조화를 이루기를 바랐다. 다음 「보리밭(麥地)」에서 시인은 보리밭을 찬양할 때에 달을 찬양하겠다고 노래한다.

보리 먹고 자라서	吃麥子長大的
달 아래에 큰 그릇 내밀고 있다	在月亮下端着大碗
그릇 안의 달 그리고 보리가	碗內的月亮 和麥子
줄곧 소리가 없다	一直沒有聲響
너희와 다르게 보리밭 찬양할 때에	和你倆不一樣 在歌頌麥地時
나는 달을 찬양하련다	我要歌頌月亮
달 아래에 밤에도 보리 심는 아버지	月亮下 連夜種麥的父親
몸이 움직이는 금 같다	身上像流動金子
달 아래에 열두 마리 새가 있어	月亮下 有十二隻鳥
보리밭에 날아다닌다	飛過麥田
어떤 건 한 톨 보리알을 물고	有的銜起一顆麥粒
어떤 건 바람에 춤추며 완강히 부인한다	有的則迎風起舞, 矢口否認
보리를 볼 때 나는 땅에서 잔다	看麥子時找睡在地裏
달이 날 비춤이 우물을 비춤 같다	月亮照我如照一口井

고향의 바람 고향의 구름	家鄉的風 家鄉的雲
날개를 거두어 나의 어깨에서 잔다	收聚翅膀 睡在我的雙臂
보리물결-천당 탁자 밭에 놓인다	麥浪- 天堂的卓子 擺在田野上
한 덩이 보리밭 수확의 계절	一塊麥地 收割季節
보리물결, 달빛 예리한 낫을 씻는다	麥浪和月光 洗着快鎌刀
달은 나를 안다	月亮知道我
때론 진흙보다 더 쌓인다	有時比泥土還要累
그리고 수줍어 머뭇대는 애인이	而羞澀的情人
눈앞에 눈부시게 움직인다	眼前晃動着
보리짚 우린 보리밭의 마음속 사람	麥秸 我們是麥地的心上人
보리 거두는 이날	收麥這天
나는 원수와 손잡고 말한다	我和仇人 握手言和
우리는 함께 힘차게 일을 끝낸다	我們一起幹完活
눈을 감고, 숙명적인 일체를	合上眼睛, 命中注定的一切
우린 마음에 만족하며 받아들인다	此刻我們心滿意足地接受
아내들은 흥분하여 쉬지 않고	妻子們興奮地 不停
흰 앞치마로 손을 닦는다	用白圍裙 擦手
때마침 달빛이 대지를 두루 비춘다	這時正當月光普照大地
우리는 각자 받아들인다	我們各自領着
니뤄강, 바빌론 혹은 황하의 아이를	尼羅河, 巴比倫或黃河 的孩子
강물 양 언덕에서	在河流兩岸
벌떼 날며 춤추는 섬이나 평원에서	在群蜂飛舞的島嶼或平原
손을 씻고 밥 먹을 준비한다	洗了手 準備吃飯
나로 이같이 너희들을 안고 오게 하라	就讓我這樣把你們包括進來吧
난 말한다 달은 결코 우울하지 않다	讓我這樣說 月亮并不憂傷
달 아래 두 사람이 함께 있다	月亮下 一共有兩個人
가난한 사람과 부유한 사람	窮人和富人
뉴욕과 예루살렘 또 내가 있다	紐約和耶路撒冷 還有我
우리 세 사람이	我們三個人
함께 시내 밖의 보리밭을 꿈꾼다	一同夢到了城市外面的麥地
백양나무가 둘러싼 건강한 보리밭	白楊樹圍住的 健康的麥地
건강한 보리 내 생명의 아내를 기른다	健康的麥子 養我性命的妻子!

(1985.6)

시인이 여기서 전개하는 상상은 완전히 시가와 보리밭이 공존하는 화해 (和諧)상태에 처한다. 보리 심고, 보리 보고, 보리 자르고, 보리 먹을 때의 과정이 모두 달빛이 비치는 아래에 놓이고 끝에는 달 아래에서 건강한 보리밭의 그림을 표현한다. 여기에서 시인은 세계가 보리와 시가의 동체공동의 전체 존재 상태에 충분히 처할 수 있다고 확신하지만, 우울한 천성은 시인을 침통한 속으로 끌어들인다. 남을 성토하는데 천박하지 않은 무리라면 자기를 속이고 남을 속이는 낙관주의에 빠져서 절망에 들지 않을 것이다. 그는 시인의 선량, 단순과 집착으로 그의 경험상 부단한 이상을 충격 주는 상황하에서, 그가 물질과 정신이 대항하는 것을 보는 상황하에서 의연하고 완강하게 이상을 칭송하고 그의 마을 유토피아를 칭송하는데 다만 이때에 경험의 현실이 시가에 들어가서 침중한 고통감을 가져오게 된 것이다. 이 고통감은 시인이 우리에게 보여주는 안정, 그리고 화해의 그림 속에 보이다가 돌연 불협화음이 나타나서 우리에게 완전히 상반된 시인의 내심 깊은 곳의 정서와 정감을 암시해준다. 하이즈에겐 '마을'은 단순한 안식처에 머물러 있지 않고 하나의 종교적 구원처인 것이다. 이것은 「시편」 18장 2절에서 다윗이 기록한 바,

여호와는 나의 반석이시오 나의 요새이요 나의 건지시는 자시오 나의 하나님이시오 나의 피할 바위시오 나의 방패시오 나의 구원의 뿔이시오 나의 산성이시로다

라고 한 영원한 안식처와 같은 곳이다. 그래서 하이즈는 부단한 고향마을을 찾아서 시에서 그리워하고 의지하려 한 것이다. 그의 갈 곳 없어 헤매는 방황의 심정이 바로 여기에 귀착되고 있는 것이다.

2. 시가 유토피아

시인은 물질과 정신을 조화시킬 힘이 없어서 시인의 최고 이상을 보여주고 있다—마을 유토피아의 환멸. 환멸의 근원은 물질적 존재의 시인에 대한 괴롭힘이다; 동시에 시인은 이미 시가를 생명으로 삼는 최고 의의를 보고, 시가를 버리지 못한다. 이에 그는 토지를 던지고 보리를 던져서, 물질과 정신이 대항하는 존재를 완전히 무시하고 오직 시가의 환상 속에 들어가서 그의 시가 유토피아를 세우려는 것이다. 시인은 이미 보리 타작장으로 향하지 않고 햇빛이 보리밭에 두루 비추는 위에서 이미 "달빛이 달빛을 비추는" 것으로 변하고 "오늘 밤 아름다운 달빛이 함께 어울려 흘러간다." 다음의 「달빛(月光)」을 보면 시인은 마을 유토피아 시기에 이미 시작한 단순한 소망에서, 아이러니로의 변화는 그의 이상을 실현할 수 없는 사실에 대한 통찰을 암시해준다.

오늘 밤 아름다운 달빛	今夜美麗的月光
너는 보기에 좋겠구나	你看多好!
달빛이 비춘다	着月光
물과 소금을 마시는 말의 소리	飲水和鹽的馬 聲音
오늘 밤 아름다운 달빛	今夜美麗的月光
너는 보기에 너무 아름답다	你看多美麗
양떼에 생명과 사망의 고요한 소리	羊群中 生命和死亡寧靜的聲音
나는 경청하고 있다	我在傾聽!
이것은 대지와 물의 가요	這是一隻大地和水的歌謠,
달빛	月光!
말하지 마라	不要說
너는 등불 중의 등불이라고	你是燈中之燈
달빛!	月光!
말하지 마라	不要說

마음 속에 한 곳이 있다고	心中有一個地方
그건 내가 줄곧 감히 꿈에 못 보는 곳	那是我一直不敢夢見的地方
묻지 마라	不要問
복숭아의 복사꽃에 대한 소중한 보존을	桃子對桃花的珍藏
묻지 마라	不要問
보리밭 타작하는 처녀 계수나무꽃과 마을	打麥大地 處女 桂花和村鎭
오늘 밤 고운 달빛 넌 보기에 좋겠구나	今夜美麗的月光 你看多好!
말하지 마라	不要說
사망의 촛불이 왜 기울어져야 하는지를	死亡的燭光何須傾倒
생명은 여전히 우수의 강물에서 자란다	生命依然生長在憂愁的河水上
달빛은 달빛을 비추고 달빛은 두루 비춘다	月光照着月光 月光普照
오늘 밤 고운 달빛이 하나 되어 흐른다	今夜美麗的月光合在一起流淌

(1987.5)

시인은 아이러니를 운용하여 그것으로 세계를 파악하고 세계를 표현하는 방식으로 삼는다. 그것은 시인 내심의 심각한 고통을 폭로하고 시인의 세계, 시가, 물질과 정신대항에 대한 기본관점을 폭로한다. 아이러니에서 보면, 시인이 인식의 본질이-물질적 존재의 결핍-시종 시인을 괴롭혀서 완고하고 주동적으로 그의 시가 속에 들어가서 그로 하여금 시가 홀로 존재할 수 없음을 보게 한다. 「조국(祖國)」, 조시 「가을(秋)」에서 시인은 그의 시에 대한 영원한 충정을 전달하고 가을이 벌써 왔다고 비탄한다. 「가을(秋)」 시를 본다.

가을이 깊은데	秋天深了
신의 집에는 매가 모여 있다	神的家中鷹在集合
신의 고향에 매가 말하고 있다	神的故鄕鷹在言語·
가을이 깊은데	秋天深了,
왕이 시를 쓰고 있다	王在寫詩
믿이아 할 것은 아직 얻지 못하고	該得到的尙未得到
잃어야 할 것은 벌써 잃었다	該喪失的早已喪失

(1987)

시인은 그의 고통이 곧 그의 시와 진리에 대한 열애에 근원하고 있음을 의식한다-거문고는 나의 병상이다(「琴」). 이것은 시인이 자신을 한 세속 적인 사람으로서 볼 때 존재하는 내재적 장애의 심각한 성찰과 인시을 형성한다. 이에 시인은 반주동적이고 반압박받는 입장에서 다시 물러서 서, 시가를 버리고, 물질적 생존을 선택한다. 이러한 의식을 성서적으로 보면 선지자 예레미야를 상상하게 된다. 하이즈는 현실의 비애를 마치 「예레미야애가」에 기술한 심정으로 노래하고 비유한 것이니, 「예레미야 애가」 5장 20절에서 22절은 하이즈가 지닌 심적 토로라 하겠다.

주께서 어찌하여 우리를 영원히 잊으시오며 우리를 이같이 오래 버리시나이 까 여호와여 우리를 주께로 돌이키소서 그리하시면 우리가 주께로 돌아가겠사 오니 우리의 날을 새롭게 하사 옛적 같게 하옵소서 주께서 우리를 아주 버리셨 사오며 우리에게 진노하심이 특심하시나이다.

예레미야는 소망과 비애, 그리고 간청이 혼합되어 기도한다. 하이즈의 시도 절절하게 내적 갈등의 갈래들을 토해낸다. 절규와 애원이 시에 넘치 고 거의 광적으로 기이한 언어적 구사를 하고 있다.

3. 보리 유토피아

이 시기에 들어서, 시인은 다시 이상적으로 큰 퇴보를 하고, 가장 비참 하고 가장 비장한 큰 퇴보를 한다. 그는 시인의 지위를 반드시 버려야 하 기 때문에 단지 "속세에서 행복을 얻는다."(「面朝大海, 春暖花開」) 이 소위 행복은 고통과 인내의 눈물로 가득하다. 시인은 물 위에서 지혜를 버리고, 긴 하늘을 바라보는 것을 멈추도록 압박받아서, 생존을 위해 굴욕의 눈물 을 흘리고, 가서 고향의 고요한 과수원에 물을 준다. 시인은 보리밭의 척 박함이 생명에 대한 피해임을 통감하여 그래서 그는 시가를 버리는 것으로 대가를 삼기를 바란다.「보리가 익었다(熟了麥子)」를 본다.

그해 란저우 일대 새보리 익었다	那一年 蘭州一帶的新麥 熟了
수면 위엔 30년 함께하신 아버지	在水面上 混了三十多年的父親
집에 돌아온다 양가죽 뗏목에 앉아서	回家來 坐着羊皮筏子
누가 양식을 메고서	有人背着糧食
밤에 문을 밀치고 들어온다	夜裏推門進來
기름 등불 아래 셋째 숙부가 분명하다	油燈下 認清是三叔
형 둘 한밤에 말이 없다	老哥倆 一宵無言
....	...... (1985.1.20)

심사와 지혜를 버린다. 만일 보리알을 가져올 수 없다면 성실한 대지에
대해 침묵을 지켜주기 바란다. 시인이 유일하게 지닌 자기기만과 남을 기
만하는 것, 자아유랑과 자기 속죄에 대한 안위는 오직 두 손으로 노동하여
심령을 위로하는 것인데 하이즈가 본 농촌은 황폐하여 희망을 잃어버린
상태였다. 그것이 너무 가련하고 아쉬웠다. 다음「고향을 다시 세운다(重建
家國)」를 본다.

물 위에서 지혜를 버리고	在水上 放棄智慧
멈춰서 긴 하늘을 쳐다본다	停止仰望長空
생존을 위해 넌 굴욕의 눈물 흘리며	爲了生存你要流下屈辱的淚水
고향에 물을 준다	來澆灌家園
생존은 통찰이 필요 없다	生存無須洞察
대지는 스스로 드러낸다	大地自己呈現
행복을 써서 또 고통을 써서	用幸福也用痛苦
고향의 지붕을 다시 꾸린다	來重建家鄉的屋頂
깊은 생각과 지혜를 버리고	放棄沈思和智慧
보리 알맹이 가져올 수 없다면	如果不能帶來麥粒
성실한 대지에 대해 침묵과 너의	請對誠實的大地 保持緘黙
그 그윽한 본성을 지켜다오	和你那幽暗的本性
바람이 인가에 불면	風吹炊烟

| 과수원은 내 몸 곁에서 조용히 외친다 | 果園就在我身旁靜靜叫喊 |
| 두 손으로 일하라 심령을 위로하라 | 雙手勞動 慰籍心靈 |

(1987)

이 퇴보는 시인의 생존곤경에 대한 강렬한 감지와 토지에 대한 애착을 보여주니, 왜냐하면 시가를 버림은 곧 이상을 버림을 의미하며 단지 세속적인 사람만이 세속적 행복 혹은 불행을 지니고 있기 때문이다. 그러나 시인은 최종으로 그가 이 점을 해내지 못함을 발견하니 그는 시가가 없는 상황에서 개인이 존재할 수 없는 것이었다. 그리하여 그는 그의 최후의 심리시기로 들어갔다.

4. 유토피아의 환멸

유토피아 환멸(幻滅)은 이상주의자 하이즈에게는 분명히 치명적이다. 시인은 물질과 정신의 대항에서 시작하여 세 개 심리 시기를 거쳐서, 이 대항을 조화하거나 도피하기를 시도하지만, 그는 최종적으로 이 대항의 기점으로 돌아왔다. 기점부터 시작하여 기점으로 돌아오면 시인은 이미 모든 가능한 길을 다해버려서 그는 대항을 해제할 수 없고 시가에 숨어들거나 보리밭으로 숨어들어서 그는 단지 최후로 사망을 선택하는 것만 남는다. 다음 「나는 청구한다 : 비(我請求 : 雨)」에서 확인한다.

나는 불 끄기를 바란다	我請求熄滅
무쇠의 빛 애인의 빛과 햇빛	生鐵的光, 愛人的光和陽光
나는 비 오기를 바란다	我請求下雨
나는 바란다 밤에 죽기를	我請求 : 在夜裏死去
나는 아침에 바란다	我請求在早上
너는 우연히 만난다 나를 묻은 사람을	你碰見 埋我的人
세월의 먼지는 끝이 없다	歲月的塵埃無邊

가을 나는 바란다	秋天 我請求：
한바탕 비가 와서	下一場雨
나의 뼈를 깨끗이 씻기를	洗淸我的骨頭
나의 눈을 감는다	我的眼睛合上
나는 바란다	我請求：
비 비는 일생의 과오	雨 雨是一生過錯
비는 슬픔과 기쁨, 이별과 만남	雨是悲歡離合　　　(1985.3)

　그는 이미 물질의 생존, 세속의 행복과 시를 버리기로 결의한 것이다. 그는 한 면으론 얻었고, 한 면으론 잃었다. 불 끄기를 바라는 것은 이상 환멸의 고통에서 나오며 시인의 시가와 보리에 대한 사망충정을 표명한다. 힘없는 시인은 단지 자책으로 그의 시와 보리에 대한 감사로 삼을 수 있다. 그리하여 세상의 존재라는 관념을 잃고 자신을 포기하게 된다. 작은 희망도 없는 하이즈는 자살을 시도하고 또 시도한다. 유토피아에 대한 가능성이 절망으로 화신하여 현실로 나타난다. 이것은 마치 예수가 십자가의 행진 중에 기도하며 절규하던 그 안타까움인 것이다. 성경에서 예수께서 겟세마네 동산에서 기도하던 심정을 하이즈는 위의 시에서 비를 바라는 것과 비유하여 노래한다. 하이즈는 예수의 마지막 기도를 음미하면서 생명의 마감을 향해 나아간 것이다. 성경 「마가복음」14장 33~36절을 보면,

　　베드로와 야고보와 요한을 데리고 가실쌔 심히 놀라시며 슬퍼하사 말씀하시되 내 마음이 심히 고민하여 죽게 되었으니 너희는 여기 머물러 깨어 있으라 하시고 조금 나아가사 땅에 엎드리어 될 수 있는대로 이 때가 자기에게서 지나가기를 구하여 가라사대 아빠 아버지여 아버지께서는 모든 것이 가능하오니 이 잔을 내게서 옮기시옵소서 그러나 나의 원대로 마옵시고 아버지의 원대로 하옵소서

라고 하면서 예수는 십자가에 오르기 전에 삶의 최후에 그 주변의 생령들

을 긍휼히 여기고 슬퍼하며 기도하였다. 하이즈는 죽기로 작심하고 이상향을 저승에서 추구하고자 하여 의식의 발상을 닫게 된다. 하이즈는 예수의 마음을 헤아리면서 성경을 가슴에 안고 조용히 이 세상을 희롱한 것이다. 하이즈는 25세로 자신의 삶을 마감하고 태양을 향해 달려간 것이다. 갈등과 비애로 물든 삶을 극복하지 못하고 한 나약한 인생처럼 간 것이다. 그러나 그의 시에 많은 인생의 참된 가치를 되새기게 하는 숙제들을 남기고 간 것이다. 단순하지 않은 인생을 단순하게 살면서 수다한 감정적 역경을 이기지 못하고 간 것이다. 정결하고 도덕적으로 청결한 하이즈이므로 그는 그대로 간 것이다. 십자가에 고난을 당하신 예수의 생애를 항상 사모하며 죽는 순간에도 성경을 품에 지니고서 철로에 몸을 던진 것이다. "내가 너희에게 말하노니 무엇이든지 기도하고 구하는 것은 받은 줄로 믿으라 그리하면 너희에게 그대로 되리라"(마가복음 11장 24절)라고 예수께서 하신 말씀을 좌우명으로 삼고 살았던 하이즈는 기도하면서 천국에서 자신의 유토피아를 건설하면서 영원히 살기를 바라면서 시를 쓰고 사랑을 하고 벗을 대하다가 떠나갈 수밖에 없었을 것이다. 하이즈의 서정단시 242수를 정리하면서 시종 필자의 마음을 저미게 하는 것을 차마 이기기 쉽지 않다.

내가 나의 영을 주의 손에 부탁하나이다 진리의 하나님 여호와여 나를
구속하셨나이다   (시편 31 : 5)

주는 나의 하나님이시니 나를 가르쳐 주의 뜻을 행케 하소서 주의 신이
선하시니 나를 공평한 땅에 인도하소서   (시편 143 : 10)

타이완(臺灣) 시의 향토심

　타이완에 1949년 장제스(蔣介石) 총통의 국민당 정부가 피난하여 정착한 이후, 오늘날까지 독자적인 정치체제와 타이완 나름의 독립된 문화예술이 형성되어왔다. 그런 중에 미국과 중국 대륙과의 수교 성립이 되면서 타이완은 국제적으로 고립되고 고독한 독자노선을 유지해왔다. 이 같은 국제 정세하에 1992년에 한중 외교관계가 수립되고 나서, 한국에서의 중국 현대문학의 연구 방향에서 타이완 문학은 곁가지로 물리면서, 중국 대륙의 소위 당대(當代)문학 자료에 의거하여 접근하고 있는 것이 현실적인 사실이다. 중국 대륙문단에서는 1919년 5·4문학운동 이후부터 1949년까지를 '현대문학' 시기, 1949년 마오쩌둥(毛澤東)의 공산주의 국가 설립 이후부터는 명칭상 '당대문학(當代文學)'이라는 이분법적으로 구분하고 있다. 그러니 타이완 현대문학은 사실상 별도의 외톨박이 처지가 된 것이다. 그러나 타이완의 현대문학은 대륙 못지않게 질량(質量) 면에서 간과할 수 없는 비중을 차지하고 있다. 1950년대부터 50여 년의 문학활동은 독자적인 문학 세계를 형성해왔기 때문이다. 이 글의 목적도 이와 같은 가벼이 간과할 수 없는 부분을 다소나마 고찰하여야 하겠다고 생각한 데에 있다. 따라서 여기서는 20세기 중엽 시기 즉 1970년대의 시에 나타나고 있는 삭시 성향에 주안점을 두고서, 그 특성을 살펴보면서 그 속에 기독교적 정신이 잠재되어 있는 점을 짚어보고자 한다.

Ⅰ. 시의 토착화 흐름

타이완에서 1960년대의 시가 시어와 의상(意象) 면에서 예술성을 추구한 반면에, 1970년대의 10년간은 소설의 향토적 제재의 영향을 받아서 시에서도 향수시(鄕愁詩)가 강렬하게 대두하는데, 거기에서 나름대로 나타난 모순점도 간과할 수 없다. 따라서 이 시대의 신시를 풍격 면에서 살펴보기 전에 모순점을 집약한다면, 먼저 향토적 시어(詩語) 가지고는 전통적인 결정체를 소화해낼 수 없으며, 둘째는 평범한 시어로는 시가 지닌 은근한 속뜻을 모두 포용할 수 없으며, 셋째로는 향토적 의식이 결여된 시인으로는 직접적이며 각별한 시적 감흥을 불러일으킬 수 없다는 문제점 때문에, 타이완 시단에서의 향토적 경향은 1970년대에 매우 중요한 시의식이면서도 시의 주류가 되기에는 다소의 이질적 요소가 된 것이다. 그 이질적 요소에는 서양종교 즉 기독교가 타이완 전통 중국종교에 침투한 내적 의식이 스며있다는 점을 거론해야 한다. 마오쩌둥 사회주의 집단과 전쟁으로 인해서 타이완에 피난처를 잡은 장제스의 국민당 정부가 타이완에 정착하면서, 대륙에서 피난 온 수백만 실향민들이 타이완 사회의 지도층으로 등장하였다. 그들은 비교적 지식층들이며 서구문물에 깊은 인식을 가지고 있어서 기독교 문화를 기반으로 한 서구문화를 수용하면서 기독교 정신을 통한 심적 안정과 망향의 비애를 정화하는 문인집단도 등장한 것이다. 1970년대에 들어 경제적으로 성장발전이 원활하고 생활기반이 정착되면서, 심적 여유 속에 시민들에게 짙은 고향을 그리는 향수 의식이 대두되는 시기에

접어들었다. 한편 정치적으로 타이완에는 의외의 사건들이 연발하여 1970
년 11월의 댜오위타이(釣魚臺) 사건, 1971년 10월 25일의 유엔에서의 탈퇴,
1972년 2월 미국 닉슨의 중국 방문, 동년 9월의 타이완과 일본의 외교 단
절, 1972년 타이완 경제 5개년계획 수립 등 굵직한 변화가 일어났다. 이에
따라, 서서히 타이완 자체의 주체 의식이 일기 시작한 시기이기도 하다.
이 시점에 문단에서는 1971년 3월 『용족(龍族)』1)이 나타나서 창간선언에
이르기를,

　　우리는 우리 자신의 징을 두드리며 우리 자신의 북을 치며, 우리 자신의
　　용춤을 춘다.2)

라고 하여 중국 전통으로 회귀하려는 시적 반향(反響)을 보이기 시작하였
다. 이것이 서두에 언급한 바, 향토색으로 포용될 수도 있음직하다. 이 '용
족'에 맞추어 나타난 시간으로 『주류(主流)』와 『대지(大地)』를 들 수 있는
데,3) 『대지』의 발간사는 또한 신세대의 이상을 제시해 주는 한 본보기라
할 수 있다.

　　대지의 창간은 우리의 의식에 있어 결코 한 권의 동인잡지를 출판하는 것
　　만으로 끝나지 않는다. 우리는 물결을 일으키듯 하나의 운동을 조성하여 20
　　여 년간 횡적인 이식 속에 성장해온 현대시가 새로이 중국 전통문화와 현실
　　생활 속에서 필요로 하는 자양분을 얻어 재생하기를 바란다.4)

---

1)　『龍族』은 各期封面에 이 선언을 부기하였고, 이 詩刊의 주요 동인으로는 林佛
　　兒, 林煥彰, 辛牧, 喬林, 施善繼, 陳芳明, 高上秦, 蕭蕭, 蘇紹連, 黃榮村 등임.
2)　我們敲我們自己的鑼打我們自己的鼓舞我們自己的龍.
3)　『主流』의 주요 동인에는 黃進蓮, 羊子喬, 凱若, 杜皓暉, 德亮, 林南 등이 참여하
　　고, 『大地』에는 王浩, 王潤華, 古添洪, 李弦, 余中生, 林明德, 翁國恩 등이 참여.
4)　大地的創刊, 在我們的意識上竝不僅僅是出版了一份同人雜誌而已, 我們希望能推波
　　助瀾漸漸形成一股運動, 以期二十年來在橫的移植中生長起來的現代詩, 在重新正視
　　中國傳統文化以及現實生活中獲得必要的滋潤和再生.

여기서 1970년대 시단이 자기 각성을 하게 되고 후진에게 현대시의 재창출을 기대하고 있음을 알 수 있다. 한편 1972년 관제밍(關傑明)(당시 싱가포르대학 영문과 교수)이 『인간』에 발표한 「중국 현대시인의 곤경(中國現代詩人的困境)」과 「중국 현대시의 환상적 경지(中國現代詩的幻境)」 등 두 편의 비평은 당시의 시 사조를 선도하는 역할을 하였으니,5) 전자의 비평에서,

> 중국 작가들은 그들의 전통적인 문학을 소홀히 하고, 서방의 표준에 매달려 왔는데 설사 전통 기법의 위험을 피했다 하여도 구미 각지에서 들어온 새로운 것을 어설프게 삼킨 것을 고작 얻은 것이라 할는지!6)

라고 통박하였다. 윗글에서 "구미 각지에서 들어온 것"이란 즉 기독교 사상을 의미하는 것이다. 그러나 하나의 시도는 또 하나의 저항을 낳는 것이어서, 1972년 12월에 출판된 『창세기』 31기에서의 「창세기서간」에서는 "관제밍 군의 언론은 지나치게 편파적이며 무단적이어서, 글귀마다 소리와 분노로 충만하여 붓 하나로 온 역사를 말살하려 한다고 생각한다."7)라고 거센 반발이 일어났지만, 이와 때를 같이하여 소위 『용족평론전호(龍族評論專號)』(1973.7)에서 "새로운 평가와 진실한 시 검토의 시도(意圖作一重新估價與認眞檢詩的試探)"라는 제하로 쓴 다음 내용은 자아의식의 재정립을 더욱 확실히 한 부분이다.

> 세심히 고찰해보면 20년간의 타이완 현대 시단은 진실로 적지 않은 현대

---

5) 關傑明의 비평문은 『中國時報』 「人間副刊」에 1972년 2월 28일, 그리고 동년 9월 10일, 11일자로 연재됨.
6) 中國作家們以忽視他們傳統的文學來達到西方標準,　雖然避免了因襲傳統技法的危險, 但所得到的, 不過是生呑活剝地將由歐美各地進口的新東西拼湊一番而已.
7) 均認爲關君言論過份偏激武斷, 字裏行間充滿了 『聲音與憤怒』 企圖一筆抹殺全部歷史.

시인이 나와서 한발 한발 자기의 예술의 길을 가면서 그 원래의 전통과 사회에서 점점 멀어졌다. 고독한 심사와 각고의 창조 속에서 이미 자신이 군중 속에 살고 있음을 망각한 듯하고, 또 자기의 작품이 결국 광대한 군중 속으로 돌아가야 한다는 것도 잊고 있었다. 그들은 자신의 작품, 자기에만 지나치게 몰두하여……외래사상, 어휘, 그리고 창작 이론을 대량으로 습용하여 자기 생활의 시공에 섞어놓고 말았다. 간단히 그들은 뿌리내릴 진흙조차 상실한 듯하다.8) 9)

이 얼마나 과감한 논박인가! 국민당 정부가 타이완으로 건너온 지 20여 년 만에 나온 참된 자성(自省)의 소리가 아닐 수 없다. 이러한 사조는 1970년대의 시단에 주류를 이루고 귀속성(歸屬性)이란 입장에서 신시의 전환점을 맞이한다. 1970년대 초 3년간에 있었던 자성의 소리는 이른바 '용족정신'이라고도 할 수 있으니, 『용족시선(龍族詩選)』에 보면,

용족 정신은 개방의 정신이요, 수용과 함축의 정신이다. 그러나 용족시간은 이미 일정한 풍격이 없으며, 또 당대의 각종 주의·유파를 제창하지도 않는다. 그 추구하는 방향은 무엇인가? 그 이상은 무엇인가?…… 첫째 용족의 동인은 긍정적으로 이 때 이곳의 중국 풍격을 파악할 수 있을 것. 둘째, 성실하게 중국 문자로 자기의 사상을 표달할 것. 셋째, 시는 진실되게 이 사회를 비판할 것. 그러나 또한 흉금을 열어 이 사회로 하여금 우리의 시를 비판토록 할 것 등이다.10)11)

---

8) 龍族詩社 主篇, 『中國現代詩評論』, 龍族評論專號, p.6
9) 細心考察, 二十年來的臺灣現代詩壇, 誠然有不少現代詩人, 在他們一步一步走向他個人的藝術道途上時, 是逐漸遠離了他所來自的那個傳統與社會; 在孤獨的沈思與刻意的創造中, 似已忘記了他仍生活在群衆中, 也忘記了他的作品最終仍要回到廣大的群衆裏去. 他們太傾心於自己的作品, 作品的字字句句了, ……而外來思想, 語彙, 與創作理論的大量襲用, 又使他們混淆了自己生活的時空：簡單的說, 他們似已失去根植的泥土了.
10) 『龍族詩選』의 「現代詩導讀」(林白出版社)
11) 龍族情神, 也就是開放的情神, 兼容竝蓄的情神. 然而, 龍族詩刊既沒有一定的風格. 又不提倡當代的各種主義流派, 那麽, 它所追求的方向是甚麽呢! 它的理想又是甚麽呢?……第一, 龍族同人能夠肯定地把握住此時此地的中國風格, 第二, 誠誠懇懇地運用中國文字表達自己的理想, 第三, 詩固然要批判這個社會, 但是, 也要敞開胸懷

라고 하여 덮어둘 수 없는 변혁의 한계에 이르고 만 것이다. 이 변혁이 후퇴가 아닌 시단의 새 지표이며 발전의 단계인 것이다. 이것은 서두에 언급한 향토문학과 연관된다. 특히 『시조(時潮)』(1977.5. 창간)에서 민족정신을 발양하며, 서정의 본질을 파악하고, 민주사회의 심상을 세우며 표현의 기교에 관심을 둘 것 등 다섯 개 목표를 제시하여 시단의 표본을 만들려고 한 점은[12] 1970년대의 시단에서 중요한 의미를 지닌 것이다.

Ⅱ. 향토문학으로서의 시의 특성

1960년대의 초현실주의의 사조에서 1970년대의 현실주의에로 탈바꿈을 하면서 전통적인 시론에 다시 근거를 둘 필요를 느끼게 되면서 한편 서양 기독교정신도 동시에 수용하는 현실주의 사조를 중시하게 된다. 시간상으로 전통과의 융화를, 공간상으로는 현실의 절실성을 현대시단이 요구하게 된 것이다. 이러한 관점에서 1970년대의 타이완의 신시 사조는 타이완 자체로 문단의 정착화가 조성되었고 타이완 시문학다운 시의 색채를 드러내게 된 것이다. 그 시기의 시 특색을 샹양(向陽)의 「70년대 현대시풍조 시론 (七十年代現代詩風潮試論)」(『文訊』 12기) 논조를 기본으로 하여 살펴보고자 한다.

讓這個社會來批判我們的詩.

12) 「爲詩潮答辯流言」(1978년 11월에 간행한 『文學與社會改造』(德華出版社))에서 詩潮의 방향을 제시하는 부분에 다음과 같은 목표를 제창하였다. "一. 要發揚民族情神, 創造爲廣大同胞所喜讀樂聞的民族風格與民族形式. 二. 要把握抒情本質, 以求眞求善求美的決心, 燃燒起眞誠熱烈的新生命. 三. 要建立民主心態, 在以普及爲原則的基礎上去提高, 以提高爲目標的方向上去普及. 四. 要關心社會民生, 以積極的浪漫主義與批判的現實主義, 意氣風發的寫出民衆的呼聲. 五. 也要注重表達的技巧, 須知一件沒有藝術性的作品, 思想性提高也是沒有用的".

1. 민족시풍의 발양

시의 정신에 있어 국적 있는 작품을 쓰고 '대구를 사용하며, 시 속에서 중문의 특성을 적용시킨다.'13)와 '정성껏 중국 문자로 자신의 사상을 표현한다.'14)의 자세로15) 중국 본래의 문학세계를 현대시에서 재창조하는 작시 태도를 견지한 것이다. 이 부류의 시들은 중국의 전설이나 신화를 소재로 하여 현실을 조명하거나, 옛 시인의 시구를 시제(詩題)로 하여 회고하는 시취(詩趣), 또는 그 시풍을 추종하여 자신의 소회에 비의(比擬)하는 시, 그리고 영물(詠物)을 통해 수난 당한 민족의 비애 등을 표현하는 예를 들 수 있다. 저우딩(周鼎)16)의 「항아(嫦娥)」(無景詩劇) 일단을 보면,

> 후예 : 활이 있고, 화살이 있으며, 한착이 전처럼 나에게 충절한데, 나는 나의 항아를 잃었고 사랑과 영생을 잃었도다. 꼭 그 반역의 여인을 찾아서 응분의 죄로 다스리리라.
> 한착 : 네, 네, 임금이여!
> 후예 : 옛날을 생각하면 단숨에 아홉의 태양을 쏘아 떨어뜨려 천하에 임하니 이 얼마나 대단한 위풍이던가!
> 한착 : 임금의 위풍은 예전만 못하지 않습니다.
> 후예 : 그러나, 그러나 나의 영생하고픈 소원은 결국 한 여인의 손안에 무너졌도다. 천부당만부당하오니 내 그런 여인을 믿었다니, 영약의 일을 그녀가 알게 하다니, 안될 일이야 – 여인은 모두 도적, 미인 중의 미인은 더구나 도적 중의 도적이야!
> 한착 : 미천한 소신은 영원히 임금계 충성할 것이요.
> 후에 : 나는 원망하도다, 나는 정말 원망하도다!

---

13) 不避用對仗, 及一切適用於詩中的中文特性.
14) 誠誠懇懇地運用中國文字表達自己的思想.
15) 瘂弦의 『中國新詩硏究』(洪範書店, 1981), p.459
16) 周鼎(1931~), 본명은 周春德, 湖南 岳陽人. 이 시극은 『創世記』 제45기(1977. 3)에 실림.

한착 : 미천한 소신 이미 임금을 위해 네 명의 항아라고 이름하는 여자를 찾
　　아 왔습니다.
후예 : 나의 항아는 영약을 훔쳐 월궁으로 도망갔도다.
한착 : 최근에 미국이 달 탐험에 성공하였는데, 그들 우주인이 말하기를 달
　　속에는 본래 항아 아씨라는 여인이 없다 합니다.
후예 : 나의 항아가 월궁에 없다는 말이더냐!
한착 : 미국인의 과학은 믿으셔야 합니다.
후예 : 나는 정말 미국인의 귀신같은 과학이 어떻든 간에, 어찌 나의 활과
　　화살을 따를 수 있을손가! 그렇다면, 나의 항아는 어디로 도망갔단
　　말인가?
한착 : 소신의 추측으로는 항아 아씨는 아마 달 속에 얼마간 살다가, 푸른
　　바다와 하늘의 적막함을 견디지 못하고서 인간 세계로 돌아온 줄 압
　　니다. 소신이 임금님의 뜻을 잘 살펴서 인간 세계를 두루 찾아서 이
　　네 아씨와 같은 이름의 여인들을 구해 왔습니다.
후예 : 그녀들과 나를 배반한 그 천인과는 어떤 관계인가?
한착 : 소신의 생각으로는 항아 아씨가 절로 화신하여 그들의 몸에 기탁하
　　여 임금의 눈을 피하려 한 것인가 합니다.
후예 : 이러하다니!
한착 : 네 명의 아씨와 이름이 같은 여자들이 앞에 있으니 임금께서 보시기
　　만 해도 이내 소신의 말이 진실인지 아실 것입니다.
후예 : 좋도다.
항아1 : 천인은 술집 여인으로 '우예점' 주점에서 술병을 따르고 있습니다.
항아2 : 천녀는 무녀이온데, '신세기' 댄스홀에서 일합니다.
항아3 : 천녀는 가녀이온데, '심심락' 가무청에서 노래합니다.
항아4 : 천녀는 기녀이온데, 만화보두리에서 손님을 접대합니다.
后羿 : 弓在, 箭在, 寒浞也仍舊忠貞於我, 我却失了我的嫦娥, 失去愛與永生. 我
　　一定要找回那個叛逆的女人, 治以應得之罪. 寒浞; 是, 是, 君上!
后羿 : 想當年我一口氣射落九個太陽, 君臨天下, 是何等的威風. 寒浞; 君上的
　　雄風不滅當年. 后羿; 可是, 可是我的永生之願, 竟毁在一個女人的手裏,
　　千不該萬不該, 我不該信任那個女人, 不該把靈藥的事讓他知道 －女人
　　都是賊, 美中之美的女人, 更是賊中之賊!
寒浞 : 微臣永遠忠於君上. 后羿; 我恨, 我好恨!
寒浞 : 微臣已爲君上找來四個名字叫嫦娥的女子.　后羿;我的嫦娥了偸靈藥就逃
　　到月宮裏去了.

寒浞：最近美國探月成功，他們的太空人說，月亮裏根本沒有嫦娥娘娘這個人．

后羿：你說我的嫦娥不在月宮裏．

寒浞：美國人的科學應該信得過．

后羿：我可不管甚麼美國人的鬼科學，焉能比得上我的弓和箭．那麼說，我的嫦娥到到那裏去了呢？

寒浞：據微臣的推想，嫦娥娘娘也許在月亮裏住過一段時日，後來因耐不住碧海青天的寂寞，又回到人間來了．微臣善體君上的心竟，遍搜人間，找到這四個與娘娘同名的女子．

后羿：她們與背叛我的賤人何關？

寒浞：微臣認爲嫦娥娘娘將自身化整爲零，寄附在他們的身上，以圖逃避君上的眼目．

后羿：有這等事！寒浞；四個與娘娘同名的女子就在當前，但請君上過目，便知微臣之言屬實．

后羿：好．

嫦娥一：好家是酒女，在「午夜花」大酒家執壺．

嫦我二：好家是舞女，在「新世紀」大舞廳候敎．

嫦娥三：好家是歌女，在「心心樂」大歌廳駐唱．

航娥四：好家麼，好家是妓女，在萬華寶斗里接客．

위는 항아의 전설을 주제로 하여 현세의 인간 심태를 상징하고 있는 작품이다. 후예와 한착이 현실 속에 살아서 나누는 대화에는 많은 비판적 작가 의식이 노출되어 있다. 심지어 달에 있어야 할 신화적인 여인 항아는 네 여인으로 환생하여 주녀·무녀·가녀·기녀로 전신(轉身)되어 있는 현실 감각은 하나의 이상과 현실 간의 인간 갈등의 일면을 제시해주는 것이며, 이 문제를 중국의 전설 신화에서 연유시켜 풀어나가고 있다. 미국의 달 정복과 항아의 인간 환생은 비인간계에 대한 신성감이 현실적으로 무너지는 현상에 대한 자기 파괴적 심상이며 꿈과 낭만이 결여된 현세태에 대한 고발이라고 할 수 있다. 후에는 미국의 과학인들 자기의 활과 화살을 당할 수 잆으리라고 여섣한다. 작자는 마지막 하나의 형이상적 정신세계를 빼앗기지 않으려고 번민하며 나신화(裸身化)하는 내면적인 유토피아글 지키고픈 아쉬움을 표출시키고 있으니 그 내면에는 창조주 하나님(God)의 존재를 간접적으로 담고 있다. 그리고 샤오샤오(蕭蕭)[17]의 「왕유와 선을 논함(與王維論禪)」을 보면,

우리 긴 눈썹 드리워 마주 앉으니	我們垂着長眉對坐,
솔숲에는 맑은 샘이 졸졸졸	松林裏 只有淸泉細細
나풀대는 회백 머린 실바람에 흩어진다	裊裊, 灰白的髮絲迎風披散
한 권 망천집 아직도 펴지 않았는데	一本輞川集尙未翻開
두세 잎 꽃떨기 어느새 옷깃을 따라	三兩片花瓣先已順着衣襟
가벼이 흩날린다	飄落
나, 정말 말을 하려 한다	我, 正待開口. (1979.11)

이 시는 왕유(王維, 701~761)의 말년에 송지문(宋之問)의 별장이던 망천(輞川)에서 배적(裴迪)과 화창하던 20수의 오언절구와 그에 담긴 왕유의 시적 선경(禪境)을 이 시의 작자 심상에 비유하여 그린 것이다. 이 비유는 '시에 담긴 뜻이 시어로 묘사된 것 외의 깊은 속에 있다(意在言外)' 한 것이지만 의념(意念)이 분명하고 혼돈이 없다. 작자 심태의 청정(淸靜)한 상태를 왕유의 세계에서 잠시 빌려 본 것이다. 왕유는 '시불(詩佛)'이라 칭하는 참선적인 시풍을 추구하였는데 20세기 현실주의 시풍에는 서구의 기독정신도 의식한 시로 본다. 또 양즈젠(楊子澗)의 「옥산 구장(玉山九章)」도 귀소(歸巢) 의식에서 나온 소재이다. 『초사(楚辭)』의 작자인 굴원(屈原)의 「구장(九章)」에서 시제(詩題)와 시취(詩趣)를 빌려서 옥산에서의 심경을 묘사하고 있다. 「석송(惜誦)」「섭강(涉江)」「애영(哀郢)」「추사(抽思)」「사미인(思美人)」「석왕일(惜往日)」「귤송(橘頌)」「비회풍(悲回風)」 등 「구장」의 제목을 빌려서 옥산에 등산하면서 지은 것이니, "밤의 굴원의 구장을 읽으며 또 무오

---

17) 蕭蕭(1947~), 본명은 蕭水順, 타이완 彰化人. 시집으로 『擧目』, 산문집으로 『蕭蕭的心跳』가 있고, 批評集으로 『鏡中鏡』, 『燈下燈』 등이 있음.

년 여름 팔통관 고도에서 옥산을 오르면서 감회를 씀"[18]이라고 작자 자신도 후기하고 있다. 이 중에서 「미인을 그리워하며(思美人)」한 수를 들기로 한다.

밤새 얼마나 비바람 쳤는지 아는가	夜來可知有多少風雨的飄打?
썩어 끊어진 다리	腐朽的斷橋;
강물이 거세게 구비친다	江水急湍
나 강 계곡 가로질러	我橫過河谷,
몸에 물거품 휘두르고	帶着一身水漬
멀리 산 뒤에 뜬 푸른 하늘을 본다	遙看山後晴藍的天空
밝은 해 유유히 떠서 옛길 쓸쓸한데	白日悠悠, 古道蕭蕭
모든 게 돌연 정적 속에 빠져든다	一切突然陷落於無聲之中
길 팔방 통하고 여린 파도 출렁인다	衢通於八方; 草浪洶湧
흩어진 보루는 깃발 휘날려 나부끼듯	散落的殘堡似有旌旗的飛揚
난 기약 없이 우리 약속을 생각한다	我不期然地想起我們的誓約

굴원이 추방되어 삼려대부(三閭大夫)로서 초회왕(楚懷王)을 미인에 비의(比擬)하여 나라를 염려하는 주제를 설정하였는데, 이 시의 작자는 자연의 경관을 묘사하며 자신의 대상에 대한 약속을 재언하려고 하였다. 여기서 굴원의 굴욕과 고통은 결백한 삶에서 오히려 억울하게 당하는 역경이었기에 구약성경의 「욥기」에서 욥이 겪는 고통과 비견된다. 이러한 묘법은 굴원의 「사미인(思美人)」에서의 "연꽃으로 매파를 삼는다(因芙蓉而爲媒兮)"라는 구의 홍탁법(烘托法)을 참고한 것을 알 수 있다. 그리고 잔처(詹澈)[19]의 「설떡(年糕)」을 보면,

찧는다 찧어 태양이 농민 얼굴을 찧었다	磨呀磨 太陽磨過農人的臉
찧는다 찧어 일본이 중국 땅을 찧었다	磨呀磨 日本磨過中國的土

18) 夜讀屈子九章又懷戊午夏自八通關古道登玉山有感而作.
19) 詹澈(1954~), 본명은 詹朝立, 타이완 彰化人, 第二屆洪建全兒童詩獎을 획득.

찧는다 찧어 태양이 농민 땀을 찧어낸다	磨呀磨 太陽磨出農人的汗
찧는다 찧어 일본이 중국 피를 찧어낸다	磨呀磨 日本磨出中國的土
전쟁이 도피자 다리를 태워 버린다	戰火燒過逃命的脚
도피자 다린 침략자 자국을 밟는다	逃命的脚踏出侵略者敗跡
폭탄이 도피자의 눈을 쏘았다	子彈射過逃命的眼
도피자 눈은 침략자 얼굴 흘겨본다	逃命的眼呀瞪侵略者的臉
찧는다 찧어	磨呀磨
찧어버리지 못한다 우리 민족성을	磨不掉 我們的民族性?
쌀이 물컹거리지 않는 푹 찐 설떡이다	是稻米不甘屈辱的 炙熱的年糕的

이 시에서 설떡을 소재로 하여 '磨(갈다·빻다)'의 의미를 표출시켜 일본에 짓밟혔던 중국의 과거를 명절에 먹는 떡을 보면서 고유의 풍습을 지켜 온 애국의 심회를 그리고 있다. 설떡이란 이 영물시에서 민족혼을 인식하는 시대적 의식의 발로를 볼 수 있다. 일본은 청국의 마지막 황태자 푸이(溥儀)를 꼭두각시로 내세워 만주국을 건립하고 중국 대륙을 약탈하여 난징(南京) 대학살 사건 등 수다한 침략 행위로 대륙이 초토화되는 난경(難境)에 처해 있었다. 그 민족 고난을 설떡을 소재로 그 질기고 끈기 있는 떡의 성질을 비유해서 묘사한 일종의 영물시인데 시인은 내면에 유대인이 애굽을 위시한 이슬람교 국가들과의 역사적으로 종교적 갈등을 간접적으로 이 시에도 도입하고 있다.

2. 사회현실의 고발

이런 유의 시도 일종의 민족시풍적 흐름이 보이지만, 진일보하여 자신의 문지방을 넘어서 '나' 외의 세계를 바라보고 생활의 들판에서 우리 주위의 사람들과 동고동락하면서 비바람을 시험해보는 현실감각의 실체화가 곧 시이어야 한다는 의미로 보아야 한다. 일상생활의 언어를 시의 재료로해야 한다는 것이다. 이는 곧,

평담한 가운데에서 가장 평범한 뜻을 표현하며 정확하게 새로운 언어를
사용하여 현대인의 감각을 표달한다.[20]

라는 기준에서 시의 서술을 사실화할 것을 강조한 것이다. 이는 즉 일종의
사실주의적인 사회시일 수 있다. 따라서 시인은 암호전문가이어서는 안
되며 그의 시집은 암호문서이어서는 더욱 안 된다는 것이다.[21] 이런 유의
시는 대개 단순한 민중의 질고를 대변하는 역할과 평범한 일상생활에서의
작은 테마를 통하여 생활철학으로 승화시켜 삶의 애환을 반영하는 경우를
특징으로 한다. 먼저 위안처난(袁則難)의 「굶주림(饑餓)」을 보고자 한다.[22]

심지어 문에서 여리게 신음하고 있다	甚至是門也軟弱地呻吟着
나는 그 어두운 밤을 밀쳐 열고서	我推開那昏沈沈的黑夜
지친 몸을 방 안에 옮겨 넣는다	把疲憊的身體移進屋裏
너는 기대 어린 얼굴로 고개를 돌린다	你帶一臉的期望回首
밤중에 나는 너의 유방을 본다	在夜裏, 我看見你底乳房
말라버린 두 개의 호리병박이다	已瘦成兩個風乾了的葫蘆
아이는 젖을 배불리 못 먹고서	孩子吃不飽奶
이미 울다가 지쳐 잠에 들었다	已哭倦入睡
탁상엔 오래도록 쓰지 않은 그릇	卓上很久沒有用的杯碗
조용히 저주를 내뱉고 있다	靜靜地張大了咀
밥솥에는 텅 빈 기운만을 태우고	飯煲裏煮着一鍋空氣
나는 너에게 혐오의 웃음을 짓는다	我對你歉然笑着
30여 리를 더 갔어도	行了三十多里
여전히 야산의 마는 찾지 못하였네	仍找不到野山薯 ……

---

20) 從平淡之中表現最平盈盈的涵意, 精確的使用新的語言, 表達現代人的感覺.(大地之
歌)
21) 『大地之歌』(徐中生 등 동인시집, 1976. 3)에 「於是某一詩人形成某一密碼, 某一圈
子形成一封閉世界. 最後讀者視詩人爲密碼專家, 是詩集爲密碼秘本, 除却少數研究
密碼的專家驚詫其中的張力·密度·大部分讀者却不願接受」라 한데서, 이 시대의
시가 대중의 의식과 함께하는 변화를 가져왔느는 겸을 알 수 있다
22) 袁則難(1949~), 본명은 袁志惠. 詩集 『飛鳴宿食圖』가 있음.

지금 우리는 우선 풀을 먹는다	現在我們就先吃草
이후에 너는 여기를 지나며	然後爾過來這裏
내 심령의 검은 것을 환히 태우리라	燃亮我心靈中的褊黑
어둠 속에서 굶주림은 너무 괴로워	在黑暗中捱餓是很苦的
너는 결국 나의 여인	己究竟是我的女人
나만이 여전히 껴안고서	是唯一我仍擁有
충실한 사람 사랑할 수 있다	而能使我愛到充實的人

(『現代文學』第14期)

여기서 작자는 생활의 저변을 적나라하게 묘사하고 있다. 민생의 간난을 노래하고 있는 것이다. 굶주려서 말라버린 젖꼭지와 배를 주리는 아이의 울음소리가 묘한 대조를 이룬다. 그러나 이러한 어두운 고통 속에서도 소유하고 사랑해야 하는 한 가닥의 안위와 진실을 추구하는 것이다. 흑암중에 희망을 기대하는 현실로부터 발전적인 모색은 종교적 숭고한 신앙심이 깃들어 있다. 시인은 기독교 감리교인으로서 평소 신실한 신앙생활 속에서 이러한 강인한 종교시를 창작한 것이다. 그리고 예상(葉香)[23]의 「그녀들은 울었다(她們哭了)」를 보면,

그녀들 울었다 무대 위에 서서	她們哭了 站在臺上
노래를 부르니	唱出歌聲
사천 관중 열렬히 박수치는데	四千位觀衆熱烈鼓掌
그녀들 오히려 울었다	她們却哭了
그녀들 너무 어리다	她們太年幼
어려서 설익은 과일이 된 양	年幼得被當做青澁的時果
서둘러 마구 팔다가	草草拍賣
그녀들 너무 노쇠하였다	她們太衰老
노쇠하여 열렬한 박수 못 받으니	衰老得經不起鼓掌的熱烈
그녀들 울었다……	她們哭了 ……
오늘 저녁	今天晚上

---

23) 葉香(1950~), 본명은 胡月香, 타이완 高雄人, 시집 『小螞蟻回家』가 있음.

푸른 풀밭의 별이 뜬 하늘은	靑草地的星空
너무도 찬란하다	多麽燦爛
4천 명이 이 땅을 둘러싸니	四千個人們圍坐這塊地
(아마도 아직도 그치지 않고)	(也許還不止)
영원히 잊지 못하리라	將永生不忘記
이 20명의 여아들 잊지 못하리	不忘記這二十位女孩
흰 옷 검은 치마 짧은 머리	白衣 黑裙 短髮
청순하기 중학생 같다	淸純如國中生
(그녀들 원래 중학교 다녀야 하지만)	(她們原應唸國中)
노래를 부르며 눈물을 흘린다	唱出歌 流下淚
막혔다 터진 신선한 노래 부른다	唱出以爲瘖啞却再度鮮活的歌
말랐다 또 차 넘치는 눈물 흘린다	流下以爲涸竭却重新澎湃的淚

(『中國時報』1978)

작자는 이 시를 쓰게 된 동기에 대하여, 빈궁과 무지로 매춘하다가 경찰에 의해 보호 조치된 부녀자들의 자선 합창 발표회를 개최한 것을 보고 감동하였다고 부주(附註)에서 밝히고 있다.[24] 이 시는 바로 그들의 감동적인 합창이다. 이 합창은 민중의 고통을 말함이요, 작가의 사무친 현실 참여인 것이다. 시의 표현이 단조롭지만, 그리고 사용된 어휘가 평이하지만, 내면에서 우러나오는 진실된 호소는 독자의 심금을 울리고 있다. 시의 진가는 진솔해야 한다. 1970년대의 시단이 추구하는 방향이 이 같은 맥락과 상통할 수 있는 것은 국민당 정부가 타이완에서 겪은 고통과 갈등 속에서 여러 가지 사회적 부조리가 발생한다. 그중에 매춘의 합법화인데 수십만의 국민당 군대가 본능적 욕구를 분출할 대상으로 공창을 이용한 데에서 오는 일면을 이 시에서 본다. 기독교적 윤리도덕을 기반으로 이 시는 구제

---

24) 작자는 작품의 주에서 "廣慈博愛院的婦職所學院, 都是被貧窮與無知賣給娼戶而經警方發現送往該所技訓三個月的, 年未十六年可憐女孩. 六九年八月十六日, 靑草地義演籌二十萬元基金, 助她們添購謀生工具和縫紉車等". 이라 한 것에서 本詩의 의도를 익히 알 수 있다.

의 방안을 모색하려 한 것이다. 한편, 이 시기에는 생활의 소재를 가지고
자기반성이나 사회교화를 목적으로 시를 짓는 성향도 일어났다. 고속도로
에서 흔히 보는 교통질서에 관한 표어에서 삶의 도리를 터득하는 안목이
시에서 표출될 수 있다. 환푸(桓夫)[25]의 「고속도로(高速公路)」를 보면,

죽음에 직면하여	面向著死
치달리는 차 속에 끼어서	來雜在疾馳的車群裏
나는 갑자기 차 속도를 줄인다	我忽而減慢車子的速度
죽기가 두려워서가 아니다	不是怕死
확인하기 위하여	是爲了確認
속도에 붙잡힌 운명을	被速度掌握的命運
차가 빨리 달린다	車子跑得很快
나를 긴장시키며	使我緊張
죽음을 좇아서 치달리게 한다	追逐死而疾馳
죽음이 고속도로 저쪽에 멀리 피하여	死却躱避在高速公路遙遠 的那邊
차와 거리를 유지한다	跟車子保持着距離
오직 나와 나의 차가	只要我和我的車子
조화를 잃지 않게 한다	不失去調和
죽음은 여전히 장엄하게	死仍很莊嚴地
먼 지평선 위에 천천히 걸어간다	漫步在遙遠的地平線上(1979年 新春)

　　시인은 인간이란 무엇인가에 있어서는 반드시 거리를 필요로 한다고 역
설한다. 더하지도 덜하지도 않고 중용적인 인생을 영위해야 한다. 디오니
소스적인 의식을 절제하고 초자연적 오기도 조심해야 한다. 삶의 지혜는
교통질서의 가장 기본적인 거리 유지에서 깊어질 수 있다는 시인의 사명
의식을 보여주는 것이다. 작자는 시의 후기에서 "한 번은 시우인 진렌이
말하기를 공로국 객차 뒷면을 보면 '거리를 유지하여 안전을 도모하자'는

---

25) 桓夫(1922~ ?), 본명은 陳千武, 시집으로는 『密林詩抄』, 『不眠的眼』, 『野鹿』 등
　　이 있음.

표어가 쓰여 있는데 매우 뜻이 있다고 본다라고 말하였는데 기독교도인 필자도 동감이다. 우리가 살아가는데 거리를 유지해야 할 일이 너무 많다. 예컨대, 친구나, 연애, 상사, 정치, 사상, 돈, 죽음과의 관계에 있어서 적당한 거리를 유지할 수 있다면 귀찮은 일도 없으며 진정으로 평안을 얻을 수 있을 것이다."26) 라고 피력하였다.27) 신앙이 독실한 시인의 진심이라고 본다. 이 진심은 모든 시의 기본이다. 이 의식은 중국 전통 시의 정신임은 말할 나위 없다. 「시는 뜻을 말한다(詩言志)」(『詩序』)가 이것이다.

3. 귀소의식의 발로

이러한 풍조는 민족시풍의 발양이나 현실에 대한 관심의 부류와 유관하지만, 보다 더욱 소속의식을 짙게 표현하며 향토에 대한 애착을 시화(詩化)한 데 그 의미가 있다. 특히 타이완에 대한 재조명은 대륙 고향에의 향수를 그리던 대륙에서 건너와서 20여 년간 활동하다가 퇴진한 작가와 더불어 신진에게서 강렬히 대두되었다. 그들의 의식에는 기독교적인 신심이 잠재되어 있다. 실향 작가가 주축이 된 그들은 대부분이 기독교도들이다. 타이완 거리에는 곳곳에 반세기가 지난 지금도 '무망재거(毋忘在莒. 거 땅에 살던 때를 잊지 말자)'라는 문구가 쓰여 있다. 이 말은 곧 잃어버린 대륙의 고향을 잊지 못하는 타이완 실향민의 마음이면서도 국가적 원망(願望)인 것이다. "우리가 생존하는 시대 · 지역은 20여 년간의 보배로운 섬이다."28)라고 표방하였기 때문에 그들은 창조의 정신을 타이완 땅에 바쳐야

---

26) 有一次, 詩友錦連說, 看公路局大客車後面都寫着; 『保持距離, 以策安全』 的標語, 覺得很有意思, 我很同感, 我們要活下去, 必須小心保持距離的事情太多了. 例如跟朋友, 跟戀愛, 跟上司, 跟政治, 跟思想, 跟金錢, 跟死亡, 若能保持適當的距離, 就不會被找麻煩, 而眞正能得到平安.

27) 『陽光小集』 10기 社論인 「在陽光下挺進一詩壇需要 『不純』 的詩雜誌」에서 인용함(1981. 10)

한다고 스스로의 소명을 설정하였다. 따라서 "타이완 땅 위에 서서 대중과 함께 호흡하며 고락을 함께한다."[29]라고 하면서 자기가 몸담고 있는 땅에 대한 희생정신마저 보인다. 이제 몇 수의 시를 보면서 다양한 애향심을 보고자 한다. 리쿠이셴(李魁賢)[30]의 「야초(野草)」를 보면,

대지여, 너를 포용할 때	大地啊, 擁抱妳的時候
온 몸에 떨리는 더운 열을 느낀다	感到全身痙攣的溫熱
나의 피가 있고 나의 땀이 있다	有我的血, 有我的汗
저 밑바닥에 약동하는 생명이	在底層躍動的生命
나로 온 산에 노래케 하며	使我滿山遍地歌唱
태양 맞아 내일의 서막을 환호케 한다	迎着陽光, 歡呼明日的序幕 ……

이 시는 피와 땀이 맺힌 대지의 생명을 느끼게 하는 충동을 주며, 짙은 '鄕'의 정취를 주는 시들도 적지 않은데 그중에서 수란(舒蘭)[31]의 「고향맛술(鄕色酒)」를 보면,

30년 전	三十年前
너는 버들가지로 나를 보았지	你從柳樹梢頭望我
나는 너무 어렸고	我正年少
너는 둥글고	你圓
남도 둥글고	人也圓
30년 후	三十年後
나는 야자수 가지로 너를 본다	我從椰樹梢頭望爾
너는 한 잔의 고향 빛 술이로다	你是一杯鄕色酒
너는 가득	你滿

---

28) 我們生存的時代·地域是二十餘年的寶島土地.(『大地之歌』, p.5)
29) 站在臺灣的土地上, 與人群共呼吸, 共苦樂.
30) 李魁賢(1937~), 타이완 淡水人, 시집으로는 『南港詩抄』, 『赤裸的薔薇』 등이 있음.
31) 舒蘭(1932~), 본명은 戴書訓이며 江蘇 邳縣人. 시집으로는 『抒情集』, 『抗戰時期的新詩作家和作品』 등이 있음.

향수도 가득　　　　　　　　　　鄕愁也滿(1978. 11)

　여기서 작가의 짙은 고향에 대한 향수의 노래를 들을 수 있다. 두궈칭(杜國淸)[32]의 「고향 그리는 나무(鄕思樹)」의 일단을 보면,

타지에서	在異地
지난 세월의 흙덩이로	以往昔歲月的殘土
혼몽 속의	培植魂夢裏的
한 그루 노스탤지어 나무 심는다	一棵鄕思樹
내 마음 위에 심는다	根植在我心上
밤낮 나는 추억으로 물 주었지	日夜我以回憶灌漑
가지마다 무성한 노란 잎이 돋고	每一枝頭都有茂密的黃葉
잎마다 쪽배 같은 섬들이 맺혔지	每一葉子都有如舟的島形
가지 잎에 흐르는 것은	枝葉裏流動的是
옛 땅의 바람과 구름이요	故土的風雲
조상의 엽록소로다……	祖先的葉黃素……
나는 생명으로써	我以生命供養
이 노스탤지어 나무를 기른다	這棵鄕思樹
뿌리에 나의 마음을 매었으니	根纏着我的心
아무도 그것을 이식하진 못하리……	誰也不能將它移植……

　여기서도 눈시울 붉어지는 시정이 넘친다. 꿈속의 고향을 그리는 나무를 심으며, 나뭇잎마다 조상의 얼이 넘치는 그리움을 비유적으로 묘사하였다. 그 고향 그리는 마음을 아무도 옮길 수 없다는 타향의 애수까지 깊게 스며 있는 것이다. 작가가 일본과 미국에서 오랜 유학을 하면서 맺힌 시대적인 본능의 발로라 할 것이다. 누구나 모두 지니고 있는 본심의 승화된 표현을 가지고 인간만이 향유할 수 있는 회귀의 감격을 갈구하고 있다. 이 신잉적 갈구는 이 시기에 있어서 자랑스럽지 않은 내 고향이지만 그

---

32) 杜國淸(1941~), 타이완 臺中人, 시집으로 『蛙鳴集』, 『島與湖』, 『望月』 등이 있음.

무엇보다 소중하다. 자신의 뿌리를 찾아서 새로운 뿌리를 내리고자 하는 이 시기의 시단의 동향임을 재인식하게 된다.

타이완에는 대륙에서 피난해온 중국인의 수가 수백만이다. 따리시 시인 중엔 대륙 출신이 저기 않다. 사실상, 1950, 1960년대의 시단은 이들이 주도한 것이다. 이들이 1970년대에도 중추를 이룬 것은 사실이다. 그러나 상당수가 연로하거나 해외에 거주하는 성향을 보였다. 해외에서 사는 그들은 더구나 그들의 작품들은 강한 향수를 신앙적 의식으로 시화(詩化)하는 데 있어서 남다른 감흥을 준다. 펑방정(彭邦楨)[33]의 「타이베이의 연정(臺北之戀)」의 일단을 보고자 한다.

나는 생각난다;	當我想起;
이 새벽은 타이베이의 황혼	此刻的黎明正是臺北的黃昏
왜 나는 뉴욕의 새벽에만 있고	爲甚麼我只在紐約的黎明,
타이베이의 황혼에 있지 않은지?	不在臺北的 黃昏?
초저녁에서 새벽까지	且從一更走進五更,
술 속에 빠져 술잔을 돌려 들어	走進酒中盟 擧杯輪盞,
이 속에 취하여 덧없이 떠드나니…	醉在此間論縱橫 ……
나는 생각난다;	當我想起;
이 시간의 황혼이 타이베이의 새벽	此刻的黃昏正是臺北的黎明
이때 지룽강가 풍경이 아름다워	此時基隆河上的風景已千晴,
나는 천 가닥 꽃을 머금고	且讓我 千縷含英,
강가에 서서 온갖 소리를 모둔다	起在河邊把千聲

이 시는 뉴욕에서 타이베이를 그리면서 지은 것이다. 이 시는 압운(押韻)도 고려하였다. '黃昏'의 '昏'은 경운(庚韻)이 아니고 하평(下平)의 원운(元韻)이지만 고운(古韻)에서 상평(上平)의 진운(眞韻)과 통운이 되므로 가능하다. 작자는 이 시를 지은 배경을 놓고 "타이베이는 나의 제2의 고향이니

---

33) 彭邦楨(1919~?), 湖北 黃派人, 초기의 新詩 작가의 하나.

내가 여기에서 25년을 살았기 때문이다. 인생 백 년이라면 그곳은 나에게 이미 4분의 1을 살게 하였다. 따라서 출국 이후에도 매년 귀국하여 부모와 친구를 찾는다."³⁴⁾라고 피력하고 있다.

뤄푸(洛夫)³⁵⁾의 「국경에서 고향을 바라보며(邊界望鄕)」는 처절한 감회마저 자아내게 한다. 그 일단을 보면,

……안개가 뭉게 지어	…霧正升起,
우리는 아득히 말을 잡고	我們在茫然中勒馬
사방을 둘러본다	四顧
손바닥엔 땀이 나기 시작한다	手掌開始生汗
망원경 속에 수천 배로 커진 향수	望遠鏡中擴大數十倍的鄕愁
어지러이 바람에 흩어진 머리털처럼	亂如風中的散髮
거리를 가슴 뛸 만큼 조정을 했다	當距離調整到令人心跳的程度
먼 산 하나가 맞이하며 날아와서	一座遠山迎面飛來
나를 내리쳤다	把我撞成了
심한 마음의 상처……	嚴重的內傷……

라고 하여 단절된 고향을 향한 그리움을 망원경으로 볼 수 있지 않을까 하는(사실은 보이지 않지만), 부심(腐心)을 표출하고 있다.

망향의 시는 어느 시대에도 뚜렷이 부각되는 특징이지만 1970년대의 것은 회향(回鄕)의 기대가 세월이 지남에 따라 희석되어가는 현실에 대해 다가오는 처절감에서 강렬한 맛을 느끼게 한다.

---

34) 臺北是我的第二故鄕, 因我在此住過二十五年, 如果人生百歲, 它已我有生的四分之一, 因此自出國以後, 每年都回國探親訪友.

35) 洛夫(1928~), 湖南 衡陽人, 타이완의 대표적인 시인. 시집으로 『霜河』, 『石室之死亡』, 『外外集』, 시론집으로는 『詩人之鏡』, 『洛夫詩論選集』이 있음.

4. 대중 심성의 반영

시는 대중과 함께 살아간다. 시는 고고한 지의 소유물이 아니다. 시는
대중이 쓰는 것이다. 시의 소재는 서민에게 있다. 시가 나아갈 곳은 천상
이나 지하가 아니라, 가시적인 우리들의 삶터인 것이다. 그러기에 양무(楊
牧)는 다음과 같이 역설하였고 많은 동조를 얻었다.

> 시는 결코 최고의 예술이 아니다. 대중도 최저의 천민이 아니다.……시인
> 은 오직 대중과 함께 서로 교통하여야 문학사도 발전한다고 할 수 있다.[36]

이처럼 1970년대의 일부 시인은 현실에 대한 대상으로써 세속과 대중을
의식하였다. 시의 대중화는 시의 생활화를 보다 구체화시키는 것이기 때
문이다. 따라서 "시의 대중화와 전문화에 대한 체험이 제일 요건이다."[37]
라는 말이라든가, 또는 "시인은 모든 사람의 내재적인 심령으로 파고들 책
임이 있으니 이는 지식인의 심령에 한정될 수만은 없다."[38]라 하는 주장
은 결코 우연의 소리가 아니었다. 1970년대의 이런 성격은 대중적 시의 소
재를 중요시할 필요가 있다. 린환창(林煥彰)[39]의 「가판에서 외치는 소리(小
販叫賣的聲音)」를 보면,

사과, 우리는 사본 적 없지	蘋果, 我們沒有買過
아이들 꿈에도 먹고 싶어할 것이지	孩子必定會夢想着

---

36) 詩, 竝非是最高的藝術; 大衆, 也不是最低的賤民. ……詩人唯有與大衆交互溝通,
然後文學史才有發展可言. (「關於紀弦的現代詩社與現代派」)
37) 體察到詩之大衆化與專業化是一而二.(『現代導讀』)
38) 詩人有責任向所有人的內在心靈控掘, 而不僅限於知識份子的心靈.(上同)
39) 林煥彰(1939~), 필명은 牧雲・多佛, 타이완 宜蘭縣人. 아동시집으로 『童年的
夢』, 『妹妹的紅雨鞋』, 『小河有一首歌』 등이 있고, 산문집으로는 『做竺小夢』이
있음.

그 고운 맛을	它的慈味
언제나 타이베이 역 앞을 지나노라면	每次經過臺北站前,
노점의 파는 외침이 들린다	聽到小販叫賣的聲音,
나는 멈추어 몇 개 사고 싶다	我就想停下來, 買它幾個;
나는 손을 펴고 주머니 매만진다	但當我伸手摸着口袋,
나의 다리는 급히 지나친다	我的脚已急急走過
그 노점, 등 뒤엔 여전히 울려온다	那一排攤販 只是我的背後仍然 響着;
그들의 목쉰 외치는 소리가	他們嘶聲吶喊的聲音
얽힌 길을 뚫고	穿越擁擠的街道
뱀들이 추격하듯이 나를 쫓는다	群蛇追擊一般, 跟着我.

(1978.11)

여기서 과일 노점상의 행상을 자기 체험적 입장에서 느끼고 있다. 마치 스스로 지나치기에 죄스러운 것처럼 기독정신에 의거한 연민(憐憫)을 가지고 지나치고 있다. 지나치면서 작자는 세속의 가장 순수한 호소로 알려주고 있다. 그들의 쉰 목소리로 외치는 소리는 바로 대중의 소리이며, 인간의 진실한 삶의 참모습인 것이기에, 1970년대의 시단에서 가장 역점을 두었다고 할 작자의 시각이었는데, 일부에 그치고 말았던 것이다. 그러나 신진들의 안목은 생활 자체를 시의 소재화하는 데 게으르지 않았다. 사회의 저변을 묘사하는 데 주저하지 않았다. 시의 대상은 항상 미화된 상태에만 국한해선 안 된다. 이것이 리창셴(李昌憲)[40]의 「미혼 엄마(未婚媽媽)」의 일단에서 적절히 표현되어 있다.

사람 물결의 시끄러움	躱開人潮的囂嚷
피하면서 이상한 눈빛 피하지 못하고	躱不開詭異的眼光
겁에 질려 산부인과 병원에 들어간다	怯怯進入婦産科醫院
앉아서 불안스레 기다린다	坐立不安的等待

---

40) 李昌憲(1954~), 타이완 南縣人.『也許詩刊』,『綠地詩刊』의 同人.

의사가 혈청과 소변 검사하고는	醫生驗血尿,
나를 죽일 듯 흘기며	死盯我
돌연 입 그물을 따고서	突然摘下口罩
쌀쌀한 한마디는	冷冷一句
임신했구만	懷孕
낙태시킬 수 있어요?	能不能打掉?
"벌써 4개월, 생명이 위험해!"	「已有四個月, 有生命危險!」
아니에요! 나는 낙태시켜야 해요	不! 我要打掉!
나는 해야 해요-나는-	我要-我-(第五節部分)

이 시구는 어느 미혼모의 극적인 비통을 한 개의 시구로 대변한 부분이다. 사실적인 표현인 것이다. 낙태를 시켜달라고 간청하니 이미 4개월이어서 생명에 위험이 있다고 하지만, 미혼모는 낙태시키겠다고 애원한다. '我要-我' 이것이다. 이것은 민중의 애타는 절규-즉 삶의 근원에서부터 울려 퍼지는 참 삶의 단면이며, 긴요한 사실의 묘사이다. 시는 사실을 사실대로 가식 없이 묘사하는 데에 그 장점이 있는 것이며, 이 시도 같은 맥락에서 가치를 인정할 수 있다. 그 이면에는 기독교적 교리에 의한 낙태의 양심적인 죄의식이 잠재되어 있다.

1970년대의 신시가 민족적이며 자아의식의 정립이 가능할 수 있었던 것은 1950, 1960년대의 재외적(在外的)이며 유랑하는 방황의 시단이 있었기 때문이다. 이 재정립의 바탕에는 전통적인 유불도(儒佛道)의 삼교 정신과 서양에서 들어온 기독교 정신이 혼합되어 있기에 더욱 가능할 수 있었다. 이 같은 흐름이 1970년대 시단에도 면면히 이어지고 있었으니, 저우몽디에(周夢蝶)[41]의 「빈 수풀(空林)」시의 일단을 보면,

전엔 마시는 재미며 취하는 이치 몰랐다   從不識飮之趣與醉之理;

---

41) 周夢蝶, 河南 浙川人.

머리 들어 처다보는 한순간에	在擧頭一仰而盡的一刹那
몸은 가벼이 나비같이	身輕似蝶,
시원히	泠泠然
유마장실의 꽃향기처럼 퍼져 나온다	若自維摩丈室的花香裏散出……

라 하여 선(仙)적 탈속(脫俗) 경지를 자연의 경물과 상관시켜 묘사하니 엄
창랑(嚴滄浪)의 「참선하는 맘으로 시세계에 들어감(以禪入詩)」(『滄浪詩話』 詩
辯)가 인용되는 시세계로서 1970년대의 시단에 적지 않은 풍조를 조성하였
다. 그뿐 아니라 기독교사상까지 가미되어 동서양의 대결합 같은 시대의
시단을 방불케 하였으니, 룽즈(蓉子)42)의 「시겁(詩劫)」의 일단을 보면,

뭐 '시는 어려움을 다하고 나서야 공교롭다'란	就別說甚麼
엉터리 말 하지 말라	'詩窮而後工' 的風涼話
─배불리 먹고서야 다시 일하는 거다	一吃飽了, 再做工
'궁하다, 바쁘다'는	'窮·忙'
우리에겐 이중으로 재앙이야	對吾輩乃雙重災厄
왜냐면	因爲
'땀 얼굴에 흘려야 입에 풀칠할 수 있다'	'汗流滿面才得糊口'
에덴동산의 사건에서	乃伊甸園事故中
하나님이 아담에게 주신 저주니까	上帝對亞當的呪詛
결코 축복이 아닌 거다	竝非祝福.

라 하여 송대 매요신(梅堯臣)의 시론 문구를 인용하여 힘을 다 기울여야만
일의 발전과 성과가 있다는 소위 '궁즉통(窮則通)'의 부정적 의식을 이 시
의 작자는 '무책임한 말(風涼話)'로 거부한다. 땀을 흘려야 살 수 있는 인간
은 원죄에 대한 신의 저주인 것이다. 삶의 고통을 원리로만 돌리지 말고
편히 먹고 일 잘하는 낙천적 삶의 기준을 요구하고 있다. 1970년대의 시단

---

42) 蓉子(1928~) 본명은 王蓉芷, 江蘇人, 시집으로 『靑鳥集』, 『七月的南方』, 『日月
集』 등이 있음.

은 자기회귀의 긍정적 자세를 확립하였고, 이것이 이 시기에 향주시(鄕疇詩)의 이름을 낳을 수 있었다.

　　나는 포도나무요 너희는 가기니 저가 내 안에, 내가 저 안에 있으면 이 사람은 과실을 많이 맺나니 나를 떠나서는 너희가 아무것도 할 수 없음이라　　　　　　　　　　　　　　　　　　　　　　　　(요한복음 15 : 5)

참고문헌

제1부 중국 고전시에서의 종교적 흐름

張錫厚, 『王梵志詩集校釋』, 中華書局, 1983

項 楚, 『王梵志詩校注』, 上海古籍出版社, 1992

朱鳳玉, 『王梵志詩研究』(上,下), 臺灣學生書局, 1986

──, 『舊唐書』, 臺灣藝文印書館, 1980

歐陽修 『新唐書』, 中華書局, 1980

──, 『全唐詩』, 中華書局, 1980

計有功, 『唐詩紀事』, 臺灣商務印書館, 1975

何文煥, 『歷代詩話』, 臺灣商務印書館, 1976

丁福保, 『續歷代詩話』, 臺灣商務印書館, 1981

王夫之, 『淸詩話』, 泰順書局, 1973

傅璇琮, 『唐代詩人叢考』, 中華書局, 1980

譚優學, 『唐詩人行年考』, 巴蜀書社, 1987

羅宗强, 『隋唐五代文學思想史』, 上海古籍出版社, 1986

中國唐代文學會, 『唐代文學研究』, 廣西師範大學出版社, 1992

陳允吉, 『唐音佛敎辨思錄』, 上海古籍出版社, 1988

林家平, 『中國敦煌學史』, 北京語言學院出版社, 1992

鋼照光, 『敦煌の文學』, 大藏出版, 1971

陳祚龍, 『敦煌資料考屑』, 臺灣商務印書館, 1979

巴 宙, 『敦煌韻文集』, 佛敎文化服務處, 1965

張錫厚, 『王梵志詩研究彙錄』, 上海古籍出版社, 1990

──, 『敦煌論文集』, 上海古籍出版社, 1987

郭茂倩, 『樂府詩集』, 臺灣商務印書館, 1975

——, 『聖經全書』, 한국찬송가공회, 2007

趙　璘, 『因話錄』, 中華書局, 1982

胡震亨, 『唐詩談叢』, 廣文書局, 1976

目加田誠, 『唐代詩史』, 龍溪書舍 昭和 56年

菊地英夫, 『中國佛敎文學硏究』, 同朋舍出版社, 1979

胡　適, 『白話文學史』, 明倫出版社, 1980

張錫厚, 『敦煌文學源流』, 作家出版社, 2001

嚴　羽, 『滄浪詩話』, 中華書局, 1981

嚴　羽, 『滄浪吟集』, 中華書局, 1985

嚴　羽, 郭紹虞 校釋, 『滄浪詩話校釋』, 臺灣正笙書局, 1973

王　維, 『王右丞集箋注』, 中華書局, 1992

皎　然, 『詩式』(歷代詩話), 臺灣藝文印書館, 1972

魏慶之, 『詩人玉屑』, 臺灣正中書局, 1975

許學夷, 『詩源辯體』, 人民文學出版社, 1987

胡應麟, 『詩藪』, 臺灣世界書局, 1974

李東陽, 『懷麓堂詩話』(續歷代詩話), 臺灣藝文印書館, 1972

吳　喬, 『圍爐詩話』(淸詩話), 臺灣明倫出版社, 1971

袁　枚, 『隨園詩話』, 中華書局, 1992

李重華, 『貞一齋詩說』(淸詩話), 臺灣明倫出版社, 1971

潘德輿, 『養一齋詩話』(淸詩話續編), 中華書局, 1987

黃海章, 『中國文學批評簡史』, 學海出版社, 1993

李東陽, 『懷麓堂詩話』(歷代詩話續編), 臺灣藝文印書館, 1975

李東陽 著, 李慶立 校釋, 『懷麓堂詩話校釋』, 人民文學出版社, 2009

張廷玉 等, 『明史』, 李東陽傳 中華書局, 1990

錢振民, 『李東陽年譜』, 復旦大學出版社, 1995

李東陽, 『懷麓堂集』, 岳麓書社, 1984

郭紹虞, 『中國文學批評史』, 上海古籍出版社, 1979

羅根澤, 『中國文學批評史』, 上海古籍出版社, 1984

李日剛, 『中國詩歌流變史』, 臺灣文津出版社, 1987

鄔國平, 『竟陵派與明代文學批評』, 上海古籍出版社, 2004

仇兆鰲, 『杜詩詳注』, 中華書局, 1980

李 白, 『李太白全集』, 中國書店, 1996

徐光啓, 『徐光啓集』, 中華書局, 1937

席宗澤, 『徐光啓研究』, 上海學海出版社, 1986

梁啓超, 『中國近三百年學術史』, 中華書局, 1975

顧一樵, 『中國的文藝復興』, 商務印書館, 1968

周發祥 주편, 『中外文學交流史』, 湖南教育出版社, 1999

Aloys Pfister, 馮承鈞 譯, 『入耶蘇會士列傳』, 商務印書館, 1938

Nicolas Trigault, 何濟高・李申譯, 『利瑪竇中國札記』, 中華書局, 1990

劉 復, 『西儒耳目資』, 影印本, 1933

方 豪, 『中西交流史』, 臺灣出版社, 1955

羅香林, 『唐元二代之景敎』, 香港 中國學社, 1966

郝鎭華, 『1550年前的中國基督敎史』, 中華書局, 1984

陶亞兵, 『中西音樂交流史稿』, 北京中國大百科全書出版社, 1994

王列耀, 『基督敎文化與中國現代戱劇的悲劇意識』, 上海三聯書店, 2002

姚新中, 『儒敎與基督敎』, 中國社會科學出版社, 2002

王曉朝, 『基督敎與帝國文化』, 東方出版社, 1997

周發祥, 『中外文學流變史』, 湖南教育出版社, 1999

로버트 건드리, 이홍성역, 『신약개관』, 크리스찬서적, 1994

이상찬, 『목회자를 위한 산상수훈』, 두레마을, 1990

죤스토트, 김광택역 『예수님의 산상설교』, 생명의말씀사, 1983

헤리슨, 정성구역, 『신약개론』, 세종문화사, 1992

강병도 『호크마종합주석』, 기독지혜사, 1990

그랜드주석편찬위원회, 『그랜드주석』, 성서교재간행사, 1994

柳晟俊, 『唐詩論考』, 北京中國文學出版社, 1994

柳晟俊, 『王維詩比較研究』, 京華出版社, 1999

柳晟俊, 『淸詩話硏究』, 국학자료원, 1999

柳晟俊, 『王維詩比較研究』, 京華出版社, 1999

柳晟俊, 『初唐詩와 盛唐詩 硏究』, 국학자료원, 2001

柳晟俊, 『中國 詩歌論의 展開』, 한국외대 출판부, 2003

柳晟俊, 『中唐詩와 晚唐詩 硏究』, 푸른사상사, 2005

柳晟俊, 『中國詩學의 理解』, 신아사 2005

柳晟俊, 『中國 初唐詩論』, 푸른사상사, 2003

柳晟俊, 『中國 盛唐詩論』, 푸른사상사, 2003

柳晟俊, 『中國詩話의 詩論』, 푸른사상사, 2003

제2부 중국 현대시 속의 기독교 의식

魯 迅, 『魯迅全集』, 人民文學出版社, 1996

劉再復, 『魯迅美學思想論稿』, 中國社會科學出版社, 1981

韋小堅 等, 『悲劇心理學』, 三環出版社, 1989

王列耀, 『基督敎文化與中國現代戲劇的悲劇意識』, 上海三聯書店, 2002

王治心, 『中國基督敎史綱』, 香港基督敎文藝出版社, 1959

邵玉銘, 『二十世紀中國基督敎問題』, 臺灣 正中書局, 1980

林治平, 『近代中國與基督敎論文集』, 臺北宇宙光出版社, 1981

馬 佳, 『十字架下的徘徊』, 學林出版社, 1997

馬良春, 『中國現代文學思潮史』, 北京十月文藝出版社, 1995

徐志摩, 『新編徐志摩全詩』, 學林出版社, 2006

韋小堅, 『悲劇心理學』, 三環出版社, 1989

田本相, 『中國現代比較戲劇史』, 文化藝術出版社, 1993

溫儒敏, 『中國現代文學批評史』, 北京大學出版社, 1993

孫玉石 編, 『朱湘』(中國現代作家選集), 香港三聯書店, 1983

任鎬甫, 『談藝錄』, 商務印書館, 1975

郭沫若 等 編 『聞一多全集』, 開明書店, 1948

湖北大學聞一多研究室 編, 『聞一多全集』, 湖北人民出版社, 1993

聞一多, 『紅燭』, 人民文學出版社, 1981

聞一多, 『死水』, 人民文學出版社, 1980

王富仁 主編 『聞一多名作欣賞』, 中國和平出版社, 1993

俞 恒, 『聞一多評傳』, 北京大學出版社, 1983

俞兆平, 『聞一多美學思想論稿』, 上海文藝出版社, 1988

武漢大學聞一多研究室 編, 『聞一多研究叢刊』, 武漢大學出版社, 1989

馬　佳,『十字架下的徘徊』, 學林出版社, 1997

馬良春,『中國現代文學思潮史』, 北京十月文藝出版社, 1995

溫儒敏,『中國現代文學批評史』, 北京大學出版社, 1993

郭沫若,『郭沫若文集』, 人民文學出版社, 2010

卜廣華,『郭沫若評傳』, 人民文學出版社, 2008

王治心,『中國基督教史綱』, 香港基督教文藝出版社, 1959

顧長聲,『傳教士與近代中國』, 上海人民出版社, 1981

邵玉銘,『二十世紀中國基督教問題』, 臺灣正中書局, 1980

趙天恩,『中共對基督教的政策』, 香港中國教會研究中心, 1983

林治平,『近代中國與基督教論文集』, 臺北宇宙光出版社, 1981

王列耀,『基督教文化與中國現代戲劇的悲劇意識』, 上海三聯書店 2002

馬良春,『中國現代文學思潮史』, 北京十月文藝出版社, 1995

溫儒敏,『新文學現實主義的流變』, 北京大學出版社, 1988

中山大學 編,『現當代作家作品論』, 中山大學出版社, 1985

──,『中共人名錄』, 國立政治大學國際關係研究所, 1978

艾　青,『艾青詩全編』(上中下), 人民文學出版社, 2003

周洪興,『艾青的跋涉』, 文化藝術出版社, 1989

艾　青,『艾青選集』, 開明書店, 1952

──, 高瑛 編『艾青』, 人民文學出版社, 1982

──,『艾青作品國際研討會論文集』, 花山文藝出版社, 1992

朱寨 主編『中國當代文學思潮史』, 人民文學出版社, 1987

李　瑛,『李瑛詩集』, 人民文學出版社, 1980

嚴　羽,『滄浪詩話』, 中華書局, 1980

高　棅,『唐時品彙』, 臺灣 藝文印書館, 1975

魏慶之,『詩人玉屑』, 臺灣 商務印書館, 1976

伍蠡甫,『談藝錄』, 臺灣 商務印書館, 1975

王列耀,『基督教文化與中國現代戲劇的悲劇意識』, 上海三聯書店, 2002

王治心,『中國基督教史綱』, 香港基督教文藝出版社, 1959

邵玉銘,『二十世紀中國基督教問題』, 臺灣 正中書局, 1980

林治平,『近代中國與基督教論文集』, 臺北宇宙光出版社, 1981

馬　佳,『十字架下的徘徊』, 學林出版社, 1997

馬良春, 『中國現代文學思潮史』, 北京十月文藝出版社, 1995

林治平, 『近代中國與基督敎論文集』, 臺北宇宙光出版社, 1981

馬良春, 『中國現代文學思潮史』, 北京十月文藝出版社, 1995

溫儒敏, 『新文學現實主義的流變』, 北京大學出版社, 1988

中山大學 編, 『現當代作家作品論』, 中山大學出版社, 1985

海 子, 『海子詩全編』, 上海三聯書店, 1997

燎 原, 『海子評傳』, 時代文藝出版社, 2006

朱寨 主編, 『中國當代文學思想史』, 人民文學出版社, 1987

溫儒敏, 『新文學現實主義的流變』, 北京大學出版社, 1988

馮肖和, 『當代批評家評介』, 陝西人民出版社, 1992

曉 雪, 『詩的美學』, 中國文聯出版公司, 1985

孫紹振, 『文學創作論』, 春風文藝出版社, 1987

陳美蘭, 『中國當代文學史初稿』, 人民文學出版社, 1981

余樹森, 『當代中國文學概觀』, 北京大學出版社, 1986

潘旭瀾, 『十年文學潮流』, 復旦大學出版社, 1988

張 炯, 『新時期文學評論』, 海峽文藝出版社, 1986

何西來, 『新時期文學思潮論』, 江蘇文藝出版社, 1985

蕭蕭 等 編選, 『中國當代新詩大展』, 臺灣德華出版社, 1981

張健 編, 『中國現代詩』, 臺灣五南圖書出版公司, 1984

林明德 等, 『中國新詩賞析』, 臺灣長安出版社, 1982

張漢良・張黙 編 『中國當代十六詩人選集』, 臺灣源成文化圖書供應社, 1977

瘂 弦, 『中國新詩研究』, 臺灣洪範書店, 1981

龍族詩社 主編, 『中國現代詩評論』, 龍族評論專號, 1973

綠蒂 主編 『中國新詩選』, 中國新詩社, 1984

溫儒敏, 『中國現代文學批評史』, 北京大學出版社, 1993

馬良春, 『中國現代文學思潮史』, 北京十月文藝出版社, 1995

柳晟俊, 『중국문학 속의 기독교 의식』, 기독언어문화사, 2005

柳晟俊, 『中國 現代詩의 理解』, 한국외대 출판부, 1997

柳晟俊, 『中國現當代詩歌論』, 푸른사상사, 2006

艾 靑, 『들판에 불을 놓아』, 류성준 역, 한울사, 1986

艾 靑, 『투명한 밤』, 류성준 역, 푸른사상사, 2001

艾　靑,『아이칭 시』류성준 역, 한국외대 출판부, 2003

Eugene Chen Eoyang, *Ai Qing Selected Poems*, Foreign Languages Press 1982

찾아보기

용어 및 인명

작품 및 도서

류성준 (柳晟俊)

　서울에서 태어나 서울대학교 중문과를 졸업하고 같은 대학원 중문과에서 문학석사, 국립타이완(臺灣)사범대학 국문연구소에서 문학박사 학위를 받았다. 계명대학교 중국학연구소장, 미국 하버드대학교 방문학자(Visiting Scholar), 한국중어중문학회 회장, 한국외국어대학교 동양학대학 학장, 한국외국어대학교 중국연구소 소장, 중국 베이징(北京)대학 객좌교수, 한국외국어대학교 대학원 원장, 국제동방시화학회 회장, 중국 지린(吉林)대학 초빙교수를 역임했으며 제48회 삼일(三一)문화상 인문사회과학 부문 학술상(2007)을 수상하였다. 현재 한국외국어대학교 명예교수, 국제기독교언어문화연구원 이사, 감리교회 장로이다.

　논문으로 「이상은(李商隱) 시풍」 「전당시(全唐詩) 소재 신라인시」 「이달(李達)과 왕유(王維) 시 비교고」 「왕범지(王梵志) 시고」 등 200여 편이 있고, 저서로 『청시화(淸詩話) 연구』 『왕유시(王維詩) 비교연구』 『초사(楚辭)』 『중국 당시(唐詩) 연구』 『중국 현대시의 이해』 『한국 한시와 당시의 비교』 『중국 시화의 시론』 『청시화와 조선 시화의 당시론』 등 100여 권이 있다.

중국 시가와 기독교적 이해

초판 1쇄 인쇄 · 2019년 4월 15일
초판 1쇄 발행 · 2019년 4월 20일

지은이 · 류성준
펴낸이 · 한봉숙
펴낸곳 · 푸른사상사

편집 · 지순이 | 교정 · 김수란 | 마케팅 관리 · 김두천
등록 · 1999년 7월 8일 제2-2876호
주소 · 경기도 파주시 회동길 337-16 푸른사상사
대표전화 · 031) 955-9111(2) | 팩시밀리 · 031) 955-9114
이메일 · prun21c@hanmail.net / prunsasang@naver.com
홈페이지 · http://www.prun21c.com

ⓒ 류성준, 2019

ISBN 979-11-308-1418-6   93820

값 35,000원

이 도서의 국립중앙도서관 출판예정도서목록(CIP)은
서지정보유통지원시스템 홈페이지(http://seoji.nl.go.kr)와
국가자료공동목록시스템(http://www.nl.go.kr/kolisnet)에서
이용하실 수 있습니다.(CIP제어번호 : CIP2019013519)